BESTSELLER

Andrew James Hartley estudió literatura inglesa en la Universidad de Manchester y se doctoró en esta materia por la Universidad de Boston. Es especialista en Shakespeare y enseña en la Universidad de Carolina del Norte. Además de académico, es dramaturgo y director de teatro. Entre sus aficiones también está la arqueología, como se refleja en su primera novela, *La máscara de Atreo*, un *thriller* de misterio y acción trepidante que ya ha sido vendido a catorce países.

ANDREW J. HARTLEY

La máscara de Atreo

Traducción de
Ana I. Domínguez Palomo
Concepción Rodríguez González
M.ª del Mar Rodríguez Barrena

DEBOLS!LLO

Título original: *The Mask of Atreus*
Diseño de la portada: Departamento de diseño de Random House Mondadori/Yolanda Artola
Fotografía de la portada: *Máscara de Agamenón* (hacia 1580-1500 a.C.)

Primera edición en DeBOLS!LLO: septiembre, 2007

Printed in Spain – Impreso en España

ISBN: 978-84-8346-414-4
Depósito legal: B. 34.684 - 2007

Fotocomposición: Fotocomp/4, S. A.

Impreso en Litografia Rosés, S. A.
Progrès, 54-60. Gavà (Barcelona)

P 864144

Para Sebastian, cuya existencia
nos reveló el ciberoráculo de Delfos...

Agradecimientos

Al autor le gustaría darles las gracias a las siguientes personas:

A aquellos que han dado su apoyo a mis escritos en el pasado: Jane Hill, David Raney, Jaime Cortez, Alan McNee, Douglas Brooks-Davies, Jonathan Mulrooney y, en especial, Stacey Glick, que nunca se rindió.

A aquellos que han contribuido de forma directa en esta novela, leyéndola o demostrando ser valiosas fuentes de información: Gary Hibbert, Kimily Willingham, Cary Mazer, Ron Tipton, Jonathan Brenton, Natalee Rosenstein y el Museo Arqueológico Nacional de Atenas.

A aquellos que hicieron ambas cosas: mi hermano, Chris; mis padres, Frank y Annette; y, sobre todo, mi esposa, cuya paciencia con mis constantes borradores no solo es indescriptible, sino también increíble.

Prólogo

Alemania, 1945

Andrew Mulligrew se ajustó aún más los cascos de la radio a la cabeza. Seguro que lo había entendido mal. Si se tenía en cuenta el rugido del motor del Sherman, era increíble que pudiera oír siquiera.

—Repita —gritó.

—Columna alemana que se desplaza rápida hacia el sur, en línea recta —repitió el comandante—. Vehículo acorazado en cabeza, algo por delante, sin torreta. Tal vez un Jagdpanther.

A Mulligrew se le cayó el alma a los pies. Eso era lo que creía haber escuchado. Aun a pesar de los chirridos y crujidos de las cadenas del tanque, podía oír el silencio en la estática de la radio. Alguien, tal vez Williams en el *Bandido* a su izquierda (toda la unidad había escrito apodos en los cañones), preguntó qué más iba en el convoy. Su voz oscilaba entre la resignación y el temor.

—Un par de camiones, un blindado, al menos otros dos tanques, tal vez un vehículo de transporte de tropas y un Panther.

Cuatro Sherman, pensó Mulligrew, uno de ellos a media potencia, y dos Stuart M5 armados con cañones de 37 milímetros contra el mejor blindaje alemán, incluido un tanque al que ni en sueños podrían hacerle el menor rasguño a menos que estuvieran lo bastante cerca como para escupirle. Cualquiera de los tanques alemanes disponía de armas que podrían dejarlos secos a casi quinientos metros. El Jagdpanther podría destrozarlos al triple de esa distancia.

En nombre de Dios, ¿qué hacían los boches enviando una unidad de primera hacia el sur de esa manera cuando estaban empleando hasta el último hombre y la última máquina para retrasar el avance aliado hacia el norte? Berlín estaba cayendo, tal vez ya lo hubiera hecho, pero permitían que una unidad de élite se escabullera hacia el sur, directa (que Dios lo ayudara) hacia su unidad, que ya estaba exhausta por los combates.

El tanque de Mulligrew, al igual que el resto de la unidad, se había separado del 761 Batallón Acorazado cuando atravesaron Ratisbona en dirección al Danubio por el este, unos cinco días atrás. Se encontraban a unos ciento veinte kilómetros al nordeste de Munich, a bastante menos distancia tanto de Austria como de lo que fuera Checoslovaquia antes de la invasión nazi y a no mucho más de la frontera suiza. Era un país espectacular, formado por montañas boscosas de cumbres nevadas y con un paisaje plagado de románticos castillos. Avanzaban junto al resto del grupo y comenzaban a creer que el infernal trayecto de Normandía a Alemania a través de las Ardenas estaba llegando a un victorioso final, cuando se vieron bombardeados por la artillería enemiga. La unidad de Mulligrew había recibido órdenes de separarse del grupo para cortar las vías de suministro enemigas, pero dos días más tarde se vieron totalmente solos. El resto del batallón había recibido la orden de reemprender camino a toda velocidad para enlazar con el resto del ejército en la comarca de Estiria, junto al río Enns, y encontrarse (no sin cierto nerviosismo) con los rusos.

Mulligrew y el resto de la compañía habían continuado hacia el norte sin cruzarse con nadie y, salvo por el hecho de tener que lidiar con los refugiados que atestaban los caminos, habían comenzado a creer que les había tocado la parte fácil. Desde Ratisbona no habían disparado ni una sola vez y habían empezado a pensar que tal vez no tuvieran que volver a hacerlo. A todos los efectos, la guerra había terminado.

«Y ahora esto», pensó.

Mulligrew cambió a la frecuencia interna de comunicación y comenzó a gritar órdenes, haciendo girar el cañón del Sherman al tiempo que pedía proyectiles perforantes. Acababan de salir de la carretera cuando vieron aparecer el vehículo acorazado. Se movía al menos a ochenta kilómetros por hora, sin dejar de zigzaguear como si buscara cobertura y con las ametralladoras lanzando ráfagas que se podían escuchar desde la torreta del propio Sherman. Aunque fue lo que vio tras el vehículo blindado lo que hizo que la sangre le abandonara el rostro.

El Jagdpanther era enorme y tan bajo que sus movimientos resultaban amenazadores como los de un cocodrilo o un tiburón; el blindaje frontal tenía una buena inclinación y varios centímetros de espesor. Incluso a corta distancia, el cañón de 76 milímetros del Sherman no le haría nada. Y si el tanque alemán los apuntaba con su 88, podían darse por muertos. Era tan sencillo como eso.

Mulligrew gritó la orden de que el tanque se metiera en el campo y la torreta giró. Su única oportunidad consistía en pasar junto al Jagdpanther y alcanzarlo (varias veces y a muy corta distancia) en el costado. Los Sherman que lo seguían tendrían que encargarse de los otros tanques alemanes.

Estaban saliendo del arcén de la carretera cuando el 88 abrió fuego, una gran bola de humo y una llamarada ensordecedora que cubrió el campo del visor de Mulligrew y lo hizo apartarse de forma inconsciente. Le llevó dos segundos enteros darse cuenta de que no los habían alcanzado. Al instante gritó que abrieran fuego, consciente mientras lo hacía de que la torreta de Williams había recibido el impacto directo del 88, que había abierto un agujero del tamaño de un cubo de basura por delante, dejando que la vaina rebotara en el interior...

Diecisiete largos minutos más tarde, Mulligrew estaba en el interior del camión alemán y contemplaba los humeantes despojos esparcidos por la carretera y los campos adyacentes. Dos

Sherman y uno de los Stuart habían quedado fuera de combate; un tercer tanque estaba gravemente dañado. De la dotación de Williams solo se había salvado un miembro. Smith, Jenkins y Pole habían muerto. Rogers había perdido una pierna y Lumpkin, un ojo. Ambos consideraban que no habían salido mal parados.

Los alemanes apenas se habían detenido. En lugar de cambiar de posición para atacar de nuevo y aplastarlos gracias a la superioridad de sus armas, se habían limitado a intentar pasar de largo, como si estuvieran desesperados por seguir su camino. Cuando los Sherman se desplegaron para atacar el convoy por los flancos, no habían hecho nada por cambiar de táctica; en cambio, continuaron hacia el sur, dejando aún más al descubierto los flancos y la retaguardia del monstruoso Jagdpanther, un tanque que sin duda podría haberse encargado de toda la unidad si se hubiera detenido a esperar que ellos lo atacaran.

No tenía sentido.

Y después, cuando la batalla había comenzado a decantarse del bando contrario, los alemanes se habían empeñado en rodear ese camión, pegándose unos a otros como si tuvieran muy claro que si solo podía quedar un vehículo, sería ese Opel destartalado.

—Veamos qué valía tanto —dijo Mulligrew.

Tom Morris, el conductor de Mulligrew, soltó el cerrojo del portón trasero del camión. Tenía el rostro ceniciento y los ojos abiertos de par en par debido a los estragos de la batalla y a lo insólito de la situación.

Mulligrew subió, pasando por encima del joven alemán que había intentado contenerlos con su pistola automática hasta que barrieron el camión con ráfagas de la ametralladora del calibre 30. Dentro había una solitaria caja de madera, bastante grande, marcada con el águila alemana y la esvástica. Cogió un pico del lateral de su tanque, lo encajó bajo la tapa de la caja y descargó todo su peso sobre él para hacer palanca hasta que la madera de pino se astilló y se rompió. Acto seguido, apartó la tapa y se quedó muy quieto mientras contemplaba el interior en silencio.

«¿Qué narices…?», pensó.

—¿Qué es, Andrew? —preguntó Morris—. ¿Qué estás viendo?

—No lo sé —respondió Mulligrew con voz ronca por la perplejidad, incluso por el miedo—. No lo sé. Algo bastante chungo.

—¿El qué?

—Será mejor que llames a la policía militar —dijo Mulligrew—. Ahora mismo.

Y a pesar de que se cumplieron sus órdenes, a pesar de la carnicería a la que habían sobrevivido, a pesar del dolor que siempre seguía al espanto inicial, Mulligrew siguió plantado en la parte trasera del camión. Allí seguía, contemplando el contenido de la caja como si estuviera hipnotizado, cuando las ambulancias llegaron para llevarse a los muertos.

PRIMERA PARTE

Huesos viejos

... y cuantas heridas recibió —pues fueron muchos los que le hundieron el bronce— todas se han cerrado. De tal modo los bienaventurados dioses cuidan de tu buen hijo, aun después de muerto, porque era muy caro a su corazón.

... Respeta a los dioses —replicó el viejo— y apiádate de mí, acordándote de tu padre; que yo soy todavía más digno de piedad, puesto que me atreví a lo que ningún otro mortal de la tierra: a llevar a mi boca la mano del asesino de mi hijo.

HOMERO, *Ilíada*, Canto XXIV

1

En la actualidad

El hombretón estaba recostado contra la pared y descansaba su considerable peso sobre el pie que había apoyado con indiferencia contra la jamba de la puerta.

—Es usted una jovencita espectacular, ¿lo sabía, señorita Miller? —dijo arrastrando las palabras; tenía los ojos hundidos en un rostro que se asemejaba al de un cerdo y a través de los gruesos labios entreabiertos se vislumbraba su húmeda lengua.

—Lo sé —replicó Deborah.

Medía un metro ochenta y cinco de altura y parecía que la hubieran ensamblado a partir de trozos de tubería. En raras ocasiones la tildaban de atractiva. Y de guapa, jamás. «Espectacular» lo había escuchado a menudo. Tal vez se hubiera sentido halagada en el pasado. Pero hacía mucho tiempo de eso. Esa noche, después de semanas de hacer planes y de toda una tarde esbozando una imperecedera sonrisa y manteniendo conversaciones insustanciales, estaba demasiado cansada como para mostrarse educada, incluso con Harvey Webster, destacado miembro de la Asociación de Empresarios Cristianos de Atlanta y presidente de la junta financiera del museo. Ya eran más de las doce y quería irse a casa.

—Ciertamente espectacular —repitió el individuo mientras extendía una mano abierta hacia su cadera.

Su constitución se asemejaba a la de un sapo y su piel, que parecía de alguna forma hinchada y a la vez fláccida, como un globo medio lleno de agua, oscilaba de lado a lado.

—Señor Webster —comenzó ella sin quitarle el ojo de encima a la mano cubierta de manchas marrones que avanzaba hacia ella—, no creo que esto sea muy inteligente por su parte.

«Y lo más probable es que vomite si me toca», pensó Deborah.

La mano se detuvo en el aire; después, como si el hombre hubiera decidido tomarse su rechazo como una simple muestra de timidez, reanudó su avance hacia ella. Deborah se apartó.

—Señor Webster —dijo, en esa ocasión con una sonrisa un poco forzada—, por favor.

El individuo cambió de táctica; la expresión lasciva se convirtió en una sonrisa y su mano se alzó en un gesto de rendición.

—Nada más lejos de mi intención que ofenderla —declaró con una sonrisa más amplia que el vano de la puerta que bloqueaba con su cuerpo—. Solo esperaba que usted me acompañara en una visita guiada por el museo ahora que, como bien sabe, todo el mundo se ha ido a casa.

La sonrisa vaciló por un instante y Deborah vislumbró la expresión calculadora que se ocultaba tras ella. Resultaba extraño cómo ese tipo, a pesar de tener sesenta y cinco años, destilaba la misma confianza en sí mismo que un atleta adolescente. Confianza en sí mismo y un toque de intimidación, pensó ella.

—Una visita «privada» —añadió Webster con una sonrisa socarrona tan evidente que resultaba imposible malinterpretar su significado.

Llevaba toda la noche igual y, a decir verdad, siempre era así; sobre todo después de unas cuantas copas. Deborah se consideraba a sí misma una persona medianamente tolerante, pero su paciencia comenzaba a agotarse.

—En otra ocasión, señor Webster —le dijo—. Cuando el lugar esté más iluminado y lleno de gente y yo haya tenido la oportunidad de invertir en una buena garrocha.

La joven sonrió para demostrar que estaba bromeando, aunque la sonrisa del hombre se resquebrajó de todas formas.

—Tiene usted una lengua muy ágil, señorita Miller —afirmó el hombre.

—Gracias —respondió ella con resignación al darse cuenta de que esa noche no podría vencerlo—, aunque no es precisamente en la lengua donde reside mi agilidad.

Él suspiró y alzó sus fofas manos en un fingido gesto de rendición.

—De acuerdo —dijo con una nueva sonrisa—, me iré a casa.

—Conduzca con cuidado —le aconsejó Deborah, que se encogió un poco para apartarse cuando él hizo un último intento por abrazarla.

—Vendré a ver a Richard esta semana, así que... hasta entonces.

El tipo pasó a través de las puertas de cristal caminando hacia atrás y sin dejar de mirarla, como si esperara que ella cambiara de opinión y lo invitara de nuevo a entrar.

—Buenas noches, señor Webster. —Articuló las palabras con los labios y añadió para sus adentros: «Borracho viejo verde».

Sintió una oleada de alivio cuando el hombre desapareció en la oscuridad del exterior, aunque supuso que obligar al viejo a retirarse le costaría algo, tal vez más de lo que pensaba. Webster controlaba los presupuestos del museo y tenía influencia en la comunidad empresarial de la zona, al menos en lo que se refería al sector blanco de más edad. La Asociación de Empresarios Cristianos no rechazaba de manera explícita a miembros negros, pero el hecho de que una organización de su índole no tuviera ninguno, sobre todo en una ciudad como Atlanta, levantaba suspicacias. Deborah había tratado de equilibrar la presencia de la asociación en el museo con organizaciones similares compuestas por personas más heterogéneas, pero eso no evitaba que se sintiera incómoda cada vez que enviaban un cheque. Tal vez pudiera conseguir que se uniera alguna asociación empresarial judía, pensó, aunque eso también haría que se sintiera incómoda, como si estuviera explotando su herencia; una herencia, además, que hacía lo posible por eludir en los demás aspectos de su vida. ¿Por qué arriesgarse a que tanto ella como el museo sufrieran una reacción antisemita cuando la mayor parte de su judaísmo era agua pasada?

«Venga, por favor —dijo una voz en su cabeza—. Es probable que Webster ni siquiera sepa que eres judía.»

Deborah comprobó que las puertas del museo estuvieran cerradas e hizo una rápida revisión del vestíbulo, pasando bajo el esqueleto del tiranosaurio y el espantoso mascarón de proa que Richard había presentado el mes anterior como si estuviera anunciando que la Navidad se había adelantado. Se trataba de una mujer medio desnuda que se fundía con el cuello de un dragón; por su aspecto, cualquiera habría dicho que su sitio estaba en el costado de una Harley en lugar de en la proa de un galeón español cargado de plata, pero Richard lo consideraba una extraordinaria e hilarante mezcla de historia y horterada. Deborah fulminó con la mirada la expresión vacía de la mujer y sus excesivas curvas antes de bajar hacia el punto donde se transformaba en reptil con escamas y todo el atractivo sexual se tornaba —cosa que era de esperar— en la serpiente del Edén.

Evaluó el descomunal objeto con forma de serpiente, con enormes pechos que parecían faroles del siglo XVI, y esbozó una irónica sonrisa autodespectiva.

—Richard —dijo en voz alta—, te quiero; pero tienes un pésimo sentido del humor.

Se encogió de hombros, dejó escapar un suspiro y se detuvo un momento para observar el caos que los trabajadores del catering habían dejado en el vestíbulo del museo. Habían olvidado cuatro cubos de basura llenos de platos de papel, cuando se suponía que debían habérselos llevado. En la zona semicircular en la que ella había hecho su presentación tres horas antes encontró vasos de plástico, servilletas con restos de canapés y una serie de manchas pegajosas en el suelo encerado. Tendría que hablarle a Richard acerca del servicio de Sabor a Elegancia y no precisamente porque el sabor de su paté se pareciera de forma sospechosa al de la carne enlatada.

Richard Dixon era el fundador del museo, su principal colaborador, su fuente de ingresos básica y su luz de guía. Era su jefe, su mentor y su amigo. En las raras ocasiones en que se atrevía a ser lo bastante franca consigo misma para reconocerlo, debía admitir que Richard era lo más cercano a un padre que había tenido desde que su propio progenitor falleciera de un infarto cuando Deborah tenía trece años.

«Ya hace casi veinte años», pensó.

Algunas veces, cuando intentaba que el pequeño museo entrara en el siglo XXI y se veía obligada a enfrentarse a los tipos como Harvey Webster, Richard Dixon era lo único que la mantenía en la brecha. De repente, allí a solas en el vestíbulo del museo, empequeñecida por el tiranosaurio e iluminada tan solo por la suave luz procedente de las vitrinas dedicadas a los indios creek, se preguntó durante cuánto tiempo más podría seguir adelante el propio Richard.

«¿Y qué harás tú si se marcha? Han pasado veinte años y todavía no has superado la muerte de tu verdadero padre. Puede que la hayas dejado atrás, pero no la has superado. En absoluto», se reprendió.

—No deberías beber en estos actos —dijo en voz alta—. Te pones trágica.

Echó un vistazo a su alrededor, tratando de decidir si había algo más que hacer esa noche. Su pasaporte se encontraba todavía en la caja fuerte del despacho, donde había estado desde que les enviara un fax con los detalles a los organizadores de la exposición celta (por si acaso, suponía, tenía planeado abandonar el país con unas cuantas piezas importantes metidas bajo la camisa), pero eso podría esperar hasta el día siguiente. La verdad era que no tenía pensado ir a ninguna parte.

Recogió el correo y lo ojeó, separando las facturas de la publicidad y los sobres que iban dirigidos a ella de los enviados a Richard. Una tercera parte fue directa a la papelera. Las cartas que llevaban su nombre podían esperar y las que iban dirigidas a Richard tampoco parecían urgentes. Una de ellas tenía una pequeña máscara triangular en la esquina; alguna compañía de teatro local que solicitaba un donativo, sin duda. Richard recibía docenas cada semana. Las respondía todas salvo las más genéricas y las más toscas, incluyendo a menudo cuantiosas donaciones. Mientras esbozaba con cansancio la característica sonrisa indulgente, se metió las cartas en el bolso y comenzó a echar el cierre. Ya las revisaría por la mañana.

Conectó la alarma, echó un rápido vistazo al aparcamiento, que estaba rodeado por enormes magnolios sureños, y se preparó para el calor del exterior. Estaban en junio, lo suficiente como para que las noches estivales de Atlanta resultaran bochornosas. Se detuvo en la puerta. Un vagabundo había estado rondando el museo durante los últimos dos días. Era viejo, pero tenía una mirada intensa y penetrante, y mascullaba en un idioma desconocido para ella. El día anterior había estado merodeando por el aparcamiento a la hora del cierre, moviéndose furtivamente entre los coches envuelto en un grueso gabán a pesar del calor. Sus ojos la habían seguido con una concentración que la ponía nerviosa.

Sin embargo, no había señales de él ni del reluciente Jag de Webster, de modo que salió a la bochornosa noche, dio un enorme bostezo y llegó hasta su pequeño Toyota con una docena de largas y ágiles zancadas. Si se dejaba a un lado el cansancio y la irritación, había sido una noche agradable.

No obstante, la idea del envejecimiento de Richard la acompañó mientras conducía por la interestatal en dirección sur a través del centro de la ciudad, con sus torres de oficinas de cristal posmodernas todavía iluminadas, llenas de vida y —al igual que todo lo que había en Atlanta más allá de los confines de su museo— nuevas.

Richard tenía… ¿cuántos? ¿Setenta y cinco, setenta y seis? Más o menos. Y cada vez estaba peor. Por eso la habían contratado en un principio, para cargar con la responsabilidad de hacer que el nombre del museo apareciera en el mapa mientras él se retiraba poco a poco a su residencia y adoptaba el papel de generoso benefactor. Tres años atrás el retiro de Richard le resultaba muy lejano, pero ahora se acercaba con una rapidez imposible de frenar. Jamás hablaban del tema de forma abierta, pero siempre pendía entre ellos como una sombra. O tal vez todo se debiera a que se estaba apagando. Sí, era eso. ¿Y después?

«El museo será tuyo», pensó.

No tardaría en ocurrir. En cierto sentido, ya era así. La idea la deprimió.

Una irritante salva de notas electrónicas la sacó de golpe de sus desagradables disquisiciones. Su teléfono móvil. Richard había creído gracioso configurar en secreto su móvil para que sonara la melodía de «La cucaracha». Tenía que reprogramarlo o devolverle la broma. La idea mitigó un poco su enfado y le recordó que a Richard le gustaba verificar las cosas algunas noches como esa, cuando pensaba que no habría moros en la costa. Se había retirado alrededor de una hora y media antes con un vago comentario a la multitud sobre el cansancio de un anciano, seguido de un guiño furtivo a Deborah mientras la dejaba con Webster y sus compinches. Esa también tendría que devolvérsela.

—¿Sí? —respondió con presteza, dispuesta a hacer del anciano el objeto de su amargo sarcasmo.

—¿Deborah?

No era Richard. Ni por asomo.

—Hola, mamá —contestó con un leve pesar en el corazón. Quería a su madre, pero a veces...

—Hemos salido con los Lowenstein —procedió a contarle su madre, como si se lo hubiese preguntado. No habían intercambiado una palabra en dos semanas—. ¿Recuerdas a los Lowenstein? ¿De Cambridge? —Pronunció las palabras como si Deborah estuviera un poco sorda—. De cualquier forma ahora viven en Long Island, pero están de visita en la ciudad. Hemos salido a cenar y ha estado a punto de darme un infarto cuando he llegado a casa y he visto que tenía un mensaje de mi hija mayor. El primero en... ¿cuánto, un mes?

—No hace tanto.

—Más o menos.

—Bueno, sí, lo siento, mamá —dijo Deborah.

La joven notaba el comienzo de un dolor de cabeza que sería

tan incapaz de evitar como otras muchas cosas concernientes a su madre. No debería haberla llamado. Había sido el impulso de compartir el triunfo de la noche con alguien, con cualquiera; pero en esos momentos, una hora después, le parecía una idea espantosa.

La madre de Deborah había sido una enfermera a tiempo parcial cuyo mayor logro en la vida, como muy orgullosa señalaba, había sido casarse con su padre, un especialista en medicina interna. Había abandonado el trabajo en cuanto se quedó embarazada de Deborah y solo lo retomó cuando la muerte de su marido la dejó con deudas que saldar. A los ojos adolescentes de Deborah, su madre se había pasado casi dos años yendo y viniendo del hospital en una especie de aturdimiento agraviado, como una reina de la belleza a la que le hubieran quitado la corona por un mero tecnicismo. Deborah, que había idealizado a su padre pese a sus frecuentes ausencias —o quizá precisamente por eso—, no llevaba bien los subsiguientes intentos de su madre por embellecer a su estudiosa hija y su evidente horror cuando Deborah, siempre larguirucha, poco femenina y carente de elegancia, se despertó a la tierna edad de quince años y descubrió que medía un metro ochenta y que todavía le quedaba por crecer.

—Bueno, ¿y cuáles son las grandes noticias, Debbie? Te he llamado nada más escuchar tu mensaje. Parecías tener alguna primicia.

Ninguna otra persona en el mundo la llamaba «Debbie». Era una de sus recalcitrantes formas de malinterpretar adrede la personalidad de su hija.

—Bueno, ya sabes —dijo Deborah, que cerró los ojos y eligió la retirada—. Solo cosas de trabajo. He tenido un buen día.

—Eso es maravilloso, querida —replicó su madre, sin hacer siquiera una pausa para respirar—. ¿Y qué tal todo lo demás? Hablé con Rachel esta mañana, pero tampoco sabe nada de ti.

Rachel, la hija buena, la que tenía el cuerpo de una gimnasta y la que —como un perpetuo obsequio a su madre— vivía con su marido y sus retoños a menos de tres manzanas de la casa de Brookline en la que había nacido…

—No, no he hablado mucho con Rachel últimamente. El trabajo me va bien.

—¿El trabajo? Trabajas demasiado. Eres igual que tu padre. Pero al menos a él lo veía de vez en cuando.

—Sabes que siempre eres bienvenida en mi casa —dijo Deborah.

—¿Tan lejos?

—No estoy en Calcuta —replicó—. Está a tan solo dos horas de vuelo.

—¿Cómo es posible que lo recuerdes? —preguntó su madre, tan simpática como siempre.

—Muy gracioso, mamá.

—Bueno, ¿qué me cuentas aparte del trabajo? ¿Te has casado en secreto o algo así?

Ahí estaba, la pullita jovial que mataba toda una bandada de pájaros con una piedra pulida. Era el gran talento de su madre. Podría acertar en media docena de puntos débiles con un simple comentario, como si estuviera ensartando trozos de cordero en una brocheta. En esa ocasión, el comentario, tan suave y rápido que casi pareció casual, decía:

1. Trabajas demasiado y tu trabajo, tienes que admitirlo, no se merece el esfuerzo.
2. No hay ningún hombre en tu vida, como de costumbre.
3. No hay nada que se te dé mejor que ocultarle cosas a tu familia.
4. Casarte sin tu familia sería algo muy propio de ti. Después de todo, le has dado la espalda a tus parientes, a tu ciudad natal y a tu herencia cultural; y eso que todos nosotros te deseamos lo mejor cuando fuiste por primera vez a esa Sodoma gentil…

«En realidad fue antes de eso, mamá —pensó con un poco de tristeza—. Papá lleva muerto veinte años.»

—No, mamá —respondió antes de esbozar una leve sonrisa muy a su pesar—, no hay nada nuevo en mi vida en estos momentos.

Todavía estaba reflexionando sobre unas cuantas pullas propias que debería haber dicho cuando el teléfono volvió a entonar la alegre canción.

—Mamá —comenzó—, voy de camino a casa. Te llamaré otra vez cuando…

—¿Sigue todo ahí?

Deborah había abierto la boca para responder, pero se detuvo al darse cuenta de que la voz no le resultaba conocida.

—¿Qué? —preguntó—. ¿Quién es?

—¿Dónde está?

—Le he preguntado que quién es —repitió ella.

—¿Se lo han llevado? ¿Dónde está?

El tipo estaba gritando. Y esa voz… Había algo en la entonación. ¿Un acento extraño? ¿Británico? ¿Australiano? Algo así.

—Lo siento —dijo Deborah con gélida cortesía—. Creo que se ha equivocado de número. Pruebe a marcar otra vez y comience la conversación preguntando por la persona a quien desea gritarle.

—Escúcheme, maldita estúpida. Tiene que regresar…

Deborah colgó y apagó el teléfono.

2

La interestatal estaba tranquila. En menos de diez minutos había salido, atravesado las luces de la calle Diez y había bajado hacia Piedmont con la mente ya dispuesta para dormir mientras conducía, cerrando zona tras zona como si estuviera pulsando interruptores. Cuando hubo aparcado sobre la estrecha zona de grava de la carretera reservada a los residentes de los pisos Bay Court, se encontraba en piloto automático. Salir del coche. Cerrar el coche. Llaves de casa. Correo. Puerta del piso. Entrar.

La luz del contestador la sacó de la rutina. Parpadeaba en rojo, obligándola a despertar. Había escuchado los mensajes por teléfono desde la fiesta de recaudación de fondos, de modo que quien hubiera llamado lo habría hecho durante la última hora. ¿Richard? Frunció el ceño, pulsó el botón y se dirigió al dormitorio a por el cepillo de dientes.

—¿Está ahí? —dijo el contestador.

Deborah se detuvo, rodeada por el repentino silencio, con el vello de la nuca erizado. Esa voz de nuevo. El inglés. Se había equivocado de número otra vez.

«Aunque eso no es muy probable, ¿verdad? La última vez te llamó al móvil.»

Cierto.

—Si está ahí, coja el teléfono.

Permaneció inmóvil y se percató de la ansiedad que destilaba el tono de voz. Se produjo otro largo silencio, se escuchó un golpe apagado y a continuación el familiar sonido de la línea desocupada. El contestador emitió un pitido, ronroneó y se quedó en silencio. Deborah se mantuvo donde estaba, mirándolo. Había algo en esa voz que la ponía nerviosa, aunque no habría sabido decir si se trataba del acento, de la razón de la llamada o del hecho de que no se diera a conocer.

Sin embargo, Deborah Miller no era de las que se asustaban con facilidad, o al menos eso se dijo. Se libró del desconocido igual que había hecho con los torpes avances de Harvey Webster y se preparó para acostarse. El día siguiente sería un gran día y la parte de su cerebro que aún seguía consciente repasó sus responsabilidades mientras apagaba la lámpara de la mesilla y se acurrucaba bajo el edredón. Gracias a Dios que había dejado el aire acondicionado encendido.

Richard querría revisar en persona los nuevos donativos que habían recibido. Entretanto, ella hablaría con el *Atlanta Journal-Constitution* y después comenzaría a planear el diseño de la exposición celta. Llamaría a la empresa de catering y trataría de conseguir una rebaja en el precio, ya que ella se había encargado de limpiarlo casi todo y tendría que enfrentarse a la ira de Tonya, la nueva empleada de limpieza del museo, a primera hora de la mañana. Enfrentarse con los proveedores incompetentes sería coser y cantar en comparación con lo que supondría enfrentarse a la siempre competente Tonya.

Tonya no se parecía a ninguna empleada de la limpieza que hubiera conocido jamás. Siempre estaba alerta e incluso resultaba distante; llena de energía, si bien no se debía tanto a la cautela como al... cinismo. Una extraña cualidad para una limpiadora de mediana edad. Deborah sospechaba que los modales de Tonya, o la inquietud que despertaban en ella, estaban unidos al hecho de ser una mujer inteligente, con estudios y negra, aunque no era capaz de encontrarle una explicación razonable. De cualquier forma, explicar por qué toda esa gente de la alta sociedad local (la gente blanca) había formado semejante desbarajuste sobre su hermoso y limpio suelo del vestíbulo sería más o menos como desactivar una bomba particularmente inusitada.

Aun así, tenía que trabajar en la exposición de los celtas y eso la ayudó a esbozar una sonrisa; cuatro siglos de cruces escocesas e irlandesas, manuscritos ilustrados y joyería. Dos años atrás jamás se la habrían concedido. Todavía sonreía cuando se sumió en un pacífico sueño.

El súbito sonido del teléfono la despertó como si de una sirena se tratara y Deborah regresó a la superficie jadeando en busca de aire y aturdida. Durante un segundo creyó que se trataba del timbre de la puerta y ya había comenzado a salir de la cama antes de pensar con claridad. Estaba oscuro y la radio despertador que había junto a la cama marcaba cerca de las tres. De haber estado despierta, habría dejado que saltara el contestador, segura de que se trataba de alguien que se había equivocado de número; pero puesto que seguía atontada por el sueño, lo cogió sin pensar.

—¿Sí?

—¿Por qué no está en el museo? Es necesario que vuelva.

—¿Qué? —Durante un segundo se sintió confusa, pero luego recordó. La misma voz—. ¿Quién es?

—¡Tiene que volver! —gritó el tipo una vez más con la misma frustración y apremio que antes—. ¡No debe permitir que se lo lleven!

—¿Que se lleven el qué?

—¡El cuerpo!

—Si vuelve a llamarme… a cualquiera de los números —replicó Deborah—, llamaré a la policía. ¿Me ha comprendido?

Colgó pulsando el botón con un dedo y permaneció a oscuras con el auricular todavía en la mano y la mirada clavada en el techo, esperando a que la sensación de intranquilidad se desvaneciera.

¿Cuerpo?

¿Qué cuerpo?

Siguió inmóvil durante seis minutos, contemplando cómo cambiaban los números en la pantalla iluminada del reloj, pero no consiguió volver a dormirse. De hecho, parecía que habían accionado de nuevo todos sus interruptores internos y se sentía recorrida por una descarga de energía que encendía luces y conectaba los distintos aparatos, llenando su cabeza una vez más con el continuo zumbido de la electricidad. Podía olerla en el aire nocturno como si se tratara de un relámpago.

¿Cuerpo?

Se levantó, se puso la ropa y cogió las llaves del coche.

3

El museo estaba oscuro y el aparcamiento desierto, lo que no era de extrañar a las tres de la madrugada, pensó Deborah. Se estaba comportando como una estúpida. Debería estar en casa, metida en la cama. Abrió la puerta principal del edificio y comprobó el panel de la alarma. No había saltado. Nadie había forzado la entrada y el vestíbulo principal estaba tal cual ella lo había dejado.

Sin embargo, la alarma no había pitado como solía hacer todas las mañanas cuando ella entraba, lo que significaba que nadie la había conectado. Miró fijamente el panel. Había acabado muy cansada después de la gala de recaudación de fondos, pero no tanto como para no conectar la alarma, ¿verdad? Se dirigió con presteza a los interruptores situados junto a la puerta y los accionó todos a la vez.

Nada. El vestíbulo, con sus esqueletos de dinosaurios, sus carteles informativos y las exposiciones temporales siguió tenuemente iluminado por las luces de emergencia, que jamás se apagaban. Volvió a accionar los interruptores. Nada. La vaga sensación de intranquilidad que le había impedido volver a dormirse después de recibir la llamada cobró fuerza de repente antes de volver a aplacarse, aunque le susurraba con más intensidad que antes. Algo andaba mal.

Sacó el teléfono móvil del bolsillo y lo encendió. El vestíbulo era el corazón del museo; el edificio había sido dispuesto como la mitad de una rueda de carro en la que cada radio partía del vestíbulo y conducía a los visitantes a través de las salas de exposición hacia la galería exterior, un amplio corredor flanqueado por animales disecados y pájaros, que rodeaba la estructura formando un gran arco semicircular. Atravesó el vestíbulo con rapidez, dejó atrás las vitrinas de los indios creek y tomó uno de los «radios» en dirección a la galería exterior.

La oscuridad allí era mayor, dado que las luces de emergencia eran más escasas; las vitrinas (fósiles locales, gráficos del Jurásico y el Cretáceo, el esqueleto casi completo de un velocirraptor acompañado de una serie de representaciones a tamaño natural del animal en su nido) estaban a oscuras, una negra hilera de paneles de cristal que se asemejaban a las paredes de un enorme acuario. La idea (todas esas formas invisibles que nadaban tras los paneles) le resultaba inquietante, de modo que aceleró el paso. Seguía sin haber signos de desperfectos ni de alteraciones de cualquier tipo, pero tenía una especie de regusto metálico en la boca, como si alguna glándula primaria de su cerebro hubiera activado una alarma elemental. Comenzó a caminar más deprisa mientras marcaba el número privado de Richard.

Los tonos de llamada se sucedieron. Deborah se preparó para escuchar el sonido desconcertado de la voz del hombre y al ver que no respondía echó a correr sin despegar el móvil de la oreja. Se detuvo al final del pasillo.

«Olvida la oscuridad y sigue adelante. No mires los objetos expuestos.»

El corredor exterior, con sus pájaros y animales disecados que constituían el colofón de la parte dedicada a la Prehistoria, era la zona del museo que más detestaba. Era una zona sin vida, con un concepto muy victoriano sobre lo que debía ser un museo. Olía de un modo distinto, a bolas de alcanfor y formaldehído, y parecía mucho más antiguo que el propio velocirraptor: un lugar rancio y de aspecto anticuado, una versión del proceso de aprendizaje diseñada por personas que hicieron desaparecer a los animales de la faz de la tierra con sus rifles para después clasificar sus cadáveres, torpemente disecados, siguiendo la nomenclatura latina. La lógica del coleccionista de mariposas, la llamaba ella. «Aquí hay algo bonito, vamos a matarlo para que todos puedan apreciar lo bonito que era.» Algún día, le había confiado a Richard, lo cambiaría... cuando tuvieran algo con lo que reemplazarlo. Él había esbozado una sonrisa y le había dicho lo de costumbre: «Siempre y cuando no conviertas mi museo en un parque temático». La junta directiva, por supuesto, quería atraer visitantes a toda costa.

«Sigue pensando que esto no es un museo y a la postre no lo será —le diría el anciano—. Utiliza campanas y silba para que los visitantes hagan cola, pero después dales algo con lo que puedan aprender, algo que recuerden durante el resto de sus vidas...»

Su teléfono seguía sonando.

Deborah se puso de nuevo en movimiento. Jamás se lo había confesado a Richard, pero la colección de taxidermia no solo la ofendía como conservadora del museo, también la asustaba. En esos momentos, rodeada por el resplandor verdoso de las luces del techo, sentía la presencia de esos animales mohosos, muertos hacía tanto tiempo, como si fueran gárgolas emplazadas en las sombras de una catedral; inánimes, pero de algún modo vigilantes. Se apresuró un poco más al ver que el enorme pasillo semicircular se iluminaba ligeramente.

En un principio la invadió el alivio; después la duda; y por último el pánico. Solo había una fuente de luz en ese lugar, y que el pasillo estuviera iluminado a esas horas no presagiaba nada bueno. Echó a correr, dejando atrás los erguidos y descompuestos leones con sus enormes colmillos y sus inmóviles ojos amarillos, las rígidas gaviotas y sus petrificados polluelos y el enorme y oscuro búfalo de agua con la cabeza gacha para exhibir sus cuernos, y comenzó a murmurar entre dientes con cada paso que la alejaba de la luz verdosa:

—No, no, no...

Y de repente lo vio: la puerta que separaba los rígidos pingüinos de las focas estaba abierta de par en par y la luz se derramaba sobre el pasillo. La única puerta que había en esa zona del edificio. En cuanto la vio, se percató de que también escuchaba algo: un sonido lejano y regular, un teléfono. Al comprender lo que era, interrumpió la llamada que estaba haciendo desde su móvil. El sonido se detuvo.

Richard llevaba viviendo allí o, para ser más exactos, en el edificio adyacente al museo, desde que este se fundara. De hecho, y aunque todo el mundo supusiera lo contrario, su casa era anterior al museo, puesto que este último se había construido bajo sus órdenes como regalo para la ciudad hacía ya cincuenta años. Durante casi dos décadas lo había dirigido en persona, pero su considerable fortuna y su equiparable entusiasmo no habían sido suficientes, por lo que en los últimos años había dejado las riendas en manos de una serie de capacitados conservadores. Deborah era la tercera, la que más le gustaba, en la que más confiaba y a la que, tal vez, quería como a una hija.

«El cuerpo.»

Con el corazón desbocado, atravesó la puerta; la puerta que separaba el mundo privado de Richard del museo; la puerta que él guardaba como un pitbull entrado en años; la puerta que nunca, jamás de los jamases, dejaba abierta bajo ninguna circunstancia.

—¡Richard! —gritó.

Cruzó la sala de estar, la cocina, la biblioteca y el comedor. Nada. Subió como una exhalación la enorme escalera central con sus esbeltos y torneados balaustres de caoba, llamándolo a gritos. Entró en su despacho. Nada. En la habitación de invitados, en el baño del vestíbulo, en la estancia que quería transformar en una biblioteca pero que aún seguía abarrotada de los restos de su vida matrimonial. Su esposa llevaba muerta nueve años, pero Deborah dudaba que Richard hubiera tirado ni una sola de sus pertenencias. Revisó una sala de estar situada en la planta alta en la que no había estado nunca y una especie de despensa unida al ascensor de servicio que Tonya usaba para llevarle la comida cuando estaba «indispuesto» (cosa que en los últimos tiempos sucedía con bastante frecuencia) y no se detuvo hasta llegar a la puerta de su dormitorio.

Una enorme puerta de caoba de doble hoja. Llamó con fuerza e insistencia con los nudillos.

—Richard —lo llamó—. Soy yo. Entraré si no abres la puerta.

Su voz parecía bastante calmada. Tal vez más alta que de costumbre, pero sin estridencias ni rastro de pánico. Al instante probó el picaporte. La puerta se abrió.

4

El dormitorio estaba vacío y la cama sin deshacer. No había rastro de Richard. Deborah comprobó el cuarto de baño y regresó al vestíbulo de la planta alta sin dejar de llamarlo a gritos. Acababa de invadir su santuario privado por primera vez desde que aceptara el trabajo; andar a hurtadillas por el lugar ya no le parecía necesario ni apropiado.

La joven se detuvo en el vestíbulo y después regresó al dormitorio sin saber muy bien lo que hacer. No había ni rastro del anciano.

«Teniendo en cuenta lo que temías encontrar —pensó—, deberías estar contenta de no haber hallado nada.»

Pero no lo estaba.

Tomó asiento en el duro colchón de la cama de Richard y echó un vistazo a la habitación. El lugar estaba, gracias a Tonya, inmaculado. En la mesilla de noche adyacente a la cama había un bloc de notas en el que el anciano había escrito algo con su característica letra angulosa. No obstante, aparte de eso, todo estaba limpio y ordenado; los muebles, perfectamente colocados y la enorme estantería, que ocultaba por completo una de las paredes, libre de polvo y con todos los libros en su sitio.

Deborah se mordió el labio y se inclinó hacia delante para ojear la nota escrita en el bloc. Era una sola palabra, encerrada en un par de círculos y resaltada por dobles signos de interrogación: «¿¿Atreo??».

La miró durante un instante y sintió que en su interior se agitaba un antiguo recuerdo, una reminiscencia literaria. La descartó de inmediato.

¿Dónde narices se había metido ese hombre?

Apoyó la cabeza en las manos y vio algo en el suelo medio oculto por la colcha de la cama, como si alguien lo hubiera golpeado con el pie sin querer y hubiera acabado allí. Extendió una mano y lo cogió. Era un fragmento cóncavo de cerámica pintada que parecía haber formado parte de una jarra redonda. Sobre un suave fondo turquesa se distinguía parte del perfil de una cabeza femenina: un ojo grande y almendrado y una mata de oscuros tirabuzones. Se asemejaba a una caricatura o a un boceto, pero la elegancia y la energía que destilaba resultaba casual, casi improvisada. Lo sostuvo en alto para verlo a la luz y frotó la superficie con los dedos, con la súbita certeza de que no se trataba de un simple adorno roto. Aquello era antiguo.

No se parecía a ninguna pieza perteneciente a cualquiera de los períodos de la historia norteamericana, de eso estaba segura. Le resultaba familiar; familiar en el sentido de que había visto vasijas de cerámica parecidas, pero no idénticas. ¿Una antigüedad egipcia? No, era demasiado vital, el rostro era demasiado coqueto. Tal vez perteneciera al mismo período, pero... No estaba segura. ¿Mesopotámica? ¿Asiria? No. Y de cualquier forma, si en realidad era tan antigua, ¿qué hacía allí? No había antigüedades clásicas en el museo. La observó de nuevo. ¿Griega, quizá?

La palabra del bloc de notas, rodeada por los círculos y remarcada por las interrogaciones, acudió a su mente: «Atreo».

Eso también era griego.

Atreo era uno de los descendientes de Tántalo en la mitología griega, ¿verdad? Su hermano... Había pasado algo con su hermano o con sus hijos... No lo recordaba. Se acercó a la extensa estantería que conformaba la pared meridional del dormitorio y echó un vistazo a los lomos de los libros. Tal vez hubiera alguno sobre mitología griega.

En efecto. De hecho, a medida que recorría las baldas dejó escapar un silbido de asombro. Todos y cada uno de los aproximadamente cuatrocientos volúmenes estaban relacionados de algún modo con la Grecia antigua: mitología, historia, arqueología, política, poesía, cultura, arte y filosofía. Sacó un grueso tomo que decía ser una *Enciclopedia de la antigua Grecia* y pasó las páginas hasta la entrada de Atreo para leerla por encima, sin saber muy bien lo que estaba haciendo ni lo que estaba buscando.

«Richard. Estás buscando a Richard.»

No era de extrañar que hubiera recordado el nombre. Atreo encabezaba la estirpe gobernante de Micenas, la grandiosa ciudadela de la Grecia de la Edad del Bronce, por cuya puerta de los leones salió Agamenón, según contaba la leyenda, al frente del ejército que sitió Troya durante diez años. Su linaje maldito había ido aniquilándose generación a generación en sangrientas contiendas que dividieron a hermanos, hijos y esposos, entre las venganzas más espantosas que se podían imaginar: fratricidios, parricidios, matricidios, sacrificios humanos y canibalismo. Deborah cerró el libro y contempló el fragmento de cerámica que tenía en la mano mientras otros recuerdos históricos y arqueológicos de la Edad del Bronce afluían a su mente y se asentaban sobre el espeluznante relato mitológico. No le cabía la menor duda. El rostro del fragmento era griego, más concretamente micénico. Pero ¿dónde estaba el resto de la vasija y qué significaban ese fragmento y ese antiguo nombre mítico?

Richard había desaparecido. No era el momento de distraerse con rompecabezas antiguos ni con enigmas arqueológicos...

«A menos que guarden relación», pensó.

Se sentó en el suelo junto a la estantería para poder leer los títulos de los libros que se alineaban en la balda inferior y, mientras estaba agachada, descubrió una mancha roja en la moqueta. Cuando la tocó, resultó ser una sustancia viscosa. Supo que se trataba de sangre antes de olerla.

5

Con el corazón en un puño, Deborah se agachó todavía más hasta que tuvo la mejilla apoyada en el suelo a escasos centímetros de la mancha carmesí y descubrió que la moqueta tenía un estrecho sendero marcado, como si algo le hubiera pasado por encima. No, «pasado» no era la palabra exacta; como si algo hubiera rodado por encima. Algo pesado había rodado por encima de la moqueta y a pesar de que la mancha de sangre no estaba esparcida, le daba la sensación de que una fina capa de alguna otra sustancia impregnaba las fibras aplastadas, algo pardusco y viscoso: aceite.

Se concentró de nuevo en las salpicaduras color carmesí. Una recóndita, oscura y desesperada parte de su ser sabía que era la sangre de Richard.

Intentó desentenderse en la medida de lo posible de las implicaciones de aquello que estaba viendo. Retomó el hilo de sus anteriores pensamientos. ¿Algo había rodado contra la estantería? No, el rastro del aceite no acababa en la pared de la estantería, sino que ese era el punto de origen. Y desaparecía en el centro de la estancia. En sentido contrario, el rastro conducía directamente hacia la pared o mejor dicho hacia la estantería que ocupaba esa pared. Así que algo había salido rodando de la pared, cosa imposible a menos que…

Deborah se levantó y comenzó a recorrer los estantes con las manos mientras su cabeza se esforzaba por trabajar al mismo ritmo que el corazón.

No encontró nada. Así que comenzó a tirar de los libros, pero todos salían sin ninguna dificultad. Había cientos de tomos.

«Espera un momento —se dijo—. Piensa. Si es uno de estos libros… ¿cuál elegirías?»

Atreo. Micenas.

¿Algo relacionado con la obsesión que Richard sentía por la guerra de Troya? A Richard le encantaba recalcar que las leyendas homéricas, las historias de dioses y héroes, estaban basadas en hechos reales. Su entusiasmo infantil era contagioso, por muy dudosa que fuera su base arqueológica.

Richard no era arqueólogo. Era un entusiasta; en palabras menos amables, un aficionado. No quería extraer la historia social a través de la arqueología, quería las leyendas y la confirmación de que todas esas leyendas que aprendió en el instituto, plagadas de aventura y gloria, eran reales. No buscaba en la arqueología con el fin de encontrar nuevas teorías o hechos. Pretendía que la arqueología probara lo que él deseaba que fuera verdad. Era como Yigael Yadin vagando por el desierto del Negev y por el monte Sinaí con una pala en una mano y el Antiguo Testamento en la otra. Tenía muy claras sus creencias y quería que la arqueología las confirmara. Era como Schliemann, que había excavado Micenas y Troya para demostrar que las historias de Homero acerca de Agamenón y Helena, Aquiles y Héctor, Áyax y Ulises no eran tan solo un poema épico, sino un hecho documentado.

Deborah se apartó de la estantería y recorrió con la vista los lomos de los libros.

En el extremo derecho, en el cuarto estante, había un grueso tomo negro encuadernado con piel grabada en oro. *Ilíada,* de Homero. La gran historia de la guerra de Troya.

Estiró la mano para cogerlo, tiró del libro y sintió que se movía ligeramente antes de quedar atascado. La estantería se separó de la pared y se movió hacia ella sin hacer el menor ruido.

Deborah se quedó con la boca abierta. El espacio que había detrás de la estantería era bastante profundo, casi la mitad del dormitorio, por lo que le llevó un instante recorrer el interior con la mirada. Su cerebro tardó algo más en asimilar lo que estaba viendo.

La momentánea oscuridad del espacio oculto tras la estantería había quedado amortiguada por un suave resplandor que provenía de los apliques de la pared y por un solitario haz de luz procedente del centro del techo abovedado, que proyectaba un largo y amarillento rectángulo en el suelo. Allí era, justo al lado de una toma de corriente encastrada, donde comenzaba el rastro de sangre.

Se puso de rodillas muy despacio mientras el temor que la había envuelto como un pesado manto se convertía en otra cosa; en algo que arrasó su corazón y su mente con una demoledora oleada de desesperación.

Richard yacía de espaldas, con los brazos extendidos casi en cruz. Tenía una mano abierta y la otra cerrada. Tenía el torso desnudo y su cuerpo era muy delgado, de extremidades larguiruchas y frágiles. Parecía tan viejo que le costaba trabajo creérselo, y su pálida piel había adquirido un color azul translúcido que otorgaba un aspecto aún más terrible a las profundas heridas de su pecho, cubiertas por la sangre coagulada. Gracias a Dios, tenía los ojos cerrados.

Deborah le cogió la fría mano abierta y se la llevó a los labios. Cerrando los ojos con todas sus fuerzas y con el pecho oprimido por la angustia, comenzó a sollozar.

6

Deborah no supo cuánto tiempo había estado allí sentada, agachada, o más bien postrada, como alguien que rezara ante un altar. Durante siete noches se había arrodillado junto a su cama de esa manera tras la ceremonia del *shivá* de su padre, pronunciando una y otra vez las palabras del *Kaddish* que prometían la vida y la continuidad, así como un Dios justo y benevolente al que ella ya no podía ver y al que no había visto ni una sola vez desde entonces. Las dos muertes eran diametralmente opuestas, pero le daba la impresión de que los veinte años que las separaban se habían reducido a cenizas y de que volvía a tener trece años y paseaba la mirada desde sus familiares a los médicos antes de observar al rabino que había celebrado el funeral y con quien no había vuelto a hablar. No recordaba las palabras en arameo de la oración, pero la traducción de uno de los versos la había acompañado siempre como una herida que jamás cicatrizara del todo. Un pasaje acudió a su memoria en ese instante:

> Oh, Dios, misericordioso, Tú que moras en las alturas, concédele reposo al alma de mi amado que se ha marchado a su hogar eterno, al amparo de Tu divina presencia, entre los santos y puros que brillan como las estrellas del firmamento.
>
> Oh, Dios de la Bondad, ampáralo por siempre bajo las alas de Tu presencia, que su alma descanse en el remanso de la vida eterna y concédeme que los recuerdos de mi paso por este mundo me inspiren una vida noble y entregada. Amén.

La oración la llenó de rabia tal y como siempre había hecho, amarga como el Campari que tanto le había gustado a Richard, pero con el amargor que ella le atribuiría al veneno, acerbo como el té demasiado fuerte.

¿Misericordioso? Más bien cruel, inconstante o simplemente apático, pensó ella.

¿Acaso el Dios de sus padres se había percatado siquiera de lo que había sucedido esa noche? ¿Se percataría alguna vez?

«Dios, Richard —pensó—. Lo siento. Debería haber estado aquí.»

No había cambiado de postura desde que lo encontrara, y respiraba de forma lenta y regular de modo que su pecho apenas se movía, como si de forma inconsciente intentara compartir la quietud del anciano, su silencio. Tenía los ojos cuajados de lágrimas que se fueron acumulando poco a poco hasta que por fin se liberaron y comenzaron a caer sobre la moqueta como los goterones de una tormenta de verano.

Sin embargo, a través de su silenciosa angustia se abrió paso una voz aguda e insistente; una voz enérgica como la de un policía que se abriera camino entre el gentío congregado alrededor de un accidente de tráfico; una voz que destilaba autoridad y orden; una voz que aplastaba las emociones a favor de la razón. Decía que Richard había sido asesinado, que ese no solo era un lugar de duelo, sino también de horror e incluso de peligro, y que tenía que actuar en consecuencia.

Pero no podía marcharse, apenas podía apartar los ojos anegados en lágrimas de él, de sus heridas.

Habían sangrado mucho, pero no se trataba tanto de cortes como de incisiones rectas de unos dos centímetros de ancho, que en ese momento tenían un color entre oxidado y carmesí en los bordes mientras que en el centro lucían un intimidatorio negro. El pecho estaba salpicado de hilillos de sangre oscura, pero el enorme charco sobre el que yacía procedía de su espalda. ¿Podrían haberlo apuñalado tan profundamente (unas seis o siete veces, dijo esa voz insistente y tan atenta a los detalles que solía realizar observaciones sobre las piezas de barro y las cámaras funerarias) que la hoja le hubiera salido por la espalda? ¿Qué clase de arma podría hacer algo así? Debía de ser algo parecido a una espada, no a un cuchillo.

Y también había que tener en cuenta el par de marcas que había en la piel a cada lado de las heridas: dos pequeños cardenales de unos dos centímetros y medio a los lados de cada incisión recta…

Se giró a toda prisa, abrumada por una súbita y feroz arcada que le abrasó la garganta, pero que no sacó nada de su estómago. Pese a tener los ojos llenos de lágrimas los sentía secos e irritados, por absurdo que pareciera. Los cerró con fuerza, sobrecogida de pronto por la idea de que debería limpiar las heridas, hacer desaparecer todo rastro de sangre.

«Pero no debes mover el cuerpo —dijo la voz—, porque la policía tendrá que fotografiarlo todo tal y como está. Alguien lo lavará más tarde.»

—Dios, Richard. Quedaba tanto por hacer… Por decir —pensó en voz alta y, como si le respondiera, su teléfono comenzó a sonar. Durante un buen rato ni siquiera lo miró, pero después soltó la mano de Richard muy despacio y se llevó el teléfono a la oreja con movimientos contenidos y precisos y la respiración calmada—. ¿Diga? —preguntó.

—¿Se han llevado el cuerpo?

Era la misma voz. Deborah no respondió y mantuvo los ojos clavados en el pecho de Richard, en lo que una vez fuera Richard.

—¿Se lo han llevado?

Se quedó sin aliento. El desconocido volvió a hablar con un tono mucho más insistente. Apremiante.

—¿Se han llevado el cuerpo?

—No —contestó ella. No sabía por qué le había respondido.

—Espere ahí —replicó él—. Voy para allá.

La llamada se cortó. Deborah miró el teléfono que zumbaba en su mano mientras asimilaba las palabras del hombre. La entumecida quietud la abandonó de repente cuando el significado de esas palabras comenzó a recorrerla como una descarga eléctrica. Se puso en pie de un salto, le dio la espalda al cadáver y llamó a la policía.

7

Había dicho que iba. No había dicho por qué ni lo que quería ni cuánto tardaría en llegar. No había dicho quién era, ni cómo sabía lo que sucedía en el museo, ni por qué le inquietaba tanto averiguar si se habían llevado el cuerpo de Richard ni quién podría habérselo llevado. De cualquier forma, resultaba obvio que quienquiera que fuese, sin importar lo que quisiera, estaba relacionado de alguna manera con la muerte de Richard Dixon. Y así se lo había dicho a la telefonista del servicio de urgencia, una afirmación que había actuado como si de adrenalina se tratara en una conversación que, hasta esos momentos, había resultado apática e incluso cuestionable. ¿Estaba segura de que el hombre estaba muerto?

—Tiene múltiples puñaladas en el pecho y el abdomen —contestó—. Su... cadáver se hallaba en una especie de habitación secreta. Había dejado una nota acerca de Atreo que me hizo pensar en Troya, de modo que cogí la *Ilíada* y la estantería se abrió...

—Más despacio, encanto —dijo la mujer.

Había empezado de una forma bastante metódica («múltiples puñaladas...»), pero luego se le había ido de las manos. Tenía la voz ronca y había comenzado a balbucear.

—Lo siento —se disculpó Deborah, que de pronto se sentía estúpida y sola—. Estoy un poco... Estoy...

No sabía cómo estaba y tampoco era capaz de encontrar las palabras que explicaran cómo se sentía.

—No pasa nada. Limítese a respirar hondo.

La telefonista no le advirtió que malgastar el tiempo de la policía con bromitas le traería una infinidad de problemas, pese a los comentarios sobre la habitación secreta (que ya eran de por sí suficiente para poner a prueba la credulidad de cualquiera) y todos sus balbuceos acerca de Atreo. La mujer había logrado percibir que todo era real y eso significaba que debía comenzar a explicarse de forma coherente, porque se estaba perdiendo de mala manera. Deborah se aclaró la garganta.

—Lo siento —se disculpó una vez más—. Richard era muy... Estábamos muy unidos.

—¿Ese es el hombre que estaba herido?

—El muerto, sí.

Lo dijo con tranquilidad, con la mente en blanco; las palabras parecían en cierta forma correctas, si bien carentes de significado. Se produjo un momento de silencio.

—¿Dónde se encuentra usted exactamente? —preguntó la telefonista.

—En el dormitorio —replicó Deborah.

—Me refiero a la dirección.

—Vale —dijo Deborah, que se sintió torpe y estúpida de nuevo—, lo siento. Estoy en el Museo Druid Hills, en el 143 de Deerborne Street. La casa está adosada al museo. Quienquiera que venga tiene que entrar por ahí.

—Vaya —dijo la telefonista—. Si no le importa, podría salir a recibirlos a la puerta. ¿Está cerca?

—En realidad no —le aseguró Deborah.

—De acuerdo —continuó la telefonista—. Y ese hombre que llamó, ¿no tiene la menor idea de quién podía ser?

—No.

—¿Hay alguna habitación segura en la casa? ¿Algún lugar donde pudiera usted encerrarse y esperar a que lleguen los agentes de policía?

—Hay un cuarto de baño —respondió ella, que sintió una nueva oleada de pánico ante la seriedad con la que la mujer reaccionaba en lo referente al misterioso desconocido que la había llamado.

—¿Y puede echar el cerrojo? ¿La puerta es sólida?

—Sí, pero tendré que colgar. No es un teléfono inalámbrico. Tengo un móvil que podría usar en caso de que…

—De acuerdo, buena idea. ¿Se encuentra bien?

—Estoy bien —respondió Deborah—. Voy a colgar.

—¿Está segura de que se encuentra bien?

—Sí.

—En ese caso, métase en el cuarto de baño y cierre bien la puerta, ¿de acuerdo?

Deborah asintió con la cabeza y después contestó que sí. Acto seguido, colgó el teléfono y se sentó en el borde de la cama durante un momento, contemplando la puerta del cuarto de baño. Después apartó la mirada, se puso en pie y dio dos pasos antes de echar un vistazo a la habitación en semipenumbra emplazada tras la estantería, sin mirar hacia el suelo ni hacia el cadáver que yacía en él; en cambio se fijó por primera vez en la asombrosa —no, en la increíble— colección que adornaba las paredes.

8

Incluso sin entrar, Deborah sabía que las vitrinas expositoras contenían objetos con el mismo origen que el fragmento de cerámica que había sostenido en sus manos momentos antes. Una de las vitrinas estaba abierta y había un hueco evidente sobre el estante de cristal del interior. Deborah bajó la vista. En las sombras del rincón, a medio metro del recuadro central de luz, había un revoltijo de trozos de cerámica: los restos de una vasija. Algunos fragmentos tenían el mismo tono turquesa que el que había encontrado bajo la cama.

Se quedó donde estaba y evitó mirar el cuerpo que se encontraba a sus pies («Hagas lo que hagas, ¡no vuelvas a mirarlo!»); paseó la vista con mucha lentitud por el perímetro de la estancia, con una sensación de estupor que se fue acrecentando a medida que asimilaba el contenido de las vitrinas: una copa dorada con dos asas que, según creía, se llamaba cántaro; cuatro platos decorativos con leones estilizados; un par de anillos de sello también de oro. Había una losa de piedra grabada con la silueta de un carro de guerra y su auriga (seguramente una lápida), un cuenco de plata con cabezas de toro, collares con cuentas de cristal y de piedra pulida; y más oro: gargantillas, colgantes, diademas, anillos, alfileres… todos preciosos y delicados. Había tres vitrinas llenas de objetos de cerámica, desde jarros decorados con delicadas figuras geométricas hasta jarras y cálices con dibujos de guerreros y escenas de caza. La última vitrina contenía puntas de lanza, espadas y dagas con incrustaciones de oro y piedras preciosas; objetos finos, elegantes y útiles cuyo bronce estaba recubierto por una pátina verde propia de la antigüedad, aunque sorprendentemente indemnes...

«Eso suponiendo que todo esto sea auténtico...», se dijo.

No había ninguna razón para sospechar que no lo fuera, excepto la más obvia. Había cuarenta o cincuenta piezas allí. Si los objetos eran lo que parecían ser, esa debía de ser la colección de objetos micénicos o minoicos más grande e importante, si no se tenía en cuenta la del Museo Arqueológico Nacional de Atenas. Resultaba imposible hacer una estimación de su valor.

«Así que tienen que ser falsos», pensó.

Era imposible que existiera una colección de semejante calidad y envergadura. La mayoría de los yacimientos griegos habían sido excavados o expoliados siglos atrás. Todo lo procedente de Micenas, Tirinto y de las excavaciones de Minos en Creta estaba catalogado, documentado, con las pinturas reproducidas en centenares de libros dedicados al arte y a la historia. Una colección como esa, desconocida para la ciencia arqueológica, resultaba inconcebible.

Sin embargo, a Deborah, que se había quedado clavada en el sitio sin dejar de llorar, le bastó un vistazo para saber que lo que estaba contemplando no eran copias ni reproducciones de piezas conocidas. Cierto que no era una experta en antigüedades griegas y que no podía identificar cada una de las vasijas encontradas en Micenas, pero había visto las más famosas en bastantes ocasiones como para saber que aquella estancia contenía objetos tan grandes, tan ricamente adornados y tan complejos como los que estaban catalogados. También sabía que eran distintos; lo bastante parecidos como para identificarlos como micénicos, pero no por ello dejaban de ser nuevos hallazgos. Clavó la vista en una daga de bronce situada sobre un delicado estante de plexiglás al tiempo que se inclinaba hacia delante para apreciar los detalles. Estaba adornada con incrustaciones de oro y leones de plata que perseguían a ciervos. Era exquisita. Tendría unos tres mil quinientos años de antigüedad, y estaba casi segura de que ningún arqueólogo serio ni historiador con vida había posado jamás los ojos sobre ella.

Ningún arqueólogo serio.

¿Qué quería decir eso? Se obligó a admitir el terror sordo que se había posado como vidrio esmerilado en el fondo de su estómago. Serio significaba «ético». Si todo aquello era auténtico, había sido robado, ocultado, vendido y almacenado al margen de la comunidad arqueológica, con sus lecciones y deleites atesorados solo para uso privado. Le sobrevino una sensación de horror y decepción que la dejó extenuada y vacía e incluso detuvo sus lágrimas con un súbito y agotador cansancio.

—Richard —suspiró—, ¿qué has hecho?

«¿Y por qué no me lo dijiste?», suspiró una parte herida y resentida de sí misma a la que no quería escuchar en esos momentos.

Recordó la vieja indignación a lo Indiana Jones de Richard: «Debería estar en un museo». Claro. Debería haberla hecho sonreír, pero el vacío que sentía en el estómago se estaba transformando en algo minúsculo y triste. Lo miró de nuevo allí tendido, pálido y desconocido, apuñalado y salpicado con el rojo oscuro de su propia sangre.

«Eras mi amigo, mi mentor, mi…»

No consiguió añadir «padre». Le parecía una traición que le hubiera ocultado aquello; una traición hacia ella, hacia sus valores y hacia lo que habían tratado de hacer en el museo.

A menos que…

¿Habría comprado esa extraordinaria colección a través de los entresijos del mercado negro con la intención de exponerla en el museo? Deborah contuvo el aliento. En los últimos tiempos se había mostrado distraído, reservado. Sin embargo, su reserva parecía del tipo de «espera y verás». ¿Acaso aquella estancia no era más que un simple refugio donde ocultar la colección hasta que todo el papeleo legal estuviera en orden y los objetos pudieran exhibirse en su humilde museo? ¡Habría sido todo un golpe de efecto!

Aunque la habitación no parecía un refugio temporal. La

oleada de esperanza e idealismo se vino abajo. Richard había mantenido tratos con la peor ralea de traficantes de antigüedades y ellos lo habían matado. ¿De qué otra forma podría interpretar lo que veían sus ojos?

Sin embargo, habían estado allí dentro. Así pues, ¿por qué no se lo habían llevado todo? Si se trataba de una transacción que había salido mal, ¿por qué habían dejado todos esos extraordinarios tesoros atrás? ¿Por qué los asesinos de Richard no se los habían llevado? ¿Y si...?

Deborah se dio la vuelta. Muy despacio, casi sin hacer ruido, el picaporte de la puerta del dormitorio había comenzado a girar.

9

Deborah no tuvo más que un par de segundos para tomar una decisión y todas las opciones le parecieron arriesgadas. Así pues, cuando la puerta del dormitorio comenzó a abrirse con lentitud, se agachó y rodó hacia el único escondite que había en la estancia: el espacio bajo la cama de Richard.

Durante un momento reinó el silencio. Estaba tumbada boca abajo, con las piernas estiradas en dirección al cabecero y la cabeza hacia la puerta, situada apenas a un par de metros de distancia. Contuvo la respiración y escuchó. Nadie entró de forma apresurada, ni se escuchó el ruido de botas reglamentarias. Quienquiera que fuese no tenía nada que hacer allí. Debería haberse encerrado en el baño.

Apoyó las manos en el suelo, con los dedos extendidos. El colchón estaba cubierto por una enorme colcha que colgaba prácticamente hasta el suelo por los tres costados de la cama. Otorgaba al escondite de su infancia cierto grado de clandestinidad, pero también le hacía imposible ver lo que sucedía en la habitación. Salvo en un punto concreto. Justo a la altura de su cintura, a su izquierda, la colcha estaba doblada y alzada allí por donde ella se había arrastrado. Giró muy despacio la cabeza hasta que pudo mirar a través de la abertura.

La moqueta, la pata de una mesita auxiliar, el espacio oscuro tras la estantería. La mano extendida de Richard.

«Esto es una locura. Sal ahora mismo», se dijo.

No. No le gustaba el sigilo con el que se había abierto la puerta, ni la precaución con la que esos pies habían entrado.

Pasó un buen rato hasta que Deborah escuchó algo, tanto que había empezado a pensar que el intruso se había marchado; sin embargo, cuando el sonido se produjo fue claro y no dejó lugar a dudas: una respiración larga y pausada, tal vez un suspiro. Deborah se movió un poco y se estiró para tener más campo de visión a través del hueco que dejaba la colcha. No sirvió de nada, pero justo entonces la persona que estaba en la habitación, a escasa distancia de su escondite, dio dos rápidos pasos y quedaron a la vista unas zapatillas deportivas blancas con el símbolo de Nike en el talón. De mujer. Giradas hacia el cadáver y la habitación secreta donde este yacía. Mientras Deborah las contemplaba, se pusieron de puntillas, como si su dueña estuviera estirando el cuello para ver algo, y después todo movimiento se detuvo.

Los pies se giraron con presteza hacia la salida y desaparecieron. Deborah escuchó que la puerta se abría y se cerraba de nuevo, con mucho menos sigilo en esa ocasión, y después escuchó otros sonidos atenuados por la distancia. Unas voces masculinas que se alzaban desde el vestíbulo de la planta baja: la policía.

«Ahora», pensó.

Rodó con rapidez para salir de su escondite, se alisó la ropa con las manos y abrió la puerta del dormitorio. En el vestíbulo superior y preparada para la llegada de los agentes que subían las escaleras estaba Tonya, la limpiadora de mediana edad, calzada con las impecables Nike, sin duda un regalo de alguna hija o sobrina. Al escuchar la puerta se dio la vuelta con la boca abierta y miró a Deborah con manifiesta hostilidad.

10

Ambas se estudiaron en silencio, ajenas por un momento a los sonidos que emitían los agentes uniformados para anunciar su presencia con cautela a medida que subían las escaleras: uno de ellos, calvo y gordo, si bien no tendría más de treinta años; el otro, delgado y negro.

—¿Señorita Miller? —preguntó el agente calvo mientras las observaba.

—Sí —contestó Deborah, que consiguió apartar la vista de la mujer negra a duras penas—. Ahí dentro.

Los policías intercambiaron una mirada y el calvo se acercó a las puertas del dormitorio. Estuvo en el interior poco más de treinta segundos, pero le pareció una eternidad, y además silenciosa. El otro agente remoloneó por allí con aspecto avergonzado, como si hubiera interrumpido una misa, aunque Deborah no estaba segura de si se debía al hecho de tener que enfrentarse con dos mujeres o con un cadáver. El hombre dijo algo, pero ella no estaba prestando atención, ya que intentaba descifrar la conversación que se escuchaba por la radio del poli calvo mientras este salía de la habitación. Le dio la impresión de que el hombre tenía un semblante un tanto verdoso, aunque intentaba disimular. Qué raro, reflexionó. Se había sentido demasiado consumida por el dolor al descubrir la identidad del cadáver como para que su imagen le hubiera provocado horror o repulsión.

—Pensé que podría adelantar un poco el trabajo del día —estaba diciendo Tonya—. Sabía que habría que limpiar a fondo. Anoche se celebró una fiesta en el museo.

—¿Y usted, señorita Miller?

—Perdón, ¿cómo dice? —preguntó Deborah al policía negro. El hombre había sacado un bloc y la miraba con evidente nerviosismo. Era bastante probable que le aterrorizara la posibilidad de no seguir el procedimiento, pensó, y eso le provocó un extraño sentimiento de compasión por el tipo—. Recibí una llamada telefónica advirtiéndome que debía regresar al museo —le dijo—. Creo que fue poco antes de las tres.

Ya eran casi las cuatro. ¿A eso llamaba Tonya adelantar un poco el trabajo del día?

—¿Conocía a la persona que realizó la llamada?

Le dijo que no y después le relató lo que había hecho y cómo había descubierto el cadáver. Tonya hizo lo que pudo para disimular que estaba pendiente de cada palabra.

—¿Y nunca antes había visto la habitación oculta tras la estantería? —preguntó el poli calvo que acababa de reunirse con ellos, tomando así el control de la situación.

—No tenía ni idea de que estuviera ahí.

—Ni yo tampoco —agregó Tonya sin afrontar la mirada de Deborah.

—El equipo de investigación que va a procesar la escena tardará un poco en llegar —dijo el agente—. ¿Hay algún lugar donde ustedes puedan esperar?

Dejaron al poli negro custodiando el dormitorio y Deborah encabezó la comitiva hasta la salita de la planta baja, donde Tonya y ella tomaron asiento en sendas sillas de estilo reina Ana y se dedicaron a contemplar en silencio las paredes mientras el poli calvo paseaba de un lado a otro, observando fotografías y objetos decorativos al azar. Tomaba notas de vez en cuando, como si tuviera que demostrarse a sí mismo que era un detective y no un simple patrullero. Pasaron veinte minutos antes de que escucharan un portazo en la entrada principal de la casa, seguido del creciente murmullo de las voces de una legión de investigadores y especialistas que entraron pertrechados con todo su equipo.

—¿Qué tal si volvemos a la planta alta? —preguntó el policía—. Por si alguien quiere hablar con ustedes.

Parecía indeciso, pero ambas siguieron su vacilante estela y volvieron a tomar asiento en un par de sillones orejeros del vestíbulo superior mientras él desaparecía para realizar las consultas pertinentes a quienquiera que estuviese al mando.

—Siento mucho lo de Richard —dijo Tonya.

El comentario fue repentino, casi brusco; una especie de concesión, aunque se le quedó atascada en la garganta.

Deborah asintió, si bien no supo qué decir. Tonya era una limpiadora eficiente, demasiado eficiente a decir verdad, y se tomaba su empleo con ese tipo de orgullo que sugería que el trabajo del museo era un inconveniente monumental. Era una mujer intransigente, franca y que, pese a realizar una labor en la que a todas luces estaba acostumbrada a recibir órdenes, le molestaba cualquier muestra de autoridad sobre ella.

«Al menos cualquier muestra de autoridad que provenga de ti», se recordó Deborah.

Con Richard, sin embargo, Tonya mostraba un respeto que rayaba en la docilidad. Era ella quien no le caía bien. Deborah lo achacaba al hecho de ser su jefa y, además, una mujer joven y blanca; aunque siempre había sospechado que había algo más, algo personal, una especie de resentimiento que no acababa de entender. Richard estaba muerto y la limpiadora había entrado a hurtadillas en su dormitorio en mitad de la noche…

«No pienses en eso. Deja la investigación a los detectives. Déjalo estar», se dijo.

Suspiró y siguió observándolo todo a medida que la casa se llenaba de personas, algunas armadas con cámaras, bolsas para las pruebas y rollos de cinta amarilla. De vez en cuando, esas personas —hombres, porque todos eran hombres— cuchicheaban entre ellas y las miraban de reojo, pero durante lo que pareció una eternidad nadie les habló, de modo que comenzó a sentirse como la espectadora de una representación extrañamente íntima y surrealista. Durante media hora entró y salió un montón de gente hablando y tomando notas; de vez en cuando los iluminaba el resplandor de los brillantes flashes de las cámaras que sacaban fotos en el interior, y aun así nadie le dijo nada. Veinticinco minutos después llegó una agente, una mujer corpulenta y amable que se ofreció a llevarle un poco de agua e intentó que apartara la mirada mientras sacaban el cuerpo —el cuerpo de Richard— de la habitación en una camilla cubierta. El hombre que Deborah tomó por el forense estaba hablando con el detective que parecía estar al mando. El hombre gesticuló con las manos, indicando algo de unos treinta centímetros de largo y después utilizó el pulgar y el índice para mostrar más o menos la medida de las incisiones.

El arma, intuyó Deborah.

—¿Señorita Miller? —la llamó el detective mientras el forense se alejaba con rapidez—. Ya podemos atenderla. —Asintió con la cabeza en dirección a Tonya—. Si no le importa esperar unos minutos —le dijo—, también le haremos unas cuantas preguntas.

Era un hombre alto, descubrió Deborah, de su misma altura quizá, de hombros anchos y constitución atlética, pelo oscuro y piel bronceada. La mayoría de las mujeres lo encontraría atractivo, supuso de forma distraída sin preguntarse por qué ella no pensaba igual.

—Soy el detective Chris Cerniga —se presentó—. ¿Cree que podría entrar de nuevo en el dormitorio?

Hizo la pregunta con mucha delicadeza, como si el trauma de regresar a la habitación pudiera ser demasiado para ella, aunque su expresión solemne desapareció en cuanto se puso en pie y comenzó a caminar. El detective se enderezó y echó los hombros hacia atrás un poco más de lo necesario antes de seguirla y dejar atrás al poli negro. En el interior había otro detective, un hombre casi calvo vestido con un traje sintético manchado. Estaba observando la estantería cuando ellos entraron y no se giró.

—Dave —dijo Cerniga.

En ese momento el hombre dio media vuelta para saludar a la testigo y su mirada se demoró en ella. Al parecer el tipo no la esperaba, aunque el motivo —aparte del obvio— se le escapaba.

—Esta es la señorita Miller —prosiguió Cerniga—. Fue ella quien encontró el cadáver.

—Detective Keene —se presentó el agente sin ofrecerle la mano ni mostrarle identificación alguna.

De hecho, una vez que estuvo en su presencia, el hombre comenzó a actuar como si ella ni siquiera mereciese su atención y se dio la vuelta para seguir observando la estantería y los títulos de los libros.

—Me doy cuenta de que esto debe ser muy difícil para usted —dijo Cerniga—, pero esperaba que pudiera responder unas cuantas preguntas.

Ella asintió, pero no dijo nada. La estancia estaba tal y como ella la había dejado; la habitación secreta seguía abierta y en sus paredes brillaban sus extraños tesoros. Lo único que faltaba era el cadáver. Allí donde Richard había estado se veía una llamativa mancha carmesí que curiosamente quedaba iluminada por el foco del techo, cuya luz formaba un rectángulo en ese preciso lugar. La habitación entera había sido rodeada con la cinta habitual para marcar la escena de un crimen. Deborah tuvo la impresión de estar viéndolo todo a través de los ojos de otra persona o de estar experimentando una especie de sueño en el que el mundo parecía irreal y patas arriba.

—¿Por casualidad sabe si el museo alberga algún tipo de arma ceremonial?

La voz de Cerniga la devolvió a la realidad. Parpadeó.

—¿Ceremonial? —repitió, momentáneamente desconcertada—. Hay un *tomahawk* en una de las vitrinas de la planta baja...

—No —la interrumpió—. Quiero decir un arma con una hoja delgada, como una daga o una espada.

Deborah permaneció inmóvil durante un segundo, con los labios entreabiertos, mientras caía en la cuenta de lo que le estaba preguntando. Después se ruborizó.

—Ya —dijo—. Por supuesto. No. No tenemos nada parecido. Lo siento.

No supo muy bien por qué había dicho «Lo siento». Aunque sí sabía que le temblaban un poco las manos. Cerniga estaba repasando sus notas.

—Una noche movidita para los chicos del laboratorio —dijo el detective que se había identificado como Keene antes de dirigirle a Cerniga una rígida sonrisa.

—¿Cómo dice? —preguntó Deborah.

—Es el segundo homicidio de esta noche —contestó el agente, encogiendo los hombros—. El otro ha tenido lugar a una manzana de aquí. Otro viejo.

Lo dijo como si estuviera hablando del tiempo.

—¿Están relacionados? —inquirió ella, aún perpleja por la despreocupación con la que el agente hablaba del tema.

—Qué va —respondió—. El modus operandi es totalmente distinto.

—Le dijo al agente que hay fuera que jamás había visto la habitación oculta tras la estantería, ¿no es así? —le preguntó Cerniga al tiempo que alzaba la mirada de su bloc.

—Sí —contestó ella.

—¿Y dio con ella esta noche —intervino Keene— por casualidad?

El hombre la miró con una expresión que a Deborah no acabó de gustarle, una expresión un tanto arrogante y suspicaz.

—No fue por casualidad —respondió—. Estaba buscando a Richard, al señor Dixon, y llegué aquí. Recogí del suelo este trozo de cerámica y vi el rastro de aceite que había al pie de la estantería... —Alzó el trozo de cerámica que había estado acariciando de forma distraída desde que comenzara toda la pesadilla y se detuvo cuando sintió la mirada fija de los dos hombres—. Lo siento —dijo; se sentía como si hubiera hecho algo de lo más estúpido—. Debería habérselo dado al primer policía que llegó. O tal vez dejarlo donde lo encontré...

—¿Usted cree? —preguntó Keene con evidente sarcasmo.

—¿De dónde lo cogió? —quiso saber Cerniga. Parecía irritado.

Deborah señaló el lugar.

—¡Genial! —masculló Keene—. ¡La escena del crimen está contaminada!

—¿Qué es? —preguntó Cerniga, pasando por alto la indignación de su compañero.

—¿Cómo dice? —dijo Deborah.

—El trozo de cerámica —contestó el hombre—. ¿Qué es?

—Un trozo de una jarra o de una vasija —le dijo, dándole la espalda a Keene—. Parece antigua, pero podría ser falsa. Tal vez griega. Micénica.

—¿Griega? —repitió Cerniga. Parecía... ¿Impresionado? ¿Intrigado? Algo parecido.

—¿Dónde está el resto? —preguntó Keene.

—Allí. Creo.

Deborah señaló en dirección al rincón del dormitorio donde yacían desperdigados los restantes fragmentos.

—¿Es valioso? —inquirió Cerniga.

—Depende de si es auténtico o no —respondió ella—. Si es una auténtica antigüedad, quiero decir. Si es una falsificación, no vale nada. Si es auténtico... la cosa cambia.

—¿Aunque tengan que volver a pegarlo? —preguntó el detective.

—Todos los objetos de cerámica tan antiguos tienen que recomponerse. Siempre y cuando se haga del modo correcto, siguen siendo muy valiosos.

—¿Cuánto? —quiso saber Keene, interrumpiendo la conversación con la misma sutileza que mostraría un bailarín calzado con botas de montaña.

—En realidad no lo sé.

—Más o menos.

—Necesitaría ver la pieza unida. Depende de la forma y del tamaño...

—He dicho «más o menos». ¿Es que estamos en una dichosa conferencia sobre arqueología?

—Miles —contestó Deborah encogiéndose de hombros—. Cientos de miles. Tal vez más.

—¿Por esto? —preguntó Keene, que de repente parecía sorprendido e impresionado.

—Por la pieza completa, quizá —respondió Deborah—. Si es auténtica y si es micénica.

—¿Micénica?

—Procedente de la Micenas de la Edad del Bronce de la antigua Grecia.

—¿Y cuánto tiempo hace de la Edad del Bronce? —inquirió Cerniga.

—Es el período comprendido entre el tres mil y el mil doscientos antes de Cristo —respondió ella—. Aproximadamente.

Durante un segundo, ambos detectives miraron con algo rayano en la adoración el fragmento que Keene tenía en la mano y Deborah, en su papel de conservadora, fue incapaz de contener una sonrisa.

—Así que... ¿Todo este material...? —preguntó Cerniga al tiempo que señalaba con la mano las vitrinas expositoras—. ¿Data de la Edad del Bronce? ¿Todo es micén...?

—Micénico. Eso parece, pero...

—Pero ¿qué? —la interrumpió Keene como si pensara que estaba haciendo un pedante despliegue de profesionalidad y que estaba dando rodeos en lugar de ir al grano.

—No me cabe en la cabeza que pueda ser auténtico —dijo ella—. La gente sabría de su existencia. Ya lo habría visto antes. Uno no se tropieza con semejante colección por casualidad.

—Pero si es auténtica —intervino Cerniga—, ¿cuánto costaría?

—Millones. Miles de millones —respondió—. Me sería imposible valorar una colección de esta magnitud.

Un largo silencio cayó sobre la habitación mientras los dos detectives se daban la vuelta para observar los objetos de oro y bronce y las vasijas de cerámica que brillaban suavemente bajo la tenue luz. Fue un momento de veneración; algo así como sentarse a solas en el templo entre servicios, tal y como ella hiciera una vez muchos años antes tras la muerte de su padre, un momento cargado de recuerdos, asombro y tristeza.

«¿Es posible que se trate tan solo del dinero? ¿Por eso ha muerto Richard?», se preguntó.

—¿Y esta palabra? —preguntó Cerniga devolviéndola al presente, al tiempo que alzaba el bloc de notas, que en ese momento estaba envuelto en polietileno, de la mesilla de noche de Richard—. «Atreo». ¿Significa algo para usted? ¿Está relacionada personal o profesionalmente con el señor Dixon?

Deborah negó con la cabeza.

—No es más que una leyenda —contestó.

11

La enviaron a casa alrededor de las seis menos cuarto de la mañana tras comunicarle que hablarían de nuevo con ella después de que hubiera dormido un poco. Les dio el número de teléfono de su apartamento y les dijo que pasaría toda la tarde en el museo. Por segunda vez esa noche, salió al aparcamiento en busca de su coche. No había la menor semejanza entre las dos ocasiones.

Richard. Dios, no tenía la menor idea de lo que haría cuando la realidad de su muerte se asentara de una vez por todas en su cabeza. Por el momento solo sentía una terrible opresión en el pecho, como si le hubieran quitado una parte de su ser, como si se la hubieran arrancado tan deprisa que todavía no supiera qué sentir. Ya llegaría la realidad arrasándolo y consumiéndolo todo, abriendo heridas a su paso, pero en ese preciso instante solo le quedaba un enorme vacío que tarde o temprano rebosaría de sentimientos.

Y después, ¿qué?

¿Cómo proseguiría con su vida, cómo dirigiría el museo, seguiría como si todo fuera normal? Sin duda eso sería lo peor. En ese preciso instante deseaba no llegar nunca a ese punto, al momento en que pensara en su trabajo sin recordar al hombre que se lo había proporcionado. Pasar la etapa de duelo requeriría olvidar ciertas cosas, y eso le parecía algo desleal e imperdonable.

Aún no había amanecido cuando llegó al bloque de pisos Juniper. Aparcó junto al viejo cornejo blanco y caminó hasta la puerta principal de su casa, apenas consciente del cricrí de los grillos y de la pesada humedad del aire. Para llegar a su piso había que atravesar el estrecho pasaje que se abría tras una verja de hierro forjado y que no tenía otro techo que las retorcidas ramas de la glicinia. Percibió una fragancia en el ambiente cuando abrió la puerta del porche, pero no la identificó hasta que estuvo en el oscuro pasillo de ladrillo que conducía a su apartamento, con las llaves a escasos centímetros de la cerradura. No era floral; era intensa, como algún licor exótico o un perfume, y escondía otro aroma, un penetrante aunque dulzón olor a tabaco de pipa que le recordó inevitablemente a su padre.

«Espera», se dijo.

Deborah detuvo todo movimiento. Inhaló una vez más con mucha precaución, como si el propio aroma pudiera ser venenoso, y volvió a captarlo, en esa ocasión con más nitidez. Ella no fumaba y podía contar con los dedos de una mano las veces en las que se había puesto perfume en los últimos seis meses. Superaban a las veces en las que se había maquillado, si bien por muy poco. En un principio tuvo la intención de ponerse ambas cosas para la gala de recaudación de fondos de esa noche, pero entre llamar a Richard, calmar a Tonya e ir detrás de los empleados del catering no había tenido tiempo de pasarse por casa y había acabado por no ponerse nada.

En ese estrecho y emparrado pasillo de la planta baja había otro piso. Pertenecía a la señora Reynolds, una viuda que, hasta donde ella sabía, jamás entraba o salía de casa después del anochecer y que parecía insistir en que sus visitas siguieran el mismo horario.

Metió la llave en la cerradura con precisión milimétrica, consciente de la tensión que se había apoderado de su espalda. El espeso aire de Atlanta parecía más denso que de costumbre y el cricrí de los grillos retumbaba en el oscuro pasillo. Giró la llave muy despacio, sin hacer ruido, a la espera del familiar chasquido y de la repentina ligereza de la puerta al verse libre del mecanismo de cierre. Al instante la puerta comenzó a abrirse en dirección a la oscuridad de su sala de estar.

«Espera.»

No entró. Se quedó donde estaba e inspiró.

Captó los olores de la cena de la noche anterior, de la pasta que había dejado en la cocina y que apestaba a ajo y a albahaca. ¿Qué más? El suave olor a invernadero de una habitación llena de plantas que no había tenido ventilación durante todo un día estival de Georgia. ¿Y? Un rastro de colonia o aftershave y la reminiscencia del humo del tabaco.

«Corre.»

Dio media vuelta sin cerrar la puerta y regresó a toda prisa al Toyota verde. Accionó el cierre a distancia. Los intermitentes del coche parpadearon una vez y los seguros se abrieron. Echó a correr.

Había alguien en su piso.

Abrió la puerta del coche de un tirón, entró en él, golpeándose la rodilla, y metió las llaves en el contacto. Con un giro rápido, los seguros volvieron a cerrarse y el motor ronroneó al arrancar.

Gracias a Dios.

Encendió las luces y movió el coche de manera que alumbraran el sendero y la verja de hierro que llevaban hasta su casa. Los haces de luz tintaron la noche con intensos colores al devolver a la vida el frondoso verde de las camelias y el rojo intenso de los ladrillos. Y la mano blanca de un hombre que asía el hierro forjado.

Estuvo a la vista menos de un segundo antes de que soltara el metal y desapareciera en el frondoso pasaje. La puerta de hierro se meció ligeramente sobre los goznes antes de quedarse inmóvil.

Mientras daba marcha atrás, Deborah comenzó a marcar un número de teléfono.

12

Deborah se acercó a las puertas del museo movida por el gesto de un agente de policía, que aguardaba en el interior de un coche patrulla con las luces encendidas. Entró en el edificio y respiró hondo en un intento por recobrar la compostura antes de tener que empezar a dar explicaciones.

La estaban esperando en el vestíbulo de la planta inferior junto al tiranosaurio y el mascarón de proa con forma de mujer serpiente. Había esperado encontrar más agentes de uniforme, pero los dos detectives seguían allí. Al igual que Tonya. Keene levantó la vista cuando la vio entrar, con el rostro encarnado y semblante furioso.

—¿Dice que olió a alguien en su apartamento? —le preguntó haciendo hincapié en la palabra «olió».

Al menos ya contaban con todos los detalles que le había dado a la telefonista. No tenía fuerzas para repetir la historia.

—Supe que alguien estaba allí, sí —replicó ella.

Miró a Tonya. No tenía muy claro si la estaban interrogando todavía o no. La negra volvió la cara con brusquedad, ofreciéndole una vista de su canoso cabello trenzado, aunque no antes de que la mirara con una expresión que decía a las claras: «¿La preciosa señorita quiere intimidad? Por mí estupendo».

—¿Hay alguna manera de conseguir café? —le preguntó Keene a Tonya.

La limpiadora enderezó la espalda. Deborah se preparó para

escuchar un sermón, pero este no llegó. En su lugar, la mujer se limitó a encogerse de hombros.

—No creo que me dejen hacer mucho más por aquí —replicó—. ¿Con crema y azúcar?

Deborah arqueó una ceja. Cerniga se giró hacia el horrendo mascarón de proa.

—Impresionante —dijo el agente con tono neutral y la vista clavada en el mascarón.

—¿Verdad que sí? —replicó Deborah. A continuación cedió un tanto y añadió—: Richard quería que lo restauraran como era debido. A mí me parece sacado de la portada de un disco de Whitesnake.

—Me gusta —decidió Cerniga con una sonrisa, al tiempo que se sacaba el bloc de notas del bolsillo interior de la chaqueta.

—Diez pavos y es suyo —le dijo Deborah mientras se sentaba tras su escritorio—. Supongo que tendré que contarle lo de la persona que había en mi apartamento, ¿no?

—Pues la verdad es que no —respondió el hombre—. A menos que tenga algo que añadir a lo que dijo por teléfono.

—Vaya... —dijo Deborah, desanimada—. Creo que no.

—¿No lo vio?

—Solo vi su mano en la puerta.

—¿Blanca?

—Sí.

Cerniga dio unos golpecitos con el bolígrafo sobre el borde del bloc.

—¿Le parece que hablemos un poco más sobre el museo en el despacho? —le preguntó.

Deborah lo condujo más allá del mostrador de información y los servicios, en dirección a la librería (en realidad era una tienda de regalos, pero Richard había insistido en que la mayoría de esos «regalos» fueran libros) y el despacho adjunto a esta. Había un par de mesas con ordenadores, una impresora, dos teléfonos y una estantería. El resto de la estancia estaba presidido por una mesa de reuniones ovalada de reluciente madera de caoba y ocho sillas. Estaban tomando asiento en uno de los extremos cuando apareció Keene, mascullando algo a un agente que no llegó a entrar en el despacho. No miró a Deborah.

—No hay mucho que contar —dijo ella sin pasar por alto la inspección avinagrada a la que el detective sometía las paredes de la estancia, deslizando la mirada por los carteles de promoción de arte precolombino y las exposiciones de fotografías locales como un ministro lo haría con el *Playboy*—. Richard era un mecenas de las artes y la educación locales.

Keene resopló. Deborah lo fulminó con la mirada.

—Se me ha quedado algo pegado a la garganta —explicó el detective al tiempo que se desentendía con una sonrisa falsa.

—Puesto que siempre había valorado mucho el arte, la cultura, la educación y demás actividades afines —continuó Deborah con sumo cuidado—, decidió abrir un pequeño museo. De entrada libre. La colección era... errática.

—¿Erótica? —preguntó Keene con sorna.

—Errática —lo corrigió ella.

—Vaya —dijo el policía—, qué pena.

Deborah se concentró en Cerniga.

—Exponía todo tipo de objetos —le dijo—. Baratijas desperdigadas por todas partes y expuestas en anticuadas vitrinas sin orden ni concierto. En fin. Cuando se retiró, decidió mejorar el museo. Así que creó una junta directiva y contrató a un conservador...

—Usted —intervino Cerniga.

—No al principio —explicó—. Soy la tercera persona que ocupa el cargo. Y solo llevo aquí tres años.

—¿De dónde vino?

—Terminé el proyecto de fin de carrera aquí —respondió—, pero nací en Boston y fui a la universidad en Nueva York.

—Sí, por el acento ya me parecía que era de un sitio de esos —dijo Keene, que recalcó su propio acento sureño por si a ella se le había pasado por alto—. Supuse que era cosa de la educación.

Deborah no supo qué responder al comentario. A Keene no le caía bien y, aunque estaba acostumbrada a esa situación, por lo general siempre había hecho algo para ganársela. No solo le caía mal, sino que el sentimiento había nacido en cuanto el hombre le puso los ojos encima.

—He estado intentado ampliar y encauzar la colección desde entonces —dijo, tratando de concentrarse en la conversación—. Ese era el motivo de la fiesta de anoche, en realidad. Recaudación de fondos. Pensamos traer una colección de antigüedades celtas...

—Es fascinante —la interrumpió Keene con desdén—. ¿Qué tal si nos da la lista de invitados de la fiestecita de anoche?

—Nos estábamos preguntando —aclaró Cerniga con cierto tono de disculpa—, si alguno de los presentes a la gala de recaudación de fondos se quedó o regresó más tarde.

A Deborah le llevó un segundo entender lo que estaba diciendo: a nadie le preocupaba que Richard estuviera muerto. Lo que les preocupaba era que lo hubieran asesinado.

Abrió un cajón del escritorio y sacó la lista de confirmación de asistencia.

—Aquí están todas las personas que confirmaron su asistencia —les dijo—. No puedo saber con certeza si estuvieron o no, aunque es probable que pueda comprobarlo. Había algunas personas a quienes no conocía, y es posible que Richard invitara a alguien que no esté en la lista.

Así era Richard. La instaba a que lo organizara todo para después trastocar su trabajo en un abrir y cerrar de ojos... Siempre la había exasperado al tiempo que le arrancaba una sonrisa.

—¿Y el personal del museo? —preguntó Keene.

—Tonya estaba aquí —respondió ella—, y también un par de voluntarios. El servicio de catering trajo su propio personal.

—¿Cuántos?

—Tres servían comida y otros dos servían copas —contestó.

—¿A qué hora se fueron?

—Tonya se marchó temprano —respondió—. Sobre las nueve, creo. Solo se quedó para comprobar que todo marchaba sobre ruedas. Los voluntarios se quedaron alrededor de una hora más. Los del catering se fueron sobre las once y cuarto —añadió—. Todos los invitados se fueron a eso de las doce.

—¿Y usted fue la última en marcharse? —inquirió Keene.

—Sí.

Sonó un golpecito en la puerta y Tonya asomó la cabeza, esbozando una sonrisa tímida. Llevaba dos tazas de café en las manos, que levantó a modo de permiso para entrar. Cerniga la invitó a pasar con un gesto de la mano e hizo espacio en la mesa para las tazas. La limpiadora dejó las tazas sobre la mesa y las empujó en dirección a los polis. No miró a Deborah a la cara ni le ofreció algo de beber. Por un instante, Deborah pensó pedirle algo, tal vez un desayuno inglés completo... Valdría la pena aunque solo fuera para ver su expresión.

«Sí, claro. El humor. Tu válvula de escape habitual.»

En cuanto la mujer se hubo marchado, Keene se giró para mostrarle a Deborah una hoja de papel que parecía haber sido enviada por fax.

—¿Ha visto alguna vez algo parecido? —le preguntó.

Cuando Deborah se inclinó para mirar el papel, atisbó la expresión del rostro de Cerniga; una fugaz irritación y un segundo de indecisión. Al final acabó por fruncir el ceño y apartar la mirada con presteza, pero a ella no le cupo la menor duda de que le había irritado que Keene le mostrara la imagen.

Se trataba de un cuchillo, supuso, aunque era largo y de hoja estrecha como una espada, con una empuñadura en forma de crucifijo que se arqueaba ligeramente hacia la hoja. Al clavarlo en el cuerpo el extremo de la empuñadura, que creía que se llamaba «arriaz», se hundiría en la carne a ambos lados de la herida... dejando unas pequeñas marcas simétricas...

El cuchillo de la imagen estaba enfundado en lo que parecía una vaina de piel negra cuyos extremos estaban decorados por un brillante ribete metálico y pendía de una cadena diseñada para colgárselo al cinto. Era un arma elegante pero de aspecto letal, aunque no era eso lo que la hacía digna de mención. En la parte superior de la empuñadura negra había un disco de metal grabado o estampado con un símbolo conocido.

—¿Es una esvástica? —preguntó Deborah.

—Creo que sí, ¿le suena de algo? —quiso saber Cerniga, que

se giró hacia ella y le quitó el fax. Su expresión era inescrutable.

—Nunca he visto nada parecido —respondió ella con el ceño fruncido.

—¿No hay nada en la colección que se le parezca?

—No.

—La esvástica no tiene la menor relevancia —añadió él pasado un momento—. Es la forma del arma lo que nos interesa.

Entonces le tocó a Keene fulminar a su compañero con la mirada, si bien no estaba segura de lo que la motivaba. ¿Desconcierto? ¿Duda?

Deborah abrió la boca para hablar, pero volvieron a llamar a la puerta de forma más brusca en esa ocasión y a continuación apareció uno de los agentes de uniforme.

—Hay un tipo que quiere hablar con la señorita Miller —dijo—. Dice que es el abogado de Dixon.

Deborah lo miró sin pestañear. No conocía a ningún abogado y ni siquiera sabía que Richard tuviera uno, aunque suponía que eso sería lo lógico.

—Dixon está muerto —replicó Keene—. No va a necesitar a ningún picapleitos.

Había algo en su tono de voz, algo en la manera en que la miraba.

—¿Me consideran sospechosa? —preguntó Deborah.

—Por supuesto que no —se apresuró a intervenir Cerniga.

Keene desvió la vista al suelo.

—Además —continuó el agente de uniforme—, ha llamado la patrulla que registró su casa. Nada. Ningún signo de allanamiento ni de que hayan registrado el lugar.

Keene miró a Deborah con renovado interés.

—¿Qué? —inquirió ella—. ¿Cree que eso quiere decir que me lo he imaginado?

—Ha sido una noche muy difícil para usted —respondió él con demasiada amabilidad—. Pero eso no quiere decir que se lo haya imaginado, no.

La miró con una sonrisa sesgada y Deborah notó que sus mejillas se ruborizaban.

—¿Cree que me lo he inventado? —le preguntó, desconcertada—. Y yo que creí que no era sospechosa...

—Señora —comenzó Keene—, todo el mundo es sospechoso hasta que se condena a alguien.

—Me parece que no le comprendo —dijo Deborah al tiempo que volvía a sentir esa confusión mental, esa estúpida lentitud que le recordaba a los efectos del alcohol o de los tranquilizantes—. ¿Creen que maté a Richard?

—Oiga, señora, yo me limito a hacer conjeturas.

—Pues le agradecería mucho que dejara de hacerlas —replicó ella, mostrando parte de su antigua rebeldía pese a la confusión—. No entiendo adónde quiere llegar. Y preferiría que no me llamara «señora».

—Eso —replicó el hombre mientras la miraba de arriba abajo con evidente ironía— no me supondrá el menor problema.

Deborah se limitó a devolverle la mirada. Se había metido en aguas demasiado profundas para ella. De hecho, esa frase acababa de adquirir un nuevo significado, ya que iba a la deriva. El agua era oscura y fría bajo sus pies y en las profundidades había seres con dientes que no dejaban de dar vueltas a su alrededor y de observarla...

—Y algo más —dijo el policía de uniforme—, sobre ese tipo desconocido, el del tiroteo.

—¿Qué pasa? —preguntó Cerniga.

—Tenía un par de objetos personales en los bolsillos. Hay algo escrito con caracteres extranjeros. Posiblemente en griego.

—¿Griego? —repitió Cerniga.

—Posiblemente —respondió el agente—. No están seguros. Lo están comprobando.

—¿No sería perfecto que resultara ser un extranjero? —preguntó Keene con expresión avinagrada.

—Quizá deberíamos pedirle que le eche un vistazo —le dijo Cerniga a Deborah—. Para ver si le resulta conocido.

—¿Y todo porque es griego y en la planta alta hay una estancia llena de antigüedades griegas? —preguntó Keene con la voz cargada de incredulidad y desprecio—. ¿Crees que eso es una conexión?

—No es muy probable —contestó Cerniga. Entrecerró los ojos y se volvió hacia Deborah—. ¿Sabía que el señor Dixon hizo una serie de llamadas a Grecia en estas dos últimas semanas?

—No —respondió ella con sinceridad.

—¿Tiene idea de por qué pudo hacerlo?

—No —dijo con tristeza.

Más secretos.

Cerniga suspiró y contempló al agente uniformado.

—No es probable que exista relación entre los dos casos —dijo—, pero será mejor que le echemos un vistazo a la otra víctima.

—Ese caso no es nuestro —apuntó Keene con cierta irritación—. ¡Ya tenemos bastante sin necesidad de buscar la relación entre nuestro fiambre rico y acuchillado en un edificio y el otro muerto, un indigente cosido a balazos al aire libre!

—¿Era un indigente? —preguntó Deborah al recordar al extraño que se ocultaba en el aparcamiento.

—Probablemente —dijo Cerniga—, aunque no lo sabemos con seguridad...

La puerta se abrió de par en par sin previo aviso y apareció un joven rubio y alto. Era delgado e iba ataviado con un arrugado traje de color claro y una camisa gris con el cuello abierto. Tenía todo el aspecto de ser un hombre poco acostumbrado a perder el tiempo.

—¿Señorita Miller? —preguntó, haciendo caso omiso de los policías—. Me llamo Calvin Bowers. Era el abogado del señor Dixon. Dado que soy responsable de sus propiedades, lo que incluye el museo, pensé que debería ofrecer mis servicios.

Sus ojos eran de un intenso y desconcertante azul, casi púrpuras por su intensidad.

—No se han presentado cargos contra la señorita Miller —aclaró Cerniga al tiempo que se ponía en pie y miraba a Keene con irritación.

—Eso no importa —replicó Bowers, cuyos ojos azules relampagueaban peligrosamente en dirección a Cerniga—. Pero se trata del segundo interrogatorio que la señorita Miller ha sufrido en pocas horas y además la misma noche en la que ha encontrado el cadáver de su mentor. Creo que cualquier prueba que reunieran en tales circunstancias sería cuanto menos de dudosa fiabilidad, ¿no les parece? Estoy segurísimo de que un jurado también lo creería así.

—Espere un momento —dijo Keene, poniéndose en pie.

—¿Está usted al cargo de esta investigación? —preguntó Bowers.

La pregunta pareció detener al detective, que ya no parecía tan seguro. Miró a Cerniga.

—Yo estoy al cargo —dijo este—. ¿Podemos retomar el asunto del intruso en casa de la señorita Miller…?

—¿Un intruso? —repitió Bowers, cuyos ojos se desviaron hacia Deborah—. ¿Se encuentra bien?

Ella asintió, nerviosa, preguntándose quién era y por qué parecía haberse puesto de su lado.

—Me fui de allí antes de que pudiera verlo siquiera.

Keene sonrió.

Bowers se giró hacia él.

—Si descubro que han creado un ambiente hostil para interrogar a esta testigo —dijo—, haré que desestimen todo lo que ha dicho. ¿Queda claro?

La mueca de desprecio de Keene perdió fuerza y, aunque no desapareció por completo, el detective se encogió de hombros para asentir.

—Y yo quiero dejar claro —intervino Cerniga— que la señorita Miller está siendo entrevistada, no interrogada.

—¿Han esclarecido ya el motivo del ataque al señor Dixon? —preguntó Bowers aún con actitud beligerante.

—Todavía no —respondió Cerniga. En esos momentos parecía haberse contagiado del mal humor de su compañero—. Creemos que puede tratarse de un robo que salió mal, pero… —Dejó la frase en el aire.

—¿Sí? —preguntó Bowers, animándolo a seguir.

—No sabemos si falta algo.

—Sin duda alguna, esa ha sido la razón de que interrogaran a la señorita Miller —declaró Bowers—. Es de suponer que ha hecho un inventario de las pertenencias del museo para averiguar si falta algo.

—Aún no habíamos llegado a ese punto, señor —dijo Cerniga.

Bowers no pudo contener una leve sonrisa. ¿Sería por ese «señor» o por la facilidad con la que había logrado desconcertar a Cerniga?

Se volvió hacia ella sonriendo.

—Señorita Miller, ¿podría darnos un inventario completo de las piezas del museo? —le pidió—. Sería de mucha ayuda para la policía y les daría otra cosa que examinar, aparte de su persona.

Los dos policías permanecieron inmóviles mientras Deborah se levantaba y abría un archivador.

13

Deborah se sentó con Calvin Bowers en el vestíbulo del museo, que en esos momentos resplandecía bajo el incongruente sol de la mañana. Richard estaba muerto, pero el sol seguía brillando. Suponía que así eran las cosas, pero le parecía mal y lo detestaba. Había un agente de uniforme de pie junto a la puerta principal, aún cerrada, pero los detectives todavía permanecían en el despacho.

Bowers, cuando no se encontraba en presencia de la policía, era una persona diferente: relajado, de rostro amable, afablemente guapo. Estaba sentado con las piernas extendidas por delante, indiferente, como un felino: elegante pero preparado para la acción. Ella no tenía ganas de conversación y el aspecto tranquilo y apuesto del hombre hacía que se sintiera insegura y desmañada; sin embargo, él la había ayudado a salir del embrollo y le parecía de mala educación sentarse allí sin decir palabra.

—¿Cuánto tiempo lleva trabajando para Richard? —le preguntó al fin Deborah.

—Menos de un año. Aunque lleva haciendo negocios con nuestro bufete desde hace más tiempo, por supuesto. Desde que compró este lugar, según tengo entendido. Pero yo solo llevo unos cuantos meses tratando con él, desde que nos envió ciertos papeles. Hablamos por teléfono en varias ocasiones e intercambiamos correspondencia legal, aunque en realidad jamás nos vimos en persona.

Deborah estaba impresionada. El estallido de furia que había sufrido en el despacho un rato antes la había llevado a dar por supuesto —y también a la policía— que Bowers era un viejo amigo de Richard y que se sentía ultrajado en el ámbito personal por el crimen y la manipulación ulterior. Sin embargo, todo aquello había sido una fanfarronada profesional para despistarlos. Su interés en el caso era estrictamente profesional.

—No puedo creer que haya muerto —dijo Deborah. Tan pronto como las palabras salieron de su boca se arrepintió de haberlas dicho, en especial a ese desconocido—. Lo siento —se apresuró a añadir—. Menudo tópico. Ni siquiera explica cómo... Dios, hay mucho trabajo que hacer.

Bowers aceptó el cambio de tema como si no lo hubiera notado.

—Hay gente que puede ayudarla a soportar la carga, ¿no es cierto? —dijo—. ¿La junta directiva del museo? Yo estaría encantado de ayudarla. Mi relación con el señor Dixon fue breve, pero el bufete lleva mucho tiempo trabajando con él y está vinculado al valor de la propiedad, así que estoy seguro de que se mostrarán más que dispuestos a que le preste mi ayuda.

«Le preste mi ayuda.» Parecía un caballero que ofrecía sus nobles servicios a una damisela en apuros.

—Puedo apañármelas con el museo —dijo Deborah con un deje de arrogancia. Fue algo instintivo. Ni siquiera sabía si sería capaz de ello.

—No me cabe duda —replicó él, esbozando una sonrisa que la ablandó un poco.

—Lo siento —se disculpó—. No estoy acostumbrada... —«¿A ser otra cosa que arrogante?», se preguntó—... a que supervisen mi trabajo —añadió a la postre—. Richard me dio vía libre...

Se detuvo un momento al sentir un nudo en la garganta. Sonrió y se desentendió de la angustia de forma poco convincente. El hombre asintió de modo comprensivo y por un momento Deborah se fijó en el vestíbulo, cuyas piezas habían elegido con sumo cuidado Richard y ella...

—De modo que es usted arqueóloga —dijo el hombre, al tiempo que observaba con ojo crítico la vitrina de los indios creek.

—En realidad no —replicó Deborah—. Soy directora de museo. Eso es lo que dice mi título universitario.

—¿Y cuál es la especialidad de una directora de museo? —inquirió Bowers con esa sonrisa que consiguió relajarla un poco de nuevo.

—Yo me especialicé en inglés y en arqueología —explicó Deborah—, pero hay mucha gente que lo hace en gestión de empresas.

—Yo prefiero su alternativa —dijo él.

—Yo también —afirmó Deborah y en esa ocasión su sonrisa fue más cálida.

—Aun así —comenzó Bowers, señalando la vitrina que contenía un magnífico *tomahawk* de piedra—, ¡vaya compañías que frecuenta! Mire esa cosa horrible. Un arma tosca, si alguna vez hubo alguna. Supongo que hay algo que decir a favor del Destino Manifiesto, ¿no le parece?

—No creo que los nativos americanos fueran menos civilizados que los colonos blancos por el mero hecho de poseer métodos menos eficaces de matar a la gente —señaló ella con una sonrisa irónica.

—«Nativos americanos» —repitió el hombre—. ¿No le hace gracia la forma en que la gente cree que puede arreglarlo todo con palabras? —inquirió.

Deborah sintió una punzada de irritación, pero no tuvo tiempo de responder.

—¿Señorita Miller? —Se trataba de Tonya. Acababa de salir del largo pasillo que conducía a la residencia privada de Richard y se detuvo con las manos torpemente entrelazadas por delante—. ¿Podría hablar un momento con usted?

Deborah se puso en pie.

—En privado, si no le importa —añadió Tonya.

Deborah le hizo un gesto de disculpa con la cabeza a Bowers antes de partir en silencio con la otra mujer en dirección al despacho del museo.

—¿Qué ocurre, Tonya? —preguntó una vez que cerraron la puerta.

Ambas se encontraban de pie, con actitud tensa y recelosa.

—Creo que lo sabe —dijo Tonya—. Mire. Sentía mucha curiosidad. Tengo un colega en la policía que me contó lo del asesinato tan pronto como se produjo la llamada. Dijo algo acerca de una habitación secreta y... yo quería saber qué estaba pasando, ¿sabe? No creí que se tratara del señor Dixon. Y no lo hice con mala intención.

Deborah no conocía muy bien a Tonya, pero había hablado con ella lo suficiente como para que la última frase le resultara extraña. Tonya no hablaba como una criada y no hacía gala de su condición de negra. Su dicción tenía, como había podido comprobar a menudo, una cuidada y estudiada construcción gramatical, cosa que la había llevado a preguntarse en numerosas ocasiones de qué empleo administrativo la habrían echado para que acabara limpiando los retretes de un museo. Su forma de hablar proclamaba a las claras que nadie tenía derecho a mirarla por encima del hombro, ni por su aspecto ni por su trabajo. La Tonya que Deborah conocía jamás habría dicho «Y no lo hice con mala intención», de modo que esa frase le daba a la confesión un tinte extraño y ambiguo.

—Sin duda no deberías haber venido hasta que llegara la policía —señaló Deborah con cansancio.

—No, señora —dijo Tonya meneando la cabeza, como si la asombrara su propia audacia—. Tiene toda la razón.

Nada de réplicas agresivas, nada de sutiles indirectas sobre lo que podía hacer la zorra blanca con sus sospechas. ¿«No, señora. Tiene toda la razón»?

¿De Tonya? Ni hablar.

Deborah entrecerró los ojos. Parecía una actriz de reparto en *Lo que el viento se llevó.*

—¿Quiere que le traiga un café? —preguntó la limpiadora tras un suspiro de alivio—. Iba a prepararme uno, pero tenía un nudo en el estómago. Creo que ahora sí podría beber algo.

Deborah consiguió esbozar una sonrisa y asentir antes de

contemplar cómo se alejaba la mujer con una sensación a medio camino entre la inquietud y la incredulidad. ¿Que tenía un nudo en el estómago? ¿A quién trataba de engañar y por qué?

Cuando regresó al vestíbulo, Calvin Bowers estaba hablando con un hombretón de traje flamante: Harvey Webster. A Deborah se le cayó el alma a los pies, pero alzó la barbilla y caminó con rapidez hacia ellos.

Webster tenía un aspecto serio, aunque su rostro se iluminó al verla aparecer. No mostraba ningún efecto pernicioso derivado de la borrachera de la noche anterior ni del hecho de que ella le hubiera dado calabazas.

—Un asunto terrible —dijo en un tono grave y amable cuando llegó a su lado—. Terrible. Si hay algo que pueda hacer, solo tiene que decirlo.

—Gracias, Harvey —replicó Deborah—. Lo haré.

—La policía me llamó a primera hora —explicó Webster—. Dijeron que deberíamos cerrar el museo.

—¿Qué? —exclamó Deborah—. ¿Durante cuánto tiempo?

—No mucho —contestó el hombre—. Durante dos semanas, tal vez tres.

—¡Tres semanas! —gritó ella.

—Quizá podamos convencerlos de que lo abran antes —dijo Bowers, entrometiéndose en la conversación para salvar a la dama en apuros.

—Parecían bastante decididos —afirmó Webster. Le dirigió a Deborah una sonrisa compasiva que no llegó hasta sus ojos llorosos.

De modo que ese iba a ser su castigo. Webster y la junta se encargarían de todo, la dejarían fuera durante las siguientes semanas mientras se reorganizaban. Deborah contempló la falsa e insípida sonrisa de Harvey Webster y creyó atisbar su propio futuro: una paulatina disminución del control que ejercía sobre la colección hasta que la Asociación de Empresarios Cristianos (y blancos) de Harvey asumiera el poder y el museo se convirtiera en lo que siempre habían deseado que fuera: una especie de parque temático de contenidos frívolos y abundantes beneficios.

—Voy a hablar con esos detectives —dijo Webster mientras se alejaba—. Veré qué puedo hacer.

«Conseguir que el museo permanezca cerrado un mes más, no me cabe duda», pensó Deborah, que se sentía manipulada.

Se dio la vuelta con una súbita sensación de cansancio y frustración, una sensación de impotencia que odiaba por encima de todo. Percibía la presencia de Bowers tras ella, listo para decirle unas palabras de aliento. Se quedó de pie con los brazos en jarras, contemplando el brillante vestíbulo vacío. Sin Richard estaba realmente sola y el edificio no parecía más que un caparazón vacío y carente de sentido sin su presencia.

Tres semanas. Todo el trabajo promocional para las nuevas exposiciones, todo el compadreo, la charlatanería y las presentaciones, las sonrisas educadas para un mecenas tras otro, las fotos de primera página de ese espantoso mascarón de proa... Todo para nada. En tres semanas Atlanta habría olvidado que el museo existía. ¿Y qué haría ella durante tres semanas? ¿Vagar por ese mausoleo bien iluminado mientras Keene y sus colegas contaban por enésima vez chistes sobre el *Homo erectus*?

«Dios, qué idea más deprimente», pensó.

—Tal vez pudiéramos lograr que el museo se reabriera antes si usted pudiera demostrar que no falta nada —dijo Calvin. Se encontraba a sus espaldas, guardando una distancia respetuosa.

Ella se giró y sonrió con agradecimiento.

—No estoy muy segura de por qué deseo con tantas ganas que permanezca abierto —confesó—. Supongo que una parte de mí cree que si puedo fingir que todo es normal, de alguna forma...

—Sí —replicó Calvin, lo que le ahorró tener que terminar la frase.

Deborah respiró hondo e intentó desentenderse de la idea.

—Puedo hacer un inventario completo hoy mismo —dijo— para asegurarme de que todo está donde debería. Claro, que si faltara algo de la habitación oculta tras la estantería, no podría saberlo.

Se encogió de hombros, suspiró y descubrió que el recuerdo de ese lugar persistía en su memoria como un olor familiar y desagradable; el cuerpo yaciendo de esa manera bajo las luces...

«Espera», se dijo.

Sí que faltaba algo.

La vasija procedía de la vitrina abierta que había al otro lado de la estantería y las demás vitrinas parecían completas, de modo que había dado por sentado que no se habían llevado nada. Sin embargo, estaba el asunto de la extraña iluminación de esa habitación secreta: un haz de luz que partía desde el techo y derramaba su escalofriante resplandor sobre el destrozado cadáver de Richard. Pero ¿qué había allí que necesitara esa iluminación tan especial antes de que estuviera su pobre cuerpo?

Había una toma de corriente en mitad del suelo, recordó.

Sí. En el centro de la habitación había habido otra vitrina expositora. Una vitrina grande, y también especial, la pieza central de la colección; lo bastante grande como para tener que sacarla con una plataforma con ruedas que habían dejado un rastro aceitoso sobre la moqueta... Sin embargo, ¿qué podría ser más extraordinario que las piezas expuestas en las vitrinas de la pared hasta el punto de llevárselo y dejar atrás el resto de ese inestimable tesoro?

14

—¿Se siente capaz de hacer un viajecito al depósito de cadáveres?

La pregunta se la hacía el detective Cerniga. Deborah se quedó sentada en silencio. Iba de camino al despacho cuando él la detuvo. No se le ocurría nada que decir.

—Si he de serle franca —dijo—, sé que necesita que se realice una identificación formal y todo eso, pero no creo estar preparada para verlo de nuevo. Sé que era Richard. No hay dudas al respecto. ¿Es necesario que vuelva a verlo?

Detestaba tener que preguntarlo; detestaba parecer débil y emotiva; detestaba la confusión que se reflejaba en los ojos del hombre.

—No —respondió el detective al tiempo que borraba esa expresión de su rostro—. No me refería al señor Dixon. Ya ha identificado su cadáver. Me refería al otro cuerpo. Al fulano griego.

Era raro, pensó Deborah mientras asentía y lo seguía hasta el coche, que la idea de contemplar un cuerpo sin vida pudiera reportarle tanto alivio. Era raro que otra persona, tal vez la hija de ese otro hombre, pudiera haber sentido por ese cadáver griego desconocido lo mismo que ella por el de Richard. Ese pensamiento la acompañó mientras circulaban por la carretera, aparcaban y caminaban a través de los vacíos y deslustrados pasillos de la oficina del forense. Evitó mirar a la gente a los ojos, se mantuvo apartada mientras Cerniga murmuraba las explicaciones pertinentes y lo siguió en silencio camino del sótano, con sus tuberías desnudas, sus muros de hormigón y sus reverberantes y asépticos pasillos.

Jamás había estado en un depósito de cadáveres, pero había visto muchos en las películas y en los programas sobre crímenes de la televisión, de modo que el lugar le resultaba extrañamente familiar pese a las cámaras frigoríficas donde se almacenaban los cadáveres. Era tal cual se lo había imaginado; de hecho, sintió un curioso estremecimiento de satisfacción, como si estuviera a punto de encontrarse con un famoso cuyo rostro conociera desde hacía años. La sensación se evaporó tan pronto como el joven ayudante de gafas rectangulares destapó el cuerpo.

Era viejo, de unos setenta años quizá, y de constitución fuerte, de modo que su cuerpo abultaba bastante bajo la sábana sintética. Tenía los ojos cerrados y hundidos, pero sabía que si estuvieran abiertos, habrían sido brillantes e intensos y la habrían observado mientras atravesaba el aparcamiento.

—Sí —dijo—, lo he visto por las inmediaciones durante los últimos días. Durante los últimos tres días, tal vez. Dijo algo, pero no lo entendí; aunque en realidad no me hablaba a mí. Tan solo… bueno, mascullaba.

—Supongo que usted no lo habría entendido si hubiera hablado en griego —comentó Cerniga.

—No era griego —dijo el tipo de las gafas—. La traducción preliminar indica que sus efectos personales estaban en ruso. Algunos de los caracteres de ese idioma son iguales que los griegos, según creo.

—Lo que probablemente significa que no guarda relación alguna con el tesoro —afirmó Cerniga con el ceño fruncido.

—¿Tesoro? —inquirió el ayudante, muy interesado.

El detective hizo oídos sordos a su pregunta y a continuación dijo:

—¿Podemos ver sus pertenencias?

—Desde luego —respondió el muchacho antes de dirigirle a Deborah una mirada de curiosidad. Seguía pensando en la disparatada palabra que Cerniga había dejado caer con tanta indiferencia: tesoro.

—Debería alojarse en un hotel —dijo el detective para llenar el silencio que el asistente había dejado tras él—. Solo como precaución. —Hizo una pausa premeditada antes de añadir con algo más de amabilidad—: Considérelo como unas vacaciones.

Unas vacaciones. Como si se las mereciera. No se le ocurría nada que le apeteciera menos en esos momentos. Aunque tal vez fuera mejor alejarse un poco en lugar de holgazanear a la puerta del museo…

… impotente…

… esperando a que le dieran permiso para realizar su trabajo. Pasó otros cinco segundos en silenciosa reflexión y tomó la decisión.

—De acuerdo —accedió—. Buscaré un lugar donde alojarme.

—Con discreción —añadió el detective.

Deborah parpadeó antes de asentir con rostro inexpresivo.

El ayudante regresó con una bandeja de objetos guardados en bolsas y una lista impresa de sus contenidos. Volcó las bolsas para vaciarlas. No había billetero ni nada que se asemejara a un documento oficial. Había un cepillo de dientes que parecía nuevo, un alfiler de solapa con forma de escudo, un sobre con la dirección en ruso y una hoja de papel rasgada y llena de manchas donde había algo escrito con tinta negra y letra angulosa. Parecía formar parte de una carta.

—Había más hojas —informó el asistente—, pero estaban… en mal estado.

Echó un vistazo a Deborah con expresión avergonzada antes de volver a mirar la bandeja.

Empapadas de sangre, pensó. Eso era todo lo que habían podido salvar.

—¿Ya está traducido? —preguntó Cerniga.

—Todavía no. No queda mucho legible —comentó el muchacho mientras examinaba la hoja. Cogió la insignia, bañada por una capa de esmalte rojo, verde y dorado en la que se veía la imagen de un soldado con una ametralladora rodeado de caracteres cirílicos. En la parte inferior del escudo había una daga cubierta por el símbolo soviético de la hoz y el martillo—. Al parecer, esto dice: «Excelente Soldado de Frontera» o algo así. Es de los cincuenta.

—¿Qué son esas letras de abajo? —preguntó Deborah.

—MVD —dijo el asistente tras examinar el papel—. Son las siglas del Ministerio del Interior. Algún departamento sin importancia, supongo.

—¿Qué hacía un antiguo soldado soviético en Atlanta? —quiso saber Deborah.

—Nada que tenga que ver con nosotros —replicó Cerniga al tiempo que se encogía de hombros—. Venga, vamos.

Richard había estado tramando algo. Su forma de comportarse en los últimos tiempos; sus contactos con los abogados del museo; sus llamadas telefónicas a Grecia; incluso ese atípico entusiasmo por las recaudaciones de fondos sugerían que, cualquier cosa que hubiera sucedido la noche anterior, no había ocurrido así porque sí. Tan pronto como regresó al museo, Deborah fue a su despacho y encendió el ordenador. Los ordenadores de la residencia y del museo estaban conectados a la misma red, de modo que con las contraseñas adecuadas se podía acceder a todos los archivos almacenados en cualquiera de ellos desde cualquier terminal.

El ordenador cobró vida con lentitud. Deborah tecleó su contraseña y se introdujo en la red, pero descubrió que la mayoría de los ordenadores —incluido el de Richard— no aparecía. Observó con detenimiento el monitor.

«La policía se los ha llevado», pensó.

Fue entonces cuando lo comprendió. Era probable que los ordenadores siguieran en su lugar, pero estaban todos apagados. La policía había hecho lo que ningún miembro de la plantilla del museo había hecho jamás: los había apagado después de copiar su contenido. Permaneció allí sentada, contemplando con incredulidad el inservible ordenador.

Aquella habitación secreta había escondido algo más; algo grande, algo que Richard había mantenido en secreto y que era la pieza central de algún plan. El anciano había estado tramando algo, una exposición tal vez, o una venta; algo que cambiaría el nivel del museo para siempre. Debía de ser su regalo a los ciudadanos de Atlanta, estaba segura de ello. Richard no almacenaría sus tesoros para estrecharlos contra su pecho en privado. Los mostraría para que todo el mundo los disfrutara. A buen seguro que era eso lo que planeaba. Pero todo había salido mal y la pieza central de la exposición situada bajo aquel enorme foco había sido robada... o interceptada antes de que llegara siquiera.

Algo despertó en su interior; tal vez cierta rebeldía, una motivación, un deseo... No, la necesidad de hacer algo que contribuyera a desentrañar las causas de la muerte de Richard; la necesidad de sacar a relucir la verdad, como si estuviera desenterrando y desempolvando un objeto de valor incalculable, un acto que indultaría y otorgaría significado a aquella muerte vacía y sin sentido. Le contaría a la policía todo lo que descubriera tan pronto como lo hiciera; pero haría algo. Tenía que hacerlo.

La puerta se abrió. Era Tonya.

—Lo siento —dijo la mujer, un tanto sobresaltada—. No sabía que estaba aquí. Habría llamado a la puerta.

—No te preocupes —la tranquilizó Deborah.

—Volveré más tarde —dijo la limpiadora antes de darse la vuelta.

—Por cierto, Tonya —se apresuró a decir Deborah, como si se le acabara de ocurrir—, ¿te importaría encender el ordenador de Richard que se encuentra en la planta alta? Tengo que descargar algunos recibos de la fiesta de anoche.

Era una mentira poco convincente, pensó, aunque inofensiva; no obstante, Tonya dudó una fracción de segundo antes de sonreír y responder:

—Desde luego.

La puerta se cerró de nuevo y Deborah aguardó sentada y en silencio.

El reloj que había en la esquina inferior del monitor sumó un minuto y después otro. Deborah se puso en pie y volvió a sentarse. Tonya se lo diría a Keene y el detective iría a vigilarla con su expresión desdeñosa en el rostro. Movió el ratón y desplegó el menú de inicio para apagar el ordenador. Pero en ese momento algo cobró vida: un nuevo icono en la ventana de la red interna. Introdujo una contraseña más y accedió a su contenido.

No sabía lo que estaba buscando. Revisó una serie de declaraciones financieras y hojas de cálculo, pero nada parecía fuera de lugar. Abrió el directorio con los documentos privados de Richard y echó un vistazo a las carpetas que había dentro. Una de ellas la dejó helada. Tenía un nombre bastante sencillo: «Atreo».

Hizo doble clic a toda prisa sobre ella y esperó a que el lentísimo sistema mostrara el contenido. Había un solo archivo con extensión JPEG.

¿Una fotografía?, se preguntó.

Hizo doble clic sobre el archivo y esperó mientras se cargaba la imagen.

La puerta se abrió.

Era Calvin Bowers.

Deborah buscó a toda prisa el ratón para minimizar la imagen, pero se le cortó la respiración al ver de qué se trataba.

La pantalla estaba ocupada por un rostro amplio y estilizado forjado en oro: una máscara funeraria micénica.

15

—¿Trabajando un poco? —preguntó Calvin Bowers mientras echaba un vistazo al monitor, en blanco en ese momento, por encima del hombro de Deborah. Ella había cerrado el archivo justo cuando el hombre entró, pero no lo bastante rápido como para que este no hubiera visto el rostro dorado.

—¿No sabe llamar? —le preguntó ella a su vez, abrumada por el pánico.

—Lo siento —se disculpó Calvin con una sonrisa afable—. ¿Qué era eso que estaba mirando?

Deborah titubeó.

—Una máscara funeraria griega —contestó—. He estado pensando utilizarla en la página web del museo.

La mentira le pareció torpe y estúpida nada más salir de sus labios.

—¿El museo tiene una? —preguntó. Era una pregunta retórica. Calvin sabía que no la tenía.

—¿Una página web? —puntualizó Deborah.

—Una máscara griega —contestó él.

—No —admitió ella—. Es una especie de icono arqueológico. Un símbolo.

El hombre reflexionó mientras la observaba.

—No sabe mentir, señorita Miller —dijo a la postre—. No es su estilo. Conmigo no tendrá problemas, pero si le cuenta a la policía una historia como esa, se verá metida en graves problemas.

Deborah frunció el ceño y apartó la mirada. Tenía razón. Había basado su vida de adulta en la honradez y ese modo de enfrentarse al mundo la había convertido en una persona incapaz de mentir. Hasta qué punto no estaría arraigada esa empecinada honradez en su forma de ser que se tomó el comentario como un halago. Las mentiras no eran su estilo.

—Es posible que la máscara esté relacionada con la muerte de Richard —dijo—. No lo sé, ¿vale?

—Vale —respondió él—. ¿Cómo?

—No estoy segura —admitió—. Solo estoy empezando a planteármelo.

—¿El qué?

Deborah guardó silencio un instante, no tanto para sopesar hasta dónde podía contarle como para hacer acopio de todo lo que podía recordar. Después comenzó a hablar. Calvin la escuchó, en un principio con actitud despreocupada y después con más atención, inclinándose hacia delante al tiempo que la observaba con los ojos entrecerrados y una expresión alerta.

Las vasijas, joyas y armas micénicas eran una cosa, le dijo Deborah, pero una máscara funeraria era algo muy diferente. Los arqueólogos encontraban objetos en cualquier sitio, pero solo había un lugar donde podía hallarse una máscara funeraria: en una tumba. Una tumba fastuosa, para ser más exactos: la tumba de un rey.

«Y además es un rostro», pensó.

Sí, también estaba ese detalle. Las jarras y las armas, los anillos y los cuencos poseían un determinado valor, pero nada evocaba la grandeza del pasado en términos humanos como la imagen del rostro de un muerto, por idealizado que estuviera. Las máscaras funerarias pertenecían a la realeza, pero también eran objetos personales, incluso íntimos; era como mirar al pasado a través de un túnel y descubrir que llevaba a un espejo, que tanto la historia como las leyendas confluían y acababan en el rostro de un ser humano. No era de extrañar, dijo Deborah, que los coleccionistas las valoraran tanto o que cientos de personas desfilaran frente a las vitrinas de los museos con los ojos clavados en los de la máscara y, de forma indirecta, en los del hombre que una vez la llevó después de muerto.

Otra razón por la que esas máscaras estaban tan cotizadas era el hecho de que no permanecían ocultas bajo tierra durante mucho tiempo. El emplazamiento de las tumbas solía estar bien señalado o la gente recordaba sin más el lugar donde se celebraban esos grandes funerales y también los elementos decorativos que habían acompañado al difunto. Así pues, prácticamente todas las tumbas habían sido expoliadas; en algunos casos poco después del funeral y en otros siglos más tarde, cuando las civilizaciones desaparecieron dejando tras de sí tan solo leyendas que los ladrones de tumbas siguieron. Por lo general, cuando los verdaderos arqueólogos llegaban al lugar, los hallazgos más valiosos ya habían desaparecido. Había excepciones, por supuesto, como por ejemplo el descubrimiento del sarcófago de oro de Tutankamón realizado por Carter. O el de Schliemann en Micenas.

No se trataba tan solo de que las máscaras fuesen objetos inusuales. Si se encontrara una en la actualidad, las oportunidades de que saliera del país donde fuera descubierta serían del todo nulas. Las grandes potencias del siglo XIX llenaron sus museos con tesoros desenterrados de naciones que una vez fueron poderosas, tanto en el ámbito de las artes como en lo militar, y después se vieron reducidas a la ignominia de ser colonias. Sin embargo, esa época no era más que un recuerdo lejano y no pasaba un día sin que un nacionalista de Grecia o Egipto, de Irán o India, de Colombia o Perú exigiera que los actuales poseedores devolvieran a sus lugares de origen las estatuas, las joyas, las pinturas o las reliquias que fueron robadas por los agentes de los imperios europeos un siglo antes. No, las oportunidades de que un ajuar funerario completo procedente de una tumba micénica pudiera llegar de contrabando a Estados Unidos sin que saltaran las alarmas del radar de la comunidad cultural eran nulas.

Lo que la llevó de vuelta a Schliemann.

—¿Schliemann? —repitió Calvin.

El abogado había estado escuchando con atención inclinado hacia delante y esa era la primera palabra que decía desde que ella comenzara a hablar. A Deborah le gustaba hablar sobre el tema y le gustaba que él la escuchara.

—Necesito informarme un poco antes de poder hablarle sobre él —le dijo con sinceridad—. Richard era el experto, pero no le gustaba mi opinión sobre el arqueólogo, por eso no solía sacar el tema a colación en mi presencia.

Esbozó una sonrisa nostálgica.

—¿Por qué no le gustaba? —inquirió el hombre—. ¿Lo conocía personalmente?

Deborah soltó una carcajada.

—Heinrich Schliemann murió mucho antes de que yo naciera —le explicó—. Realizó descubrimientos sorprendentes, pero en ocasiones sus métodos resultaron bastante deplorables. Y si no recuerdo mal, hubo objetos que desaparecieron.

—¿Hallazgos arqueológicos?

—Hallazgos arqueológicos.

—Escuche —dijo Calvin después de hacer una pausa para meditar—. Tengo que encargarme de cierta correspondencia en la planta alta, pero ¿le parece bien que continuemos esta conversación mañana? ¿Durante el almuerzo, quizá?

Era una pregunta cauta. No quería parecer interesado en exceso —al menos no en lo que se refería a ella como persona— y tampoco frívolo. ¿Por qué se lo había preguntado entonces? ¿Para que ella pudiera hablar con alguien? ¿Para ayudarla a olvidar durante un rato la muerte de Richard? Posiblemente. No era más que amabilidad, supuso, aunque habría preferido que solo estuviera interesado en que hablara de arqueología. A Richard le habría encantado.

—Claro —contestó Deborah con una sonrisa forzada, aunque apenas lo miró. Su mente ya estaba absorta en los libros que la esperaban en la planta alta y en los detalles que podría descubrir sobre Heinrich Schliemann.

16

Deborah se registró en el Holiday Inn que había a la vuelta de la esquina. Tras colocar sus cosas y pedir que el servicio de habitaciones le llevara una hamburguesa, le dio la impresión de que la pila de libros que había tomado prestados del despacho de Richard (con el permiso de Cerniga) comenzaba a parecer una montaña. Se dedicó a ver la televisión, cambiando de un canal a otro hasta que tuvo la sensación de que el cansancio le calaba hasta la médula de los huesos. Apagó el televisor, se acostó y se quedó dormida con la ropa puesta.

Pasó la mañana siguiente inmersa en los libros, leyendo lo más rápido posible, comprobando referencias y devorando de vez en cuando ciertos artículos. Cuando terminó, era la hora del almuerzo, pero no tenía hambre. Había desayunado un café y la cafeína aún seguía corriendo por sus venas, diciéndole que no necesitaba comer. O tal vez no fuera tanto la cafeína como la lectura lo que le había inyectado esa rebosante cantidad de energía.

En un principio, el mundo de la arqueología había ridiculizado a Schliemann y su convicción de que la guerra de Troya había tenido lugar de verdad; pero después descubrió el emplazamiento de la ciudad de Troya al norte de Turquía y de pronto todo el mundo comenzó a prestarle atención. Sin embargo, había muchos que seguían mirándolo con recelo e incluso sus discípulos quedaban alarmados por sus métodos. Fue acusado de «aderezar» sus descubrimientos, de falsear los emplazamientos de los objetos que había descubierto y de atesorarlos no solo para demostrar que los antiguos poetas tenían razón, sino también para acrecentar su gloria. Y después sucedió el incidente del Tesoro de Príamo.

De acuerdo con Homero, Príamo era el rey de Troya durante el asedio al que los griegos sometieron la ciudad. Era el padre de Héctor, Troilo y Paris, el que desencadenó la guerra por robar a Helena de los brazos de Menelao, el hermano de Agamenón. Homero decía que la ciudad de Príamo estaba cubierta de oro, pero al final de su excavación, Schliemann no había encontrado ni rastro del preciado metal. Sin embargo, justo cuando estaban a punto de clausurar las excavaciones, él mismo tropezó con el tesoro, que ni siquiera estaba totalmente enterrado. Entre todo el montón de riquezas se encontraba una enorme colección de joyas. Esta asombrosa —y para muchos dudosa— historia se enrareció aún más cuando después de que se fotografió el tesoro (con las joyas adornando a la esposa de Schliemann, Sophia), todo el lote desapareció. El gobierno turco montó en cólera, convencido de que el arqueólogo había conseguido sacar del país el tesoro al completo, quitándoselo de las manos...

Si todo un tesoro arqueológico había desaparecido en una ocasión, ¿por qué no iba a suceder en otra?, se preguntó Deborah.

Después del trabajo en Turquía, Schliemann comenzó sus excavaciones en Micenas con un objetivo muy claro en mente. De acuerdo con la leyenda, cuando Agamenón, el rey de los victoriosos griegos, regresó a Micenas, su infiel esposa, Clitemnestra, lo instó a darse un baño, donde lo asesinó ayudada por su amante. El rey fue enterrado con gran pompa; Schliemann creía que la tumba estaba esperando que la descubrieran.

El gobierno griego, como todos los demás, se mostraba escéptico, pero a la postre le otorgó los permisos para excavar. Schliemann, que estaba convencido de que la tumba real estaba dentro de la muralla superior de la ciudadela, excavó un túnel vertical justo al lado de la puerta principal, seguro de que lo que estaba levantando no era tierra compactada a lo largo de los años, sino relleno. Sin embargo, después de profundizar unos tres metros seguía sin encontrar nada y había comenzado a llover con fuerza. Excavó otro túnel vertical y luego otro, y después tres más, y fue entonces cuando las cosas comenzaron a ponerse interesantes.

Descubrió una serie de tumbas en las que descansaban los restos de varios cuerpos. Llevaban diademas de oro adornadas con hilos de cobre y enterrados con ellos había un buen número de vasijas de plata y de dagas de obsidiana. En la cuarta tumba descubrió los restos de cinco cuerpos cubiertos de joyas de la cabeza a los pies. Con ellos encontró una sorprendente cabeza de toro de plata con cuernos de oro, acompañada de espadas de bronce y cálices de oro. Y lo más importante: tres de los cuerpos estaban adornados con unas magníficas máscaras funerarias de oro.

Sin embargo, el mundo arqueológico al completo no se detuvo a contemplar las maravillas de la antigua ciudadela griega hasta que regresó al primero de los túneles y excavó aún más hondo. En esa última tumba, Schliemann hizo el más valioso de todos sus descubrimientos: tres nuevos cuerpos, dos de ellos con máscaras de oro y un tercero con una máscara muy diferente al resto, más grande, más especial, más regia.

Según un telegrama que más tarde se tachó de falso, Schliemann se puso en contacto con un periódico ateniense y anunció con su acostumbrada arrogancia que acababa de «contemplar el rostro de Agamenón».

No lo había hecho. En realidad, los cuerpos y el ajuar funerario que los acompañaban eran tres siglos «más viejos» que Agamenón, si esa persona existió en realidad. Para ser más concretos, algunos eruditos se mostraron muy recelosos con la espectacular máscara de «Agamenón». Según decían, la forma no era correcta. El estilo de la nariz no se correspondía con el de las restantes piezas. El bigote se parecía bastante al que se estilaba en el siglo XIX... ¿Habría pasado Schliemann del robo y la manipulación de la verdad a la falsificación en toda regla?

No obstante, mientras Deborah asimilaba toda la información arrellanada en su sillón, una nueva posibilidad se abrió camino en su mente. ¿Sería posible que los hallazgos de Micenas hubieran sido más numerosos de lo que declaró Schliemann? ¿Cabría la posibilidad de que la singular máscara asociada —si bien de forma errónea— con Agamenón que se exhibía en un lugar de honor en el Museo Arqueológico Nacional de Atenas fuese una falsificación? Y de ser así, ¿habría existido una real que Schliemann hubiera reemplazado? ¿Habrían hecho desaparecer la máscara verdadera tal y como desapareció el Tesoro de Príamo de Troya? ¿Habría estado la máscara en el dormitorio de Richard tan solo unas horas antes? Y de ser cierto, ¿cómo narices había llegado hasta allí?

Tal vez Richard hiciera la vista gorda con según qué cosas debido a sus sueños infantiles, pero no era imbécil. Si creía que la habitación oculta tras la estantería albergaba la mayor colección de objetos micénicos fuera de Grecia, debía tener pruebas que demostraran su autenticidad. Y casi con toda certeza esas pruebas estarían relacionadas con la procedencia de los objetos: dónde y cómo fue descubierta la máscara. En los círculos arqueológicos, la procedencia lo era todo. ¿Richard habría sido capaz de seguir el rastro de la máscara hasta el momento exacto de su descubrimiento? De ser así, ¿quién más lo sabría? ¿Sus asesinos? ¿Esa persona a la que había llamado a Grecia? ¿Era una coincidencia que un anciano ruso que había aparecido pocos días antes hubiera muerto la misma noche y a menos de dos manzanas de distancia? ¿Sabría el desconocido algo sobre esos antiguos objetos?

Cogió la guía telefónica de la mesita de noche e hizo una llamada, bolígrafo en mano.

—Policía del condado de Dekalb —le dijo una voz femenina.

—Hola —saludó Deborah—. Llamo por lo del hombre ruso que fue asesinado cerca del Museo Druid Hills hace dos noches.

—¿Y usted es…?

—Deborah Miller —contestó, con la repentina certeza de que no iban a decirle nada—. Trabajo en el museo. Y —añadió movida por un impulso— ayudé a identificar el cadáver.

Era cierto. Más o menos.

—El caso lo lleva el detective Robbins, pero está fuera. ¿Quiere dejar algún mensaje?

—No hace falta —respondió—. Solo quería saber qué tal iba el caso.

—Está casi cerrado —le informó la voz de la mujer desde el otro lado de la línea.

—¿Ya? ¿Tienen un sospechoso?

—No —respondió la agente— y es poco probable que hallemos alguno, dadas las circunstancias. No creo que haya muchas pistas que seguir a menos que podamos asociar la bala a un arma conocida.

—Dadas las circunstancias —repitió Deborah—. ¿Qué significa eso?

La mujer suspiró sin disimulos y Deborah creyó escuchar el ruido de unas hojas de papel. Cuando la agente habló, le dio la sensación de que estaba leyendo.

—El señor Sergei Voloshinov no era un ciudadano norteamericano. Era un extranjero que había superado el período de residencia que le daba su visado; además, hasta donde hemos podido averiguar, era mentalmente inestable. Vagabundeaba por las calles de noche y sin duda tropezó con la gente equivocada. Tan sencillo como eso. No creo que podamos hacer mucho más.

—Voloshinov —dijo Deborah, al tiempo que anotaba el nombre en un bloc de notas del hotel—. ¿Cómo han averiguado su nombre?

—Encontramos un sobre timbrado en uno de sus bolsillos. Llevaba en la calle al menos un par de semanas. Hemos hablado con las autoridades rusas y con sus parientes más cercanos, pero lo más probable es que sea enterrado aquí.

—¿Sus parientes más cercanos?

—Tiene una hija en Moscú. Alexandra.

—¿Y qué hay de la carta? ¿El traductor ha podido conseguir algún tipo de información?

—Espere —dijo mientras buscaba—, traductor... traductor. Vale. —Comenzó a leer directamente del expediente que estaba consultando, con voz automática y un tanto aburrida—. El traductor David Barrons dice en su informe que la carta estaba dañada en exceso y que solo quedaban unas cuantas palabras legibles. Parte de una frase decía: «Ahora estoy más seguro que nunca de que los restos jamás llegaron a Mary», aunque la última palabra resultó difícil de descifrar y tal vez estuviese incompleta. La carta parecía escrita hace al menos veinte años. —Hizo una pausa—. Eso es todo —dijo—. Puede volver a llamar, pero es probable que el detective Robbins no pueda aportarle nada nuevo. Ahora, si no le importa…

«Ahora estoy más seguro que nunca de que los restos jamás llegaron a Mary.»

Deborah se descubrió dándole vueltas a la frase en su cabeza. ¿Los restos aludidos tendrían carácter arqueológico? ¿Podrían incluir una máscara funeraria micénica? ¿Sería posible que ese misterioso ruso hubiera estado tras su pista cuando entró en conflicto con quienquiera que los robara de la habitación oculta en el dormitorio de Richard?

17

Deborah volvió al museo muy consciente de que solo contaba con especulaciones, pero la habían puesto muy nerviosa y quería compartirlas con Cerniga, e incluso con Calvin Bowers. En realidad no le importaba con quién. Una máscara funeraria micénica desconocida para el mundo, expoliada de Grecia por Schliemann un siglo atrás y perseguida por un ruso solitario hasta Atlanta, Georgia. Era extraordinario. Casi bastaba para mantener su mente apartada de la muerte de Richard, y compartir sus ideas con la policía sería su forma de ayudar; una manera de rendir homenaje a Richard y resolver su asesinato. ¿Quién sabía? Tal vez la máscara por la que había muerto volviera a salir a la luz. No se le ocurría un tributo mejor a su memoria.

Aunque antes tenía que hacer algo. No había comido en toda la mañana y de repente estaba famélica. Al recordar que había sobrado comida de la fiesta, bajó a la cocina que había en la parte trasera del edificio. Por suerte, Tonya no estaba por ningún sitio.

Destapó las bandejas que había en el frigorífico y se inclinó sobre la comida, olisqueando con cuidado. Probó el paté y lo encontró tan desabrido como dos noches atrás. Eso le trajo algo a la memoria. Descolgó el teléfono que había en la pared del fondo y llamó a la empresa de catering. Contarle a Cerniga lo que se le había ocurrido (con Keene sonriendo en segundo plano de forma amenazadora) tendría que esperar.

—Sabor a Elegancia —dijo una voz—, ¿en qué puedo ayudarle?

—Soy Deborah Miller y llamo del Museo Druid Hills —contestó—, ¿podría pasarme con Elaine?

Se produjo una pausa a modo de respuesta, seguida de un crujido cuando pasó la llamada y otra voz, educada y formal, se oyó al otro lado de la línea.

—Elaine Shotridge al habla.

Deborah comenzó a enumerar sus quejas. Había tratado con Shotridge en anteriores ocasiones y sabía que un enfoque amable y educado no la llevaría a ningún sitio. Por un instante fue como si nada hubiera sucedido. No era más que otra llamada de negocios. Richard estaría trabajando en su despacho de la planta alta, esperando impaciente a escuchar su altercado con Elaine Shotridge, la déspota reina de las empresas de catering de Atlanta.

—En nuestra defensa —replicó Shotridge—, debo decir que el frigorífico no era como habíamos esperado.

—Que el frigorífico no fuera tan grande como había esperado no explica por qué su personal no limpió antes de marcharse ni por qué nos quedamos sin vino tinto.

—Será un placer hacerle un descuento en la factura considerando esos detalles —ofreció Shotridge—. ¿Le parece bien un diez por ciento?

—Que sea un quince —contraatacó Deborah—. La selección de canapés no fue nada del otro mundo.

—Señorita Miller —replicó la mujer, cuya voz se tornó glacial—, no tengo inconveniente alguno en que la factura refleje los errores cometidos, pero no se puede justificar un intento por regatear el precio final por una simple cuestión de gustos. Me molesta la indirecta de que nuestros canapés no son los mejores aperitivos caseros…

Ese era el punto en el que debería decirle que Richard estaba muerto y que regatear por unas bandejas de canapés de queso azul no estaba en su lista de prioridades, pero no fue capaz. Se las estaba apañando bastante bien de momento, algo que no sería capaz de hacer si comenzaba a hablar acerca de la muerte de Richard. Cayó en el sarcasmo que había intentado evitar.

—Y a mí me molesta pagar treinta pavos por una bandeja de bolitas de melón envueltas en jamón que sabían a ojos de carnero envueltos en suela de zapatos —replicó—, así que dejemos el tema de la alta cocina fuera de esto, ¿le parece?

—Los amigos griegos del señor Dixon me felicitaron personalmente por el queso feta y los bocaditos de espinacas —afirmó Shotridge de muy mal humor.

—Un momento —interrumpió Deborah, cuya atención acababa de desviarse—. ¿Los amigos griegos del señor Dixon? ¿Qué amigos griegos?

—Los dos caballeros con los que estaba hablando durante su presentación —respondió la mujer con malicia.

—¿Cómo sabe que eran griegos?

—Tenían aspecto de griegos —respondió—, hablaban como si fueran griegos y, ya que estamos, el señor Dixon dijo que eran griegos.

En esos momentos era Shotridge, al parecer, quien recurría al sarcasmo.

—¿Qué más dijeron? —preguntó Deborah. Tenía la certeza de que no había ningún nombre griego en la lista de invitados.

—Nada —respondió la mujer—. Estaban hablando entre ellos... en griego... y yo pasaba por allí con una bandeja cuando el señor Dixon me preguntó si podía llevarle algo más para sus amigos griegos porque les habían gustado mucho los aperitivos. El mejor queso feta que habían probado, dijo. Los dos hombres asintieron y sonrieron antes de coger otros tres canapés cada uno. Después me alejé.

—¿No dijeron nada más?

—No —contestó—. Doce por ciento. Y es mi última oferta.

—Trato hecho —replicó Deborah antes de colgar.

Había llegado el momento de hablar con la policía.

18

Deborah se metió en la boca otro canapé que tragó con ayuda de un vaso de zumo de arándanos. Estaba dándose la vuelta para marcharse cuando apareció Calvin Bowers.

—Calvin —le dijo sin pararse a pensar, guiada por un impulso—, ¿te caía bien Richard?

El abogado frunció el ceño mientras su mente asimilaba tanto la inesperada pregunta como el uso de su nombre de pila.

—Bueno, en realidad nunca lo conocí en persona; pero sí, creo que me caía bien —respondió—. ¿Por qué?

—¿Te resultaría descabellado creer que antepusiera el museo a su fortuna personal y a su reputación?

—En lo más mínimo —dijo él.

Deborah asintió. Era la respuesta correcta. Sintió que se ablandaba un poco hacia él.

—A mí tampoco —convino.

Por una fracción de segundo, vio toda la colección griega, con la máscara como pieza central, expuesta en brillantes vitrinas para que todo el mundo la viera en el vestíbulo de la planta baja, o tal vez en una estancia especialmente construida a tal efecto al final de un largo pasillo decorado con textos educativos e imágenes: la mejor colección de antigüedades griegas fuera de Atenas. Sin duda alguna, ese habría sido el objetivo de Richard.

Calvin, que la estaba observando como si pudiera ver las imágenes de su cabeza, asintió una vez.

—Comprendo —dijo—. Si hay algo que pueda hacer...

Ella sonrió y al expulsar el aire se dio cuenta de que había estado conteniendo la respiración.

—Ya que estamos —añadió el abogado—, echo en falta parte de la correspondencia legal de Richard. ¿Tenía guardado algo aquí abajo?

—En el despacho —respondió ella—. Guardo la mayoría de los papeles relacionados con el museo allí. ¿Buscas algo en particular?

La expresión del hombre se tornó un tanto tímida.

—Como ya he dicho, el señor Dixon estaba trabajando en algunos documentos que abarcaban tanto sus propiedades personales como su participación en el museo. Dichos documentos podrían tener cierta importancia en su testamento. La policía querrá ver en qué situación legal se encuentran sus propiedades por si tiene alguna repercusión en el móvil del crimen.

Deborah asintió con actitud profesional, con mucho cuidado de demostrar que la posibilidad no la importunaba en absoluto.

—Eso sería algo personal —dijo— y debería estar en los archivos de su residencia, no en los del museo, a menos que los documentos llegaran hace poco.

—¿Cuánto tiempo en concreto?

—Si estaban dirigidos a su casa, no más de un par de días —contestó—. Si era personal pero estaba dirigido al museo, algunos días más. La casa tiene un número distinto, el 143. El museo es el 157. Están en el mismo edificio, así que no me preguntes la razón. Pero tenemos dos buzones. Yo me encargo de la correspondencia del museo, me deshago de la publicidad y le paso a Richard lo que creo importante. No suele haber mucho, y a menos que yo señale algo, lo mira cuando se acuerda. ¿Supone algún problema?

El abogado no movía ni un músculo y había entrecerrado los ojos, pero ante la última pregunta abandonó semejante actitud y sonrió.

—Lo dudo mucho. Es que detesto que documentos oficiales pasen por otras manos que no sean las del destinatario. Habla el abogado que llevo dentro.

Los detectives Cerniga y Keene estaban en la planta alta, en el estudio contiguo al dormitorio de Richard, donde repasaban la lista de invitados y el inventario del museo. Deborah miró un instante las escaleras y después optó por una última precaución antes de subir a hablar con ellos.

El servicio de señoras que había junto al despacho era una estancia reservada al personal del museo. Había un inodoro, un lavabo con un dispensador de jabón líquido y uno de esos secadores eléctricos de manos que siempre la obligaban a secarse en las perneras de los pantalones. El interruptor de la luz también accionaba un extractor que giraba provocando un estruendo semejante al de la cisterna. Entre ese sonido y el del secador, era un milagro que se pudiera escuchar algo, por lo que las voces airadas la pillaron por sorpresa.

Le llevó un segundo darse cuenta de su procedencia. Había una rejilla de ventilación en la pared por encima del lavabo, que no correspondía al extractor, sino a la calefacción y al aire acondicionado. Al principio apenas le prestó atención, pero después su mente registró el hecho de que eran voces masculinas, nada más y nada menos que las voces de los detectives con los que estaba a punto de hablar. Incluso con el ruido del secador de manos, no le cabía la menor duda.

«La rejilla debe de estar conectada directamente con el despacho de la planta alta», pensó.

Jamás se había percatado antes, aunque tampoco tuvo motivos. ¿Con qué frecuencia levantaba alguien la voz en esa estancia? Era el santuario de Richard.

Una de las voces sonaba con más fuerza que la otra. ¿Cerniga? No, Keene.

«No deberías prestarle atención —se dijo—. Ya has fisgoneado bastante.»

El ruido del secador fue mermando hasta detenerse y las voces le llegaron con más claridad.

—Eso es lo que tú dices —rugió Keene—. ¿Cómo narices voy a saberlo?

A lo que siguió la respuesta de Cerniga en un murmullo inaudible y una carcajada de Keene como réplica. Después, Cerniga volvió a murmurar, pero Deborah fue incapaz de discernir las palabras.

Siguiendo un impulso, extendió el brazo y apagó la luz. El servicio de señoras quedó sumido en la más absoluta oscuridad y en completo silencio en cuanto el extractor se detuvo. La voz de Cerniga, con el matiz metálico que le confería el tubo de ventilación, llegó hasta ella como si de una voluta de humo se tratara.

—Ya te lo he dicho —dijo el detective con voz serena pero un tanto irritada—. Si tienes algún problema, habla con tu comisario jefe.

—Ya lo he hecho —le gritó Keene en respuesta— y sabes muy bien de lo que me ha servido.

—Pues supongo que eso es todo, ¿no? —replicó Cerniga.

—Y una mierda —masculló Keene—. ¿Dices que te han trasladado desde el condado de Henry? Los llamé esta mañana y nadie había escuchado hablar de ti. Nadie.

Deborah sintió una oleada de frío e incertidumbre en la oscuridad. Se le estaba erizando de nuevo el vello de la nuca como cuando había olido la colonia y el tabaco de pipa a la puerta de su casa.

—Tu comisario te ha ordenado trabajar conmigo —dijo Cerniga. Su voz había adquirido un matiz incisivo, como si estuviera controlando su genio—. Si eso te supone algún problema, resuélvelo con él.

—¿Eres siquiera un poli? —preguntó Keene—. Vi la cara que pusiste cuando te di los formularios. No has rellenado uno en tu vida. Enséñame tu placa.

Entonces alguien comenzó a tirar de la puerta del aseo desde el exterior y Deborah ya no escuchó nada más.

19

Era Tonya.

—Lo siento —dijo la mujer, aunque no pareció sincera hasta que se percató del rostro ceniciento de Deborah—. No vi la luz bajo la puerta, así que supuse... ¿Se encuentra bien? Parece que hubiera visto un fantasma.

—Estoy bien —le aseguró Deborah—. Solo estaba... Solo estoy un poco cansada. Estos dos últimos días han sido muy duros. Creo que voy a...

Sin embargo, no sabía lo que iba a hacer. Hizo un gesto ambiguo con la mano y trató de sonreír, pero la preocupación que reflejaba el rostro de Tonya decía a las claras que no lo había conseguido.

—¿Necesita algo?

—A decir verdad, no.

—¿Quiere que le diga a los polis que bajen...?

—¡No! —contestó Deborah con más énfasis del que había pretendido—. Quiero decir que... No, todo va bien. Hablaré contigo más tarde.

Y después se alejó por el pasillo que llevaba al museo, dejando atrás la escalera que subía al despacho de Richard. El ritmo de sus pasos aumentó al compás de su resolución y para cuando pasó junto a los fantasmagóricos especímenes de taxidermia victoriana iba casi corriendo. Entró furtivamente en el despacho del museo, abrió la caja fuerte y cogió su pasaporte. Dos minutos después se encontraba en el vestíbulo, con el tiranosaurio y la dama dragón del mascarón de proa. Cuatro minutos más tarde se había metido en su coche y se alejaba del edificio.

Su teléfono móvil estaba apagado y lo dejó así.

Tenía que volver a casa o al menos regresar al hotel. Dormir un poco. Aclararse las ideas.

«Eso no cambiará lo que has escuchado a través del conducto de ventilación», pensó.

Era bastante cierto, reflexionó mientras apagaba las luces del coche al entrar en la autopista Buford para dirigirse a la interestatal; pero quizá lo que había oído cobrara algo de sentido si se alejaba un poco del museo y sus extraños tesoros. Necesitaba estar un tiempo a solas.

Mientras se incorporaba a la I-85 para dirigirse por el sur hacia el centro de la ciudad, se sobresaltó al escuchar un chirrido de neumáticos a sus espaldas. Miró por el espejo retrovisor justo a tiempo para ver que una furgoneta oscura destrozaba la señal que había en la parte superior de la rampa y salía a toda pastilla detrás de ella.

«Los conductores de Atlanta —pensó—. Siempre dispuestos a arriesgar su integridad física para llegar a casa cinco minutos antes.»

Permaneció en el carril de la derecha para dejarle espacio y se preguntó dónde podría ir. Había tomado el camino a su casa por instinto, alejándose del Holiday Inn, que estaba demasiado cerca del museo. Demasiado cerca de Cerniga y de Keene.

«Tal vez me limite a dar vueltas durante una hora. O vaya a dar un paseo al parque Piedmont. Sí. Sigue la ruta a casa, aparca en Juniper y date un paseo por el lago.»

La idea le ofreció un objetivo, por lo que pudo relajarse un tanto y volver a la normalidad mientras dejaba que el tráfico se llevara su ansiedad. Su parte racional, ya más tranquila, regresó a la conversación que había escuchado en el baño. ¿Habría oído mal? Supuso que era posible, pero habría apostado cualquier cosa a que no. ¿Podría haber sido algún tipo de broma privada? Eso era menos probable todavía. De modo que Keene sospechaba que Cerniga —el hombre a cargo de la investigación de la muerte de Richard— no era en realidad un policía. ¿Cómo era posible? ¿Qué significaba?

Cuando llegó a Grady Curve todavía se encontraba en el carril interior, con un muro de hormigón a su derecha; la parte menos consciente de su cerebro, que estaba concentrada en la conducción, interrumpió el resto de sus pensamientos para señalarle un cartel conocido: «Final de carril derecho a 500 metros».

Miró por el retrovisor izquierdo y comenzó a cambiar de carril, aunque tuvo que interrumpir bruscamente la maniobra cuando vio un camión que había quedado oculto en el punto ciego del espejo.

«¡Presta atención!», se recriminó.

Dejó de lado el resto de sus pensamientos y agarró el volante con más fuerza.

El camión todavía se encontraba a su izquierda, ajeno al parecer al hecho de que había estado a punto de chocar contra él. Aceleró para adelantarlo con comodidad, pero el camión (que en realidad resultó ser una furgoneta) aceleró para igualar su velocidad. Muy típico.

—Pasa tú, machito imbécil —murmuró al tiempo que aminoraba para dejarlo pasar.

No le quedaba suficiente carretera para ponerse a discutir y el tráfico de Atlanta se movía siempre a una velocidad de vértigo. Sin arcén y con tan solo un muro de hormigón a su derecha, no podía permitirse ningún error.

La furgoneta aminoró a la vez que ella, con la parte frontal justo a su nivel. Deborah se giró para fulminar al conductor con la mirada, pero la furgoneta tenía ventanillas tintadas y no pudo ver el interior.

¿Furgoneta?, se preguntó.

En ese instante se dio cuenta de dos cosas. Era la misma furgoneta que había quemado goma al tratar de seguirla cuando se incorporó a la interestatal y su conductor no era ningún imbécil mosqueado que se había picado con ella.

«Final de carril a 300 metros», rezaba el cartel de lo alto. «Cambie al carril de la izquierda.»

—Eso trato de hacer —dijo.

Puso el intermitente y tocó el claxon. El tipo no se movió. Tampoco esperaba que lo hiciera. La había seguido desde el museo y la había dejado encajonada a propósito. Aceleró a ochenta kilómetros por hora y después a cien. Más adelante podía ver cómo el carril se convertía en una estrecha cuña señalizada por conos naranjas que advertían de la presencia de un saliente en el muro de hormigón que le bloqueaba el camino.

La furgoneta aceleró y pisó un poco la línea central para ocupar su carril. El tipo iba a aprisionarla. A su derecha, la oscura masa del muro se acercó de repente. Se quedaría sin espacio en breves momentos. Pese al creciente pánico, Deborah pudo darse cuenta de una cosa con absoluta claridad: si el tipo no se movía y ella se estrellaba contra el muro a esa velocidad, la colisión la mataría.

«Final de carril a 150 metros.»

Frenó con fuerza; con tanta fuerza, de hecho, que la parte trasera del Toyota se bamboleó y chocó contra el muro de hormigón con un repentino estrépito, seguido por el estridente crujido del metal. Durante una fracción de segundo, la furgoneta pareció acelerar, pero a continuación frenó también y aminoró la velocidad para pegarse a ella.

Habían reducido la velocidad a cuarenta kilómetros por hora, pero el muro que tenía por delante se aproximaba de un modo amenazador.

«Bien —pensó Deborah—, me detendré del todo.»

«Y después ¿qué? ¿Qué pasará si él también se detiene? ¿Y si sale del coche?», se preguntó.

Por un breve instante volvió a ver el cuerpo de Richard tendido en el suelo, pálido y envejecido. Quienquiera que le hubiera hecho aquello no tenía piedad.

Clavó los ojos en el muro de hormigón que tenía por delante y pisó el acelerador a fondo.

20

Era una locura hacer eso. Era, pensó a medida que la sólida masa grisácea se abalanzaba hacia ella, una imprudencia suicida.

También era lo último que había esperado el conductor de la furgoneta, y cuando comprendió lo que estaba haciendo y aceleró para encerrarla, ella ya se encontraba a unos diez metros por delante de él y estaba girando a la izquierda para esquivar el muro que se le venía encima.

Dobló la esquina en mitad de una violenta cascada de cristales, pero el coche apenas aminoró la velocidad y se introdujo en el tráfico zigzagueando mientras a su alrededor se alzaba un coro de pitadas y chirridos de neumáticos.

«¡Ha sido una locura! ¡Podrías haberte matado!», se reprendió.

«Si me hubiera detenido, estaría muerta.»

Eso acalló a la otra voz. Por el momento.

Se colocó en el carril central y notó que su respiración comenzaba a normalizarse. Mientras les hacía unos gestos de disculpa con la mano a los conductores que la miraban furiosos, giró el espejo retrovisor a tiempo para ver que la furgoneta negra tomaba la siguiente salida y desaparecía de la vista.

No fue al parque. Salió de la interestatal lo justo para detenerse en un cajero automático, donde sacó tanto dinero como tenía permitido; después regresó por donde había venido y dejó su coche arañado y abollado en el aparcamiento de El Templo, una sinagoga reformista a la que en cierta ocasión había pensado asistir. Caminó hacia el Centro Artístico de la estación MARTA y concluyó el viaje en la rápida línea de ferrocarril que la llevó directamente a la terminal del Aeropuerto Internacional Hartsfield-Jackson de Atlanta.

Alguien había entrado en su apartamento y lo peor era que la había esperado allí. Alguien había tratado de sacarla de la carretera. Alguien había asesinado a Richard. No obstante, lo más raro e inquietante de todo era saber que la gente a la que más deseaba acudir —la policía— no era de fiar. Tenía que huir. Muy lejos. Aparte de su bolso (que estaba a reventar con la correspondencia del museo que no había tenido tiempo de abrir), no llevaba equipaje; aunque como no le tenía especial aprecio a la ropa, no le importaba demasiado. Compraría lo que necesitara al llegar.

Pero ¿llegar adónde?

Eso no lo había decidido todavía y la cuestión ocupó sus pensamientos mientras viajaba —casi a solas— sentada en los duros asientos de plástico del tren que eran, por razones que no acertaba a comprender, de un mareante color naranja que casi garantizaba las náuseas.

Supuso que podría ir a su casa de Brookline, con su madre y su hermana, pero al momento se dio cuenta de que no debería hacerlo. Sus visitas a Massachusetts, como a su madre le gustaba tanto señalar, eran escasas y espaciadas, y tal vez por ello se convertían en estresantes y dificultosas negociaciones que no llevaban a ningún sitio, lo que reflejaba a la perfección cómo habían sido las cosas desde que murió su padre.

«Hola, mamá, soy Debbie. Alguien trata de matarme. ¿Te importaría que me pasara por ahí?»

Por Dios, eso no saldría bien.

Bajó del tren y se internó en la terminal sur del aeropuerto, donde se abrió camino a través de la bulliciosa muchedumbre hasta el mostrador de facturación de Delta. Se alegró de no haber llamado antes y de haber decidido intentar que escribieran mal su nombre en el billete; una forma suficientemente parecida a su apellido para que indujera a pensar en un error tipográfico, pero lo bastante diferente como para demorar cualquier búsqueda policial a través de los ordenadores de la compañía aérea.

«¡No! ¡Se trata de la policía! Puedes confiar en ellos. Cuéntales lo de la furgoneta. Tienes que confiar en ellos, de lo contrario...

»¿Volverá el caos? Exacto», concluyó.

Comprobó los monitores y se encaminó hacia una corta fila ocupada por una familia de aspecto agobiado cuyas enormes maletas apenas cabían en dos carritos. La mujer del mostrador, que tenía el cabello recogido de forma muy tirante y una mirada cansada, les estaba explicando algo acerca de los billetes electrónicos. Deborah echó un vistazo por encima del hombro. Unos cuantos metros por detrás había unas puertas en los muros de cristal; puertas que conducían a la zona de carga y descarga, la carretera y la vida rutinaria de siempre...

Donde los conductores homicidas tratan de aplastarte contra un muro de hormigón o, si te detienes, acorralarte bajo algún paso subterráneo desierto con un cuchillo que deja un par de marcas simétricas alrededor del orificio de entrada...

Se giró de repente y se dio de bruces contra un hombre de mediana edad ataviado con un incongruente traje de tres piezas. Estaba sudando y, como la mayor parte de los pasajeros de un avión, parecía nervioso.

—Lo siento —se disculpó Deborah.

El hombre, que parecía más asombrado que ofendido, no dijo nada; y movida por la vergüenza y por todo lo demás, ella se giró hacia el mostrador.

«Busca a un policía», se dijo.

¿Para que la entregara a Cerniga? No. La única persona que parecía estar de su lado era un abogado del que no había oído hablar hasta hacía dos días.

—¿En qué puedo ayudarla? —preguntó la mujer, que esbozó una sonrisa ensayada.

La familia se alejó con un angustiado intercambio de palabras mientras contemplaban sus tarjetas de embarque como si estuvieran escritas en clave.

—¿Queda algún asiento libre? —preguntó.

—¿Para este vuelo? —quiso saber la mujer—. En el último momento, ¿eh?

Deborah esbozó una sonrisilla, pero no dijo nada. La mujer consultó el monitor.

—Sí —dijo—. Tendrá que darse prisa. El de seguridad es un ogro. ¿Solo de ida o de ida y vuelta?

—De ida y vuelta —respondió Deborah—, pero ¿puedo dejar abierta la fecha de regreso?

—Desde luego —le aseguró la mujer al tiempo que tecleaba—. Ya está. ¿Cómo quiere pagar?

No quería utilizar la tarjeta de crédito, pero al parecer no le quedaba otro remedio. Lo más probable era que todavía no la estuviesen buscando, ¿verdad? Colocó la MasterCard sobre el mostrador mientras la mujer comprobaba el precio.

—A ver —dijo—. Un viaje de ida y vuelta a Atenas, Grecia…

Interludio

Francia, 1945

Edward Graves se quitó el casco blanco de policía militar, lo colocó bajo su petate en el asiento del pasajero de la cabina del Opel y entró con decisión en la oficina de correos del pueblo. Había estado un poco preocupado por esa etapa del plan porque no hablaba francés, pero resultó que no lo necesitaba. Mostró su identificación militar, cuidadosamente falsificada, al jefe de correos y aguardó mientras una anciana parloteaba sin cesar —al parecer de forma favorable— sobre la liberación. Él asintió con la cabeza y esbozó una sonrisa, deseando que la mujer lo dejara en paz.

—Un paquete, *monsieur* —dijo el jefe de correos al tiempo que se lo mostraba con un gesto triunfal, como si él mismo hubiera transportado la puñetera cosa a través del Canal.

Graves cogió el paquete sin pronunciar palabra y salió del edificio dedicando toda su atención al matasellos británico hasta que estuvo de nuevo sentado y a salvo en la cabina del camión. Lo abrió con rapidez, desgarrando el borde con los dientes al ver que la cinta de embalaje no cedía. Sus largos y ágiles dedos temblaron ligeramente al sacar la carta y el fajo de libras británicas. Las contó en un abrir y cerrar de ojos y a continuación le echó un vistazo a la nota, que solo contenía una dirección de contacto en Londres y el nombre del remitente: Randolph Fitz-Stephens.

Arrugó la nota y la arrojó por la ventanilla antes de girar la llave para poner en marcha el motor.

Tres horas más tarde observaba desde el muelle cómo el buque de carga *St. Lo* se alejaba del puerto de Cherburgo repleto de soldados licenciados y con el compartimiento de carga atestado de efectos personales, productos franceses (vino en su mayor parte) y unas cuantas cajas de madera, cuyo pasaje habían pagado ciudadanos anónimos como él. Los estibadores no habían tardado más de diez minutos en sacar la caja de la parte trasera del Opel y meterla en la bodega de carga mientras él merodeaba por los alrededores intentando no prestar demasiada atención ni parecer demasiado nervioso, por si eso instaba a los marineros a husmear en busca de objetos de valor. Los marineros eran tan de fiar como los negros...

En dos semanas seguiría la caja hasta Estados Unidos y para entonces Randolph Fitz-Stephens no tendría forma de encontrarlo, aunque supiera a quién debía buscar, cosa que no sabía. ¿Serían todos los ingleses tan ingenuos? Unas cuantas fotografías de los objetos habían dejado al tipo babeando. En un principio, Graves pensó pedir diez mil libras por adelantando, pero en cuanto se percató del entusiasmo del inglés, dobló la cifra y el tipo ni siquiera pestañeó. Rico y necio, pensó Graves, tal y como le gustaban. Aun así, no le cabía duda de que habría podido sacarle más, lo que era una lástima. Resultaba gracioso imaginarse al hombre sentado en los muelles de Southampton, o donde puñetas se supusiera que debía enviar la caja, esperando su llegada una semana tras otra antes de mandar a una mierda de pueblucho francés una serie de ansiosas aunque educadas cartas a un hombre que no existía.

Las cosas no podrían haber salido mejor. Todavía tendría que enfrentarse a ciertas preguntas sobre el comandante del Sherman si sus colegas hablaban, pero nadie se tomaría muy en serio a esos soldados y no había nada que relacionara a Edward Graves, sargento de la policía militar, con el nombre que aparecía en la factura de embarque. Dadas las circunstancias, había resultado ser un verano bastante bueno. La guerra —una guerra que, en el mejor de los casos, le había producido sentimientos encontrados— había terminado y él había preparado el terreno para forjarse un futuro extraordinario en Estados Unidos.

Era cierto que la guerra en Europa había llegado a su fin hacía apenas un par de semanas y que aún quedaban grupos de tropas alemanas desperdigados por ahí que o bien no se habían enterado de las noticias o bien habían elegido continuar la lucha a pesar de todo. Entre ellos se encontraba, a unas ciento veinte millas al noroeste de Cherburgo, un solitario y maltrecho submarino, con la torreta y el equipo de comunicaciones dañados un par de semanas atrás a causa de una mina a la deriva. El U-146, un submarino alemán tipo VII B, había partido de Saint-Nazaire y estaba a la deriva, ya que apenas podía controlar el timón. Durante ese tiempo, la mar gruesa había acabado con lo que quedaba de la antena de radio, haciendo casi imposible cualquier contacto con la madre patria o con sus agentes. El capitán sabía que la guerra estaba prácticamente perdida y que las fuerzas del Tercer Reich estaban dando los últimos coletazos, pero él era un militar de carrera y se negaba a abandonar su renqueante navío mientras quedara trabajo por hacer. Al desconocer cuántos amarres para submarinos seguían en manos alemanas, se había inclinado por esperar otro día más antes de tratar de enviar un SOS. El equipo de rescate, si conseguía llegar antes de que el submarino se hundiera sin remisión, sería con toda probabilidad norteamericano. Aguardaría hasta que estuvieran lo bastante cerca como para sacar a los hombres del agua antes de atacar al barco.

Fue cuestión de muy mala suerte que el buque de carga *St. Lo* se cruzara con el submarino tres horas antes de que se hundiera y con dos torpedos en los tubos listos para disparar.

SEGUNDA PARTE

Sobre un mar oscuro como el vino…

Puesto que el *Kaddish* pone voz al espíritu de la esencia imperecedera del hombre; puesto que se niega a reconocer el triunfo de la muerte; puesto que permite que lo marchito reverdezca después de haber caído del árbol de la humanidad para florecer y desarrollarse de nuevo en el corazón humano, posee un poder sagrado. Saber que cuando mueras, aquellos que se queden —estén donde estén en este amplio mundo, ya sean ricos o pobres— te enviarán esta oración; saber que llevarán tu recuerdo en el corazón como su herencia más preciada… ¿Se puede desear una certeza más satisfactoria o purificadora? Esa es la certeza que nos lega el *Kaddish*.

Reflexión sobre el *Kaddish* recogida en el *Libro de oraciones para el sabbat y otras festividades*, publicado por la Asamblea Rabínica y la Sinagoga Unida de Estados Unidos

21

La decisión de ir a Grecia había sido automática. Allí había comenzado todo. Allí estaba el origen del tesoro. De allí procedían las misteriosas personas que Richard invitó a la fiesta y allí había telefoneado en secreto Richard. Era un lugar donde comenzar, puesto que la policía de Atlanta no era de fiar y estaba lo bastante lejos del museo y de quienquiera que hubiera conducido la furgoneta. Estaba segura de que todas esas cosas estaban relacionadas. Con cada kilómetro que el avión dejaba atrás se acercaba al origen de los acontecimientos y se alejaba del sangriento final de estos.

Deborah jamás dormía en los aviones. Eran demasiado pequeños para estirar su largo cuerpo y además detestaba la idea de quedarse dormida rodeada de extraños. Ya era bastante horrible que todos tuvieran que compartir con ella ese cilindro metálico que surcaba el cielo; no tenía la más mínima intención de perder la conciencia allí metida. De todos modos, ese día más que ningún otro deseaba poder roncar durante el viaje que atravesaría el Atlántico y después el Mediterráneo hasta las brillantes y azules aguas del Egeo.

De todas formas, por mucho que intentara hacer creer a su cuerpo que era de noche, no podía dormir. Estaba exhausta y la perspectiva de volar durante diez horas o más para aterrizar en el amanecer ateniense se le antojó muy deprimente. No obstante, su cerebro echaba por tierra cualquier esfuerzo por conciliar el sueño con todo un torrente de pensamientos y las palabras pasaban tras sus párpados cerrados como si se tratara de los subtítulos incongruentes de una película extranjera. No era momento de dormir, le decían. Tenía que hacer planes. No tenía dinero en efectivo (¿Grecia seguía utilizando el dracma o había cambiado al euro?, se preguntó), ni hotel, ni un motivo sensato que justificara esa estúpida misión o le indicara qué pasos debía seguir una vez que se había embarcado en ella. El sueño quedaba fuera de toda cuestión.

Vio la película, comió la insulsa comida que le pusieron delante y pasó la mitad de la «noche» (las persianas estaban bajadas y las tres cuartas partes de los pasajeros dormían como recién nacidos) paseando arriba y abajo, a sabiendas de que esos ojos que se desviaban momentáneamente hacia ella la encontraban desgarbada y molesta. Vio al hombre ataviado con el traje de tres piezas con el que tropezó en el mostrador, pero estaba leyendo y no pareció percatarse de su presencia.

Pasaron dos horas. Después tres. Por un instante creyó que tal vez se hubiera quedado dormida, pero cuando miró el reloj se dio cuenta de que el tiempo no había avanzado en absoluto. Se retrepó, meditó, esperó y se preguntó qué demonios iba a hacer cuando aterrizaran. Bueno, al menos estaría a salvo.

El hombre del traje de tres piezas dejó el libro y giró el torso como si estuviera estirando los músculos agarrotados tras el largo vuelo. Mientras lo hacía, se las arregló para lanzar una mirada desinteresada hacia atrás, en dirección a la alta estadounidense que se inclinaba por delante de sus compañeros de asiento para poder ver el amanecer a través de la persiana a medio bajar. Estaba seguro de que no lo había reconocido y eso era perfecto. Tendría que permanecer cerca de ella una vez que aterrizaran, aunque no demasiado cerca. Después de todo, no había prisa alguna y elegir el momento oportuno sería esencial.

22

Hacía calor en Atenas; un calor seco, polvoriento y desagradable que se le pegó a la piel en cuanto comenzó a sudar. Parte del polvo parecía arenoso, algo así como hormigón pulverizado, cosa bastante probable a juzgar por lo que había visto de la ciudad desde el autobús del aeropuerto. Durante la retransmisión de los Juegos Olímpicos, Atenas y sus alrededores habían dado la impresión de estar compuestos por ruinas antiguas e idílicos pueblecitos blancos emplazados sobre acantilados que miraban a un mar azul bajo un cielo más azul todavía. Deborah no estaba preparada para todos esos kilómetros de anónimos bloques grises, muchos de ellos a medio construir o medio derruidos, algo difícil de determinar.

El hombre sentado frente a ella tenía al menos cincuenta años, era delgado, musculoso e iba acicalado en exceso. Llevaba del brazo a una chica a la que doblaba en edad, una belleza voluptuosa con rostro remilgado que podría haber tomado por su hija de no ser por el modo en que el tipo le besuqueaba el cuello. Deborah apartó la mirada, pero no había otra cosa que ver que no fueran las calles flanqueadas por los bloques de hormigón, sobre las que flotaba una nube gris de contaminación.

«¿Qué narices estás haciendo aquí?», se preguntó.

«Buscando respuestas y ocultándome —musitó para sí—. Y no necesariamente en ese orden.»

Había descubierto un quiosco de información turística y una

librería en el aeropuerto, donde había comprado *Guía básica de Grecia*; aunque descubrió demasiado tarde que se había publicado en 1995 y que todos los precios estaban en dracmas. El país, tal y como descubrió, sí había adoptado el euro. No sabía qué otras partes del libro estarían desfasadas y, puesto que le resultaba difícil sentir algo que no fuera una leve irritación, le traía al fresco. Eligió uno de los hoteles, el Aquilleus, que según la guía estaba emplazado en el centro de la ciudad, y llamó desde el quiosco de información con la esperanza de que el número siguiera siendo el mismo. Lo era. Una vez hecha la reserva, se encaminó hacia el autobús de línea y comenzó el largo y decepcionante viaje que la llevaría al corazón de Atenas.

Se bajó en la plaza Sintagma, una de las partes más monumentales de la ciudad que había visto hasta el momento gracias a su cercanía al Jardín Nacional y al edificio del Parlamento; después se adentró en la calle Ermou y tomó dirección oeste. Le llevó un buen rato hallar el camino entre las calles secundarias, ya que sus nombres estaban escritos con los extraños —si bien a la postre legibles— caracteres griegos, y entrar en la fresca penumbra del vestíbulo del Aquilleus. La chica del mostrador de recepción era una copia de aquella otra del autobús, morena y muy guapa, sencilla y un tanto aburrida. A Deborah, que siempre encontraba artificial y un poco alarmante la efusiva eficiencia del personal de los hoteles norteamericanos, le cayó bien de inmediato.

Se registró con su nombre. Después de todo, Atlanta parecía estar muy lejos de ese edificio europeo con sus suelos de mármol y su franca y radiante recepcionista.

—¿No tiene equipaje? —le preguntó la chica.

—No —contestó Deborah con una sonrisa incómoda, como si ese detalle pudiera etiquetarla de extraña o sospechosa.

—Vale —replicó la recepcionista, a la que parecía darle exactamente igual cualquiera de las dos opciones—. Aquí tiene su llave.

La habitación resultó ser bastante agradable, acogedora y con la misma elegancia informal que predominaba en la planta baja. El desvencijado ascensor y la estrechísima escalera le habían dado que pensar, pero el hotel sobresalía en las cosas que importaban y eso era suficiente. El baño, cómo no, era de mármol —mármol de verdad, que brillaba si girabas la cabeza, no ese material de imitación que se veía en Estados Unidos— y las cortinas eran largas y de un tejido grueso. Deborah las corrió y se tumbó en el duro colchón, escuchando el monótono zumbido del aire acondicionado hasta que se quedó dormida.

Soñó que conducía por la I-85 a través del corazón de Atlanta. La carretera comenzó a estrecharse sin previo aviso y unos descomunales muros de hormigón se cernieron de modo amenazador sobre su cabeza, aunque nadie le prestaba atención. Estaba desconcertada más que asustada, cosa muy común en los sueños, hasta que se dio cuenta de que el resto de los conductores llevaba máscaras de oro.

Cuando se despertó, la habitación se encontraba a oscuras y estaba lo bastante silenciosa como para que por un momento se sintiera desorientada. Se las arregló para llegar hasta el baño, pero no recordó dónde estaba hasta que comenzó a retirar el envoltorio azul y blanco adornado con una estilizada imagen del Partenón que tenía la pastilla de jabón.

Grecia.

¿En qué había estado pensando? Volvió al dormitorio e hizo ademán de coger el teléfono, pero se detuvo.

No. No había nadie a quien pudiera llamar.

Hizo un repaso de sus exiguas pertenencias, se duchó, echó un vistazo a través de las cortinas, descubrió que el sol brillaba sobre las fachadas posteriores de los edificios y bajó a recepción. La belleza morena de ojos inquisitivos y alegres había sido reemplazada por un sexagenario que la miró con expresión impasible cuando Deborah le preguntó si hablaba inglés.

—Por supuesto —contestó, encogiéndose de hombros y con aspecto levemente irritado, como si acabara de preguntarle si sabía leer.

—¿Cómo puedo llegar al Museo Arqueológico Nacional? —le preguntó.

El empleado sacó un mapa de la parte inferior del mostrador, que tenía marcada de forma conveniente la situación del hotel.

—Usted está aquí —le dijo—. El museo está aquí. Puede ir andando, pero hace calor. Un taxi es mejor.

No había entonación que sugiriera una pregunta, pero el hombre esperó como si acabara de formular una. Deborah estudió el mapa en busca de una escala que le indicara la distancia, pero resultó inútil.

—Taxi de ida, paseo de vuelta —dijo el conserje—. Hará más fresco.

Cogió el teléfono y esperó. Deborah asintió y el hombre marcó.

Desde la parte trasera del taxi, Deborah observó el hormigón indefinible que caracteriza a la ciudad, así como el ruidoso y denso tráfico, mientras se preguntaba de forma distraída si ya habría empezado a buscarla la policía. No tardarían mucho en seguir el rastro a su pasaporte y a sus tarjetas de crédito, pero no sabía qué podrían hacer con esa información. Tal vez fuese sospechosa del asesinato de Richard, pero las pruebas en su contra no tendrían mucho peso, o al menos no el suficiente como para alertar a la Interpol, en el caso de que ese fuera el procedimiento.

Y en el caso de que la policía estuviera implicada, pensó.

Keene era un policía. Al tipo no le caía bien, pero era legal. Cerniga le había parecido más razonable, más equilibrado... Imposible aventurarse con él. En parte quería llamar y hacerles saber que no estaba huyendo exactamente... aunque eso no tenía sentido. Quizá pudiera llamar a Calvin Bowers.

«¿Y qué excusa tendrías para hacer esa llamada? —le dijo la voz de su conciencia—. ¿Crees que te echa de menos? ¿Crees que está languideciendo por esa extraña y sensata mujer emocionalmente desequilibrada con la que se tropezó mientras la estaban interrogando acerca de un horrible crimen...?»

«Cállate», se reprendió.

Deborah pagó al taxista y salió del coche al calor de la calle. El museo estaba alejado de la calzada y se accedía a él tras subir unos escalones. Pasó la columnata del pórtico, pagó la entrada y paseó por el interior mientras absorbía la simplicidad del lugar; sus amplias, resonantes y blancas estancias adornadas con sencillez; las ventanas situadas justo bajo los techos, altos y desnudos; los grupos de estatuas con sus pequeñas placas identificativas.

Era la antítesis de la mayoría de los museos norteamericanos: desnudo, sin concesión alguna al valor recreativo ni al lustre de una cultura superior, aunque dejando un resquicio a la faceta educativa. En cierta manera resultaba de lo más griego: una caja enorme y dividida en compartimientos, donde no había nada que distrajera la atención de los objetos que se exponían con una sencillez que rayaba en la austeridad. No había portátiles, ni colores vistosos, ni esquemas llamativos. «Si quiere saber más —parecía decir—, cosa que debería hacer, compre un libro; o mejor aún, vuelva al colegio.» Le gustó el lugar, sobre todo la exposición cicládica con sus extrañas figurillas posmodernas que tanto recordaban a Moore y a Picasso, artistas que habían vivido cuatro mil años después de la desaparición de esa cultura.

Estudió la exposición micénica con atención, paseando de vitrina en vitrina con una deliberada lentitud que la dejó sola en la estancia cuando los turistas prosiguieron su camino con rapidez. Nada de lo que veía guardaba un remoto parecido con lo que Richard había escondido tras la estantería en Atlanta. Por supuesto que había más objetos en otros lugares, pero esa colección era la más grande en cuanto al número de piezas y la más completa; volvió a ocurrírsele la idea de que, en caso de que el tesoro de Richard estuviera compuesto por meras falsificaciones, estas habrían sido realizadas por artistas que improvisaban en lugar de copiar piezas existentes. En otras palabras, o eran auténticas (una posibilidad asombrosa) o eran falsificaciones (lo que resultaría devastador).

Se detuvo mucho más frente a la vitrina de las máscaras funerarias, en particular frente a la de la máscara de «Agamenón» (le alegró ver que el museo no le otorgaba ese título incorrecto). La contempló mientras intentaba recordar la imagen que había visto en el ordenador del museo, cada vez más segura de que tampoco aquella había sido una copia.

La máscara de «Agamenón» tenía un tamaño un poco mayor que un rostro humano, era de oro y un tanto asimétrica, aunque no sabría decir si el efecto se debía al diseño o era el resultado de haber permanecido bajo toneladas de tierra y piedras durante tres mil quinientos años. Tenía una nariz estrecha, unas cejas delicadamente arqueadas, unos labios delgados, un gran bigote y barba. Las orejas estaban algo retiradas del cabello y de la barba, de modo que sobresalían como un par de lengüetas. Sin embargo, el rasgo más sorprendente eran los ojos. Eran almendrados y, aunque carecían de iris y pupilas, los recorría una incisión de lado a lado que les confería al mismo tiempo el aspecto de estar abiertos y cerrados. Al contemplarlos, daba la extraña impresión de que el rostro estaba dormido o en el umbral entre la vida y la muerte.

—Lleva ya algún tiempo observándola.

La voz que escuchó a su espalda era profunda y tenía un marcado acento. Deborah dio media vuelta y se encontró con un hombre de mediana edad, probablemente griego, de ojos serios y penetrantes que la miraban con una expresión pensativa y socarrona.

—Lo siento —se disculpó al tiempo que miraba a su alrededor para comprobar si su presencia estaba demorando el recorrido de algún grupo de turistas. Ese hombre debía de ser un guía. Había estado tan absorta en su... (¿qué? ¿investigación? ¿visita turística? ¿trabajo de detective...?), que ni siquiera había percibido su presencia. El desconocido podría llevar una eternidad mirándola.

—No hace falta que se disculpe —replicó el hombre, que se encogió de hombros con un gesto tan expresivo que su rostro envejeció unos diez años. Sus ojos oscuros brillaban como el caramelo—. Estoy acostumbrado a que la gente contemple la máscara, pero muy pocos muestran un interés tan... exhaustivo —le dijo tras escoger la palabra con cuidado— en su contemplación. ¿Es usted quizá estudiante de arqueología?

Deborah sonrió.

—Soy conservadora de un museo —contestó—, en Estados Unidos.

—Discúlpeme —le dijo el desconocido—. No quería sugerir una falta de conocimiento. Mi inglés es...

Agitó la mano. Titubeante e inexacto, interpretó Deborah.

—En absoluto —lo tranquilizó con una sonrisa que en esos momentos era genuina—. A decir verdad, soy arqueóloga solo en lo referente a América. En cuestiones griegas no soy más que una estudiante.

—Bien —dijo él, asintiendo con la cabeza—. En ese caso no ha venido dispuesta a demostrar que nuestra máscara es una falsificación.

—No —le aseguró ella—. Nada más lejos de mi intención. ¿Lo hace mucha gente?

El hombre encogió de nuevo los hombros con ese gesto tan europeo que logró que su rostro volviera a envejecer por un instante y alzó las manos con las palmas hacia arriba.

—De vez en cuando —le contestó al tiempo que asentía como si estuviera satisfecho con la frase—. Los arqueólogos más serios no los toman en cuenta, por supuesto, pero las conspiraciones siempre venden, ¿no es cierto?

Deborah asintió y se preguntó con inquietud si en realidad no habría ido para comprobar la autenticidad de la máscara.

El desconocido aprovechó su silencio para tenderle la mano.

—Dimitri Popadreos —le dijo.

—Deborah Miller —correspondió ella.

Decir su nombre fue un acto reflejo y durante un segundo se preguntó si tal vez habría cometido un error. Sin embargo, el pensamiento —que no conducía a ningún lado— fue rápidamente sustituido por otro.

—Espere —le dijo—. ¿Popadreos? —Consultó su guía—. ¿No será usted...?

—El director del museo —concluyó él—. Sí, en efecto. —Hizo una pequeña reverencia—. Me gusta mezclarme con los visitantes de vez en cuando —le dijo—, para saber qué les llama la atención, que no suelen ser muchas cosas por regla general, y qué les aburre, que suele ser todo. Los turistas son criaturas muy extrañas —afirmó mientras le daba la espalda para contemplar los grupos dispersos de personas—. A menudo no entiendo los motivos de su visita. —Volvió a encogerse de hombros y ella sonrió, encantada—. ¿Su museo exhibe piezas del Nuevo Mundo?

«Nuevo Mundo —pensó Deborah—. Los europeos llevan quinientos años en América y aún siguen utilizando el adjetivo "nuevo". Bueno —reflexionó mientras paseaba la mirada por la amplia y blanca estancia con sus tesoros de la Edad del Bronce—, tal vez aquí el tiempo pase más despacio.» Respondió con un breve:

—En su mayor parte.

Hizo una especie de gesto burlón que hubiera quedado perfecto en el repertorio personal del griego. El suyo era un museo pequeño, explicó ella, sin piezas de gran importancia.

«Salvo, por supuesto, por el tesoro micénico oculto de la planta alta», pensó.

—Entonces, ¿es auténtica? —preguntó, apostando por una acercamiento jovial.

—¿Por qué no iba a serlo? —replicó el director al tiempo que observaba la máscara con detenimiento—. Es cierto que su estilo es distinto al de las demás, pero eso no demuestra nada. Si tuviéramos cientos de máscaras con las que poder compararla, sería un detalle significativo, pero no es así. Tenemos seis. Las variaciones pueden deberse al gusto personal del artista, al rostro del difunto o… —Repitió su característico encogimiento de hombros y resopló para darle más énfasis—. No hay razón alguna para dudar del informe de Schliemann, ni del lugar o el momento en los que la descubrió —afirmó—. Sin embargo, hacer esa máscara en la época de este, dados los limitados recursos con los que se contaba… sería mucho más increíble, ¿no le parece?

—Supongo que sí —convino Deborah—. ¿Ha pensado en datar la antigüedad de la máscara para zanjar el asunto?

—Lo hemos considerado —respondió—, pero no es posible. Algunos métodos no son apropiados. El análisis del… ¿cómo llaman ustedes al polvo de las plantas?

—Polen.

—Exacto. Datación por análisis de polen. Hacer tal cosa en el momento en que la pieza fue desenterrada hubiera sido de gran valor, aunque el metal bruñido no suele acumular mucho polen. Hoy en día, después de cien años de ir de un lado a otro, cualquier hallazgo sería irrelevante.

—¿Y el carbono 14? —sugirió Deborah.

—El método del radiocarbono requiere que rompamos un fragmento de la máscara —explicó el director—. Eso es, por supuesto, inaceptable, en especial porque no hay un motivo de peso que justifique la exposición de la pieza a una prueba tan destructiva y porque no se suelen conseguir buenos resultados con el oro. Si lo hubieran fundido con carbón y parte de ese carbón se hubiera quedado en el metal, tal vez sí… Pero es poco probable que los resultados fueran determinantes. ¿Por qué dañar una pieza si nadie estará satisfecho con la conclusión de la prueba?

—¿Y la datación por helio? —preguntó Deborah.

—Tal vez en el futuro —afirmó él, asintiendo con seriedad—, pero necesitamos asegurarnos de la precisión del método y de que no dañaría la máscara. —La miró con una expresión recelosa—. Para no estar interesada en demostrar que la máscara es una falsificación, hace usted muchas preguntas.

Deborah sonrió.

—Curiosidad profesional —explicó—. De conservador a conservador.

—Bien —dijo él con una sonrisa—. Hábleme sobre su museo.

Deborah lo hizo y le habló sobre el gran *tomahawk* de piedra y el resto de la colección de los indios creek, así como de la exposición itinerante de piezas celtas que inaugurarían en breve. El director asintió, sonrió y consiguió parecer entusiasmado e incluso impresionado. Como no podía ser de otro modo, Deborah lo describió con modestia. ¿De qué otro modo iba a hacerlo cuando estaba manteniendo esa conversación delante de semejante colección de antigüedades?

Unos minutos después y guiada por el creciente bochorno que despertaba en ella su orgullo por el Museo Druid Hills, un bochorno que ni siquiera la educada atención de su oyente lograba disipar, regresó al tema del oro micénico.

—Permítame que le haga una última pregunta —le dijo.

—Por favor.

—Dando por sentado que la máscara sea genuina, ¿qué posibilidades cree que haya de que Schliemann desenterrara otra igual, una que jamás haya sido mostrada al público?

A posteriori, cuando tuvo la oportunidad de reflexionar acerca del encuentro, Deborah pensó que el rostro del hombre se había podido comparar a una casona solitaria con vistas a la calle cuyas ventanas estuvieran iluminadas desde el interior por la luz de una lámpara y del fuego. Cuando formuló la pregunta, las cortinas ocultaron las ventanas. Durante un instante, Dimitri Popadreos se limitó a observarla o más bien a mirarla sin llegar a verla.

—Eso parece muy poco probable —le dijo sin más—. No sé cómo habría podido suceder algo así. —Le echó un vistazo a su reloj y esbozó una sonrisa, aunque fue muy cautelosa y no llegó a esos ojos oscuros como el caramelo—. Lo siento mucho, pero ahora tendrá que disculparme. Tengo trabajo que atender. Por favor —le dijo mientras sus labios se curvaban en una versión de su anterior sonrisa—, disfrute de su visita. Y —añadió dándose media vuelta tras alejarse unos pasos de ella—, por favor, vuelva. Diga su nombre en la entrada y no le cobrarán la visita.

Deborah lo observó mientras se alejaba, preguntándose qué habría dicho para que el hombre emprendiera lo que a todas luces era una brusca e improvisada retirada.

23

De vuelta del museo arqueológico, Deborah se detuvo en un puestecillo callejero y compró una mochila de color amarillo chillón que le serviría de maleta. Después buscó la tienda de ropa que le pareció más barata y llenó la mochila con prendas mientras se preguntaba si eso quería decir que tenía pensado quedarse más de un par de días. Compró camisetas, pantalones cortos, ropa interior de algodón, un alegre bañador que a buen seguro era demasiado pequeño y un largo y vaporoso vestido blanco de una tela muy suave que bien podría ser muselina. Era muy griego, o al menos lo que ella consideraba a su manera simplista que sería muy griego en el sentido clásico. En la actualidad las mujeres tenían un aspecto muy europeo: las jóvenes vestían con un estilo extravagante que sugería un toque de confianza en sí mismas y una curiosa mezcla de ingenuidad y sensualidad; las ancianas iban ataviadas con unos vestidos negros sin forma alguna cubiertos por incongruentes chales que debían de actuar como microondas personales. Había albergado la esperanza de que sus compras la ayudaran a mezclarse con la gente, pero parecía muy poco probable. No había visto todavía a nadie, ya fuera hombre o mujer, tan alto como ella, y no dejaba de sentir las miradas de curiosidad de la gente, en absoluto discretas.

En Themistokleous encontró una librería bastante grande con una buena colección de guías turísticas y de libros de historia en inglés. Compró varios libros de estudios artísticos y arqueológicos, algunos de los cuales había visto en los estantes de Richard, y una edición doble de bolsillo de *Los mitos griegos* de Robert Graves. El caos de objetos clásicos del museo le había hecho cobrar conciencia de todo lo que había olvidado, o de lo que jamás memorizó, acerca de Homero, Esquilo y Eurípides. Tenía que ponerse al día en muchas cosas.

Cuando regresó al hotel ya habían pasado las cuatro de la tarde y estaba muy cansada y hambrienta. Una parte de ella estaría encantada de irse directamente a la cama, pero tenía que comer algo y los libros que había comprado le parecían regalos de Navidad sin abrir. Leyó durante hora y media antes de darse una ducha muy rápida, ponerse algunas de la prendas que había comprado y salir de nuevo al seco y polvoriento calor con un par de libros por compañeros.

Fue desde la plaza Sintagma por Ermou hasta llegar al barrio de Plaka, el núcleo turco, restaurado, de la ciudad antigua. Allí el tráfico y el asfalto de Atenas quedaban olvidados. Las calles adoquinadas estaban flanqueadas por edificios neoclásicos cubiertos por azulejos de terracota, los cruces estaban señalados por iglesias ortodoxas, con torres, cúpulas y ladrillos rústicos, y casi todos los edificios parecían estar construidos a media escala. De vez en cuando se apreciaban reminiscencias mucho más antiguas: los restos de un arco romano o parte de una columnata del período griego clásico. El ambiente del lugar la calmó tanto como el museo y la enigmática conversación con el director la habían puesto nerviosa. Esa era la Atenas que en parte había imaginado y esperado en secreto: una ciudad bulliciosa y elegante, enraizada con su pasado histórico.

Estaba pensando en eso cuando levantó la vista y vio por primera vez la Acrópolis y parte de un edificio rodeado de columnas (¿dóricas o jónicas?, no sabría decirlo a esa distancia), envuelto en una luz dorada. Era una imagen arrebatadora. Se detuvo en el sitio y lo contempló con la boca abierta, sintiendo el poder que emanaba de ese lugar. Lo que estaba viendo, supo gracias a la guía que llevaba, era parte de los Propileos o el Templo de Atenea Niké, no el Partenón propiamente dicho, que era mucho más grande. El elegante y pálido mármol de la construcción parecía brillar y resplandecer con un rosáceo fuego interior que lo hacía único, místico. Fue en ese lugar, o eso contaba la leyenda, donde el padre de Teseo había esperado noticias de su hijo, quien se había marchado a luchar contra el minotauro que moraba en el laberinto bajo el palacio de Cnosos, en Creta. Teseo había prometido que mostraría su triunfo adornando sus barcos con velas blancas, pero en la euforia del momento, se le olvidó. Cuando sus naves entraron en el puerto luciendo velas negras, su padre, que creyó que Teseo había muerto, se suicidó arrojándose por el precipicio.

Leyendas. Ese lugar estaba plagado de ellas. Tal vez fuera eso lo que estimulaba a gente como Richard o, ya puestos, como el propio Schliemann. Tal vez en un lugar como aquel las historias de las luchas entre dioses y héroes pudieran ser ciertas.

Comió kebab de cordero asado y ensalada de tomates, aceitunas negras y queso feta en una tasca al aire libre llamada Los Cinco Hermanos. Se puso a leer, sobre todo como recurso para detener los avances amatorios de los camareros, observó los raquíticos y omnipresentes gatos que pululaban entre las patas de las sillas del restaurante y llegó a la conclusión de que cualquier griego que le hubiera dicho a Elaine Shotridge que el queso feta de sus canapés era tan bueno como cualquier otro de su tierra natal estaba siendo en el mejor de los casos educado, y en el peor sarcástico. El que ella estaba comiendo era el queso auténtico, acuoso, salado y de sabor intenso, que hallaba su complemento perfecto en el ligero dulzor de los tomates aliñados con aceite. Leyó lo bastante como para no perderse en su ascenso a la Acrópolis antes de pagar y marcharse.

Faltaba menos de media hora para que el lugar cerrara. No había tiempo suficiente para ver el recinto como era debido, y sin duda tendría que visitar en otra ocasión el Museo de la Acrópolis, pero le vendría bien para hacerse una idea de todo a la suave luz y las temperaturas más agradables de la tarde. La guía que llevaba también señalaba que habría un menor número de turistas a esa hora, dado que la mayoría de las visitas vespertinas tenían como destino la colina de Filopapou, desde la que se podía contemplar una panorámica espectacular del Partenón durante la puesta de sol.

Deborah caminó a paso vivo desde el mercado romano y ascendió la larga y sinuosa rampa que rodeaba la enorme roca sobre la que se asentaba el Partenón. Le agradó comprobar que la mayoría del tráfico peatonal era descendente, en su mayoría turistas vestidos con brillantes colores y sombreros absurdos, de extremidades y rostros sonrosados y sudorosos. Había varios adolescentes bulliciosos con mochilas que parecían (y que querían dar esa impresión, pensó) capaces de escalar otra colina, pero la mayor parte tenía aspecto cansado y un poco derrotado. ¿Qué lo causaba? ¿La fatiga, la desilusión, la inevitable y enloquecedora comprensión de la propia ignorancia, la suma de todos esos días plagados de lugares demasiado valorados que se superponían unos a otros hasta convertirse en un enorme y desconcertante montón de piedras inútiles? Aun desde su punto de vista de historiadora y arqueóloga, no podía culparlos. Recordó el comentario que alguien hiciera sobre el turismo: «Lo que veo me aburre y lo que no veo me preocupa».

Pero ella no se mostraría tan indiferente. A medida que se iba acercando a la cima, miró hacia el norte, hacia el farallón conocido como Areópago o Colina de Marte. Aquel había sido el lugar donde rezó san Pedro, desde donde los turcos sitiaron la Acrópolis unos quinientos años antes del nacimiento de Cristo, donde (en una Atenas mucho anterior a la primera y muy rudimentaria democracia del mundo) se había reunido el consejo de nobles. Según la leyenda, en aquel lugar Orestes había intentado matar a su madre, Clitemnestra, en venganza por el asesinato de su padre, el rey Agamenón de Micenas, hijo de Atreo.

Tal vez la última palabra que escribiera Richard: Atreo. Esa palabra la había llevado a encontrar su cadáver detrás de la estantería, pero ¿qué había significado para que él la resaltara con signos de interrogación?

Dejó el Templo de Atenea Niké a la derecha y atravesó los Propileos para llegar a la cima de la Acrópolis. El Erecteion con sus cariátides, esas columnas con forma de mujer, quedó a la izquierda. Justo enfrente tenía el Partenón. Se detuvo para contemplarlo, contenta por estar sola.

No era de extrañar que se tratara de una de las construcciones más reconocibles de la humanidad, con su enorme escalinata y la columnata dórica que proclamaba una grandeza y un misterio que apenas tenían parangón. Por supuesto, no siempre había tenido ese aspecto, y casi todos los visitantes se quedarían estupefactos por las pinturas tan chillonas y la horrible aglomeración de estatuas que ordenó Pericles cuando se construyó tras la batalla de Maratón. Había perdido el tejado durante un asedio en el siglo XVII, cuando el templo —que los turcos usaban como polvorín— estalló y estuvo ardiendo dos días enteros. El gran peligro al que se exponía según el libro provenía de los turistas, que se subían a él en cuanto los guardias de seguridad se descuidaban, y la lluvia ácida. La espantosa contaminación de Atenas estaba pasando factura a ese mármol tan antiguo a un ritmo vertiginoso...

—La estructura tiene unas proporciones perfectas en todas sus dimensiones —dijo una voz por encima de su hombro.

Deborah se dio la vuelta y se encontró cara a cara con un desconocido que, a pesar de admirar embelesado el edificio que tenía delante, parecía dirigirse a ella.

—¿Es eso cierto? —preguntó.

Entonces supo de quién se trataba y su sonrisa se ensanchó. Vestía una ropa muy diferente, pero lo había visto en el aeropuerto de Atlanta. Había estado a punto de arrollarlo cuando le daba vueltas a la idea de no subirse al avión, y si se paraba a pensarlo, también lo había visto a bordo.

El hombre asintió y desvió un segundo la vista hacia ella antes de concentrarse de nuevo en el templo.

—Supongo que descubrió la pequeña colección de Richard —dijo él—. O, mejor dicho, que descubrió lo que faltaba.

En ese momento tuvo la sensación de que un millar de piezas encajaban de golpe en su lugar, de que su memoria recuperaba otro retazo y reconoció otro aspecto del hombre: su voz.

«¿Se han llevado el cuerpo?», le había preguntado con ese acento tan suave y tan poco norteamericano.

Deborah abrió la boca, aunque no emitió sonido alguno, y comenzó a retroceder, al tiempo que una oleada de terror se apoderaba lentamente de ella.

24

Era un hombre corpulento, de torso y hombros anchos; tal vez no estuviera en buena forma ni pareciera atlético, pero sí se le veía fuerte y recio. Rondaría los cuarenta y cinco años, quizá algo menos. Tenía los ojos clavados en ella.

—Manténgase alejado de mí —dijo Deborah. Las palabras habían salido de sus labios con un matiz gutural y parecían infantiles y tontas.

Retrocedió otro paso, se aclaró la garganta y escupió sobre las piezas de mármol roto que había a sus pies. El gesto pareció detenerlo, pero tan solo un instante. Dio un paso hacia ella y a Deborah se le cayó el alma a los pies al ver con qué ligereza se movía.

—Señorita Miller —comenzó—, tenemos que hablar.

—Si da un paso más, llamo a la policía —lo amenazó ella, con voz menos aguda, más firme.

—¿Debido a la fe que tiene en ella? —replicó el individuo con mordacidad.

La caballerosidad con la que había pronunciado su nombre y la sardónica acidez que había utilizado en el resto de la frase intensificaron su acento. Era inglés, pensó Deborah, ni australiano ni sudafricano, a pesar de que una parte de su cerebro (la atávica e instintiva parte que veía el mundo en términos de cazadores y presas) había tomado el control y le decía que esa distinción era del todo irrelevante. Apenas le había prestado atención a esa parte de su cerebro con anterioridad, pero confió en ella en ese momento mientras tensaba los músculos de las piernas y desviaba la vista hacia el grupo de turistas más cercano. Entretanto, no dejaba de observar los cuidadosos y equilibrados movimientos del hombre al tiempo que se esforzaba por recordar el emplazamiento del último puesto de seguridad.

No había ninguno en las cercanías. El hombre había planeado su encuentro a la perfección y la Acrópolis, que hasta el momento le había parecido un lugar de retiro muy agradable, incluso espiritual, se le antojaba en ese instante mortalmente desierta.

—No tiene motivos para estar asustada —le dijo con voz más impaciente que tranquilizadora.

—Claro —replicó ella.

Con atávico instinto de supervivencia, había escudriñado el suelo en busca de cualquier trozo de piedra que pudiera esgrimir como arma, pero los griegos habían aprendido que cualquier cosa lo bastante pequeña para llevársela sería pasto de los turistas. No había nada que pudiera levantar sin una carretilla elevadora.

—Estoy de su parte —dijo el hombre al tiempo que daba un cauteloso paso hacia ella.

—Yo no estoy de ninguna parte —replicó ella, desafiante.

Se arriesgó a echar un vistazo por encima del hombro. Un grupo de turistas estaba cruzando los Propileos, a unos doscientos metros de distancia, y se desplegaba en semicírculo alrededor del guía, cámaras en mano. Inspiró hondo y otra pieza del rompecabezas encajó en su lugar: el hombre olía a tabaco de pipa y a colonia. Al captar el aroma en ese momento en que la adrenalina corría por sus venas, recordó haber olido esa fragancia en el aeropuerto, pero entonces no la había asociado con el intruso de su casa.

—Tiene algo que quiero —le dijo él—. Estoy dispuesto a negociar para conseguirlo; considerando que mi familia ya pagó en una ocasión por el objeto en cuestión, me parece más que razonable.

—No tengo ni idea de lo que está hablando —replicó ella.

—Vamos —insistió él con una sonrisa indulgente—, estoy dispuesto a pagar mucho más de lo que cualquier museo llegaría a ofrecer.

Otra pieza encajó en la mente de Deborah.

—Me ha seguido —dijo.

—Por supuesto. —Se encogió de hombros—. Tal y como usted quería.

«Está loco —pensó Deborah—. Tiene que estarlo.»

—Si tuviera algo que pertenecía a Richard, ¿de verdad cree que se lo vendería a su asesino? —le preguntó mientras retrocedía hacia el grupo de turistas que parecía estar al otro lado del mundo.

El rostro del hombre se ensombreció.

—De modo que Richard está muerto. Me lo temía.

Deborah lo miró sin pestañear.

—Sabe que está muerto.

—Vi los coches patrulla y empecé a preguntarme... Pero creí... Tenía la esperanza...

Dejó la frase en el aire. Durante un segundo pareció encogerse, pero después sus facciones se endurecieron.

—Comprendo. No me extraña que se marchara del país. —Era una especie de acusación, aunque no le dio tiempo a responder—. Pero si cree que al mancharse las manos de sangre va a conseguir que aumente el precio que estoy dispuesto a pagar, está muy equivocada. De hecho, lo único que le reportará su asesina brutalidad será la imposibilidad de vender la pieza a un museo. —Esbozó una sonrisa carente de humor—. Le recomiendo que reconsidere sus términos de inmediato —le aconsejó— o me veré en la obligación de comunicar su paradero a la policía.

A Deborah empezó a darle vueltas la cabeza por ese extraño cambio de táctica.

«Intenta confundirte», le dijo una voz.

Sintió un odio amargo y violento hacia ese hombre que la juzgaba, un odio que le producía ganas de molerlo a golpes. Pero tal vez fuera ese su objetivo: desequilibrarla, enfadarla.

—¿Cree que no sé lo que hizo? —replicó con una voz serena que fue apenas un susurro mientras intentaba contener las náuseas—. Mató a Richard.

Los ojos del hombre volvieron a entrecerrarse, como si intentara evaluarla.

—Sabe que no tuve nada que ver con eso —arguyó él. No era una negativa apasionada, tan solo la afirmación racional de algo que él creía que ella ya sabía—. ¿Por qué la habría telefoneado si no?

—Sabía que estaba muerto justo después de que sucediera.

—No —la corrigió y bajó un instante la mirada—. No lo sabía. Sabía que tenía que haber una... transacción esa noche. Llamé pero no obtuve respuesta. Así que probé con usted.

—Sé lo de la máscara —le dijo Deborah. Era una admisión estúpida, pero quería distraerlo un poco hasta reunirse con el grupo de turistas—. Se la quitaré y lo denunciaré a la policía.

—¿Quitármela? —repitió él, que pareció confundido por un instante—. ¿De qué está hablando?

—Usted la tiene —le dijo ella—. Sé que la tiene.

El hombre negó con la cabeza y, en lo que pareció un gesto de exasperación paternal, se dio la vuelta. Ese era el momento que Deborah había estado esperando.

Echó a correr.

25

No miró atrás. Contempló el accidentado terreno y echó a correr con la cabeza agachada, dando las zancadas más largas que le permitían sus larguiruchas piernas. No se detuvo hasta llegar al centro del sorprendido grupo de turistas, donde frenó como pudo y chocó contra un hombre muy corpulento que masculló unas cuantas palabras en un idioma desconocido para ella. Farfulló unas disculpas y, cuando creyó adivinar quién era el guía, le dijo:

—Me persigue un hombre. ¿Puede alguien llamar a la policía?

Al instante aparecieron una docena de teléfonos móviles y Deborah, enmarcada en el escenario que proporcionaba uno de los edificios históricos más famosos del mundo, se sintió de pronto muy agradecida por vivir en el siglo XXI, con su contaminación y todo.

Cuando por fin se encontró con un agente de policía en un punto desde el que se apreciaban los asombrosos restos de los antiguos teatros emplazados a los pies de la Acrópolis, le dijo que un hombre la había estado siguiendo, pero que al parecer se había esfumado tan pronto como se unió al grupo de turistas. No, no sabía quién era. Sí, le encantaría que la llevaran en coche de vuelta al hotel. No le dijo que la había seguido a través del Atlántico.

—¿Se quedará allí? —le preguntó el policía, un tipo joven y de pocas palabras a quien parecía incomodarle esa estadounidense con aspecto de cigüeña.

—Tengo que recoger mis cosas —respondió ella—. Pero después puede que…

«¿Puede que qué? ¿Que huyas de nuevo?»

—Puedo esperar —le aseguró el agente— y llevarla al aeropuerto si lo desea.

«Huir como huiste de Atlanta, como huiste del inglés hace un rato. Pero ¿huir adónde? Ellos también están aquí. Te han seguido…»

—¿Sabe una cosa? —le dijo al policía—. Olvídelo. El tipo se ha ido. Puedo volver sola a mi hotel. Todavía tengo cosas que hacer en Atenas.

26

En parte casi esperaba que el hombre, aquel hombre misterioso con acento inglés, la estuviera aguardando en el hotel. La había estado siguiendo antes de que subiera al avión; la había visto en el museo y se había acercado a ella con toda deliberación en la Acrópolis. Resultaba inconcebible que no supiera dónde se alojaba.

Se mantuvo alerta mientras avanzaba por las tranquilas calles del barrio de Plaka y se encaminaba al Aquilleus echando mano de su antigua rebeldía. Había sido la sonrisa socarrona del joven agente de policía la que se la había devuelto, pero llevaba bajo la superficie desde mucho tiempo antes; desde mucho antes de que el desconocido la abordara en el Partenón; desde antes de que abandonara siquiera Estados Unidos; tal vez desde antes de huir de su propio apartamento.

Huir.

Esa era la palabra y eso era lo que más detestaba. Deborah Miller no se amilanaba. Se mantenía firme. Era capaz de defenderse gracias a una mente despierta y fuerte y, como Harvey Webster había señalado aquel día que en esos momentos parecía pertenecer a los comienzos siglo XIV, a la lengua tan ágil que tenía. No pensaba volver a huir.

El vestíbulo del hotel estaba sumido en una fresca penumbra cuando regresó, un pequeño refugio del mundo exterior. El conserje estaba en su puesto de nuevo. Parecía exhausto, pero se animó cuando la vio acercarse y se giró inmediatamente hacia los casilleros donde se guardaban las llaves. No le hizo falta preguntar su número de habitación.

Deborah le dio las gracias y cogió la llave, que era grande y de metal, tal y como pensaba que serían las llaves en Atenas.

—¿Tengo algún mensaje? —preguntó—. ¿Alguna llamada? ¿Alguien que haya preguntado por mí?

El hombre frunció el ceño, intuyendo que había algo tras aquellas preguntas.

—No, señorita —respondió—. ¿Hay algún problema?

—No creo —replicó ella—. Voy a hacer una llamada internacional desde mi habitación.

—No es necesario que me avise —explicó el hombre.

—Lo sé —dijo Deborah—, pero creo que es posible que alguien me llame en breve. Mi teléfono estará ocupado durante algunos minutos. Puede decirle que vuelva a llamar a las… a las diez en punto.

Si aquel innecesario despliegue de información lo dejó perplejo, no dio muestras de ello.

—Muy bien, señorita —dijo antes de hacerle una leve reverencia.

Su cuarto estaba intacto y desocupado. No la sorprendió, pero tuvo la precaución de ser lo bastante cauta como para examinar a fondo el lugar. Había reflexionado durante todo el camino de vuelta sobre la identidad de la persona que recibiría la llamada internacional. La primera de la lista era su madre, pero la perspectiva de tener que explicarle su situación la dejaba exhausta. A menos que la policía ya les hubiese informado —un pensamiento escalofriante—, su familia ni siquiera sabría que Richard estaba muerto. Sabía que no podría mantener una conversación con su madre sin parecer de alguna forma responsable. Esa idea la entristeció porque, por primera vez desde hacía años, sentía una verdadera necesidad de contarle todo a su madre —por el bien de ambas—, como podría haber hecho cuando tenía diez años.

«Lo siento, mamá —pensó—. Te lo contaré más tarde. Todo. Te lo prometo.»

Rebuscó en su monedero y marcó un número. Los tonos de llamada se sucedieron durante un buen rato. A continuación se escuchó el gruñido de un hombre al otro lado de la línea.

—¿Calvin? —preguntó.

—Sí, ¿quién coño es? Son las cuatro de la mañana, joder.

—Soy Deborah Miller.

Se hizo el silencio y acto seguido el sueño y la irritación desaparecieron de la voz del abogado.

—¿Deborah? Por el amor de Dios, ¿dónde estás?

—Estoy en Grecia, Calvin —respondió con tranquilidad—, y voy a quedarme aquí, al menos de momento.

—¿Qué está pasando?

—¿Me busca la policía?

—Sí. No oficialmente —aclaró—. Aunque no estoy seguro. Uno de ellos me preguntó si sabía dónde estabas, pero eso es todo.

—¿Quién?

—¿Cómo que quién? ¿Qué más da eso?

—No da igual, te lo aseguro. ¿Quién?

—Keene —respondió él—. Creo que no le caes muy bien. Se pondrá furioso cuando descubra que has abandonado el país.

—Es muy probable que ya lo sepa. Escucha, Calvin, sé que no nos conocemos mucho, pero necesito confiar en alguien y tú has tenido algunos tratos con Richard, así que... eso tendrá que bastar.

—Claro —contestó él, ya completamente despierto—. ¿Qué necesitas?

—Que me envíes por correo electrónico todo lo que encuentres en el ordenador de Richard acerca de Schliemann, Micenas, Agamenón y Atreo.

—¿Qué? No puedo acceder a su ordenador.

—Claro que sí. Eres el representante de sus bienes. Richard fue asesinado por algo que había en esa colección secreta de la planta alta; por algo que se llevaron.

—¿Qué es lo que falta?

Deborah titubeó.

—No estoy segura, pero creo que una máscara funeraria —le explicó.

—Como la que estabas observando en el ordenador —replicó él.

—Tal vez. Confía en mí. Tengo tu dirección de correo electrónico en la tarjeta que me diste. Te enviaré un mensaje para que puedas informarme de todo lo que descubras. —Se detuvo un momento antes de arriesgarse por última vez—: Creo que hay una posibilidad de que la policía no atrape a quien mató a Richard, de que no quieran hacerlo.

—¿Qué quieres decir? ¿Crees que la policía está... implicada?

—Aún no lo sé —contestó ella—. Pero me gustaría llevar a cabo unas cuantas averiguaciones acerca de esos detectives antes de que les digas cualquier cosa.

El hombre se quedó callado, sin saber qué hacer. Deborah esperó a que aceptara su petición.

—De acuerdo —dijo por fin—. Lo haré.

—Una cosa más, Calvin.

—¿Sí?

—Si empiezan a decir que yo maté a Richard —dijo—, no les creas.

Deborah sintió de pronto que tenía más cosas en mente, que tenía algo en la punta de la lengua, pero colgó antes de que Bowers tuviera la oportunidad de responder, antes de que ella pudiera decir alguna estupidez.

Estuvo viendo la televisión unos diez minutos, después se lavó rápidamente con aquella agua dura (siempre echaba de menos el agua de Atlanta cuando estaba fuera) y estaba casi lista para meterse en la cama cuando sonó el teléfono.

—Señorita Miller —dijo la ya conocida voz inglesa—, me temo que antes la asusté un poco.

—No se preocupe —replicó ella—. Aunque tendremos que comenzar esta conversación en condiciones de igualdad.

—¿Qué quiere decir? —preguntó el hombre.

—Usted sabe mi nombre, pero yo no conozco el suyo.

Hubo un breve instante de vacilación y Deborah creyó escuchar un suspiro.

—Muy bien —dijo al fin el inglés—. Me llamo Marcus Fitz-Stephens.

Podría estar mintiendo, por supuesto, pero a ella no le importaba en esos momentos. Le parecía mucho más decisivo el hecho de que hubiera cedido.

—Comencemos por el principio, ¿le parece? —le dijo.

27

Mientras caminaba sola de vuelta de la Acrópolis esa misma tarde, había rememorado la conversación que mantuvo con el inglés en las ruinas y había sacado muy poco en claro. O bien era un actor de enorme talento y un psicólogo magistral, o bien su interpretación de los hechos no cuadraba en absoluto con la suya. La idea de que hubiera tratado de zafarse de la acusación de haber matado a Richard haciendo creer a todo el mundo que lo había hecho ella resultaba absurda, lo que significaba que el hombre deliraba. A menos que en el fondo creyera de verdad que lo había hecho ella. Y si pretendía asesinarla, ¿por qué abordarla en un lugar público para charlar? Esas cuestiones la llevaron a otra mucho más extraña aún: ¿sería posible que el hombre creyera que ella tenía la máscara? Eso parecía. ¿Por qué si no iba a creer —tal y como sugerían las apariencias— que ella había querido que la siguiera?

Habían sido esas preguntas, junto con su dichosa terquedad, las que la hicieran regresar al hotel, donde sabía que el inglés intentaría ponerse en contacto con ella, en lugar de salir pitando hacia la estación de autobuses o el aeropuerto.

En aquellos momentos estaba sentada en la cama, totalmente inmóvil, junto a un bloc de notas con el membrete del hotel, un bolígrafo en la mano y el auricular del teléfono sujeto entre la mejilla y el hombro.

—De acuerdo, Marcus —dijo—. ¿Qué tiene en mente?

—Aparte de asustarla —contestó—, me temo que cometí una injusticia al sugerir que mató a su jefe.

La formalidad de sus palabras confirió un matiz aún más absurdo al significado, pero Deborah intentó ahondar en la afirmación en lugar de quedarse en la superficie.

—Tiene razón, fue injusto —convino ella con cautela, con la esperanza de descubrir adónde la llevaría todo aquello.

—Y me temo que tal vez crea de verdad que soy el… culpable de los hechos.

—Exacto —asintió—. Y ahora me dirá que no lo es.

—Por supuesto —replicó él.

No se oía nada al otro lado del teléfono salvo su tranquila y educada voz; no había chasquidos en la línea, ni tráfico, ni voces. Era bastante probable que estuviera sentado en una habitación de hotel muy parecida a la suya…

—Pero la primera vez que me llamó en Atlanta me preguntó si se habían llevado el cuerpo —dijo Deborah—. ¿Quiénes? ¿Y si no sabía que Richard estaba muerto, por qué preguntar por su cuerpo?

—Me refería a una pareja de hombres de negocios griegos con quienes creo que Richard había llevado a cabo una transacción. Transacción que al parecer acabó fatal.

—¿Y la mención al «cuerpo»?

En esa ocasión, el silencio del hombre fue más largo; tanto que Deborah se preguntó si habría colgado. Cuando escuchó su voz de nuevo, esta pareció salir de la oscuridad como una tenue voluta de humo, como si se hubiera alejado del teléfono por un instante y hubiera comenzado a hablar antes de tener el auricular cerca de la boca. Deborah recordó el olor que había percibido en la entrada de su apartamento y se lo imaginó fumando en pipa. Fue una imagen extraña, que logró que la voz sonara más reflexiva, incluso agradable en cierto sentido.

«Eso es porque papá fumaba en pipa», se dijo.

—Jamás había visto la colección especial de Richard hasta que murió, ¿cierto? —le preguntó él.

—¿Tiene eso alguna relevancia?

—Significa que no sabe lo que se llevaron —contestó.

—Me alegra saber que no ha dado por sentado que lo tengo yo —replicó Deborah.

—Creo que en este caso ambos tendremos que llevar a cabo un acto de fe —afirmó—. Una especie de hipótesis operativa. Yo asumo que usted es inocente del asesinato y del robo y usted asume que yo soy inocente del asesinato y del robo. De momento.

—De momento —repitió ella.

—En ese caso, yo asumo que no tiene en su poder lo que fue robado de ese pequeño y excepcional tesoro oculto tras la estantería. Y sí, yo lo había visto antes, pero no en persona y no la noche que él murió.

—Continúe —lo instó Deborah sin ceder ni un ápice.

—¿Qué cree que se llevaron?

—Una máscara funeraria —respondió—. Semejante a la que está expuesta en el Museo Arqueológico Nacional. La que según Schliemann pertenecía a Agamenón.

—«Según Schliemann» —repitió Marcus—. ¿No cree que las tumbas descubiertas en Micenas contenían los restos del hombre que comandó a los griegos contra Troya?

—No —contestó ella.

—Richard sí lo creía —puntualizó él.

—Richard era... —Deborah se descubrió sonriendo y no tardó en borrar la sonrisa— un soñador.

—Tal vez esa sea la razón de que no le enseñara nunca los tesoros que había acumulado; tesoros que dejarían a la altura del betún al resto de su museo.

Deborah se irguió, pero replicó con voz calmada:

—¿Cree que la máscara que había en la colección de Richard procedía de las tumbas excavadas por Schliemann en la última década del siglo XIX? —preguntó.

—¿Conoce el mensaje que Schliemann telegrafió a un periódico ateniense cuando concluyó sus trabajos en Micenas? Escribió lo siguiente: «He visto el rostro de Agamenón».

—He leído que era un fraude —dijo ella—. Más tarde, él mismo negó haberlo enviado.

—Claro que lo hizo, ¿cómo no iba a hacerlo? —prosiguió Marcus sin alterarse—. La máscara a la que se refería jamás llegó a manos de los mandatarios de Atenas.

—¿Cree que la máscara que hay en el museo es falsa?

—No, es auténtica —respondió él—. Lo que ocurre sencillamente es que no se trata de la máscara de la que hablaba Schliemann. Había otra. Una máscara que procedía de la tumba más fastuosa descubierta en la excavación; una cuyos contenidos mantuvo en secreto.

—¿Cree que Richard tenía la máscara que según Schliemann había cubierto el rostro del propio Agamenón? —preguntó ella con mucha cautela, aclarando la estrambótica hipótesis al vocalizarla. Era imposible, aun cuando Agamenón hubiera existido. Sin embargo, todavía no había escuchado la afirmación más extraordinaria de Marcus.

—No solo la máscara —contestó la voz del otro lado del teléfono—. Vio lo bastante de la colección como para apreciar su enorme valor, ¿no es así?

—Sí —respondió Deborah.

La joven descubrió que le faltaba el aire y que algo parecido a la excitación o al miedo se iba apoderando de ella a medida que escuchaba; una emoción que ahogaba las enormes dudas que albergaba sobre ese hombre y su historia con una oleada de viabilidad, por remota que fuera.

—¿Y no le pareció extraño que los asesinos dejaran todos esos objetos atrás y solo se llevaran una máscara funeraria?

—Sí —admitió—, aunque pensé que la máscara era más... especial, algo único.

—Y lo es —le aseguró Marcus—. Sin embargo, no sacaron la máscara de una vitrina, ¿cierto?

—No —respondió ella, respirando con creciente agitación al intuir la presencia de una horrible verdad que aún danzaba fuera de su alcance.

—Se llevaron la vitrina al completo —le dijo—. Un expositor grande que debió de ser trasladado en un artefacto con ruedas.

Deborah recordó las manchas de aceite de la moqueta, la

toma eléctrica aislada que había en el suelo y el gran rectángulo de luz. Cualquier cosa que hubiera estado expuesta en el centro de la habitación era mucho más grande que una simple máscara. Se le erizó el vello de los brazos. La habitación se le antojó repentinamente gélida.

—Entonces, ¿qué era? —se obligó a preguntar.

—Cuando le pregunté que si se habían llevado el cuerpo —dijo Marcus—, no me refería al de Richard. Me refería al de Agamenón.

28

Era imposible. Por supuesto que lo era. Que la pequeña habitación de Atlanta hubiera albergado el cuerpo de Agamenón resultaba absurdo. Que un arqueólogo del siglo XIX hubiera podido desenterrar y conservar un cadáver que llevaba bajo tierra tres mil quinientos años era imposible.

Así se lo dijo y después, cuando la embargó la irritación por haber hecho caso a semejante tontería durante tanto tiempo y por el hecho de que fuese posible que Richard la hubiera creído, se vio asaltada por la repentina depresión que había logrado mantener a raya hasta ese momento. Exigió que le diera un número al que poder llamarlo (a partir de ese instante no sería él quien llevara la voz cantante en sus conversaciones) y el hombre se lo dio sin rechistar.

Una vez que hubo colgado, permaneció sentada en la cama durante una hora y se le ocurrió una posibilidad. La sopesó durante un buen rato, poco dispuesta a seguir la absurda idea de Marcus (¿Agamenón?), y después cogió el teléfono y marcó.

La comisaría de policía del condado de Dekalb tardó exactamente tres minutos en proporcionarle un número de teléfono para ponerse en contacto con David Barrons, el tipo que había traducido la carta del inmigrante ilegal ruso llamado Voloshinov. Deborah colgó y volvió a marcar. Barrons contestó al segundo tono, en apariencia despierto y despejado.

Deborah no se explayó en cuestiones personales, sino que intentó parecer una agente, sin llegar a decir que lo era, para poder ir directamente al grano.

—La frase de la carta que mencionaba los restos. ¿Tiene alguna idea de a qué se puede referir?

—La palabra rusa era *ostaki,* creo —le dijo, al parecer lo bastante entusiasmado con el tema como para hablar de él sin preocuparse por su identidad ni por los motivos de su interés—. Tiene muchos significados. Cosas viejas. Desechos. Cosas abandonadas.

—¿Antigüedades?

—Supongo. Espere un minuto. Revisaré mis notas. —Hubo una pausa, se escucharon ruidos de fondo que bien podrían proceder de un televisor y después el hombre regresó—. Dije *ostaki,* ¿cierto? Pues no, no se trata de esa palabra —su voz sonaba más abatida que intrigada—. Es *ostanki.* Vaya, no me había percatado de la «n».

—¿Cómo? —preguntó Deborah. Había detectado cierta estupefacción en la voz del traductor—. ¿Qué significa?

—Bueno, su sentido es similar —le contestó—, y sigue haciendo referencia a «restos», pero ahora tenemos algo más específico.

—Continúe —lo instó Deborah en voz más baja.

—Significa «restos humanos». Ya sabe, como un cadáver.

Deborah cerró los ojos.

—Qué raro —dijo Barrons.

—Y la última palabra de la frase —prosiguió Deborah, sintiendo que se le aceleraba el ritmo cardíaco—. Usted escribió «Mary». ¿Tiene alguna idea de su significado?

—Ni siquiera estoy seguro de que lo transcribiera correctamente —aseguró—. La carta estaba muy deteriorada y manchada, por no mencionar que la escritura era muy tosca. Me pareció que ponía «MAGD», pero como no sabía lo que significaba puse «Mary».

—¿Podría formar parte de una palabra más larga? ¿Del nombre de una persona… o de un lugar?

—Supongo. No lo sé.

Deborah le dio las gracias por las molestias, colgó y se tumbó de espaldas, posición en la que se quedó durante diez minutos contemplando el ventilador del techo. Después comprobó que la puerta estaba bien cerrada y se metió en la cama. No tardó ni cinco minutos en quedarse dormida.

Durante las primeras horas durmió como un tronco, pero ya estaba despierta antes de que amaneciera. Cuando las puertas del Museo Arqueológico Nacional abrieron, llevaba esperando media hora en los escalones de la entrada. Según le dijeron cuando preguntó con familiaridad por el director del museo, Popadreos, este ya estaba en su despacho y había pedido que no se le molestara.

—Me está esperando —dijo, lo cual era probablemente cierto, aunque no de modo literal.

—Espere aquí —replicó la mujer con aspecto ligeramente castrense que parecía estar a cargo de la recepción.

Deborah no estaba muy segura de si la aspereza que mostraba la griega se debía a su nivel de inglés o a su personalidad y se reprendió por no haber aprendido unas cuantas frases más en griego. Puesto que se veían limitados por los confines de su propio idioma, suponía, no era de extrañar que los turistas se mostraran arrogantes y condescendientes, felices en su convicción de que el mundo debería amoldarse a su falta de conocimientos. Con una punzada de remordimiento, esbozó una sonrisa y le dijo:

—*Efjaristó.*

La mujer de aire militar asintió con la cabeza para indicar que reconocía la palabra, pero no correspondió su sonrisa.

Se abrió una puerta y Popadreos apareció en el vestíbulo, enzarzado en una conversación con un hombre alto y de piel cetrina que llevaba unas enormes gafas de sol y un traje de ejecutivo. Algunos hombres jamás llegaban a parecer cómodos con un traje, reflexionó Deborah, pero esos dos lo llevaban como si se tratara de una segunda piel. Ambos proyectaban una imagen de autoridad innata y confiada. Dio media vuelta para enfrentarlos y fue entonces cuando el director del museo la vio, por lo que se dispuso a cruzar el vestíbulo hacia ella junto a su acompañante. Al parecer, la entrevista había llegado a su fin. Popadreos la miró con sorna mientras se acercaba.

—¿Viene a ver de nuevo las colecciones —le preguntó— o a mí?

—Las dos cosas —contestó ella con una sonrisa.

—Naturalmente. —Se giró para dirigirse al invitado de aspecto formal—. La señorita Miller trabaja como conservadora en un museo estadounidense —le dijo— y está interesada en nuestra exposición micénica. Este —dijo, dirigiéndose a Deborah— es Alexandros Davos, ministro de Cultura y Antigüedades.

—Es un honor —replicó Deborah un poco desorientada mientras estrechaba la mano al hombre.

—Confío en que no tenga en mente comprarle algún objeto a nuestro amigo —dijo el ministro, esbozando su sonrisa de campaña. Su voz era calmada, su inglés impecable y pronunciaba cada palabra con precisión y sin llegar a abrir del todo la boca—. Preferimos que nuestros tesoros se queden en su tierra natal.

—Por supuesto —convino Deborah—. Es deplorable que no siempre haya sido posible.

Por sus ojos pasó un brillo extraño y el hombre se giró un poco hacia Popadreos, pero la sonrisa volvió a ocupar su lugar y se tragó lo que había estado a punto de decir.

—En efecto —replicó—. Bueno, debo marcharme. Dimitri —le dijo a Popadreos—, harás… —Y concluyó la frase hablando deprisa en griego.

El director del museo asintió con la cabeza y le dio un apretón de manos.

—Señorita Miller —dijo Davos—, ha sido un placer.

Y acto seguido comenzó a caminar con rapidez en dirección a la puerta principal. El personal griego del museo lo reconoció, de modo que todos sonrieron e inclinaron la cabeza, un gesto a medio camino entre un saludo y una rudimentaria reverencia.

—Espero no haberlo ofendido —dijo Deborah.

—Por supuesto que no —la tranquilizó Popadreos—. ¿Quería hablar conmigo?

—Sobre las excavaciones de Schliemann.

—Otra vez —replicó él al tiempo que ladeaba la cabeza con una expresión reservada—. Desde luego. Quizá quiera acompañarme a mi despacho.

El hombre se puso en marcha y ella lo siguió. Caminaba deprisa y, pese a lo largas que tenía las piernas, Deborah tuvo que apretar el paso para mantenerse a su altura.

El despacho resultó tan espartano como el resto del museo: paredes de yeso desnudas, mobiliario anticuado (que no antiguo), estanterías, un par de títulos académicos escritos en griego sobre papel amarillento y un póster enmarcado que anunciaba una exposición egipcia.

El director ocupó su lugar tras el escritorio y le indicó con un gesto que se sentara en una silla. No había ni rastro de la rudeza que había puesto fin a su anterior encuentro. Su actitud era amable e incluso parecía encantado de verla.

—¿Café? —le ofreció—. Es de verdad. Nada de Nescafé.

Deborah aceptó en aras de la cortesía. Sospechaba que no todo el mundo conseguía café en ese pequeño y austero reino. Popadreos cogió el teléfono y habló con rapidez antes de dirigirse de nuevo a Deborah.

—Así pues —comenzó—, tiene usted algunas preguntas.

—¿Los círculos de tumbas micénicas —preguntó— contenían cuerpos?

—Por supuesto —contestó—. Eran tumbas.

—Quiero decir que si los cuerpos seguían en ellas cuando se excavaron.

—Ah —exclamó al tiempo que se removía en su asiento—. Quedaban restos, sí.

—¿En serio? ¿Después de tanto tiempo?

—¿Está familiarizada con las momias de los pantanos de turba del norte de Europa?

—Por supuesto —respondió.

Los cuerpos de los que Popadreos hablaba (el Hombre de Lindow y el Hombre de Tollund eran los más conocidos) se habían descubierto en el norte de Gran Bretaña y en Escandinavia. Databan de la Edad del Hierro —aproximadamente del siglo I d.C.— y al parecer habían sido víctimas de sacrificios rituales. Habían sido asesinados y arrojados a los pantanos, y fueron descubiertos en el siglo XX en un estado de conservación tan sorprendente que, en uno de los casos, el hallazgo del cadáver durante unos trabajos de construcción en Manchester había llevado a la policía local a creer que acababan de toparse con la víctima de un asesinato reciente. Pudieron estudiarse los huesos, los músculos, la piel, el cabello, el contenido del estómago y la marca de estrangulamiento en el cuello.

—Pero esas momias se conservaron gracias a los elementos químicos del pantano, al aceite que hace arder la turba —explicó—. El suelo tiene una composición muy extraña. No hay nada parecido tan al sur.

—Cierto —asintió él con una sonrisa, al parecer satisfecho de que ella supiera de qué estaba hablando—. Pero unas condiciones semejantes pueden recrearse de modo artificial si el cuerpo sigue intacto en el momento del descubrimiento.

—Pero no podría estarlo.

—¿Conoce *Hamlet*, señorita Miller? —le preguntó—. De Shakespeare.

—Lo le leído —le respondió con el ceño fruncido. En su época de universitaria, a su antiguo profesor de Shakespeare le encantaba afirmar que todas las cosas de relevancia remitían al dramaturgo.

—¿Recuerda lo que el sepulturero le dice a Hamlet cuando este le pregunta cuánto tiempo duran los cuerpos sin pudrirse bajo tierra?

—Me temo que no —respondió.

—Le contesta que el cuerpo de un curtidor dura mucho más porque tiene la piel tan endurecida que resulta impermeable al agua durante cierto tiempo, puesto que «el agua es el peor enemigo de cualquier hideputa de cadáver.»

—¿Quiere decir que la aridez del clima de esta región deseca los cuerpos? —preguntó Deborah tras captar la idea y continuar el razonamiento.

—En los primeros enterramientos egipcios, los cuerpos se colocaban directamente sobre la ardiente arena del desierto —prosiguió Popadreos—. La sequedad del entorno extraía la humedad del cuerpo, momificándolo del modo más efectivo. Las prácticas egipcias posteriores (la extracción de los órganos, el embalsamamiento con vendas impregnadas en compuestos químicos y demás) no fueron más que intentos de recrear la desecación natural de la arena del desierto en aquellos cuerpos que iban a ser enterrados en tumbas.

—Pero no hay duda de que un cuerpo tan desecado se desmoronaría nada más desenterrarlo al entrar en contacto con el aire.

—Sí —convino él—. Y casi todos quedarían reducidos a poco más que un montón de frágiles huesos.

Deborah sintió que sus propias dudas acerca de la ridícula historia de Marcus se tambaleaban un poco, como si la tierra sobre la que se asentaban acabara de temblar o de hundirse.

—¿Qué encontró Schliemann en Micenas? —inquirió.

—En el Círculo A de tumbas encontró los huesos de varios individuos, entre ellos algunos niños. Los huesos fueron empaquetados con mucho cuidado y sacados de la excavación.

—¿Adónde se trasladaron?

—Están aquí —contestó—. No están expuestos, pero están guardados en las cajas fuertes del museo.

Deborah se quedó pasmada durante un momento.

—¿Aquí? —repitió.

—Sí —confirmó Popadreos, a quien su reacción le había arrancado una sonrisa—. No es ningún secreto.

—Pero no eran más que fragmentos de huesos, ¿no es así? —insistió.

—Todos salvo uno —respondió—. Uno de los que se descubrió cerca de la máscara por la que ayer mostraba tanto interés.

Deborah lo miró sin parpadear.

—¿Había... un cuerpo completo? —quiso saber.

—Eso parece —respondió el director con su característico encogimiento de hombros—. Schliemann afirmó que había un cadáver intacto, con rasgos faciales... todo. Reunió a unos cuantos embalsamadores locales para intentar conservar los restos recreando las condiciones naturales que preservaron las momias de los pantanos de turba, supongo. Alcohol de algún tipo y resina, quizá.

—¿Tuvo éxito? —inquirió Deborah, que no había apartado los ojos de él.

—Una lástima, pero no —contestó Popadreos—. El cuerpo se desintegró.

Deborah permaneció un rato delante de las máscaras funerarias de oro y comenzó a hacerse preguntas. Si los cuerpos habían sido en efecto desecados por el árido suelo griego, ¿sería posible que Schliemann, quien había intentado conservar un cuerpo en otra ocasión anterior, hubiera perfeccionado su técnica de embalsamamiento con un cadáver de cuya existencia jamás se había informado al gobierno griego? ¿Era ese el motivo de que el desacreditado telegrama en el que informaba que acababa de contemplar el rostro de Agamenón hubiera sido descartado un tiempo después, tildándolo de falso porque se refería a un cuerpo que había decidido ocultar a las autoridades? Pero si eso fuera cierto, ¿por qué motivo? El Schliemann sobre el que había leído era un soñador y un individuo a quien le gustaba promocionarse. ¿No habría sido más lógico que hubiera proclamado su hallazgo a los cuatro vientos?

Claro que en Troya no había entregado sus descubrimientos a los turcos. Después de que se fotografiara el tesoro que según él había pertenecido a Príamo, rey de Troya, todo desapareció. ¿Reapareció alguna vez? Muchos de los libros pertenecientes a la biblioteca de Richard eran bastante antiguos y aunque algunos reproducían la imagen de la esposa de Schliemann, Sophia, adornada con todas las joyas desaparecidas, ninguno ofrecía una explicación acerca de lo sucedido. Sin embargo, eso no quería decir que no la hubiera. Estudió los rostros dorados e inmóviles de las máscaras y se preguntó si, después de todo, Richard habría adquirido el cuerpo intacto de un rey micénico.

29

Deborah disfrutó de una cena temprana y de un vaso de retsina en otra de las tascas del barrio de Plaka antes de retirarse a su habitación del hotel con la intención de leer la biografía de Heinrich Schliemann escrita por Leo Deuel y ver si podía averiguar algo más sobre la desaparición del Tesoro de Príamo. Se sentó sobre las piernas y comenzó a leer lápiz en mano, subrayando las partes que le parecían más importantes. La historia que Deuel presentaba se podía resumir en lo siguiente:

Corría el año 1873. El gobierno otomano amenazaba con revocar el permiso de excavación de Schliemann por la sospecha (correcta, como se comprobó más tarde) de que ya había sacado del país varios objetos hallados en Troya. Parecía excavar sin ton ni son, moviéndose de una zona a otra, de un nivel a otro, ajeno al parecer al hecho de que muchos de sus hallazgos pertenecían a diferentes períodos. Estaba convencido de que el nivel inferior de la ciudad correspondía a la Troya descrita por Homero en la *Ilíada*, una obsesión que lo cegaba hasta el punto de permitir que sus ayudantes destrozaran otros niveles del yacimiento y robaran algunos de los objetos desenterrados.

El extraño y controvertido triunfo de Schliemann llegó una mañana de junio, apenas unos días antes de que concluyeran los trabajos de excavación. Estaba paseando, o eso dijo él, por el lugar cuando vislumbró un brillo metálico en la base de un muro. Comenzó a excavar con sus propias manos y no tardó en descubrir todo un tesoro de objetos de oro, vasijas y copas, diademas, joyas y demás. Era, según sus palabras, el Tesoro de Príamo, un botín cuyo valor en oro sobrepasaba el millón de francos franceses. El tesoro, o eso declaró Schliemann, era la prueba definitiva de que Homero había descrito con veracidad las riquezas de Troya.

Se plantearon muchas preguntas a causa de la vaga y contradictoria explicación que ofreció acerca de la localización del tesoro, pero no tardaron en olvidarse. Tras hacer caso omiso del acuerdo al que había llegado con los turcos, para quienes el tesoro era patrimonio nacional que engrosaría la colección del recién estrenado Museo de Estambul, se apresuró a preparar su traslado a Atenas, lugar donde el alemán había establecido su residencia. Los objetos fueron sacados clandestinamente en seis cestos y una bolsa, cuyo contenido ocultó incluso a sus camaradas de excavación.

Diecisiete años más tarde, cuando sus excavaciones micénicas habían llegado a un glorioso fin, Schliemann volvió a excavar de nuevo en Troya. Encontró cuatro hachas de piedra de incalculable valor y, fiel a su comportamiento previo, sacó de contrabando los objetos de Turquía para llevarlos a Grecia, donde aseguró a las autoridades aduaneras que eran egipcios para facilitar su posterior traslado a otro país. Su intención no era la de dejar esos tesoros en Grecia, sino la de enviarlos con presteza a Berlín.

¿Berlín?

Deborah releyó el párrafo varias veces. Ambos hallazgos, tanto el Tesoro de Príamo como las hachas de piedra, partieron rumbo a Alemania donde, tras la muerte de Schliemann en 1890, se dispusieron en un ala especial del Museo Etnográfico de Berlín como regalo póstumo del arqueólogo al país que lo vio nacer. Sin embargo, ese no fue el final de su periplo. Deuel cerraba ese capítulo con un último y fascinante retazo histórico.

Al finalizar la Segunda Guerra Mundial, el Ejército Rojo entró en Berlín y con la ignominiosa caída de la ciudad, los botines troyanos de Schliemann desaparecieron, al parecer víctimas del saqueo de las tropas soviéticas. Si los tesoros acabaron dispersados, robados o sencillamente destruidos, el autor no podía precisarlo. En la fecha en la que se imprimió el libro, su paradero seguía siendo desconocido y se creía que seguiría así por toda la eternidad.

«¿Rusos?», se preguntó.

Cerró el libro, se recostó y clavó la mirada en el ventilador del techo mientras recordaba el rostro sin vida de Sergei Voloshinov, un soldado de la Unión Soviética...

¿Habría hecho Schliemann en Micenas lo que hizo dos veces en Troya? ¿Habría sacado a escondidas unos hallazgos desconocidos mucho más importantes que los que sí declaró? En Troya se había mostrado absolutamente seguro de sus derechos de posesión sobre los descubrimientos que hacía y, aunque daba la impresión de que no había tenido tanta prisa por apartar sus hallazgos en Micenas de manos griegas como la que había tenido con los turcos (su actitud hacia los turcos «orientales» rozaba el etnocentrismo, por no decir el racismo), era bastante factible que imaginara a Alemania como el único país merecedor de su gran botín. Aunque de haber sido así, ¿por qué no había constancia de ello en Berlín? ¿No lo habría mostrado con orgullo junto con el resto de sus descubrimientos a los visitantes de museos alemanes?

Claro que Schliemann había sufrido una demoledora crítica por parte de la opinión pública alemana que había dejado una amarga huella en él. Además era un excéntrico, un hombre que se había construido una mansión de estilo clásico apenas a unos bloques de distancia de donde se encontraba Deborah; un hombre que había dado nombres mitológicos a sus criados; un hombre que había insistido en que su correspondencia le fuera entregada en griego clásico. Sin duda alguna, era todo un personaje. Si semejante hombre había descubierto y conservado lo que creía con fervor que era el cuerpo del mismísimo Agamenón con su ajuar funerario al completo, ¿qué no habría hecho con el fin de quedárselo para su disfrute personal? Pero si lo había mantenido en secreto, ¿cómo había llegado a una estancia de un pequeño museo en Atlanta, Georgia, y qué podría relacionar el secreto de ese tesoro incalculable con la muerte de un ruso que había estado merodeando por el aparcamiento del museo durante unos días?

A la mañana siguiente, tras un desayuno consistente en jamón curado, queso feta y una tostada con yogur y miel, Deborah fue en busca de la joven y guapa recepcionista del hotel y le preguntó dónde podía conectarse a internet.

—Hay un cibercafé en la esquina de Ermou con Voulis —le contestó al tiempo que, movida por la costumbre, sacaba el siempre fiel plano del hotel y señalaba el cruce con un bolígrafo.

Deborah encontró el lugar sin problema alguno, aunque tenía más aspecto de bar que de otra cosa y estaba casi vacío. Entró y echó un vistazo al mostrador con sus taburetes cromados, así como a la pared llena de espejos y repleta de anuncios de brandy Metaxa; y, como no, se fijó en la silenciosa máquina del millón. Estaba pensando en marcharse cuando escuchó la voz de un hombre:

—*Neh?*

Tenía unos veinticinco años y el rostro rollizo, que era lo único que podía ver de él, ya que parecía estar brotando del suelo. Había una escalera detrás de la barra.

—*Paracaló* —dijo Deborah—, *mipos milateh anglika?*

¿Habla inglés? Era prácticamente la única frase que sabía decir en griego. Si contestaba cualquier otra cosa que no fuera «sí», las llevaba claras.

—Sí —respondió el empleado con una titubeante sonrisa.

—Buscaba un ordenador —explicó ella.

La sonrisa se borró.

—¿Internet? —probó de nuevo ella, y sus dedos se movieron de forma involuntaria sobre un teclado imaginario.

La sonrisa volvió, mezclada en esa ocasión con cierto aire triunfal.

—Por abajo —dijo él, que comenzó a bajar las escaleras para reforzar la respuesta con sus acciones.

A los pies de las escaleras señaló con orgullo cuatro ordenadores alineados en una mesa pegada a la pared, cada uno con su correspondiente silla cromada, un lápiz y un bloc de notas impoluto.

Ella le dio las gracias con una sonrisa y el muchacho señaló el navegador web en la pantalla antes de indicarle las tarifas expuestas en una pizarra en la pared. Dos euros por la primera media hora y un euro por cada media hora posterior. Una minucia.

—Café, ¿querer? —preguntó.

—Sí, por favor —respondió Deborah.

—Nescafé —añadió él, con una mueca de disculpa—. ¿Vale?

—Vale.

La dejó sola y ella entró en la página principal de Hotmail. Le llevó unos cinco minutos crear una nueva cuenta gratuita de correo electrónico bajo el estúpido nombre de Ancientambassador2@hotmail.com, y al menos un minuto de esos cinco se lo había pasado estupefacta por el hecho de que alguien hubiera creado la dirección Ancientambassador1@hotmail.com. Comprobó la dirección de correo impresa en la tarjeta de Calvin y comenzó a teclear:

> Calvin:
>
> Aquí te mando mi nueva cuenta como te prometí. No creo que tenga mucha capacidad, así que nada de imágenes ni de ningún otro tipo de archivos pesados, por favor. Comunícame todo lo que sepas.
>
> Por aquí todo es diversión y frivolidad. Te echo de menos.
>
> D.

Eso le pareció lo bastante vago.

No tenía muy claro por qué había añadido lo de «Te echo de menos» al final, ni si el comentario haría que el misterioso mensaje pareciera lo bastante inocente. De cualquier forma, después había añadido su inicial, lo que descubriría el pastel a cualquiera que lo leyera. ¿Lo echaba de menos de verdad? No, era absurdo. No lo conocía de nada. Echaba de menos hablar con alguien que creyera en ella, que parecía estar de su lado, pero eso era todo.

¿El hecho de que fuera guapo, agradable e inteligente no tenía nada que ver...?

Nada de nada, decidió dejando las bromas a un lado. Si escuchaba susurros en su cabeza no era otra cosa que la voz de la histeria que le provocaba su situación, y esa voz tenía que ser acallada de inmediato.

Miró su reloj y se dio cuenta de que todavía le quedaban veinte minutos de la primera media hora y de que el café aún no había llegado. Abrió la página de Google y escribió «Micenas». El primer enlace que apareció la llevó directamente a la página oficial del patronato arqueológico de Grecia. Contenía ciertos hechos históricos básicos, unas cuantas fotografías, horario de atención y tarifas. Intentó con otras palabras de búsqueda: «Tesoro de Príamo», y estaba pinchando sobre el primer enlace que había aparecido cuando el muchacho de rostro rollizo volvió con el café.

—*Efjaristó* —le dijo—. Gracias.

—*Paracaló* —contestó él, al tiempo que dejaba la taza en la mesa. El café parecía algo aguado y con bastante leche, pero seguía siendo tentador—. ¿Inglesa? —le preguntó.

—Norteamericana —respondió.

Esa palabra podía crear una gran variedad de reacciones fuera de Estados Unidos, así que contempló al muchacho con reserva, aunque no tendría por qué haberse molestado.

—Sí —dijo el muchacho, encantado—. ¡Elvis Presley!

—Eso es —dijo Deborah, que sonrió cuando la radiante sonrisa del muchacho le quitó otros cinco años de encima.

—«Blu sud shos» —comentó él.

—Eso es. «Blue suede shoes» —lo corrigió Deborah.

«Mientras no se ponga a cantarla...», pensó.

No lo hizo, en cambio concentró su atención en el ordenador con una expresión de auténtico interés en el rostro. Al parecer los dos euros no incluían privacidad.

—Príamo —dijo mientras asentía con aprobación. Había marcado la primera sílaba de la palabra.

—Sí.

—*Pusskin* —le dijo el muchacho.

—¿Cómo dices? —preguntó Deborah con educación.

—*Pusskin* —repitió, extendiendo la mano en busca de papel para escribir con lápiz la palabra mientras la pronunciaba—. Museo *Pusskin.*

Deborah frunció el ceño, desorientada.

El muchacho se inclinó hacia el teclado.

—¿Por favor? —pidió él.

—Esto... Vale —accedió Deborah, que se apartó para que usara el teclado y luego pinchara en el enlace que lo llevó a la página oficial del Museo Pushkin de Moscú.

Lo observó perpleja mientras pinchaba en otro par de enlaces, hasta que apareció en pantalla una vitrina expositora en la que se podía ver, sin lugar a dudas, la colección de objetos que Schliemann había llamado el «Tesoro de Príamo».

Deborah no podía dar crédito a sus ojos. Los objetos hallados en Troya que fueron sacados de contrabando del país y luego desaparecieron se encontraban en esos momentos en la pantalla frente a ella, ¡y parecían estar en un museo de Moscú!

El texto que había bajo la imagen, escrito en un inglés bastante deficiente, declaraba que la vitrina contenía los hallazgos que Heinrich Schliemann había desenterrado en Troya a finales del siglo XIX, los cuales acabaron almacenados en el refugio antiaéreo del zoológico de Berlín hasta que las tropas soviéticas «liberaron» la ciudad. El tesoro había pasado otro medio siglo enterrado, en esa ocasión en la cámara acorazada del Pushkin, hasta que el museo declaró su existencia al resto del mundo en 1994 y comenzó a exhibirlo, demasiado tarde, al parecer, para que apareciera en ninguno de los libros de Richard. Grecia, Turquía y Alemania, así como otros excavadores, se disputaban la propiedad del tesoro. Había juicios en curso...

—Muy viejo —dijo el muchacho—. Muy bonito.

—Sí —convino Deborah.

Y si una parte del tesoro de Schliemann había resurgido pasados todos esos años, pensó, ¿por qué no el resto? Decidió llamar a Marcus y concertar una cita.

30

Deborah había propuesto que se encontraran en un restaurante y Marcus había elegido el lugar: el Kostoyiannis, un exclusivo establecimiento emplazado en Zaimi, justo detrás del museo arqueológico. Al parecer, el hombre no había necesitado consultar ni planos ni guías.

Deborah había llegado temprano de forma deliberada, a fin de pasar un par de veces por delante y observarlo desde el escaparate de unos grandes almacenes situados en la acera de enfrente; a la postre, se decidió a entrar cuando quedaban diez minutos para la hora de la cita. Estaba muy tensa, y el hecho de que el restaurante pareciera estar ocupado casi en exclusiva por griegos la ponía aún más ansiosa, como si las hordas de turistas ingleses que había encontrado en el barrio de Plaka le hubieran proporcionado una especie de red de seguridad, una sensación de familiaridad.

Marcus llegó a la hora en punto, muy elegante con un traje gris claro. Se dirigió al camarero en griego antes de sentarse. Deborah se obligó a sonreír.

—Me alegro de que me llamara —le dijo—. Tenemos mucho que conversar.

Por teléfono le había dicho que seguía sin confiar en él; que de hecho seguía considerándolo sospechoso del asesinato de Richard, pero Marcus había descartado esas palabras al reconocerlas por la baladronada que eran. En realidad, Deborah no sabía qué creer, aunque tenía la impresión de que la extraña historia que contaba ese desconocido acerca de reyes muertos siglos atrás tenía mucho más sentido de lo que había estado dispuesta a admitir. Era el único motivo que explicaba su deseo de hablar con ella.

—Los *mezés* de este lugar son excelentes —le dijo el hombre.

Deborah asintió como si supiera lo que eso significaba y estudió el menú, que estaba en griego. Repasó la lista, desentrañando las letras lo mejor que pudo para acabar con tan solo cuatro platos que reconocía, lo que la dejó con una sensación de abatimiento y la puso un poco a la defensiva.

—¿Le gustaría que pidiera por usted? —preguntó Marcus al verle la cara.

—No, gracias —respondió, aunque deseaba que lo hiciera.

—Debería probar el estofado de conejo —le aconsejó—. Es una de las especialidades de la casa.

Ella guardó silencio mientras pensaba en la réplica adecuada, pero luego se dio por vencida.

—Vale —dijo—. En ese caso yo pediré eso. Y después…

—*¿Mezés?*

—De acuerdo —asintió—. Algunos de esos.

El hombre pidió en griego, escogió una botella de retsina cuyo sabor era más suave que el de la mayoría y dejó la pipa en la mesa antes de mirarla a la cara.

—Ya nos hemos dicho lo poco que confiamos el uno en el otro, así que ¿qué le parece si nos dejamos de juegos y… esto, vamos al grano, como dicen ustedes los norteamericanos?

—Me parece bien —convino ella, que dejó el vaso sobre la mesa y lo miró directamente a los ojos—. Supongamos que ambos buscamos lo mismo: al asesino de Richard y el tesoro que estaba en su poder, incluyendo —continuó y tuvo que tragar saliva, porque odiaba decirlo en voz alta— el cuerpo de un antiguo rey micénico.

—Agamenón —agregó Marcus.

—Da igual —replicó ella.

—¿Podría añadir yo un «Da igual» a la búsqueda del asesino de Richard? —preguntó él—. Sé que no fui yo y confío en que no fuera usted, y eso es lo único que me importa de este asunto. No sé quién mató a Richard, y supongo que las autoridades competentes perseguirán y enjuiciarán a su asesino.

—Tal vez —dijo Deborah.

Marcus frunció el ceño, pero esperó a que el camarero les sirviera la comida antes de continuar con sus preguntas.

—¿Qué quiere decir?

No era así como Deborah había querido empezar, pero parecía importante. No estaba segura de hasta qué punto podría confiar en ese hombre, aunque no le haría ningún daño contárselo como gesto de buena voluntad y quizá de ese modo consiguiera que él se abriera un poco más.

—Dos hombres investigan su asesinato: los detectives Keene y Cerniga —le explicó—, pero Cerniga no es policía. —Le contó la conversación que había escuchado a hurtadillas y el rostro de Marcus se ensombreció—. Su turno —le dijo mientras probaba el estofado. La comida era, tal y como él le había asegurado, excelente.

—Muy bien —convino él—. Deje que le cuente algo. El *Atlanta Journal-Constitution* reveló que el cuerpo de Richard fue apuñalado, pero no dieron detalles de las heridas. Creo que dichas heridas fueron provocadas por una extraña y larga hoja con una empuñadura que se curvaba hacia abajo en ambos extremos. ¿Tengo razón?

Deborah recordó el cuerpo cubierto de sangre, las heridas que atravesaban el pálido cadáver de Richard y el charco de sangre sobre el que yacía. Recordó la extraña arma de la imagen con la esvástica en la empuñadura y le entraron ganas de echarse a temblar.

—Si no mató a Richard —dijo—, ¿cómo lo sabe?

—Richard no ha sido el primero en morir de esa manera —explicó Marcus—. Hace diez años, en un pueblecito francés de la costa bretona, otro anciano murió de las mismas heridas.

—¿Hace diez años? —repitió ella—. ¿En Francia? ¿Está seguro de que hay relación?

—Sí, estoy seguro de que la hay. De hecho, sé cuál es esa relación.

Deborah esperó a que él tragara un bocado de su comida y después bebiera un sorbo de vino.

—El caballero en cuestión era el comprador en potencia del cadáver de un antiguo rey que acabó en Norteamérica, justo en la colección del señor Dixon. Llevaba años detrás de ese cuerpo.

—¿Cree que Richard tuvo algo que ver? —preguntó Deborah con incredulidad.

—No —respondió él—. De hecho, creo que la gente que mató a ese hombre fue la misma que mató a Richard Dixon. Ellos también llevan detrás del cuerpo de Agamenón mucho tiempo y no se detendrán ante nada para hacerse con él. En Francia se les escapó de entre los dedos y les costó años volver a encontrarlo. Creo que quienquiera que lo vendiera, se escondió muy bien tras el asesinato en Francia, pero los asesinos seguían a la espera cuando la pieza volvió a aparecer en el mercado a principios de este año. Interceptaron la transacción y... el resto ya lo conoce.

—¿Richard era el vendedor? —preguntó Deborah.

Eso quería decir que sí se lo había ocultado y que no tenía la intención de mostrarlo en el museo. Se le cayó el alma a los pies.

Marcus asintió; despacio en un principio, pero luego con más fuerza. Se llevó la pipa sin encender a la boca y mordisqueó la boquilla.

—Sí —contestó—. Tal vez estuviera en su poder desde que saliera de Francia hace diez años. Decidió venderlo. Cuando empezó a tantear posibles compradores, los asesinos dieron por fin con el rastro.

—¿Años después? —inquirió Deborah—. ¿Quién estaría dispuesto a asesinar, y dos veces nada menos, y a esperar diez años por un cuerpo? ¿Por qué significa tanto para ellos?

—En términos históricos es el hallazgo de mayor importancia que se ha hecho jamás —declaró él sin tapujos y con algo muy parecido a la vehemencia.

—Creo que hay gente dispuesta a rebatir esa afirmación —replicó ella.

—Los coleccionistas son una raza aparte —dijo Marcus—. Sus deseos rayan en la obsesión. Y por una pieza como esta, cuyo valor histórico iguala su valor de mercado, algo tan imbuido de leyenda y poder... Hay quien haría cualquier cosa por apoderarse de ella.

Deborah lo creyó. La expresión que vislumbró en los ojos de Marcus le resultó inquietante.

—¿Cómo se enteró de todo esto? —preguntó.

—Llevo observando mucho tiempo —explicó el hombre con una fría sonrisa—. Estoy familiarizado desde hace años con el cuerpo, con el ajuar funerario y con las restantes piezas micénicas que quedaron atrás. También sabía que cuando desaparecieron, fueron transportadas con otros objetos menos interesantes o de menor valor. Sabía que si los encontraba, estaría a un paso de encontrar el cuerpo de Agamenón. Uno de esos objetos es bastante peculiar, tal vez incluso único. Hace un mes, esa pieza resurgió en el más inusitado de los sitios. ¿Sabe usted dónde?

Volvió a sonreír, pero se trataba de una mueca casi imperceptible y mordaz carente de todo buen humor.

—¿Cómo quiere que lo sepa? —preguntó Deborah a su vez, irritada por su pedante actitud—. Ni siquiera sé lo que es.

Marcus dejó la pipa sobre la mesa, se inclinó hacia ella y le cogió ambas manos. Los dedos del hombre eran fuertes y fríos y Deborah intentó apartarse; sin embargo, él la sujetó con fuerza y se inclinó todavía más hacia ella con una expresión que de súbito la hizo pensar en un lobo al ver que separaba los labios y dejaba los dientes a la vista.

—Se trata de un mascarón de proa de principios del Renacimiento español, mitad mujer, mitad serpiente. ¿Le suena de algo, señorita Miller?

31

Deborah trató de recordar la alegre expresión que tenía Richard al desembalar la grotesca mujer dragón. Eso había ocurrido dos o tres meses antes, no más. Había entrado al museo una mañana y allí estaba esa cosa en toda su espantosa gloria. Se encontraba allí para la primera de las recientes galas de recaudación de fondos. Su foto había aparecido incluso en el periódico...

—Sí —dijo Marcus, que observó cómo se reflejaba la comprensión en su rostro—. No sé desde cuándo la tenía ni por qué eligió mostrarla entonces, pero tan pronto como la vi supe lo que era y lo que había estado viajando con ella. Y si yo lo supe, estoy bastante seguro de que también se dieron cuenta otras personas.

—Puede que esa fuera su intención —aventuró Deborah—. Si esperaba vender el cuerpo y sus tesoros, tal vez hacer pública esa cosa fuera una forma de anunciar que de verdad tenía lo que decía tener. —Contempló la comida; su apetito se había esfumado de repente.

—¿Qué sucede? —inquirió Marcus.

—Nada —mintió.

—Se pregunta por qué nunca le habló de ello —dijo él—, por qué no lo legó al museo.

—Así es —contestó ella.

—No lo sé —dijo el hombre, en esa ocasión con tono amable—, y supongo que nunca lo sabremos.

—Es extraño, ¿verdad? —preguntó Deborah—. Trabajas con alguien durante años y crees que tienes una idea clara de quién es y de lo que espera de la vida, y un buen día... —Dejó la frase en el aire para olvidarse tanto de la confesión como del estado de ánimo que la había provocado.

—Ojalá supiéramos más acerca de la persona que ha relacionado el mascarón de proa con Agamenón —dijo Marcus.

—Hay una cosa —comentó Deborah, tratando de concentrarse—. Me dijo usted que creía que Richard se había reunido con dos ejecutivos griegos. Había dos griegos en la fiesta que se celebró la noche de su asesinato. No estaban en la lista de invitados y yo no los había visto nunca. Al parecer pasaron un buen rato con él... —De repente se le ocurrió una idea. Probablemente no fuera más que una esperanza inútil, pero tenía cierto sentido; un sentido que reforzaba la imagen del Richard que ella había conocido—. Richard estaba obsesionado con las leyendas griegas —continuó—, con la guerra de Troya. Pero también era un hombre de principios. Supongamos que hubiera comprado la colección entera tiempo atrás. Pasó años investigándola en secreto, tratando de descubrir si era o no auténtica con la intención de que formara parte de la colección del museo. Pero —siguió hablando con rapidez, sin tener en cuenta otra cosa que no fuera la idea que se iba desarrollando en su cabeza— había una parte de él que creía que Agamenón, porque él creía de verdad que el cuerpo que tenía era el mismísimo Agamenón, no debería estar en Estados Unidos. Que su lugar estaba en Grecia. Richard igualaba la pasión de Schliemann por demostrar que Homero tenía razón, pero difería en su concepto ético de la propiedad. Es posible que alguna organización interesada en las antigüedades griegas se pusiera en contacto con él, o a lo mejor él quien dio el primer paso; tal vez fuera el propio gobierno griego. Les dijo lo que tenía y reveló la existencia del mascarón de proa al mundo para que supieran que estaba diciendo la verdad. Quizá llegaran a algún tipo de acuerdo: ellos se llevarían el cuerpo de Agamenón de vuelta a Grecia y él se quedaría el resto de la colección y la expondría en el museo. Al final, los representantes de la organización griega fueron a ver la pieza. Algo salió mal. O bien no se trataba de la gente que él creía o bien... —Se quedó sin palabras y permaneció allí sentada presa de un repentino desánimo. No eran más que especulaciones que no conducían a ningún sitio.

Marcus no opinaba lo mismo. El brillo que había iluminado sus ojos un momento antes se había trasladado a los del hombre.

—Si está en lo cierto —dijo—, tratarán de traerlo de vuelta a Grecia. No se arriesgarán a transportarlo en avión, así que lo harán por barco.

—Tal y como hizo Schliemann —señaló ella.

—Tenemos que ir a Corinto —afirmó Marcus, que dejó el cuchillo y el tenedor sobre la mesa como si tuviera la intención de marcharse en ese mismo momento.

—¿A Corinto? ¿Por qué?

—¿Tiene una guía o algo así? —quiso saber él—. ¿Un mapa?

Deborah sacó su *Guía básica* y pasó las hojas con rapidez hasta que encontró el mapa de Grecia y las regiones colindantes.

—Mire —dijo Marcus señalando el mapa—. Atenas está aquí. Cualquier barco que parta de Estados Unidos acabará por atracar aquí, en El Pireo; pero El Pireo es un puerto demasiado importante para poder pasar contrabando con seguridad; además sería preciso atravesar el Mediterráneo, pasar por Italia y bordear la península del Peloponeso y atravesar las Cícladas. Sin embargo, pueden ahorrarse una buena cantidad de tiempo y de inconvenientes si vienen directamente por el golfo de Corinto y atraviesan el canal. Podrían desembarazarse de cualquier carga sospechosa mientras atraviesan Corinto y después dirigirse a El Pireo. Utilizando el canal, podrían ahorrarse al menos doscientas o trescientas millas en mar abierto.

»Si vamos a Corinto —continuó—, podremos averiguar si se espera la llegada de un barco procedente de Estados Unidos. La entrada a través del canal no es ninguna niñería, así que tiene que estar programada de antemano. Podríamos rastrear la carga en cuanto llegara. Interceptarla, incluso.

—Lo más probable es que falten semanas para eso —dijo Deborah.

—En ese caso estaremos preparados.

—Supongo que podríamos alertar a las autoridades antes de que llegara —propuso ella.

—Por lo que sabemos, puede que sean las autoridades quienes lo traigan.

Deborah hizo un gesto negativo con la cabeza.

—No creo que el gobierno griego esté dispuesto a robar y a asesinar para recuperar un tesoro nacional.

—¿Eso cree? —inquirió Marcus—. Los griegos se toman muy en serio su herencia. No es de extrañar, ya que todas las fuerzas colonizadoras de la región han estado expoliándolos durante siglos.

—Incluidos los ingleses —le recordó Deborah—. El friso del Partenón era la joya de la Acrópolis hasta que lord Elgin lo arrancó para llevárselo a Londres.

En esos momentos se encontraba en el Museo Británico y no parecía que tuvieran intención de devolvérselo a Atenas, a pesar de las continuas demandas de los griegos. Lord Elgin había aducido que si hubiera dejado el friso donde estaba, lo habrían destruido los turcos y tal vez tuviera razón. De cualquier forma, que los ingleses siguieran teniendo los relieves en esos momentos —aunque en ocasiones se vieran respaldados por las quejas acerca de la incompetencia de los museos griegos— se debía sobre todo a que la posesión suponía un noventa por ciento de la ley.

—Gracias por esta lección de urbanidad cultural —masculló Marcus—. ¿Le importa que volvamos al tema que nos atañe, por favor?

Deborah sonrió, sorprendida al descubrir que el tipo comenzaba a caerle bien.

—¿Sabe? —preguntó—, todavía no me ha dicho cómo se vio envuelto en todo este lío. Sí, es un coleccionista de arte y un historiador; sí, parece tan obsesionado con Micenas y sus leyendas como Richard; pero ¿cómo se enteró de la existencia del cuerpo o, ya que estamos, de que viajaba con esa gárgola española del siglo XVI? —Seguía sonriendo y había formulado sus preguntas con tono ligero, así que le sorprendió descubrir que la expresión del hombre se había tornado un tanto distante.

—El anciano que fue asesinado en Francia me lo contó todo —explicó—. Se había puesto en contacto con un tratante sin escrúpulos muchos años antes, pero jamás había visto el cuerpo con sus propios ojos.

—¿Y cómo llegó a hablarle del asunto?

Marcus frunció el ceño.

—Era mi padre —contestó.

32

Deborah entró en el pequeño cibercafé subterráneo tan pronto como lo abrieron. El muchacho de rostro rollizo pareció complacido al verla; halagado, incluso. Puso mucho cuidado en no entablar una conversación con él y rechazó con amabilidad el café que le ofrecía. No deseaba alentar ni tampoco aprovecharse de la expresión que asomaba a sus ojos. Pareció un poco decepcionado, pero respetó su intimidad.

Había dos mensajes en la bandeja de entrada de Hotmail. Uno era una bienvenida automática del servicio para usuarios de Hotmail; el otro era de Calvin. Y era angustiosamente breve. Decía:

> Ordenadores confiscados. Saben dónde estás. Yo también te echo de menos.

No había ningún archivo adjunto.

Deborah dejó escapar un largo suspiro y se preguntó si debía responder. No sabía lo que quería decirle ni por qué. Después de todo, apenas conocía a ese hombre. No obstante, Richard había confiado en él y eso era algo a tener en cuenta. Además, tal vez fuera prudente que alguien supiera que planeaba ir a Corinto con un hombre al que hasta hacía veinticuatro horas había tenido por el asesino de Richard. Volvió a recorrer con la mirada la última frase: «Yo también te echo de menos». Sintió una absurda oleada de placer, pero alejó la sensación.

«No te comportes como una puñetera adolescente», se dijo. Respiró hondo y comenzó a teclear antes de cambiar de opinión.

Voy a Corinto con Marcus. Hace un tiempo estupendo. Ojalá estuvieras aquí.

Se suponía que lo último era una broma, se dijo, un intento de mitigar esa extraña situación. Se reprendió tan pronto como lo hubo enviado, ya que detestaba el tono trivial que destilaba el mensaje.

«Bueno —pensó—, ya es demasiado tarde.» Si Calvin creía que estaba loca por él, no había nada que pudiera hacer desde allí y tampoco le haría ningún daño. Tal vez de esa forma él se mostrara menos dispuesto a decirle a la policía su paradero. Ese era un pensamiento cruel y deprimente. Y también hipócrita. No estaba flirteando con él a pesar del estilo patético y ambiguo, tan adolescente; solo quería tenerlo de su lado. Lo hacía porque una parte de ella deseaba hacerlo, porque le gustaba la forma en que sonreía y la manera en que estiraba las piernas cuando se sentaba...

«No te emociones demasiado», se reprendió.

Ella, después de todo, no era dada a las aventuras. No mantenía relaciones (fuera cual fuese el supuesto significado de esa odiosa palabra) y no se enamoraba, joder.

«Y no confías en los hombres», se recordó.

¿Ni siquiera en los que son monos?

Sobre todo en los que son monos.

De todas formas, lo más probable era que el hombre saliera corriendo en cuanto detectara el menor interés por su parte. Seguro que Calvin Bowers podía elegir entre un montón de prometedoras y núbiles abogadas y ejecutivas de toda Atlanta. Estaba claro que una relación a distancia (otra odiosa palabra) con una fugitiva de piernas zancudas no estaba a la cabecera de su lista de prioridades.

Mientras contemplaba la pantalla, apareció un nuevo mensaje. Durante un segundo creyó que él había respondido a su último correo y se le hizo un nudo en el estómago al presentir que se le avecinaba una súbita y apabullante humillación. Sin embargo, procedía de una dirección que no conocía, compuesta por números y caracteres aleatorios. Frunció el ceño y lo abrió.

Había siete palabras escritas y ninguna de ellas daba a entender quién lo había enviado.

Vuelve a casa. Tu vida corre peligro.

33

¿Cómo era posible que corriera más peligro en esos momentos que cuando estaba en Atlanta? No tenía sentido. Bien pensado, era bastante probable que ni siquiera estuviese dirigido a ella. Nadie tenía su nueva dirección salvo Calvin y no parecía plausible que se la hubiera dado a alguien.

«Vuelve a casa. Tu vida corre peligro.»

Seguro que se trataba de una broma que algún *hacker* le había enviado no solo a ella, sino también a otro millón de direcciones elegidas al azar. Debía admitir que no era una broma muy divertida, ni siquiera viniendo de un *hacker,* pero aun así... Ese era el motivo de que sus palabras no fueran demasiado explícitas: trataba de ser relevante para todo aquel que lo recibiera. Era muy probable que en ese mismo instante hubiera unos cuantos oficinistas corriendo hacia las salidas para regresar a sus casas. O mejor aún, esos oficinistas estarían riéndose a mandíbula batiente, del mismo modo que cuando recibían peticiones para que dieran números de cuentas corrientes a entidades ficticias que supuestamente harían ingresos millonarios procedentes de África. A ella le parecía más real por el simple hecho de estar lejos de casa, de no conocer a nadie y de haberse marchado (más concretamente huido) de su país a causa de un asesinato... En caso de que su vida corriera peligro, sería en Atlanta, no en Atenas.

A menos, por supuesto, que el asesino le hubiera seguido el rastro de Atlanta a Grecia...

Tonterías, se dijo.

Cuando volvió al hotel se encontró con un mensaje telefónico de Marcus. El momento era de lo más desafortunado. Se había acostumbrado a pensar en el tipo como un aliado, incluso como un amigo. El enigmático mensaje del ordenador, por mucho que la parte racional de su cerebro culpara a un adolescente desconocido con cierta habilidad para los códigos informáticos, había conseguido que esa convicción se tambaleara un tanto y que estuviera incluso a punto de desmoronarse. Con el tiempo volvería a recuperarla, pero en ese momento no tenía ganas de hablar con él.

—Deborah —decía con un tono urgente en la voz—, ¿dónde narices estás? He hablado con el consignatario de El Pireo. Tan solo un buque de contenedores estadounidense atravesará el canal de Corinto durante el próximo mes. Su paso estaba previsto para dentro de tres semanas, pero al parecer ha sufrido un retraso en Nueva Orleans. Me marcho a Corinto para intentar averiguar el motivo. Llámame.

Corinto estaba a un tiro de piedra de Micenas. Deborah sabía que en algún momento acabaría allí.

Hizo una reserva en un hotel de precio módico gracias al conserje del Aquilleus, recogió sus cosas y llamó a Marcus, esperando en el fondo que estuviera fuera. Lo estaba, pero no había servicio de contestador automático, solo una operadora que le preguntó si quería dejar un mensaje. No quería esperar a que Marcus regresara. Estaba impaciente por hacer algo.

—Sí —le contestó—. Dígale que ha llamado Deborah y que me hospedo en el Ephira, en Corinto. Que nos encontraremos allí.

Tenía pendiente otro asunto antes de marcharse. Bajó a recepción y le preguntó al conserje de mirada solemne si podía ayudarla.

—Quiero hacer una llamada internacional, pero no sé el número —le dijo—, solo el nombre de la persona.

—Podemos intentarlo —le aseguró el hombre—. Aunque es posible que resulte caro.

—No importa.

—¿Qué país?

—Rusia —contestó—. Moscú. El nombre de la mujer es Alexandra Voloshinov.

Si su respuesta lo sorprendió, el conserje no dio muestras de ello.

Realizó tres llamadas, todas en griego, y anotó ciertos números entre ellas. En la última cambió al inglés y después le pasó el auricular. La voz del otro lado de la línea pertenecía a una mujer y tenía un acento que a Deborah le pareció ruso.

—Hay tres mujeres llamadas Alexandra Voloshinov en Moscú. ¿Quiere los tres números?

Deborah los anotó, colgó y marcó el primero de la lista.

El hombre que contestó no hablaba inglés y pareció irritarse ante su insistencia. Cuando le colgó, el conserje esbozó una sonrisa irónica y subrayó el segundo número.

—*Da* —dijo una voz femenina.

—Disculpe —dijo Deborah, hablando muy despacio, aborreciendo el hecho de no hablar ruso y sintiéndose repentinamente inútil y estúpida—, estoy tratando de localizar a Alexandra Voloshinov, pero no hablo ruso. Soy norteamericana. Llamo acerca de...

—Mi padre —concluyó la voz con tono neutro—. Ya lo sé.

—Siento mucho su pérdida —dijo Deborah con sinceridad, aunque sabía lo trillado que sonaba.

—¿Hay alguna noticia? —preguntó la mujer. No parecía esperanzada, ni siquiera curiosa.

—En realidad no —respondió Deborah con cierta sensación de deslealtad—. Quería hacerle algunas preguntas.

La mujer guardó silencio, así que Deborah continuó.

—¿Conoce alguna persona o algún lugar relacionado con su padre que comience con las letras «MAGD»?

La mujer no tuvo que pararse a pensar.

—Magdeburgo —respondió—. En Alemania. Vivió allí durante un tiempo.

—Estupendo —dijo Deborah, alentada por la respuesta.

¿Alemania de nuevo?, pensó.

—Su padre trabajó para el Ministerio del Interior —dijo para ganar tiempo. No estaba segura del resto de la información que quería—. ¿El MVD?

En esa ocasión hubo una pausa y cuando la mujer habló, lo hizo con brusquedad.

—Sí. Hace muchos años.

—¿Qué hacía?

—¿Que qué hacía? —repitió con evidente perplejidad.

—Su trabajo —aclaró Deborah.

—No lo sé.

Deborah frunció el ceño, con la repentina certeza de que la mujer estaba eludiendo su pregunta.

—Lo siento, no lo entiendo —dijo, intentando parecer educada.

—El MVD —perseveró Alexandra Voloshinov—. Trabajaba allí.

Deborah cambió de táctica.

—¿Qué es el MVD?

—Ya no existe —contestó la mujer. Hubo otro largo silencio tras el que añadió con evidente renuencia—: En un principio se llamaba NKVD.

—¿NKVD? —repitió Deborah.

El conserje, que había estado escuchando sin ocultar lo divertida que encontraba la situación, se enderezó. Abrió los ojos de par en par y su expresión se tornó un tanto alarmada. Durante un segundo Deborah tuvo la impresión de que el hombre iba a dar un paso hacia atrás. Articuló un «¿Qué?» con los labios, pero él se limitó a mirarla sin pestañear. La actitud taciturna y relajada que lo caracterizaba había desaparecido. Parecía inquieto, casi asustado.

—Lo siento —le dijo Deborah a su interlocutora—. No sé lo que era.

—No deseo discutir sobre estas cosas, no por teléfono —declaró la mujer.

—Por favor —la presionó—. ¿Qué eran el MVD y el NKVD?

—Una especie de policía —respondió Alexandra Voloshinov y Deborah percibió que esa vaga respuesta le había costado un enorme esfuerzo—. Pero secreta. Vigilaban en el extranjero y en el país.

—¿Como si fueran espías? —preguntó Deborah sin apartar la vista del paralizado conserje y con una creciente intranquilidad que rayaba en el pánico.

«¿Cómo es posible que unas siglas originen semejante terror?», se preguntó.

—El NKVD se convirtió en el MVD —explicó la mujer, pronunciando con mucho cuidado y con una evidente nota de terror en la voz—. El MVD se convirtió en el KGB.

Y con esas siglas, Deborah obtuvo la respuesta a su pregunta.

34

El autocar con ventanas tintadas que haraganeaba en la terminal 100 de Kifissos tenía, gracias a Dios, aire acondicionado y no se parecía en nada a la tartana medio atestada de cabras y pollos con la que —en un despliegue de arrogancia— había temido encontrarse. Pese a todo, no dejaba de ser un modo de transporte utilizado principalmente por los lugareños y no vio ningún turista a bordo.

El vehículo tardó sus buenos cuarenta minutos en salir de la ciudad, pero cuando lo hizo el paisaje sufrió una auténtica metamorfosis; ante ella aparecieron unas suaves colinas marrones salpicadas de olivos y el azul claro del mar comenzó a brillar a la izquierda a medida que pasaban de Ática al Peloponeso, el lugar con la mayor densidad de asentamientos antiguos de toda Grecia: Corinto, Micenas, la Tirinto de la Edad del Bronce, Epidauro con su incomparable teatro y Argos, ciudad que daba nombre a la región, la Argólida.

El autocar realizó una breve parada en Elefsina, que dio tiempo a los pasajeros para que adquirieran comida y bebida a unos precios exorbitantes; Deborah aprovechó la oportunidad para estirar las piernas y respirar el aire puro no ateniense. Continuaron viaje y a la postre el vehículo cruzó la enorme brecha del istmo a través de un puente de acero desde el cual se atisbaban unas breves y vertiginosas vistas de los acantilados rocosos que daban al canal excavado en la roca, donde los enormes transbordadores se movían como si fueran barquitos de juguete, cientos de metros más abajo. El trayecto terminaba en otra calle Ermou, desde la que pudo ir caminando hasta su hotel.

El Ephira estaba emplazado en la ajetreada calle Ethnikis Andistasis, a unas cuantas manzanas del paseo marítimo. Era un establecimiento pequeño, limpio y muy bien iluminado; un lugar más orientado hacia ejecutivos que hacia turistas, ya que la antigua ciudad de Corinto carecía de los atractivos de Delfos, Epidauro o Micenas para los extranjeros ya saciados con las espectaculares ruinas de la antigua Atenas. Deborah dejó atrás las puertas de cristal automáticas y esperó hasta que un hombre que parecía el dueño del hotel abandonó una partida de backgammon y lo que parecía un vaso de café increíblemente cargado. Su compañero de partida, un hombre más joven que iba en mangas de camisa, la observó sin disimulo desde detrás de una planta de interior.

El hombre mayor le dio la llave de la habitación, una tarjeta electrónica, y después sacó un trozo de papel del casillero que correspondía a su habitación.

—¿Señorita Miller? —le dijo para verificar su nombre—. Ha llegado esto para usted.

Estaba escrito a lápiz, con trazos largos y curvados, probablemente de puño y letra del hombre. Decía: «Reúnete conmigo en Acrocorinto a las cinco de la tarde. Marcus».

Deborah frunció el ceño. No le gustaba que le dieran órdenes. Pese a todo, eso la libraba del tedio de quedarse sentada esperando su llamada.

Durmió durante una hora y después salió a la calle. Se comió un pastel de espinacas, aún caliente del horno, que compró en una panadería y paseó hasta la pedregosa orilla del mar. Las personas que atestaban la playa eran todas griegas. Dejó vagar la vista por el agua azul hasta clavarla en el muestrario de petroleros y buques de contenedores que hacían cola, suponía, para atravesar el canal. Poco antes de las cuatro detuvo un taxi y pidió que la llevara a Acrocorinto. Llegaría temprano, pero eso le daría tiempo para echar un vistazo a las ruinas antes de que llegara Marcus.

La antigua ciudad de Corinto fue un lugar de enormes riquezas en los días de la Grecia clásica y, después de un breve intervalo, volvió a recuperar su posición bajo el mandato de Roma. Su emplazamiento era el idóneo para controlar el comercio entre el mar Jónico y el Egeo, ya que era el paso natural entre el Mediterráneo occidental y el oriental. Bajo el dominio de los griegos había albergado un importante templo dedicado a Apolo y en la era romana su importancia religiosa estuvo acompañada de una fastuosa riqueza que consiguió que el nombre de la ciudad fuera sinónimo de suntuosidad, exceso y «pecados de la carne». Corinto era el emplazamiento romano del templo de Venus, Afrodita para los griegos, lugar atendido por cientos de prostitutas consagradas a la diosa. San Pablo permaneció en la ciudad durante un año y en esa época se constituyó una importante y temprana comunidad cristiana, aunque la nueva Iglesia tuvo que esforzarse para no acabar ahogada bajo las aguas del hedonismo. El apóstol no sometió la cultura pagana de la ciudad, sino que dejó la tarea a dos fuertes terremotos que tuvieron lugar en el siglo VI (la ira de Dios, sin duda alguna) y que condenaron la ciudad al abandono.

Deborah estaba deseando ver la ciudad precisamente por su falta de grandes monumentos. Aparte de los restos del templo de Apolo y de la gran extensión conservada del foro romano, la mayor parte del lugar estaba sin excavar y cubierta de vegetación, cosa que le otorgaba un aspecto extrañamente hogareño y auténtico, del que carecían las maravillas de Atenas. En Estados Unidos ella era no solo una antropóloga cultural, sino también una arqueóloga; una erudita en culturas antiguas, pero no en sus maravillas arquitectónicas. Todo ese asunto de Schliemann y su oro la había alejado de aquello que siempre la había atraído del pasado: la oportunidad de vislumbrar una parte de las vidas de las personas de carne y hueso que vivieron entonces. En los libros que trataban sobre Troya y Micenas no encontraba más que leyendas y cuentos sobre hazañas épicas y tesoros. A fin de cuentas esas cosas, por muy deslumbrantes que pudieran ser a los ojos del público en general —y el fervor que despertaban quedaba patente en el hecho de que dos personas como Marcus y Richard se hubieran sentido encandilados por igual—, no dejaban de ser elementos inconsecuentes para cualquier arqueólogo que se preciara. Incluso en Atenas, la sencilla elegancia de los restos arquitectónicos resultaba sobrecogedora y hacía que el pasado pareciera remoto, heroico y con una belleza que los hombres actuales jamás podrían igualar. En los restos de la bulliciosa y próspera ciudad de Corinto, mucho más humildes que los atenienses, Deborah percibía los ecos de esos pies que se afanaban en sus quehaceres diarios y que desaparecieron mucho tiempo atrás.

El taxi avanzó con rapidez por Skoutela y no tardó en disminuir la velocidad para tomar una calle adyacente, repentinamente flanqueada por cafeterías y tiendas para los turistas cuyos escaparates estaban atiborrados con reproducciones de cerámica y figurillas de escayola. A lo largo de las aceras, apiñados entre los tambaleantes expositores de postales, había numerosos autocares con las ventanas tintadas y los motores en marcha. A través de la verja abierta que había detrás de los vehículos se atisbaba la extensión blanca del foro, con sus capiteles profusamente esculpidos; columnas corintias, recordó Deborah. La antigua sencillez del estilo dorio y la elegancia del jónico se sustituyeron bajo dominio romano por las recargadas columnas «corintias», cuyos capiteles estaban esculpidos con reproducciones de hojas de acanto. Estiró el cuello para ver algo más, pero el taxi volvió a ponerse en marcha y le fue imposible.

Por un instante, creyó que el taxista estaba buscando un aparcamiento mejor, pero cuando vio que la entrada de las ruinas quedaba atrás y que el vehículo se adentraba en otra callejuela sin detenerse, Deborah le dio unas palmaditas en el hombro.

—Vamos a la ciudad antigua, ¿no?

—Acrocorinto —le respondió el hombre.

Había imaginado que Acrocorinto era la parte más alta de la antigua ciudad, un montículo sobre el que tal vez se emplazara el templo de Apolo.

—¿No está dentro? —le preguntó, al tiempo que miraba hacia atrás por la ventana en dirección a las ruinas, cuyo perímetro dejaban atrás con rapidez a medida que el taxi se alejaba del tráfico turístico y se internaba en la carretera propiamente dicha.

—No —contestó el hombre mientras sacaba el brazo por la ventanilla para señalar—. Allí arriba.

Situadas a una enorme distancia, sobre un risco casi vertical que se alzaba cientos de metros sobre sus cabezas, y dominando la antigua ciudad y el paraje que la rodeaba, había una muralla derruida y una serie de torres apenas visibles debido al brillo del sol. El taxista se giró y le dirigió una sonrisa cuando el coche comenzó el ascenso.

Deborah no le devolvió el gesto. El camino era largo y dudaba muchísimo que los autocares de los turistas llegaran hasta allá arriba aunque pudieran completar el ascenso. La carretera zigzagueaba en una serie de curvas cerradas, pero de todos modos la pendiente seguía pareciendo demasiado pronunciada. Le extrañaba mucho que hubiera alguien más allí arriba, sobre todo bajo el intenso calor de la tarde. Los engranajes de las marchas del taxi chirriaron de repente y, por un segundo, el motor pareció atascarse por completo; sin embargo, el taxista pisó a fondo el acelerador y el coche avanzó a duras penas para subir lenta e inexorablemente hacia la cima.

Tardaron casi quince minutos en llegar a la cumbre y no se cruzaron con ningún otro vehículo en todo el trayecto. Habían dejado atrás terrenos de labor y los omnipresentes olivos; pero a medida que ascendían, los antiguos campos de labranza fueron sustituidos por un terreno arenoso y agreste en el que se veía algún que otro árbol bajo y retorcido, pinos y olivos centenarios. Era un paisaje escabroso, árido y de difícil acceso aun contando con la tecnología del siglo XXI. Estaba claro que no iba a ver una ciudad como la que acababa de dejar abajo, sino una fortaleza.

Su suposición se vio confirmada cuando quedaron a la vista los primeros vestigios de alambores y murallas, aunque le sorprendió descubrir que no se trataba de una fortificación griega ni romana. Los muros estaban construidos con ladrillos y azulejos; bizantino, quizá medieval. Algunas zonas parecían pertenecer a un período aún más tardío, reliquias de la ocupación turca y de la guerra. Era el primer signo que veía de esa larga hostilidad y se preguntaba si el fervor nacionalista de los griegos habría hecho desaparecer el resto. El taxista, a diferencia de los otros con los que Deborah se había encontrado hasta ese momento y que habían estado prestos a hacerla partícipe de sus opiniones acerca de la historia y la cultura del país, no dijo nada.

Ya en la cima, el vehículo se detuvo en un amplio, polvoriento y desierto aparcamiento, aunque el hombre no apagó el motor. Deborah le pagó y desechó el costoso y cobarde impulso de pedirle que esperara. Todavía faltaba mucho para su cita y era posible que la espera se hiciera larga. La idea no era muy alentadora, pero salió del coche con una titubeante sonrisa en los labios al tiempo que murmuraba: *«Efjaristó»*. El taxista correspondió con una enorme sonrisa, echó un vistazo a la desierta y calurosa cumbre y se encogió de hombros como si dijera: «Bienvenida a su funeral, turista». Mientras se alejaba, sacó una mano por la ventanilla a modo de saludo y no dejó de observarla por el retrovisor hasta que la perdió de vista.

Deborah dio media vuelta en dirección a la derruida barbacana con su elevado arco y comenzó a ascender el talud que llevaba a la fortaleza muy despacio y con cautela, deteniéndose en la sombra antes de continuar caminando bajo el sol abrasador que caía sobre los terraplenes. Solo llevaba una botella de agua y su móvil era inservible fuera de Estados Unidos. De repente, se preguntó cómo iba a bajar y le rogó a Dios que Marcus fuera en coche.

Ya podía afirmar que Acrocorinto no era una simple fortaleza. Parte de los edificios parcialmente derruidos parecían capillas, algunos se asemejaban a mezquitas, y a buen seguro que habían sido construidos unos sobre otros a lo largo de los siglos, mientras esa atalaya era conquistada y reconquistada en la perpetua lucha por el control de la región. No había duda de la importancia estratégica del lugar. Tras trepar por uno de los grandes muros parapetados, con sus troneras para los cañones y los mosquetes, Deborah pudo por fin admirar el panorama que no solo dejaba a la vista la antigua ciudad que había vislumbrado a los pies del risco, sino también el golfo de Corinto. Si seguía ascendiendo hacia las murallas y torres superiores podría ver el golfo de Sarónica, en dirección a Atenas. Alzó la vista hasta las almenas superiores y se protegió los ojos del sol con una mano mientras comenzaba a subir por el camino que serpenteaba entre los ruinosos edificios y las fortificaciones. No había nadie en los alrededores y el aire estaba cargado con el estridente cricrí de los grillos y las cigarras, que disminuía y cobraba fuerza como si fuera una corriente eléctrica que atravesara el aire dejando una oleada de calor a su paso.

La ciudadela, por llamarla de algún modo, tenía una tosca forma concéntrica y las murallas internas zigzagueaban sin orden alrededor de la pendiente del risco. La cumbre no era tanto un pico como una formación lineal en la que se alzaba una torre de planta cuadrada, casi una torre del homenaje, que se cernía sobre las murallas parapetadas y las hectáreas de hierba desatendida y abrasada por el sol. Caminó con dificultad, consciente del sudor que le cubría los hombros y el rostro, sintiendo el peso de sus zapatos mientras ascendía. Era un día demasiado caluroso para aquello...

Hizo una pausa a medio camino, allí donde la senda se abría a una explanada con el suelo empedrado, y contempló el camino que había recorrido y el lejano azul del mar. En ese momento, mientras ponía los brazos en jarras y tomaba una honda y relajante bocanada de aire, escuchó un fuerte chasquido y sintió una lluvia de fragmentos de piedra cuando la primera bala se incrustó en los ladrillos que había a su lado.

35

Deborah se movió por instinto, si bien su primer impulso no fue el de ponerse a cubierto, sino el de mover las manos y gritar de furia. Como no estaba acostumbrada a que le dispararan, supuso que se había tratado de un estúpido error, un anormal griego equivalente a los palurdos sureños contrarios al gobierno federal que había decidido practicar el tiro al blanco con las ardillas. La casualidad había querido que ella estuviera por allí. El segundo disparo pasó rozando su oreja y se incrustó en los azulejos bizantinos de la pared que tenía detrás.

Por Dios bendito, ¿qué…?

Incluso mientras se agazapaba contra el suelo de piedra, se arrastraba hacia el inestable montón de rocas que una vez fuera la esquina de un edificio y escuchaba el sonido del tercer disparo al golpear el lugar en el que ella había estado, una parte de su cabeza seguía pensando que se trataba de un error.

La incredulidad y la indignación se adueñaron de su acelerado corazón.

«¡A mí nadie me dispara!»

Después se produjo una pausa, un silencioso intervalo en la tarde.

«Quédate quieta. Escucha. Respira.»

Deborah esperó mientras sentía el dolor de la muñeca y los arañazos del antebrazo. Había caído en una mala postura cuando se tiró al suelo. Se le había metido el pelo en los ojos y sudaba tan profusamente que el polvo se le estaba pegando a la piel. Aquello era una locura. Aun en el caso de ser el blanco de los disparos, tenía que tratarse de un chiflado, ¿no? Algún loco que estaba usando a los turistas como patos de feria. La alternativa (que ella era el objetivo; ¡ella!, Deborah Miller) resultaba demasiado perturbadora para tenerla en cuenta en ese momento. Se desentendió del pensamiento y flexionó la muñeca. Una torcedura seguramente.

«¿Dónde está el francotirador?», pensó.

Era el primer pensamiento coherente que la asaltaba. Miró hacia el lugar por donde había cruzado el arco en busca de los agujeros de bala, por si podía deducir a partir de ellos la trayectoria de los proyectiles y por ende la posición del tirador. Esa era la manera de manejar la situación, pensó, obligarse a utilizar la lógica para combatir la oleada de pánico. Sí: lógica, deducción, razonamiento. Eso se le daba muy bien. Era lo que la mantendría con vida...

«Dios, ¿se reducirá todo a esto?»

«Debe de estar allí arriba», pensó.

Era la posición aventajada más lógica, la que le proporcionaría el campo de tiro más amplio. Echó un vistazo, intentando averiguar qué alcance tendría desde la torre que se alzaba sobre las rocas.

El cuarto disparo fue a parar a una de las piedras situada a escasos centímetros de su cabeza y la rompió en tres fragmentos, uno de los cuales la golpeó en la sien. Deborah se pegó al suelo mientras sentía los efectos del impacto y el dolor y se preguntaba si la bala la habría alcanzado. Se llevó la mano a un lado de la cabeza y sintió la humedad de la sangre.

No salía a borbotones. Era una herida superficial.

Aunque no lo parecía. El mundo giró a su alrededor un segundo.

¿Una conmoción? Perfecto, concluyó.

Se obligó a mirar a su alrededor, moviéndose lo justo para no atraer los disparos del hombre. Necesitaba mejor cobertura.

Los disparos del hombre. Había dado por hecho que era un

hombre. ¿Marcus? ¿Quién más sabía que estaba allí? A menos que fuera una acción aleatoria destinada a cualquier persona que apareciera en ese lugar…

Deseaba poder creerlo; pero no, esas balas llevaban su nombre escrito, pensó. El absurdo cliché de esa frase casi le resultó gracioso, como si perteneciera al diálogo de una película en la que hubiera entrado por error, una de esas aventuras de Hitchcock como *Con la muerte en los talones* o *39 escalones.* Estaba tirada sobre el suelo polvoriento, con el sol quemándole la espalda y pensando estupideces, como si se viera a través de un telescopio o, para ser más precisos, como si viera a otra persona y escuchara sus pensamientos como el narrador de una película.

Tenía que largarse de allí.

Si se quedaba allí todo el día, el tirador podría bajar en su busca. De hecho, ni siquiera tendría que hacerlo. Estaba tan a la vista que si el tipo se desplazaba unos cuantos metros de su posición actual, podría verla perfectamente. Ella no sabría si él se había movido hasta que lo viera y hubiera abierto fuego. Sin embargo, él no esperaría que ella se moviera. Esperaría (seguramente) que se comportara como un conejo asustado, tan hipnotizado por el depredador que no podría ni moverse; una inmovilidad a medio camino entre la estrategia y el pánico. Eso era lo que él esperaría que hiciera. De manera que tenía que echar a correr.

Dios, no…

Sí. Era la única salida. Se puso en cuclillas con mucho cuidado de no apoyarse sobre la muñeca antes de enderezarse y salir disparada como un corredor que saliera de la línea de partida. Había dado cuatro zancadas antes de que sonara el siguiente disparo. No vio dónde percutió, así que supuso que lo hizo tras ella. Con otras dos zancadas llegó a una pared que le llegaba a la cintura y que estaba bastante maltrecha por los años. La saltó al tiempo que la siguiente bala pasaba rozándola y se golpeó el muslo con una afilada piedra con tanta fuerza que cayó sobre los hierbajos del otro lado gritando y aferrándose la pierna. Otros dos disparos dieron en el muro en una rápida sucesión antes de que volviera a reinar el silencio.

¿Cuántos disparos había efectuado? Daba igual. No tenía ni idea de armas. Sin embargo, los últimos disparos le habían parecido fruto de la frustración. Tal vez había vaciado el cargador a propósito y estaba en ese momento recargando mientras ella se encontraba a salvo. Tal vez era su oportunidad para lanzarse a otra carrera…

«¡No! Quédate detrás del muro. Aquí estás a salvo.»

No obstante, sabía que la primera idea era la mejor. Sería arriesgado, pero un riesgo que podría suponerle una distancia crucial entre el francotirador y ella. Se obligó a levantarse y a correr otros metros por el sendero.

Había estado en lo cierto. Había recorrido más de cinco metros cuando se produjo el siguiente disparo. Se desvió mucho hacia la derecha y le resultó imposible reprimir una feroz sonrisa mientras corría.

«Has disparado a lo loco, ¿verdad?», pensó.

Siguió corriendo, zigzagueando, saltando por el accidentado terreno sin perder el ritmo, como si fuera una gacela. Sus piernas, sus zancos, sus alfileres, sus flacuchas, rectas, estiradas y larguísimas piernas desmintieron en diez segundos todos los insultos y comentarios maliciosos que le habían hecho desde siempre. Cuando se produjo el último disparo, ya había llegado a la barbacana. A no ser que el asesino en potencia estuviera descendiendo la montaña a toda velocidad, no podría verla de ninguna de las maneras.

Sin embargo, solo había una carretera de regreso a la ciudad. Si la perseguía con un vehículo, podría absolverse de su mala puntería. No había visto ningún otro coche en el aparcamiento cuando había llegado, estaba casi segura de eso. Así que o había subido a pie o lo habían dejado allí como a ella, aunque también podría haber ocultado un vehículo en algún sitio. Sopesó sus opciones mientras atravesaba el hermoso arco de la barbacana y descendía la rampa de piedra que llevaba al aparcamiento.

«Espera. Recupera el aliento. Tal vez venga alguien a ayudar si te escondes…»

No vio coche alguno, ni ningún lugar en el que pudiera esconderse. Se devanó los sesos, tomó una decisión y comenzó a correr por el polvoriento aparcamiento y por el camino que descendía la pendiente en espiral. Se pegaría a la ladera para que no pudiera dispararle desde arriba y no se detendría. Le llevaría una media hora regresar a la ciudad, tal vez menos si mantenía ese ritmo, a pesar de que ya estaba cansada, maltrecha y deshidratada. Le palpitaba el muslo, pero aún no había empezado a cojear y era probable que no lo hiciera hasta encontrarse a medio camino. Tal vez alguien pasara por allí y pudiera llevarla…

Siempre que el tirador no fuera más rápido que ella (ya fuera a pie o en un vehículo que hubiera escondido). Aceleró el paso, dejando que la pronunciada pendiente tirara de ella casi de forma descontrolada, bajando por la carretera con pesadas y tambaleantes zancadas. Dos minutos más tarde apenas era consciente del calor o del dolor de la pierna. Cinco minutos. Siete. Después lo escuchó: el distante zumbido de un motor pequeño. Una moto bajaba por la carretera de la montaña.

36

Había muchas posibilidades de que el tirador no la hubiera visto desde que abandonara Acrocorinto y de que tan solo pudiera hacer una suposición de la distancia que había recorrido. Miró a su alrededor en busca de un escondite a medida que el ruido de la moto, tan parecido al del torno de un dentista, se iba intensificando.

«Está acelerando. Está acercándose», pensó.

En la ladera de la montaña no había más que una rampa de hormigón para el drenaje y después un pronunciado muro de contención. Al otro lado, en la parte más baja, el lindero de un olivar, cuyos árboles se veían retorcidos y achaparrados.

Cruzó la carretera, se adentró unos veinte metros en el olivar y se lanzó de cabeza al suelo como si estuviera alcanzando la segunda base. Antes de que el polvo se asentara, volvió a escuchar la moto cuando esta doblaba en la curva. Tal vez la hubiera visto correr en busca de refugio. Lo único que tenía que hacer era mirar con atención las tenues sombras que proporcionaban los árboles y la vería.

¿Esperaba o seguía corriendo?

Se quedó muy quieta. El zumbido del motor había bajado un tono. Estaba frenando.

Quería echar a correr, pero en ese caso seguro que la vería. Se obligó a permanecer inmóvil (era, después de todo, la táctica del conejo) y ni siquiera volvió la cabeza para mirarlo hasta que entró en su campo de visión.

La moto era poco más que un ciclomotor, apenas superaría los doscientos centímetros cúbicos. Era de un color oscuro indeterminado y estaba medio oxidada. El hombre que la conducía era delgado y llevaba botas, una camiseta manchada y lo que parecían unos pantalones de camuflaje. Llevaba un casco enterizo de un color verde fluorescente, más adecuado para una moto mucho más potente y rápida. Le cubría toda la cara.

¿Marcus?, se preguntó.

No podía asegurarlo, aunque no lo creía. Llevaba un objeto largo y delgado colgado de la espalda y envuelto en unos trapos: un rifle.

De repente se giró y la visera oscura del casco miró en su dirección, de manera que Deborah casi pudo sentir los ojos que se ocultaban tras ella. Se acordó entonces del amarillo chillón de su mochila y deseó haber aterrizado sobre ella. Sin embargo, en ese instante la moto aceleró y el tirador prosiguió su marcha hacia el pie de la montaña.

A salvo. De momento.

Deborah se quedó quieta durante un par de minutos, escuchando cómo los latidos de su corazón se iban calmando poco a poco, al igual que su respiración.

El tirador podría regresar. Podría bajar otros quinientos metros, darse cuenta de que la había pasado de largo y volver sobre sus pasos para cazarla al descubierto. Sopesó la situación en la que se encontraba. Los olivos la cubrirían unos cientos de metros más si se dirigía en línea recta hacia la ciudad en lugar de zigzaguear por la carretera. Sería más largo, no sabía qué tipo de parapeto podría encontrar más adelante, y tendría que cruzar la carretera allá donde esta atravesaba el olivar, pero seguiría a salvo por un tiempo.

Consideró la idea de deshacerse de la mochila, pero optó por envolverla en una sudadera oscura que había llevado consigo por si refrescaba por la tarde, si bien antes metió en ella una piedra del tamaño de un melón. No le serviría de mucha ayuda si continuaba con el juego del gran cazador y la presa a distancia, pero si se le acercaba, le encantaría utilizarla como arma. Sintió su peso y la tirantez de las correas de la mochila, y pensó que bien podría matarlo con un golpe certero. La idea le revolvió el estómago. Bebió un buen trago de agua y comenzó a avanzar despacio y en silencio entre los polvorientos árboles sin dejar de prestar atención al más mínimo ruido.

Los olivos eran bajos y estaban bastante distanciados, por lo que no ofrecían un emparrado ni la sombra o el escondite que proporcionaría un auténtico bosque, así que siguió moviéndose, preparada para tirarse de cabeza al suelo en cuanto escuchara la moto. Aunque si el tirador había decidido aparcar junto a la carretera e ir en su busca a pie, sin duda alguna la vería antes que ella a él.

«Bueno, no tiene sentido pensar en eso», se dijo.

Tras unos minutos de constante descenso, vio un tramo de asfalto que atravesaba el olivar a unos veinte metros por delante y supo que era el punto en el que la carretera se cruzaba en su camino. Si comenzaba a trepar por el muro de contención, sería visible desde una multitud de puntos, así que se tiró al suelo y recorrió a rastras los últimos diez metros que la separaban del corte hasta que pudo ver más allá de los árboles: hasta la carretera, unos cinco metros más abajo, y el olivar que continuaba al otro lado. Miró a su alrededor, con los sentidos alerta en busca de cualquier rastro de la moto o de su conductor.

Nada.

Se obligó a continuar y sintió el súbito ramalazo de dolor en la muñeca y en el muslo, pero se desentendió de las molestias mientras pasaba primero una pierna y después la otra por encima del afilado borde del muro hasta que quedó colgando de forma precaria de las puntas de los dedos. Se dejó caer en la cuneta, arañándose el codo y la cara contra la piedra, al tiempo que intentaba amortiguar el resto de caída con las rodillas. No fue un aterrizaje elegante, pero logró salir de la cuneta y llegar a la carretera sin dejar de mirar a los lados en busca de su perseguidor.

Nada todavía.

Cruzó a toda carrera el ardiente asfalto en dirección a los árboles del otro lado, donde se detuvo un instante antes de acercarse al siguiente cruce con paso vacilante al sentir que el dolor palpitante del muslo se volvía más insistente.

Daba la sensación de que su perseguidor había desaparecido. Estaba cada vez más cerca del final, más cerca de los almacenes agrícolas emplazados tras la ciudad antigua y de las tiendas para turistas y los cafés que se alineaban a lo largo de la carretera que había enfrente de las ruinas romanas. Sin duda alguna, no se arriesgaría a dispararle allí, ¿no? Había desperdiciado su oportunidad y se había marchado para informar, tal vez, a… a quien fuera.

Las ramas de los árboles dieron paso a una panorámica del cielo. A lo lejos podía ver los tejados y las cinco columnas monolíticas del antiguo templo de Apolo. Se arrastró los últimos metros hasta el borde del muro de contención, tal y como hiciera antes, y miró a uno y otro lado de la carretera y a la extensión de olivar que la separaba de la libertad. Estaba a punto de pasar la pierna por encima del borde cuando se le ocurrió comprobar que la caída no fuera más pronunciada en esa ocasión, así que echó antes un vistazo.

Debajo de ella, escondida en la cuneta de la carretera, había una moto. A su lado, tirado en el suelo, con el rifle apuntando en dirección a la curva de la carretera que subía la montaña hacia Acrocorinto, había una delgada figura con un casco verde lima.

37

El hombre se encontraba a unos escasos tres metros de distancia y ella habría apostado una buena suma a que lo único que había impedido que la escuchara llegar había sido el casco. Se apartó con brusquedad —con demasiada brusquedad, de hecho— y después se tendió sobre el polvo y la hierba seca, preguntándose si el movimiento la habría delatado.

«¿Y ahora qué?», se dijo.

Ese tipo parecía haber excavado en la tierra para preparar una trinchera de aspecto casi militar —como probablemente habría hecho en la cima de Acrocorinto— a la espera de que ella llegara por la carretera, contenta y alelada como solo una turista podría caminar. La idea la irritó, como si se le hubiera atascado algo pequeño y duro en el estómago.

Si se abalanzaba sobre él, pensó, tendría una ventaja momentánea. Podría alzar su mochila, con la piedra dentro, y… Sin embargo, la presencia del casco lograba que semejante solución fuera, cuando menos, peligrosa, por lo que la descartó con algo parecido al alivio.

Podría esperar a que se cansara, aunque solo Dios sabía cuánto tiempo llevaría eso. El sol ya había comenzado a ponerse y, aunque pasarían algunas horas hasta que oscureciera del todo, no le hacía gracia la idea de quedarse atrapada allí después del anochecer, sobre todo con ese tipo suelto por los alrededores.

Podría tratar de distraerlo tirando piedras a la maleza como hacían en las películas y así poder escabullirse mientras él iba a investigar. Frunció el ceño y rodó con cuidado hasta quedar de espaldas y poder echar un vistazo al cielo a través de las ramas del árbol. Esa parecía una bonita manera de conseguir que la mataran.

No. Tras descartar el ingenuo impulso de presentarse y conseguir zafarse de aquella repugnante farsa con palabras, solo restaba esperar. No le gustaba, porque quería hacer algo constructivo, pero parecía el plan más seguro... Siempre y cuando fuera capaz de mantenerse inmóvil hasta que él decidiera abandonar la vigilancia.

Al instante repasó más tópicos cinematográficos, todos ellos más cercanos a la comedia que a la tragedia, a pesar de que con todos acabaría sin lugar a dudas con una bala en la cabeza: el irresistible impulso de estornudar; el timbre de un teléfono móvil; una súbita necesidad de orinar. Se obligó a dejar de pensar en esas cosas y permaneció tendida cuestionándose la rareza de la situación: tendida en silencio mientras yacía a menos de tres metros y medio del hombre que estaba intentando matarla.

En esos momentos no le cabía la menor duda. No solo estaba claro que no se enfrentaba con un imbécil armado que la había confundido con un conejo, sino también que iba detrás de ella y solo de ella, de modo que por primera vez el «quién» fue sustituido de forma gradual por el «porqué».

Había huido a Grecia para evitar lo que le había parecido peligroso en casa. Allí tumbada, a escasos metros del motorista, resultaba difícil no ver la ironía —y la estupidez— de semejante decisión.

«Vuelve a casa. Tu vida corre peligro.»

En esos momentos, aquellas palabras no le parecían tan irracionales.

Había temido que uno de los policías que investigaba la muerte de Richard no fuera en realidad policía y había estado segura de que alguien la seguía sin ningún propósito oficial en mente. Ese alguien había resultado ser Marcus, con quien había hecho una especie de pacto de investigación, si bien eso también comenzaba a parecer una decisión cuestionable. Dejando a un lado todas las estupideces, no entendía por qué alguien la quería muerta. No había averiguado nada importante (bien lo sabía Dios) acerca de la muerte de Richard. Estaba claro que sus asesinos deseaban que permaneciera con vida para que ella misma acabara incriminándose con sus ridículas actividades.

Pero ¿y si en realidad no se trataba de lo que sabía, sino de lo que ellos creían que sabía?

Había tenido acceso de modo fugaz a la colección secreta —en esos momentos ya no tanto— de Richard y también a los archivos de su ordenador. Quizá había visto algo importante, pero no se había dado cuenta de lo que era; algo que iba uniendo la línea de puntos: de Agamenón a Schliemann, después a Richard y a sus asesinos. Contempló el extraordinario azul del cielo mientras escuchaba el cricrí de los grillos y se preguntaba qué podría haber pasado por alto.

En ese instante escuchó algo más abajo. El motorista se estaba moviendo.

«¡Por Dios! ¡Se acabó!», exclamó para sus adentros.

Durante un descabellado instante creyó que el hombre había decidido subir al muro de contención para tener una mejor vista de la carretera. Cerró los ojos y se esforzó por escuchar más cosas, pero no pudo deducir nada de los ruidos procedentes de abajo. Con un solo movimiento, se puso en cuclillas y se giró con todo el sigilo del que fue capaz, levantando sin pensar la pesada mochila para asestar un golpe en caso de que apareciera una mano seguida de ese casco por el borde del cemento.

El sonido de la motocicleta al arrancar resultó tan atronador en medio del inquietante silencio que Deborah estuvo a punto de soltar un grito. Un segundo después tuvo la presencia de ánimo suficiente para arrojarse al suelo a fin de que él no pudiera verla mientras se alejaba.

Siguió tumbada durante veinte o treinta segundos, escuchando el sonido. El tipo había vuelto a subir la montaña con la esperanza de atraparla mientras ella descendía. Esperó otros diez segundos, echó un vistazo a la carretera para comprobar que la motocicleta estaba fuera de la vista y saltó. El tobillo que se había torcido protestó por el esfuerzo, pero Deborah empezó a correr casi a ciegas para atravesar la carretera y adentrarse en lo que prometía ser el último olivar antes de llegar a los almacenes agrícolas que había más abajo. Todavía podía escuchar el tenue runruneo de la moto al subir la montaña. Desde arriba, comprendió, el tipo podría girarse y verla correr entre los árboles. Aunque quizá no mirara hacia atrás y bajar por la carretera le llevaría demasiado tiempo y la dejaría más expuesta. Sus largas zancadas se habían convertido en pasos cortos e irregulares, una cojera que se agravaría cuanto más caminara. No, si regresaba a la carretera la atraparía sin lugar a dudas.

Le llevó apenas un minuto atravesar a trancas y barrancas el siguiente grupo de árboles. Cuando llegó a la escarpada cuesta que daba a la carretera, apenas se detuvo. El ruido de la motocicleta se había desvanecido y estaba segura de que podría escucharla si el tipo hubiera decidido dar la vuelta. Echó un vistazo, se dejó caer y corrió a lo largo de la carretera en lugar de atravesarla. A unos cincuenta metros más adelante hacía un brusco giro en dirección norte en su descenso hacia las antiguas ruinas y la bahía. Agachó la cabeza y trató de desentenderse del dolor mientras corría. Tenía la camisa empapada y el sudor le caía en regueros por la cara, lo que hacía que le escocieran los ojos por la sal. Había girado en la curva cuando su tobillo se rindió y acabó desmadejada en la cuneta.

En esa ocasión sí gritó, aunque se debió más a la frustración que al dolor o al miedo, como si ese desagradable instinto tanto tiempo adormecido hubiera decidido que era la emoción más útil. Estaba tratando de ponerse en pie cuando oyó —o creyó oír— el agudo sonido de un pequeño motor. Se detuvo durante un instante para asegurarse. Sí. Era él. Había dado la vuelta y, a juzgar por la excesiva estridencia del sonido, se movía muy deprisa. La había visto.

«Ahora se ha convertido en una carrera», se dijo.

Deborah clavó la vista al frente. La carretera se extendía ante ella como una larga cinta de asfalto ardiente y brillante. A unos cien metros se distinguían unos cuantos edificios, pero estaban situados en campos arados y parecían poco más que casuchas de labranza. Justo detrás estaba la enorme valla que rodeaba el límite posterior de las ruinas, algunas de cuyas columnas se vislumbraban a través de los árboles que flanqueaban el lugar. Otros doscientos metros más allá, la carretera se unía a lo que hacía las veces de calle principal. Si tomaba la desviación de la derecha llegaría a las tiendas y a las cafeterías para turistas en un par de minutos.

Si disponía de esos minutos, cosa que dudaba mucho. Se obligó a mover las piernas tan rápido como le fue posible. La sangre del muslo había chorreado hasta empaparle el calcetín, dejando lo que parecía una cuchillada brutal a lo largo de la pierna. Trató de olvidar esa visión. No era tan grave como parecía. La torcedura de muñeca era irrelevante. Lo que importaba en esos momentos era la deshidratación, el cansancio y la ligera torcedura de su tobillo, que reducía a la mitad su velocidad.

«Solo unos cuantos metros más...», se animó.

Dejó atrás las casuchas de labranza, vigiladas por una solitaria cabra, sin detenerse. El ruido de la motocicleta había disminuido un poco, ya que la carretera lo habría llevado hacia la parte este de la montaña, pero en esos momentos volvía a escucharse más alto. Una curva más y el tipo avanzaría directamente hacia ella. Deborah echó a correr.

Las antiguas columnas del templo de Apolo aparecieron ante sus ojos, pero las ruinas parecían desiertas y con la gran valla de alambre que la separaba de ellas, probablemente no importara mucho si había todo un destacamento de marines disfrutando de su permiso al otro lado. El motor de la moto había dejado de escucharse de nuevo. Tal vez el tipo se lo pensara mejor, creyera que había vuelto a esconderse y, por tanto, volviera sobre sus pasos. Deborah hizo una mueca por el dolor de tobillo y apretó los dientes como si fuese un antiguo soldado romano que mordiera un trozo de cuero mientras lo operaban. Siguió corriendo, algo mareada, y comenzó a tambalearse de modo involuntario sobre el resplandeciente pavimento.

La diferencia del ruido cuando la moto rodeó la curva que

quedaba a su espalda fue como otro disparo. En un instante no era más que un zumbido distante, como el de una cigarra quizá o el del cortacésped de un vecino, y al siguiente todas las barreras que bloqueaban el sonido habían desaparecido y el motor rugía por la carretera tras ella. No se dio la vuelta. Si el tipo pensaba dispararle en ese momento, solo podía esperar que fallara. No tenía la energía suficiente para esquivarlo.

Siguió corriendo; diez metros, quince, veinte; y de pronto se encontró en la bifurcación y dobló la esquina a la derecha con paso titubeante. En esa zona el perímetro de la antigua ciudad estaba cercado con grandes bloques rectangulares de piedra que reducían el ruido del motor a la mitad. Si miraba al frente, podía ver mesas y sillas dispuestas con desorden sobre la acera, el súbito colorido de un expositor de postales, un escaparate, un autobús... gente.

Entró a ciegas en la primera cafetería que encontró, tirando una mesa de metal en su avance, y se abrió paso como pudo hasta la parte trasera, donde se encontraban las cocinas. No había clientes, pero uno de los camareros estaba fumando junto a la barra. El hombre se giró cuando la mesa se estrelló contra el suelo, sorprendido e irritado, y a continuación una mujer de mediana edad vestida de negro, con el pelo recogido en un moño y de rostro arrugado y severo, se acercó a ella con una expresión decidida y letal.

Finalmente, a Deborah se le agotaron las fuerzas que la habían ayudado a seguir adelante, o tal vez ella permitió que se agotaran. Perdió el equilibrio y cayó de bruces al suelo, tirando unas cuantas sillas y volcando otra mesa. Magullada, sangrando y más exhausta que nunca, fue incapaz de mover ni un dedo.

—Lo siento —murmuró cuando el rostro de la griega apareció delante de sus ojos.

La mujer gruñó algo al camarero y después volvió a mirar a Deborah; la expresión de su rostro se había transformado en preocupación.

—Todo bien —dijo mientras el camarero le colocaba una botella de agua entre las manos.

La mujer le alzó la cabeza antes de acercarle la boca de la botella a los labios.

Deborah dio un largo trago y sintió cómo el delicioso frescor se deslizaba a través de su garganta como si se tratara de la misma vida.

Todavía se sentía a punto de desmayarse, pero se apoyó sobre los codos y se obligó a mirar hacia la carretera a través del caos de sillas y mesas. El motorista estaba allí, observándola a través de la visera de su casco verde. Al instante la moto aceleró con un enorme y ronco rugido, estridente y metálico, y se lanzó calle abajo hasta perderse de vista.

38

La griega, que dijo llamarse Sophia (como la mujer de Schliemann) le dio comida —cordero a la brasa y rodajas de pepino— y agua antes de limpiarle con un algodón los arañazos y los cortes de la piel, embadurnándole el muslo con yodo de un frasco marrón con tapón de cristal que parecía antiquísimo. No hablaba más que unas cuantas palabras de inglés, la mayoría relacionadas con el menú, pero parloteaba sin cesar de una forma tan agradable que por extraño que pareciera la ayudó a tranquilizarse un poco.

Le explicó a la señora que un hombre con una moto la había perseguido desde Acrocorinto. No le dijo que le habían disparado y desdeñó con un gesto la sugerencia de Sophia de llamar a la policía. No estaba segura del motivo, pero le daba la impresión de que la griega se sintió un poco aliviada, probablemente porque sabía la incredulidad con que sería recibida su historia. Cuando Deborah se puso en pie y dijo que se encontraba lo bastante bien como para buscar un taxi o un autobús que la llevara de vuelta a su hotel, Sophia se limitó a decir «No» y comenzó a gritarle al camarero hasta que el hombre se marchó con expresión resentida y regresó al volante de un viejo Fiat.

Antes de subir al diminuto y oxidado vehículo, agradecida si bien algo inquieta, aceptó en primer lugar una botella de agua y una rebanada de pan y después —por sorprendente que pareciera— un desmañado abrazo. Sophia, que soltó una retahíla incomprensible en griego, le dio unas palmaditas en la mejilla y esbozó una última sonrisa de aliento mientras Deborah, que tuvo que embutir sus largas, rígidas y doloridas piernas en el coche, sentía unas inexplicables ganas de llorar por primera vez desde que pisara Grecia.

Sophia se aseguró de que el camarero supiera cómo llegar al hotel, lo que resultó maravilloso ya que el vocabulario del tipo parecía reducirse a los nombres de los jugadores ingleses de fútbol («Beckham, Scholes, Owen», dijo con una sonrisa al tiempo que emitía ruidos entusiastas aunque ininteligibles), y se pusieron en marcha hacia la ciudad moderna y el Ephira.

Por razones que no llegaba a comprender, Deborah esperaba que hubiera algún mensaje para ella en el hotel; una nota de Marcus o el hombre en persona fumando su pipa en el vestíbulo; o tal vez noticias de Calvin desde Atlanta. El hecho de que no hubiera nada ni nadie en absoluto que mostrara interés o preocupación por la tarde tan espantosa que había pasado la deprimió profundamente. Habría sido agradable tener noticias de Calvin.

«Vaya, un poco de autocompasión que añadir a tu comportamiento adolescente. Genial», pensó.

No solo se trataba de desilusión, se dijo mientras le daba las gracias al camarero (que parecía más feliz de haberle sido de ayuda lejos de la abrumadora presencia de Sophia) antes de regresar a su habitación. Era algo más que eso.

Había huido de Atlanta porque se había sentido en peligro, pero allí no estaba más segura y tampoco había hecho ningún progreso a la hora de averiguar por qué habían matado a Richard. No había descubierto nada verdaderamente importante y, mientras descansaba en la cafetería dando sorbos a un café que se enfriaba con rapidez, tuvo la sensación de que le había fallado a Richard tanto como a sí misma. También le quedó muy claro que ningún descubrimiento daría sentido a la muerte de Richard si lo que pretendía en realidad era convertirla en algo comprensible o incluso aceptable.

Se frotó el tobillo hinchado y aceptó las palabras que habían aparecido de pronto en su cabeza: «Ha llegado el momento de volver a casa».

Echó el pestillo de la habitación, se tendió desnuda bajo la sábana y durmió hasta la mañana tras despertarse una sola vez después de que el rugido de una motocicleta se introdujera en sus sueños.

La depresión con la que se había ido a la cama seguía estando presente y regresó en cuanto se despertó, como una resaca o el recuerdo de una pérdida terrible. Habló con el conserje antes del desayuno, pero no había mensajes para ella. Al parecer Marcus la había abandonado. Se acercó al cibercafé y comprobó su correo electrónico, pero allí tampoco había nada.

Se cambió las vendas del muslo y limpió la herida para ver si se había infectado. Por el momento parecía bien, pero el corte era profundo y el área circundante estaba hinchada y rosa. Tal vez el conserje pudiera conseguir alguna loción antiséptica. Por alguna razón, esa idea la dejó sin energías, así que volvió a sentarse en la cama y miró por la ventana en dirección a la cúpula de la basílica que se veía por encima de los tejados y al mar que se extendía más allá.

En efecto, había llegado el momento de volver a casa, de afrontar las consecuencias, de dejar la investigación a los profesionales y de concentrarse en no terminar en la cárcel por entorpecer la investigación del asesinato de su amigo y mentor. Solo le quedaba una cosa por hacer antes de volver a Atenas y al aeropuerto; una cosa que desde un principio había sabido que tendría que hacer antes de partir.

39

—*Mikines* —masculló la mujer que había cogido su billete. Llevaba unas gafas de cristales muy oscuros y un extraño pañuelo de distintos tonos mostaza alrededor de la cabeza—. *Mikines* —repitió al tiempo que señalaba la puerta del autobús como si estuviera haciéndoles perder un tiempo precioso.

Deborah se apeó del vehículo y contempló el polvoriento cruce de carreteras con su antigua gasolinera, mientras el motor del autobús rugía y se ponía en marcha entre una nube de apestoso humo marrón. Según se alejaba, el conductor se asomó por la ventanilla y señaló con un dedo en dirección a una larga y recta carretera secundaria.

«Mikines» era la ciudad moderna que se había construido sobre el antiguo emplazamiento de Micenas, aunque la antigua ciudadela estaba a dos o tres kilómetros colina arriba. Deborah se colgó la mochila al hombro y se dispuso a seguir la dirección que el conductor le había indicado, no sin antes comprobar su tobillo y la venda que le rodeaba el muslo. Hizo una mueca de dolor, pero decidió que solo estaba agarrotada y que el malestar pasaría en cuanto se pusiera en marcha. Las molestias no desaparecerían del todo y tal vez empeoraran si caminaba demasiado, pero ese era su último día e iba a ver la ciudadela en la que había comenzado todo aunque tuviera que sufrir una semana de convalecencia cuando regresara a Georgia. Después de todo, no tendría nada mejor que hacer.

No tardó en dejar el pueblo atrás y solo quedaron un puñado de pequeños hoteles y de restaurantes con grandes patios desiertos, plagados de polvorientas sombrillas. Los autocares de turistas regresarían más tarde, supuso, y todos esos lugares se llenarían de británicos, alemanes y norteamericanos en busca de un lugar donde refugiarse del sol abrasador de la tarde, sobre todo porque las excavaciones demostraban una notable falta de sombra. Tras dejar atrás los restaurantes, el paisaje se transformó en una campiña de color marrón claro con extensiones de olivos retorcidos y no muy altos que tenían un tono grisáceo bajo la intensa luz del sol, y los altos y fragantes eucaliptos que se alineaban a lo largo de la carretera. Deborah había visto bastantes olivos el día anterior como para que la experiencia le bastara para toda la vida.

En cuanto los muros de la ciudadela estuvieron a la vista, rojizos, dorados e imponentes sobre las áridas colinas que se alzaban al nordeste, se detuvo un momento para beber agua y contemplarlos. Desde esa distancia no se apreciaban columnas ni motivos decorativos. Era un lugar resistente y grandioso, un lugar de poder y leyenda.

Pagó el precio de la entrada y ascendió por la rampa pavimentada hacia la célebre Puerta de los Leones. Los muros de la fortaleza estaban construidos con enormes piedras de forma irregular que casi se podrían tildar de peñascos. «Ciclópeos», los habían denominado los poetas, en alusión a que, por sus dimensiones, manipularlos exigía la fuerza sobrehumana de un cíclope. Era difícil no quedar impresionada, e incluso maravillada, por la capacidad que demostraron los antiguos habitantes para transportar esos enormes trozos de roca, alzarlos, alinearlos y asegurarlos con el mortero sin contar con la maquinaria de construcción básica de la actualidad. En ese lugar, al igual que en Stonehenge o en las grandes pirámides, Deborah sintió que la suprema arrogancia que confería el hecho de vivir en el siglo XXI sufría un severo revés. La gente estaba tan acostumbrada a sentirse superior debido a la evolución cultural, que daba por sentado que sus antepasados eran inferiores; sin embargo, mientras contemplaba las proezas que tenía delante, le resultaba difícil imaginarse qué habría podido aportar a la civilización que una vez prosperó en el lugar si pudiera retroceder en el tiempo hasta aquellos días. Sin vehículos motorizados, ordenadores ni electricidad, ¿qué maravillas del mundo moderno podría mostrarle a esa gente largo tiempo muerta y olvidada? Nada. Podría hablarles de unos cuantos principios científicos o tal vez de astronomía, pero nada que pudiera demostrar con hechos. A buen seguro la quemarían por bruja o, lo que era mucho peor y más probable, no le harían caso alguno, tal y como ella había hecho con el vagabundo de Roswell Road que le había dicho que se acercaba el fin del mundo.

Pasó bajo los relieves de los dos leones de piedra y se preguntó de nuevo si Richard había estado en lo cierto. ¿Había atravesado alguna vez un enorme ejército ese mismo portal camino de Troya mientras el sol se reflejaba en las puntas de sus lanzas y en sus cascos adornados con colmillos de jabalí? ¿Había conducido Agamenón en persona su carro de guerra, encabezando la marcha mientras sus caballos levantaban la tierra por la que ella caminaba en esos momentos? Allí, mientras contemplaba los gigantescos muros y sus leones guardianes y caminaba por la ciudad hasta llegar por fin a los círculos de tumbas que Schliemann había excavado en esa tierra seca y rojiza, parecía del todo posible e insignificante.

«¿Y qué es Hécuba para él, o él para Hécuba, que ha de llorar por su dolor?», preguntó Hamlet después de que un actor interpretara el dolor de la reina de Troya tras la muerte de su marido, Príamo. El recuerdo de una clase de literatura tocó una fibra sensible y cobró sentido de repente. ¿Qué importaban todas esas antiguas historias? ¿Qué importaba si Agamenón había atravesado con su ejército la Puerta de los Leones o no? ¿Qué importaba si Schliemann había encontrado y conservado su cuerpo? Nada de eso le devolvería la vida a Richard. Sintió un repentino deseo de volver a casa, de regresar a Atlanta y reconstruir su vida o —no lo había pensando antes, pero en ese momento le pareció una opción mucho mejor— empezar de nuevo en otro lugar.

Sin embargo, había llegado hasta allí y cumpliría con su deber de recorrer el lugar tal y como hacían otros miles de turistas que caminaban por la ciudadela un año tras otro, preguntándose por qué habían ido exactamente.

Las tumbas estaban vacías, por supuesto, y no había nada en sus pétreas profundidades que atestiguara los asombrosos hallazgos que Schliemann desenterrara algo más de un siglo atrás. Deborah se inclinó sobre el borde y miró hacia abajo al tiempo que se preguntaba qué había esperado ver. ¿Alguna pista que hubiera escapado a un siglo de visitas turísticas?

Caminó por los terraplenes y contempló las resecas colinas, mirando las cabras y aspirando el aroma del tomillo que crecía por todos lados. Recorrió los suelos del palacio emplazado en el punto más alto de la Acrópolis y estudió la pequeña bañera en la que, según la leyenda, Agamenón había sido asesinado por su esposa y el amante de esta, Egisto. Estudió las tumbas abovedadas que Schliemann atribuyó a los dos asesinos, así como los restos de lo que una vez fuera la impresionante «casa de las columnas», situada al sudoeste de la ciudadela. Todo resultaba indescifrable, incluso para sus ojos de arqueóloga; una frustrante mezcla de muros bajos, puertas y polvo acumulado a lo largo de los siglos. Su guía decía que podía subir por los terraplenes hasta la poterna y que por aquella zona había una traicionera y poco iluminada escalera que llevaba a una cisterna subterránea construida en el siglo XII a.C. El pasadizo acababa, según el libro, en una repentina e imprevista caída de unos setenta metros de altura hasta la superficie del agua, cuya profundidad se desconocía. Aunque la idea de caminar bajo la fresca y oscura tierra resultaba vagamente tentadora, Deborah estaba cansada y el pasadizo parecía de lo más mortífero. De repente, el cansancio extremo, la infructuosa búsqueda y el estrés de los días anteriores parecieron caer sobre ella como las alas de un enorme pájaro oscuro y deseó emprender el regreso a casa. Se alejó del lugar y comenzó a recorrer a pie la carretera de vuelta al pueblo, sintiéndose un tanto decepcionada y perdida; insegura de los motivos de su visita y con la certeza de no haberlos descubierto.

Una vez de regreso en la calle que iba trazando con suavidad la curva de la colina y que durante un trecho estaba flanqueada por los restos de las viviendas de los mercaderes de la Edad del Bronce, dejó atrás el concurrido aparcamiento y se disponía a volver a la parada del autobús con un ligero sentimiento de autocompasión cuando notó la presencia de un grupo de personas al otro lado de la calle. Había algo allí, un lugar digno de visita. Solo había echado un vistazo por encima a la guía y había vuelto a meterla en la mochila tras leer con rapidez lo que decía acerca de la ciudadela. Tenía calor y muy pocas ganas de desandar el camino para ver algún otro punto turístico impreciso y carente de explicación, pero en ese momento el grupo se dispersó y obtuvo una vista de un camino flanqueado por unos muros de piedra que concluía en una inmensa puerta abierta en la falda de la colina. Sobre la entrada, las piedras estaban dispuestas de modo que en el centro dejaban un triángulo al aire que señalaba al cielo con el vértice superior. Aquello le resultaba familiar; esa imagen de la puerta rematada por el triángulo con el imponente camino de acceso. La había visto hacía mucho tiempo, tal vez en alguna conferencia de la universidad.

Pero había algo más; algo que se le había estado escapando, como un recuerdo semienterrado que de repente cobró vida en su inquisitiva mente. Apartó la mirada de la puerta y se descolgó la mochila para abrirla y sacar la guía; lo hizo con tantas prisas que la botella de agua cayó al suelo y se alejó rodando.

Encontró la página que había estado leyendo momentos antes. Estaba manchada de sudor y crema protectora solar, pero sus ojos volaron sobre ella de todas formas. La Puerta de los Leones. Las murallas. La tumba de Clitemnestra. La casa de las columnas. Pasó la página. Más. Schliemann. Historia antigua. Pasó otra página, una que no había leído antes, y allí estaba, la puerta excavada en la montaña y al pie de la foto la frase que su memoria había estado intentando recordar durante días: «El Tesoro de Atreo».

40

Se trataba sin duda de otro de esos nombres llamativos, pensó mientras cruzaba la calle, más relacionado con los idiotas que se nutrían de las leyendas que con la arqueología. Más aún, era muy probable que no tuviera nada que ver con Richard y seguro que no sacaría nada en claro al examinar el lugar. Sin embargo, comenzó a caminar más deprisa mientras recorría el pasaje flanqueado por los muros de piedra que conducía hasta la oscura y desierta puerta, al tiempo que se obligaba a repasar la guía por si decía algo —cualquier cosa— que le fuese de utilidad.

Era una tumba, decía el libro, pero un *tholos* o tumba abovedada, muy diferente de las sepulturas excavadas en el suelo que se habían descubierto dentro de las murallas de la ciudadela. En algún momento se llamó (y llegada a ese punto no pudo evitar tragar saliva ante la reaparición del nombre) «la tumba de Agamenón».

«Tonterías propias de la mitomanía —se dijo—. No es más que un lugar para turistas. Solo eso. Creer que todos los hallazgos de la zona están relacionados con Agamenón es lo mismo que creer a esas personas que afirman haber vivido vidas pasadas junto a un personaje histórico: la dama de compañía de Cleopatra, el jardinero de María Antonieta... Pura basura turística.»

Sí, pero aun así... El lugar tenía una especie de aura, independientemente de cuál fuera su nombre. Alzó la mirada al llegar a la puerta que daba paso al oscuro y fresco interior. Tendría unos trece metros de altura. Quizá fuese el lugar apropiado para el descanso eterno de un rey. Volvió a leer la guía. El *tholos* era más o menos contemporáneo de la tumba en la que se decía que estaba enterrada Clitemnestra, la esposa homicida de Agamenón, y puesto que era unos trece siglos anterior al nacimiento de Cristo, se correspondía por aproximación con la fecha en que los arqueólogos databan la destrucción de Troya.

«Así que tal vez Agamenón haya estado enterrado aquí, después de todo», pensó.

Lo llamaban el «Tesoro de Atreo» debido a la tradición popular que relacionaba la tumba con los antiguos reyes de Micenas, a lo que se sumaba la desconcertante fijación de Schliemann con el hecho de que dicho linaje hubiera atesorado todo su oro y sus objetos preciosos fuera de las murallas de la ciudad. Los estudios más recientes descartaban la idea de que la estructura que el alemán había excavado fuera otra cosa que una simple tumba y decían que era esa, y no las tumbas más antiguas que se encontraban en el interior de la ciudadela, la que se correspondía en el tiempo con el saqueo de Troya. Si Atreo y su hijo Agamenón hubieran existido realmente, ese —y no las tumbas en las que Schliemann encontró las máscaras y el ajuar funerario— podría ser el lugar de su descanso eterno.

Casi sin aliento, Deborah se adentró en la oscuridad de la tumba.

Era un espacio enorme de forma circular, con unos treinta metros de diámetro. El techo, que apenas se distinguía en la penumbra, era abovedado, lo que había dado lugar a otra denominación para ese estilo concreto de enterramiento: tumba de colmena. A un lado de la estancia había un hueco en el suelo, pero salvo por ese detalle el resto estaba vacío. Deborah se sentó en el centro y esperó a que sus ojos se acostumbraran a la oscuridad mientras los últimos turistas se marchaban, protegiéndose los ojos de la luz del sol al salir.

Había, tuvo que admitir, poco que ver y sintió que la desilusión se aposentaba sobre su piel como el fresco aire de la tumba. Desde dentro solo se veía el techo, el hoyo oscuro donde probablemente habrían estado enterrados los cuerpos y la entrada principal, resplandeciente gracias a la luz del exterior. El dintel de la gigantesca puerta debía de pesar toneladas, pensó, aunque el peso de la estructura de la bóveda era incalculable. No era de extrañar que hubieran dejado ese espacio triangular vacío sobre la entrada. En un principio habría estado sellado desde el exterior con una fina lasca de piedra tallada, diseñada tanto para dar una impresión de solidez como para no sobrecargar el dintel. Todo era impresionante, pero no aportaba ningún dato relevante ni a su vida ni a la muerte de Richard.

Otro punto muerto, se dijo.

Esbozó una sonrisa carente de humor por su acertado y sombrío juego de palabras y cerró los ojos antes de apoyar la barbilla sobre las manos. Llevaba sentada en el fresco y oscuro interior poco menos de un minuto cuando se percató de que no estaba sola. Se dio la vuelta en dirección al sonido de los pasos y vio que alguien se acercaba hacia ella.

—Sabía que vendrías tarde o temprano —dijo una voz.

Era una voz conocida; pero durante un instante, incluso después de creer que podía adjudicarle un rostro, se quedó muda allí sentada en la oscuridad.

«No puede ser», pensó.

Pero entonces vio la pistola que la apuntaba y todo pensamiento se borró de su mente.

41

—¿Tonya? —preguntó Deborah—. ¿Qué haces aquí? —Al instante, cuando el cañón del arma se alzó un milímetro y le apuntó a la garganta, añadió—: Aparta eso de mí.

—No me hables como si fuera la mujer de la limpieza —dijo Tonya en un susurro.

«Pero eres la mujer de la limpieza —quería gritar Deborah—. ¡Lo eres!»

En cambio, dijo:

—No lo entiendo. ¿Por qué estás aquí? No…

—Pues cierra el pico y escucha —la interrumpió—. En un par de minutos llegará el siguiente autocar de turistas y quiero asegurarme de que no vas a hacer una estupidez. ¿Entendido?

—Entendido —respondió Deborah, olvidando cualquier pensamiento acerca de Atreo y Agamenón y concentrada por completo en el oscuro cañón de la automática.

—Comencemos por las reglas básicas —dijo Tonya—. Uno: da otro paso y te disparo en el acto.

Deborah, que había estado acercándose a ella sin pensar, se detuvo en seco.

—Dos —siguió Tonya—: intenta hablar con alguien y te…

—¿Me disparas en el acto? —concluyó Deborah. Estaba siendo cínica, e incluso chistosa, aunque le costaba un enorme esfuerzo. Se obligó a apartar la vista del arma y a mirarla a la cara—. No lo harás. ¿Te has percatado del escaso número de griegos negros, Tonya? Te cogerían al instante.

No eran las palabras más adecuadas.

—Es probable —replicó la mujer con un tono incluso más frío—. Pero no me importa.

Lo había dicho con tal falta de dramatismo pero con tal seguridad que Deborah retrocedió un paso, convencida al instante de que le estaba diciendo la verdad. También le dio la impresión de que hacer hincapié en el color de su piel había provocado que la otra mujer se reafirmara en su decisión, y por razones que iban más allá de la habitual y tácita tirantez con la que se relacionaban. De forma vaga y sin tener ni idea de los motivos, Deborah tuvo la sensación de que la presencia de Tonya y el arma en su mano estaban relacionados de alguna manera con la raza.

¿La raza?

—He venido para recuperar lo que nunca fue tuyo —dijo Tonya—. O, si fallo, para matarte. No me importa cuál de las dos opciones, y espero que sean ambas. Si muero o acabo en una cárcel griega como resultado, me da lo mismo.

Hablaba con una resignación fruto de una larga y amarga furia. Era escalofriante escucharla, y Deborah, a sabiendas de que era inútil protestar por lo absurdo de la situación y de que Tonya despreciaba la debilidad, se limitó a preguntar:

—¿Por qué?

La negra esbozó una media sonrisa de desprecio, una de esas muecas que querían decir «como si tú no lo supieras» y que carecían por completo de humor, pero que estaba, de hecho, cargada de resentimiento, vergüenza e incluso tristeza.

—¿Por qué? —repitió Tonya.

—Sí —respondió Deborah—. Si me van a pegar un tiro, me gustaría saber por qué. Me parece justo.

—Por el padre al que nunca conocí —respondió la otra mujer. Deborah la miró con incredulidad—. ¿Te parece eso justo? —preguntó Tonya antes de levantar un poco más la pistola.

42

—¿Richard era tu padre? —preguntó Deborah—. ¿Cómo es posible?

—No lo es, zorra estúpida —contestó Tonya—. No te hagas la tonta conmigo o te juro por Dios…

—Que me dispararás en el acto —terminó Deborah.

No era una pregunta, ni tampoco una broma. Percibía la furia a duras penas reprimida en los ojos de la otra mujer y sabía que era capaz de hacerlo.

—Exacto —dijo Tonya.

—¿Trabajas con Marcus?

—¿Quién demonios es Marcus?

—¿Con Cerniga entonces?

—¿Cerniga? —repitió Tonya—. ¿El poli?

—No es un policía —explicó Deborah—. Al menos no según Keene.

Se produjo un largo silencio, pero estaba demasiado oscuro para verle la expresión a Tonya. Cuando habló, su voz denotaba cierta indecisión.

—No trabajo para nadie.

—Pues no eres una criada, eso está más que claro —señaló Deborah.

«Debería tener miedo», pensó de modo distraído. No tenía razón alguna para creer que esa mujer no la mataría. De hecho, estaba segura de que Tonya era más que capaz de asesinarla, de que estaba a la espera de la menor excusa para hacerlo. Desconocía el motivo, y la mención que había hecho de su padre no tenía sentido; pero no cabía duda alguna de que esa mujer a la que siempre había considerado una empleada de la limpieza la odiaba y que una mala elección de palabras podría provocar que ese dedo apretara el gatillo y le abriera un agujero en el pecho, sin importar el número de testigos que lo presenciara.

Aparte de eso, Deborah estaba harta de tener miedo.

«Si llegó mi hora, ya no hay que esperarla... —resonó la voz de Hamlet en su cabeza—. Siempre hay que estar dispuesto.» No tenía la certeza de estar preparada para morir, pero lo que sí tenía más claro que el agua era que no estaba dispuesta a rogar.

—En eso has acertado —dijo Tonya—. No soy ninguna mujer de la limpieza.

Deborah estaba segura de que había escuchado un deje de humor en su voz.

—¿Y qué eres?

—No importa —replicó la otra mujer—. En lo que a ti respecta, tan solo he venido a desenterrar la verdad. Tú más que nadie deberías saber por qué es tan importante, ¿no te parece, arqueóloga?

Pronunció esa última palabra como si fuera un insulto.

—¿La verdad sobre qué?

—Sobre la colección oculta tras la estantería de Richard.

Deborah no movió ni un músculo. No le apetecía en lo más mínimo revivir todo aquel asunto.

—Aparte del asuntillo de que podrías dispararme —replicó—, ¿por qué debería saberlo?

—¿Ese asuntillo no te basta? —preguntó Tonya. Su voz sonaba insegura, incluso sorprendida.

—Me dispararon ayer —dijo Deborah con una torva sonrisa, como si la repetición de ese hecho la aburriera—. ¿Qué te parece si salimos? No puedo hablarte en la oscuridad.

Tonya se giró hacia la entrada. Empezaba a llegar gente y sobre sus cabezas resonaba la voz de un guía turístico proclamando medias verdades.

—Vale —respondió—. Pero no te alejes hasta que lleguemos al coche.

—¿Has alquilado un coche? —inquirió Deborah—. Qué eficiente. Yo he estado dependiendo de los taxis y los autobuses. Y también has pasado un arma por la frontera. También has debido utilizar la inteligencia.

—¿Quieres cerrar la boca y ponerte en marcha? —gruñó Tonya.

Deborah se encogió de hombros y se encaminó muy despacio hacia el gran rectángulo de luz.

No se sentía ni mucho menos tan indiferente como aparentaba, al menos no del todo. Sin embargo, el abatimiento que sufriera un poco antes no había desaparecido por completo y lo que sentía guardaba más relación con la curiosidad que con el miedo. Su apatía previa la había liberado en cierta forma de todo salvo de un desapegado interés por el cariz que tomaría la situación y por cómo esta había llegado a implicar a Tonya. Pero nada más que eso.

Salió a la luz del sol, abriéndose camino a través de la horda de turistas que entraban en la tumba. Tonya dio un par de pasos apresurados para alcanzarla y le hizo un gesto muy claro con el bolsito en el que escondía la mano derecha para indicarle que seguía apuntándola con la pistola. Deborah sonrió en señal de indiferente comprensión y el ceño decidido de Tonya titubeó con cierta incomodidad.

«No me importa —dijo la voz de su cabeza—. ¿Quieres dispararme? Como quieras.»

Caminaron en dirección al aparcamiento sin dirigirse la palabra y una vez allí Tonya la condujo hacia un pequeño Renault rojo y le ordenó que tomara el asiento del pasajero. Deborah obedeció, convencida de que la negra de mediana edad estaba improvisando, de que jamás había hecho algo parecido y de que no tenía la menor idea de lo que iba a suceder a continuación. Pero la persistente rabia seguía asomándose a su mirada, y Deborah sabía que distaba mucho de estar fuera de peligro.

El interior del coche era un infierno y olía a plástico recalentado. Tonya arrancó el coche y bajó las ventanillas.

—No tiene aire acondicionado —explicó, casi a modo de disculpa.

—No importa —dijo Deborah.

Si aquello se trataba de un secuestro, era uno muy raro.

—Voy a conducir hasta el pueblo —dijo Tonya— y después vamos a hablar.

—Vale —respondió Deborah—. ¿Podemos tomarnos algo? Tengo mucha sed.

Tonya la miró de reojo y por un segundo Deborah tuvo la certeza de que iba a soltarle algo del tipo «Las preguntas las hago yo» o cualquier otra estupidez parecida, pero se limitó a asentir antes de devolver la vista a la carretera.

—¿Cuándo viste por primera vez la colección de Richard? —preguntó Deborah.

—La noche en que murió, mientras tú estabas escondida en el cuarto de baño o donde fuera.

—Pero sabías que Richard ocultaba algo —insistió Deborah, que recordó haber visto las zapatillas de Tonya desde debajo de la cama.

—Más o menos —admitió la mujer—. Sabía que escondía algo allí y que ese algo era lo que yo estaba buscando.

—¿Qué quieres decir?

—Quiero decir que no sabía lo que estaba buscando, pero que sí sabía que estaba buscando algo —refunfuñó—, ¿vale?

Deborah no dijo nada. Habían dejado atrás la antigua ciudadela y pasaban en esos momentos por los restaurantes y las tiendas de rigor alineadas a lo largo de la carretera que llevaba a las ruinas. El coche siguió su camino hasta el final. En el cruce donde se encontraba la parada de autobús, giró a la izquierda, hacia el pueblo, y se detuvo en la cafetería menos ostentosa.

—Sal —le dijo Tonya.

Deborah la obedeció y, siguiendo el ejemplo de Tonya, tomó asiento en una de las tres mesas de la terraza. El lugar parecía desierto. Deborah miró a un lado y a otro de la calle. Había tan solo una tienda dedicada a los turistas, un establecimiento muy grande con un cartel que decía: «¡Las mejores reproducciones de antigüedades de toda Grecia!», la mayoría de cuyas ventas procedía, con toda probabilidad, de las visitas turísticas concertadas por los guías que así se llevaban una comisión. Muy pocos turistas se adentrarían en el pueblo.

Pasó un buen rato durante el cual ambas mujeres se dedicaron a contemplarse en silencio, intentando averiguar qué rumbo tomaría la conversación. Entretanto llegó el camarero. Deborah pidió agua y ouzo, después mezcló el alcohol con el hielo y lo removió hasta que adquirió un aspecto lechoso.

—¿Qué demonios es eso? —preguntó Tonya.

Deborah lo empujó en dirección a la mujer. Tonya, que había soltado el arma, lo miró con suspicacia antes de olisquearlo y darle un sorbo.

—¿Licor? —preguntó, sorprendida—. Como la absenta.

—Pero más fuerte —explicó Deborah.

—¿Tiene el efecto enloquecedor de la absenta? —inquirió Tonya, defendiendo sus orígenes—. ¿O te deja ciego?

—No lo creo.

—Punto para Nueva Orleans —dijo Tonya con una nota placentera que convirtió el comentario en un despliegue jactancioso.

—¿Eres de Luisiana? —preguntó Deborah.

La mujer asintió, incapaz de impedir que el orgullo asomara a su mirada.

Deborah levantó el vaso a modo de saludo. ¿Nueva Orleans? Eso explicaba el hecho de que, por extraño que pareciera, Tonya no tuviera acento sureño. Sabía de gente de Nueva Orleans a la que habían tomado por neoyorquinos en Georgia: algo que ver con el puerto, tal vez.

Algo que ver con el puerto...

Según Marcus, el buque griego de contenedores estaba anclado en Nueva Orleans. ¿Coincidencia?

—Así que... ¿qué es? —preguntó Tonya.

—Qué es ¿el qué?

—Eso que falta de la colección.

—¿De verdad no lo sabes? —inquirió Deborah.

—Pero tú vas a decírmelo —replicó Tonya, cuya voz había recuperado el matiz incisivo.

—Pues depende de a quién le preguntes —le explicó—. Richard y este tipo inglés, Marcus, creen que se trata del cuerpo de Agamenón.

Tonya no reaccionó, aunque Deborah estaba segura de que no se debió al hecho de que el nombre le resultara desconocido.

—Hay una máscara funeraria —siguió—. Y también otros objetos del ajuar funerario. Armas. Joyas. Tal vez piezas de cerámica. Aunque la máscara es el premio gordo, y también el cuerpo.

—¿Valioso?

—Si es el auténtico —contestó antes de darle otro sorbo al ouzo—, incalculable.

—¿Lo tienes?

—Jamás lo he visto —replicó. Tonya la fulminó con la mirada, por lo que dejó el vaso sobre la mesa con un sonoro golpe—. Mira, Tonya, estos últimos días han sido horribles. Richard era mi... amigo. Era, si quieres que te diga la verdad, como un padre. Vine aquí porque... porque creía que estaba en peligro y pensaba que tal vez podría, no sé, ser de ayuda. Ayer alguien intentó matarme. De verdad. No un empujoncito por error en la parada del autobús, sino una persecución en toda regla durante dos horas.

—¿Quién? —preguntó Tonya. Parecía curiosa y sorprendida a la vez.

—No tengo ni idea, pero sí puedo decirte algo: no estoy de humor para aguantar tonterías. No tengo lo que estás buscando. No sé quién lo tiene. Al parecer, no sé nada de nada, y a menos que me vueles los sesos con esa pistolita tuya, tengo toda la intención de subirme a un autobús de vuelta a Atenas a primera hora de la mañana y meterme en un avión de regreso a Atlanta.

Tonya sopesó esas palabras sin apartar la mirada del rostro de Deborah, como si buscara algún indicio de engaño. Pasados varios minutos, apartó la vista, suspiró y se arrellanó en la silla.

—La policía te estará esperando —le dijo.

—Lo sé —admitió Deborah—. Supongo que ha llegado el momento de aceptar las consecuencias. Lo más probable es que solo puedan acusarme de estupidez y paranoia.

—Has dicho que Cerniga no es un poli —comentó Tonya—. ¿Estás segura?

Le contó lo que sabía y el ceño de la mujer se acentuó.

—Confío en Keene —dijo Deborah—. No me cae bien, pero confío en él. Puede que intente cargarme el muerto, pero me las arreglaré; y si me huelo cualquier cosa rara, siempre puedo cruzar el límite del condado y entregarme al primer policía que vea. Estoy segura de que eso es lo que debería haber hecho desde un principio.

Se encogió de hombros tras admitir su falta de juicio, y Tonya correspondió con un leve asentimiento de cabeza que resultó casi compasivo. La expresión de su rostro presagiaba un cambio de humor y ambas parecieron relajarse un tanto. El bolso de Tonya, y por tanto también la pistola, seguían junto a ella, pero había apartado la mano.

—Muy bien —dijo Deborah—, así que viniste para encontrar algo que jamás has visto, presumiblemente porque creías que yo lo tenía. ¿Ibas a robarme y luego a venderlo?

Tonya negó con la cabeza y frunció el ceño.

—No —respondió, como si la idea le revolviera el estómago—. Mi interés en el objeto reside en la importancia que tiene para mi familia.

—¿Tu padre? —preguntó Deborah.

—Eso es.

—No lo comprendo —admitió.

Tonya sonrió, en esa ocasión con cierta tristeza, antes de hacerle un gesto al camarero que se había refugiado en las sombras del interior.

—Tráiganos otros dos vasos del licor este —le pidió al tiempo que levantaba el vaso de Deborah—. Muy bien —le dijo al tiempo que la evaluaba con la miraba y se encogía de hombros—. Esto es lo que sé…

43

Tonya le dio un trago al ouzo y después contempló el vaso como si no pudiera decidir si le gustaba o no. Deborah siguió a la espera, preguntándose si se había pensado mejor lo de contarle su historia.

—De acuerdo —dijo la mujer, que se inclinó hacia delante y colocó las manos sobre la mesa con seriedad—. Mi padre fue asesinado durante la Segunda Guerra Mundial. Sirvió en el 761 Batallón Acorazado, al mando de un Sherman M4A3E8, lo que los conductores llamaban «un ocho fácil» a causa de su sencilla conducción.

—¿Era comandante de tanques? —preguntó Deborah, incapaz de contener su asombro. No tenía ni idea de que los soldados negros hubieran prestado servicio como tal.

—Exacto —respondió Tonya. No parecía ofendida, solo orgullosa—. El 761 era un batallón íntegramente compuesto por negros. Salió con rumbo a Normandía en octubre de 1944 como parte del Tercer Ejército de Patton. Consiguieron sobrevivir a la batalla de las Ardenas y se abrieron paso hacia el sur de Alemania. Incluso liberaron algunos campos de concentración.

Deborah parpadeó con incredulidad. Los campos de concentración…

Su familia había emigrado a Estados Unidos desde Alemania en los años veinte, en el breve intervalo de estabilidad que tuvo lugar entre las desastrosas condiciones impuestas por el Tratado de Versalles al finalizar la Primera Guerra Mundial y la Depresión que conllevó la caída de la República de Weimar e impulsó al mal llamado Partido Nacional Socialista al frente de la política en Alemania. En esa época su abuelo era un joven soltero en busca de oportunidades y había elegido Estados Unidos aunque, sin lugar a dudas, con cierta renuencia y sin la menor idea de lo que el nacionalsocialismo —que no tardaría en llegar a conocerse como nazismo— traería bajo el mandato de Hitler.

Su abuela se había trasladado a Boston desde Polonia tres años más tarde, una época en que sobre el horizonte europeo se cernía un futuro bastante más negro, aunque muchos se habían quedado. Deborah tenía parientes judíos tanto en Alemania como en Polonia que habían sufrido toda la fuerza de la «filosofía» nazi y muchos de ellos no habían sobrevivido para ver el final de la guerra. Solo los recordaba como los rostros jóvenes e ingenuos que la miraban desde las antiguas fotografías y no por sus nombres, pese a la súbita vergüenza que sintió al admitirlo. Sus padres habían alcanzado una buena posición económica sin preocuparse en absoluto por el pasado, cosa poco usual entre los judíos.

«Deja que los muertos entierren a sus propios muertos —había dicho siempre su padre—. La tradición la conforman las personas que siguen con su vida. Hay demasiada gente que culpa al pasado de su situación actual. Supéralo. Déjalo atrás. Sigue adelante.»

Los padres de Deborah no hablaban sobre la familia que se había quedado en Europa y, a pesar de que su padre asentía con seriedad cuando algún programa de televisión recordaba el Holocausto, jamás hablaba del tema; jamás —si se paraba a pensarlo— había mencionado esa palabra en concreto.

«No es bueno mirar atrás —decía—. Impide que veas la clase de futuro que puedes labrarte.»

Deborah siempre había creído que esa era una actitud práctica y saludable para enfrentarse al mundo, pese a la profesión que había elegido. La arqueología consistía en descubrir un pasado ya muerto, se había dicho a sí misma, en aprender sobre aquellos que habían vivido con anterioridad, en descubrir quiénes eran, no en definir el presente o el futuro. Nunca se le había ocurrido pensar que pudiera ser un intento por compensar la extraña tendencia de su familia a despreciar el pasado.

Frunció el ceño. La referencia a los campos de concentración la había perturbado; había logrado que su seguridad se tambaleara un poco, como si los adoquines de piedra sobre los que había deambulado miles de veces se hubieran movido de repente bajo sus pies. Miró a Tonya, que la contemplaba con detenimiento.

—Lo siento —dijo—. Continúa.

—Mi padre murió a finales de la primera semana de mayo de 1945 —prosiguió la mujer con una sonrisa amarga—. La guerra había acabado oficialmente, pero supongo que se produjo algún que otro enfrentamiento. Así es la guerra, ¿verdad?

Guardó silencio un instante mientras se arrellanaba en el asiento, momento que Deborah aprovechó para deshacerse de sus preocupaciones y contemplar a Tonya desde otra perspectiva. La negra no parecía lo bastante mayor como para tener un padre que hubiera muerto en la guerra, pero supuso que era posible. Tenía el cabello de un tono grisáceo, si bien las raíces eran más claras, lo que indicaba que tal vez se lo hubiera teñido de negro con anterioridad; y desde luego sus ojos parecían bastante envejecidos. Le resultó sorprendente —y un tanto bochornoso— no haberse fijado nunca en esos detalles.

«Qué raro —se dijo—, pensar que la gente que nació por entonces tiene ahora alrededor de sesenta años; que aquellos que de verdad lucharon en la guerra más legendaria siguen aún con vida y todavía recuerdan lo que fue.»

—Nunca lo conocí —confesó Tonya—. Mi madre estaba embarazada cuando él se marchó a la instrucción. Nací mientras él estaba en Inglaterra, a la espera de que lo asignaran a un destacamento. Crecí con la historia que le contaron a mi familia: que fue asesinado durante un enfrentamiento que tuvo lugar al sur de Alemania el último día de la guerra. No había razón alguna para dudar de los informes oficiales, así que... crecí, fui a la universidad, trabajé como periodista y escritora independiente en Luisiana y por último me incorporé al *Atlanta Journal-Constitution* hace ocho años. Me trasladé a Atlanta y comencé a interesarme en narrar la historia de mi padre. Examiné los archivos oficiales y traté de seguirle la pista a cualquier miembro superviviente de la unidad en la que había servido mi padre. Descubrí que un tipo llamado Thomas Morris seguía con vida y que vivía en College Park. Había servido en la misma unidad que mi padre, aunque tuve que esperar a ponerme en contacto con él para descubrir que había sido el conductor del tanque que mi padre comandó durante un tiempo.

»Siempre había creído que si el comandante de un tanque moría en acto de servicio significaba que su tanque había sido destruido, de modo que me sorprendió bastante descubrir que un miembro de la dotación seguía con vida. Resultó que las cosas no son así. Cuando un tanque recibe un impacto, el proyectil puede atravesarlo sin más o comenzar a rebotar en el interior, matando a algunos, mutilando a otros y dejando a uno o dos ilesos. A menos que estalle en llamas, por supuesto, algo que los Sherman solían hacer a menudo.

»De cualquier forma —continuó Tonya, que cogió su bebida aunque no la probó—, telefoneé al tal Morris y lo convencí para que se entrevistara conmigo, pero desde el principio se mostró reservado; agradable y todo eso, pero… cuidadoso, como si estuviese ocultando algo. Me contó historias sobre mi padre: cuándo se habían conocido, cómo era, cómo solía escribirle a mi madre… Estaba claro que le caía bien, que había sido su amigo. Sin embargo, cuando le pregunté sobre el día de su muerte, la memoria pareció fallarle. De repente no podía recordar nada aparte de lo que me había dicho el ejército. Se encontraban al norte de Munich, su unidad se había separado del resto de la compañía y se había topado con un convoy alemán que trataba de abrirse camino hacia el sur desde Berlín, al parecer en un intento por escapar hacia Suiza. Se produjo una escaramuza y detuvieron al convoy, pero mi padre murió en el ataque. —La mujer se encogió de hombros con resignación—. Seguí investigando. Creí que podría ser un buen artículo para el AJC o incluso que serviría de base para un libro y descubrí un montón de cosas, pero nada acerca de las circunstancias que ocasionaron la muerte de mi padre. Después de un tiempo acepté la idea de que la memoria de Morris fallaba porque había vivido algo doloroso y traumático; fue entonces cuando salió a la luz el libro de Kareem Abdul-Jabbar sobre el 761 y abandoné el proyecto. No creía poder añadir nueva información, de modo que seguí con mi trabajo.

—¿Para qué sección escribes? —preguntó Deborah.

—Para la de gastronomía —respondió la mujer con una sonrisa melancólica—, pero eso era antes; ya no escribo. Lo dejé cuando me convertí en limpiadora del Museo Druid Hills.

—¿Por qué?

—Ahora voy a eso —afirmó—. Hace tres meses recibí una llamada como caída del cielo. Thomas Morris, el conductor de mi padre. Dijo que tenía que contarme algo y que no le quedaba mucho tiempo. Fui a verlo y lo encontré en muy malas condiciones. Tenía más de ochenta años, supongo, y padecía cáncer de pulmón. Dijo que tenía que sacarse algo del pecho… aparte de los sesenta años de humo de tabaco, claro. Dijo que mi padre no había muerto en el tanque. Habían interceptado el convoy alemán, tal y como afirmaban los informes militares, pero se trataba de un convoy muy extraño; uno con equipamiento inapropiado para la misión, según dijo. Yo no tenía ni idea de qué quería decir, pero el quid de la cuestión estribaba en que el fin de todos los integrantes del convoy era el de proteger un único camión. Hasta el último de los alemanes sucumbió intentando defenderlo.

»De cualquier forma, la unidad de mi padre sufrió graves daños, aunque consiguió destruir los tanques enemigos y se hizo con el camión sin dejar caer ni un proyectil cerca de él. Mi padre fue el primer hombre en entrar, aunque Morris y un par de soldados estaban con él cuando lo abrió. En el interior no había más que una caja de madera marcada con un número de embarque. Establecieron contacto por radio con el cuartel general y los pusieron al tanto de la situación; durante un tiempo, se quedaron allí sin hacer nada más que atender a los heridos y presentar sus respetos a los muertos. A decir verdad, casi se olvidaron de la caja. Pasaron unas cuantas horas hasta que a mi padre se le despertó la curiosidad por el objeto que los nazis habían defendido con tanto ahínco. Dijo que iba a abrir la caja, solo para echarle un vistazo, ya me entiendes. Algunos de los otros le dijeron que deberían esperar a que llegara la policía militar, pero él replicó que había perdido amigos por esa caja de madera y que tenía derecho a saber por qué habían muerto.

»Cogió un pico de la parte lateral del tanque para abrirlo, mientras Morris y el resto de la dotación permanecían tras él. Estaba abriéndolo cuando llegó la policía militar. Morris no vio mucho, aparte de una enorme figura tallada de un color verdoso, mitad mujer y mitad...

—Serpiente —intervino Deborah— o dragón. Sí.

—Exacto. Supuse que ya lo sabrías —dijo Tonya—. Dos días antes de que me llamara, Morris había visto esa misma figura en la sección de cultura del periódico para el que yo solía trabajar, en un artículo especial dedicado a las nuevas exposiciones de tu museo.

—Así que conseguiste el trabajo para descubrir qué más había visto tu padre —dijo Deborah.

—En parte —admitió Tonya—. Pero hay más. Cualquier cosa que viera mi padre en esa caja, podría decirse que lo dejó pasmado. Lo primero que hizo la policía militar al llegar fue obligar a todos los soldados a regresar a sus vehículos. Un joven oficial, blanco por supuesto, dirigía el tinglado. Debes recordar cómo eran entonces las cosas entre blancos y negros. A los soldados blancos no les gustaba la supuesta igualdad que se les había dado a las tropas negras, aunque en realidad no existiera tal igualdad. Durante la fase de instrucción de las unidades negras en Estados Unidos, se decía que al menos un soldado negro moría asesinado a manos de la chusma blanca cuando las tropas disfrutaban de los permisos de fin de semana en las ciudades cercanas. La policía militar se veía implicada a menudo y, si bien no perpetraba los asesinatos (cosa que sucedía en ocasiones), desde luego que no movían un puto dedo por atrapar a los culpables, militares o civiles.

»Muchos de los negros creían que nunca entrarían en el servicio activo, y fue solo la pérdida masiva de dotaciones de tanques después del Día D lo que los llevó a Francia para realizar otras funciones que no fueran las de intendencia y servicio de apoyo. Aun así, los mandos blancos los trataron como a cobardes indignos de servir —dijo Tonya, y a su voz afloró un nuevo deje de amargura—, a pesar de que el 761 recibió continuas alabanzas por su valor y determinación bajo el fuego enemigo por parte de los blancos con los que trabajaban codo con codo. Incluso después de morir por defender a su país, este no quería reconocerlos.

Se acomodó en la silla y respiró hondo para serenarse.

Deborah no dijo nada, se limitó a mirarla y a escuchar, temerosa de romper aquella frágil tregua.

—A lo que iba —continuó—, mientras lo recogían todo, el camión y la caja de su interior estuvieron bajo la vigilancia de ese policía militar. Morris nunca supo su nombre, pero dijo que era el típico chico sureño que había dejado muy claro lo que pensaba de la unidad al llamarlos «tropa de negros de mierda» a la cara y sugerir que podrían robar cualquier cosa de valor que hubiera en el camión. Cuando le preguntaron qué había dentro, sacó la pistola y dijo que le haría un agujero al próximo que se acercara.

»Las dotaciones de los tanques se replegaron a sus vehículos, pero mi padre volvió. Un par de minutos después, Morris escuchó un disparo seguido de otros dos. El policía militar se acercó a ellos y les dijo que uno de los alemanes había sobrevivido y le había disparado a mi padre antes de que pudiera acabar con él. Todos sabían que era mentira, pero también sabían que cualquier queja, por insignificante que fuese, solo conseguiría que los arrestaran o algo peor. El artillero de Morris se convirtió en el nuevo comandante del tanque y asignaron un nuevo recluta para ocupar su lugar.

»Morris fue el último superviviente de la dotación. Al artillero lo mató una mina tres días después del incidente del convoy y el resto murió de forma gradual con el paso de los años. Morris sucumbió al cáncer hace unas cuatro semanas.

Al presentir que había más, Deborah guardó silencio.

—Sin embargo —añadió Tonya al tiempo que se inclinaba un poco hacia delante—, dijo que mi padre había visto algo raro en esa caja; algo de lo que no quiso hablar hasta echarle otro vistazo y Morris estaba convencido de que ese día no lo mataron solo por el rollo habitual entre blancos y negros. Fue por algo relacionado con lo que había en esa caja. Por ese motivo dejé mi trabajo y me propuse averiguar algo más. Por eso ahora estoy aquí contigo.

Deborah no dijo una palabra durante un buen rato y a continuación asintió.

—¿Recuerdas que asesinaron a un mendigo en las inmediaciones del museo la noche que mataron a Richard? —preguntó.

Tonya hizo un gesto afirmativo con la cabeza.

—Dijeron que no tenía relación alguna —comentó.

—Puede que no —dijo Deborah—. Pero la cosa no acaba ahí. Hablé con su hija. El tipo era ruso y (no te lo pierdas) miembro del KGB o, mejor dicho, de la organización que más tarde se convertiría en el KGB.

—¿Qué hacía en Atlanta?

—No estoy segura —admitió ella—, pero empiezo a pensar que andaba tras la misma caja que tu padre vio en el cajón de ese camión alemán.

Los ojos de Tonya se abrieron de par en par antes de que los entrecerrara de forma casi teatral.

—Llevaba una carta —añadió Deborah—. La mayor parte estaba demasiado dañada para leerla, pero había ciertas referencias a algunos «restos» que el escritor de la carta creía que nunca llegaron a su destino, una ciudad alemana llamada Magdeburgo. Todavía no he tenido la oportunidad de comprobarlo, pero no me sorprendería en absoluto descubrir que está justo en la frontera suiza. Sin importar lo que sean esos «restos» (podrían ser restos humanos, y por tanto los restos del cuerpo de Agamenón), tu padre ayudó a impedir que abandonaran el país, estoy segura.

»Los rusos —prosiguió— les echaron el guante a muchas antigüedades en Berlín. Todavía las tienen en su poder. Este lote, sin embargo, el tesoro más grande, valioso y legendario del grupo, se les escurrió de entre los dedos. Cincuenta años más tarde, siguen buscándolo.

Se produjo un largo silencio. Más allá de la mesa sonó el claxon de un coche; alguien le gritó a un amigo en griego y otra persona soltó una carcajada como respuesta, pero ellas apenas se dieron cuenta. Siguieron allí sentadas en silencio, mirándose a los ojos.

44

Las dos pidieron el almuerzo, algo que, en opinión de Deborah, debía de parecerle surrealista dada la naturaleza de la relación que habían mantenido en Estados Unidos y el hecho de que Tonya la hubiera apuntado con un arma tan solo una hora antes. Pero no era así. En realidad parecía haberse forjado una especie de compañerismo tácito e inesperado entre ellas que trascendía el hecho de que ambas fueran norteamericanas (y bastante atípicas en ese sentido) en un país extranjero. Las dos eran unas mujeres bastante testarudas que trataban de encontrarle sentido a la pérdida y la tragedia, aunque sus intentos —todo había que decirlo— no tuvieran mucho éxito.

Deborah se lo contó todo a Tonya: lo de Richard, lo de Marcus, los correos electrónicos que le había enviado a Calvin (pero no le dijo nada sobre su titubeante flirteo, si en realidad se trataba de un flirteo) y la enigmática amenaza que había recibido antes de que atentaran contra su vida en Acrocorinto. Le contó todo lo que sabía sobre del cuerpo de Agamenón, sobre la controvertida reputación de Schliemann como arqueólogo, sobre el MVD e incluso sobre el puñetero mascarón de proa cuya súbita reaparición había desencadenado la mayor parte de los acontecimientos posteriores.

—¿Y me dices que ese tal Marcus ha desaparecido? —preguntó Tonya.

—Lo único que puedo decirte —respondió— es que no he

sido capaz de ponerme en contacto con él ni en Corinto ni en Atenas. Por lo que sé, podría haber salido del país.

—¿Crees que fue él quien trató de matarte ayer?

—No era él en persona, de eso estoy bastante segura —contestó Deborah con los ojos entrecerrados—. Pero si fue él quien lo organizó... no sabría decirlo. No lo creo y no se me ocurre qué podría ganar; claro que en realidad no se me ocurre qué podría ganar nadie con mi muerte, así que eso no me lleva a ningún sitio.

Se produjo otro silencio meditabundo y a continuación Tonya hizo la pregunta que pendía sobre ellas desde que comenzaran a compartir información.

—Bueno —dijo—, y ahora ¿qué?

Deborah se limitó a sacudir la cabeza. No tenía la más mínima idea.

—Estoy lista para volver a casa —admitió—. No sé qué más queda por hacer. ¿Y tú?

—Bueno, yo iba a pegarte un tiro —respondió Tonya con una sonrisa—. A decir verdad, todavía no se me han quitado las ganas de hacerlo. No sé quién se haría cargo del museo, pero el sustituto no podría estar tan obsesionado por el control como tú.

—Gracias —le dijo Deborah, devolviéndole la sonrisa.

—¿Qué te parece si vamos de compras? —propuso Tonya con una sonrisa que le quitó de golpe diez años de encima antes de mirar de reojo la tienda de recuerdos emplazada al otro lado de la calle—. Ir de compras es lo que más me anima, en mi lista está justo detrás de ir a la iglesia. ¿Qué te parece lo de comprar algún recuerdo?

—De momento no he comprado nada —contestó ella al tiempo que sonreía de mala gana—. ¡Qué demonios! ¿Por qué no?

Se levantaron y caminaron sin prisas hasta la tienda, cuyo escaparate estaba lleno de «las mejores reproducciones de antigüedades de toda Grecia», y entraron mirándose con cierta tristeza. Por mucho que se estuvieran haciendo las fuertes, era un punto y final absolutamente pedestre para sus respectivas investigaciones.

Ambas se detuvieron estupefactas en cuanto atravesaron la puerta. El lugar era enorme, del tamaño de un hangar, y estaba atestado de estanterías, vitrinas y objetos colgados en las paredes. Deborah lo contempló todo con la boca abierta: estatuas de todos los tamaños de mármol y escayola; vasijas en miniatura; cuencos, ánforas, piezas geométricas y esculturas cicládicas como las que habían inspirado a Moore y Picasso y que se exhibían en el Museo Arqueológico Nacional; las clásicas urnas rojas y negras adornadas con escenas mitológicas; esfinges de bronce y aurigas inspirados en el modelo original de Delfos; imitaciones de cabezas de toro y hachas cretenses; y piezas de todo tipo y tamaño basadas en las originales de la Edad del Bronce, de la época clásica y de la época romana, algunas de ellas simples baratijas para turistas, si bien otras eran réplicas lo bastante buenas como para estar en un museo. Tonya cogió un pequeño Príapo de bronce y sonrió con sorna.

—Estos griegos se lo tienen muy creído —dijo.

Deborah apenas le prestó atención. Su cerebro había comenzado a funcionar a marchas forzadas y sus ojos luchaban por seguirle el paso. Sus piernas siguieron las órdenes y por un momento olvidó el dolor del tobillo.

Pasó por alto las baratijas. Ni siquiera miró las piezas de mediana calidad, a pesar de que estaban bien hechas y eran justo el tipo de souvenir que había tenido en mente cuando entró. Tenía la vista clavada en las estanterías superiores, donde se encontraban algunos objetos que podrían haber estado expuestos en el Museo Arqueológico Nacional; piezas que tan solo podía identificar como falsificaciones por el precio que se leía en las etiquetas. Porque no solo era la simple precisión lo que las hacía especiales. Parecían antiguas, como si acabaran de ser desenterradas. Vasijas, platos, incluso piezas de bronce; todo parecía tener miles de años y, por si fuera poco, estaba convencida de que algunos de esos objetos ni siquiera eran reproducciones, sino piezas originales que se habían inspirado en objetos antiguos. No había visto nada parecido en ninguna de las numerosas tiendas para turistas que había en Atenas y en Corinto. De hecho, solo las había visto en el dormitorio de Richard, ocultas tras la estantería.

—Disculpe —dijo al tiempo que agarraba la mano de una de las dependientas, que se quedó perpleja por su apremio—, ¿dónde consiguen esto?

—En todas partes —respondió la muchacha—. Algunas son fabricadas en el extranjero.

Deborah se dio cuenta de que la chica no le estaba prestando mucha atención.

—No —dijo—, no me refiero a toda la tienda, sino a esas piezas. Las caras.

La aclaración hizo que la chica, tal vez oliendo una comisión considerable, le prestara toda su atención y se mostrara de repente agradablemente educada.

—Esas son locales —explicó—. Trabajos muy especiales realizados por una familia que lleva generaciones en el negocio de fabricar piezas de la más alta calidad. No son reproducciones. Son obras de arte.

Deborah se obligó a tranquilizarse.

—Estoy muy interesada en comprar alguna —dijo, haciendo un gesto vago hacia un estante repleto de piezas de bronce que no podría llevarse sin que el peso de su equipaje aumentara de forma drástica—. Pero me gustaría muchísimo conocer al artista.

Tonya se había acercado y escuchaba la animada conversación con expresión perpleja.

—Lo siento, señora —se disculpó la chica—, pero los artistas valoran mucho su intimidad. De vez en cuando traen cosas a la tienda, pero por lo general se quedan en casa, donde tienen su propia… ¿cómo se dice? El lugar donde se hacen las cosas de metal.

—¿Fragua? —sugirió Tonya.

—Eso —respondió la chica—, donde tienen su propia fragua.

—¿Y dónde está? —inquirió Deborah.

—Lo siento, señora, pero eso no puedo decírselo. Se trata de su hogar.

—Lo sé —dijo Deborah—, pero…

—Lo siento. No puedo hacerlo.

Deborah pensó rápido.

—Escuche —insistió—. Estoy buscando algo muy específico, algo que solo puede hacerse por encargo. He estado buscando piezas por todo el país y he decidido que quienquiera que sea el autor de estas obras haga una especialmente para mí.

—Todas estas son únicas —replicó la muchacha.

—Sí, pero la pieza que quiero debe hacerse según mis especificaciones. Si me pone en contacto con el artista, me encantaría asegurarme de que usted reciba la misma comisión que si hubiéramos comprado la pieza aquí.

La chica vaciló, pero después sacudió la cabeza.

—Lo siento —se disculpó una vez más—, no puedo hacer eso.

—¿Sigues queriendo que sea de oro? —le preguntó Tonya a Deborah.

La muchacha miró rápidamente a Deborah, que recobró la compostura y dijo:

—Siempre que puedan hacer algo tan grande.

La chica parpadeó.

—Vengan conmigo, por favor.

45

La casa, una estructura corriente de paredes encaladas, se encontraba al otro lado del pueblo. Las tres caminaban con rapidez y sin hablar mucho, como si temieran que una sola palabra pudiera echar por tierra una oportunidad única en la vida. La chica había llamado por teléfono a la familia para avisar en apenas un susurro de que tendrían visita y, cuando llegaron, un niño de unos diez años las esperaba descalzo en la puerta mientras acariciaba a un raquítico gato blanco.

Las precedió a lo largo de un estrecho y desnudo pasillo que conducía a la cocina, estancia que olía a orégano, y de allí a una salita de estar donde las aguardaban un hombre mayor y su esposa, ambos ataviados con gruesos ropajes negros. La habitación resultaba sorprendente por su sencillez; unas cuantas fotografías en blanco y negro eran los únicos objetos decorativos.

La chica de la tienda le habló a la pareja en griego e hizo un gesto con la cabeza en dirección a Deborah. El hombre, que tenía un poblado bigote canoso, murmuró algo, pero su semblante permaneció impasible. A la postre, susurró algo a su esposa, tras lo cual esta asintió una vez antes de observar a Tonya con expresión crítica.

—¿Qué es lo que están buscando? —preguntó el anciano sin más.

Deborah se sorprendió muchísimo. Había dado por sentado que el hombre no hablaba inglés.

—Bueno —dijo—, en realidad no sé... —Miró a Tonya un momento para ganar tiempo y después dijo de repente—: Una máscara de oro. Una máscara de oro como las que se hallaron en Micenas.

Había pronunciado las palabras mágicas. Una sonrisa iluminó el rostro del anciano. Habló de forma apresurada con su esposa, quien también esbozó una amplia sonrisa y chapurreó algo en griego a las dos norteamericanas mientras unía las manos delante de ella, como si hubiera quedado inmovilizada en mitad de un aplauso. En ese momento el hombre se puso en pie y salió cojeando de la habitación mientras les hacía señas para que lo siguieran.

—Como las máscaras que encontró herr Schliemann, ¿no?

—Sí.

Las guió a través de la cocina en dirección a un patio flanqueado por varios cobertizos, algunos de los cuales tenían chimeneas metálicas.

—Horno —dijo, señalando hacia uno de ellos—. Fragua —explicó mientras las guiaba hacia otro más—. Herr Schliemann dormía en el pueblo —les informó—. La tercera casa bajando la calle. No solo Schliemann. Mucha gente famosa. Himmler y Goebbels también durmieron aquí.

Deborah le dirigió una mirada extrañada, casi a la espera de que le dijera que estaba bromeando.

—¿Los nazis? —preguntó.

—En efecto —contestó él, encogiéndose de hombros—. Micenas era muy importante para ellos. Schliemann era... cómo lo llamaban... «un superhombre teutónico».

La frase le arrancó una ronca carcajada, o tal vez fuera el recuerdo que esta despertó. Deborah y Tonya intercambiaron una mirada irritada.

El hombre abrió una pesada puerta y encendió la luz. La habitación tenía el suelo de hormigón y en uno de los extremos se alineaba una serie de braseros metálicos de gran tamaño. Había varios yunques y uno de los muros estaba cubierto por herramientas de mangos muy largos: pinzas ennegrecidas por el fuego, tenacillas azuladas y martillos bruñidos por el uso hasta el punto de brillar como el cromo. Pegado a otro muro había un banco de trabajo sobre el que reposaban varias estatuas de cera en diferentes estadios de trabajo.

—Solo usamos técnicas antiguas —explicó el anciano—. Incluso con los moldes de bronce fundido. Cada figura de cera se utiliza para un solo molde y cada molde se usa en una sola estatua. Un proceso muy lento, muy caro. Somos los únicos que seguimos haciéndolo.

—¿Y qué hay de las máscaras? —preguntó Deborah—. ¿Puede hacerlas?

—Desde luego.

—¿Las ha hecho antes?

—Una o dos —contestó con un encogimiento de hombros—. Hace muchos años. Así de pequeñas. —Ahuecó las manos hasta colocarlas a una distancia de unos quince centímetros.

—¿Puede hacerlas más grandes? —inquirió Deborah—. De tamaño real.

—Por supuesto —respondió y volvió a repetir el movimiento de hombros, detalle que hizo que Deborah recordara al director del museo de Atenas—. Pero el oro es caro. Muy difícil de encontrar hoy en día en Grecia. En la Antigüedad, en la época de Agamenón, el oro tenía muchas impurezas. Latón. Zinc.

—¿Puede hacerlas así, con la misma mezcla?

El anciano frunció el ceño.

—Casi —dijo—. Las máscaras originales son todas diferentes. Lo más probable es que cada una se hiciera con oro procedente de lugares distintos, así que no hay una única... mmm... «composición». ¿De cuál de ellas quiere una copia, de la de Agamenón?

—No —contestó Deborah—. Quiero una que se parece, pero que es algo distinta. ¿Podría hacerla?

El hombre asintió y alzó un dedo como si les estuviera diciendo que esperaran. Al instante se marchó de la estancia y estuvo ausente unos minutos; entretanto, las mujeres se limitaron a mantener la sonrisa y a echar un vistazo a su alrededor, estudiando los trabajos que ya estaban en proceso. Cuando el hombre volvió traía en las manos lo que Deborah tomó por dos de las fotografías en blanco y negro de la salita.

—Mire —le dijo, al tiempo que le mostraba la primera fotografía.

El corazón de Deborah se desbocó justo antes de detenerse por completo. La imagen en blanco y negro mostraba a un hombre inclinado sobre un yunque. Tenía en las manos una enorme máscara funeraria. Era distinta de las que se exponían en el Museo Arqueológico Nacional. Era la máscara que había visto en el ordenador de Richard.

—Mi abuelo —dijo el orfebre con orgullo—. ¿Ve?

Mostró a Deborah la otra fotografía. En ella dos hombres sonreían a la cámara; uno musculoso, con un enorme bigote y una expresión jovial; el otro también con bigote, pero más delgado y con unas gafas de patillas metálicas y sin montura que le conferían un aspecto erudito. Ambos iban ataviados con sendos trajes oscuros bastante anticuados, de cuellos muy pequeños.

—Otra vez mi abuelo —le dijo.

—¿Quién es el otro hombre? —preguntó Tonya.

—Ese —respondió el anciano al tiempo que golpeaba el cristal de la fotografía como un director de orquesta que diera la entrada a los violines con su batuta— es Heinrich Schliemann.

46

Deborah lo supo en el mismo instante en que vio la fotografía. Había reconocido la pose habitual de Schliemann, una mezcla entre hombre de letras y pomposo exhibicionista, y se le había caído el alma a los pies. A ambas mujeres les llevó unos diez minutos salir de la casa, después de comprar dos objetos a la anciana pareja y unos cuantos de la sala de exposición que no habían visto antes, con el fin de hacer la huida un poco más agradable; durante todo ese tiempo Deborah apenas había sido capaz de pensar. Tenía la misma sensación que si un vendedor telefónico hubiera interrumpido las noticias de una emergencia familiar y hubiera perdido la capacidad de comportarse de forma educada y racional. Tenía que salir de la fragua, del pueblo, del país. Había terminado.

Porque las fotografías solo podían significar una cosa en lo que a ella se refería: la máscara y todo lo demás, todas las piezas por las que Richard había muerto, eran falsificaciones creadas por un orfebre griego a finales del siglo XIX. El hecho de que Richard y Marcus —y tal vez algunos agentes de los gobiernos griego y ruso— también hubieran sido engañados con la autenticidad de esas piezas no le reportaba ningún consuelo. Todo lo que había estado haciendo, la investigación y la indagación; el modo en que había arriesgado su vida, su libertad y su reputación, tanto en el ámbito académico como en el profesional en Estados Unidos, se había basado en una mentira.

No importaba cómo habían llegado a Norteamérica la máscara y el resto de las piezas. No importaba que hubiera un cuerpo. No importaba que los soviéticos lo hubieran estado buscando durante cincuenta años. No importaba quién lo tuviera en ese momento. No era más que basura, algo del mismo valor que cualquier recuerdo medianamente pasable al alcance de un turista. Por esa razón había muerto el padre de Tonya, por eso Richard había sido asesinado. No era más que una broma macabra, una broma en el peor sentido de la palabra que empeoraba con cada cadáver que iba dejando a su paso. De vuelta a la soleada calle del pueblo, Deborah sintió unas súbitas ganas de vomitar.

Tonya no necesitaba preguntar lo que Deborah sentía o pensaba. A ella le había llevado algo más de tiempo, pero era evidente, por las lágrimas de humillación que se había tenido que secar de los ojos incluso antes de salir de la fragua, que sabía muy bien lo que implicaban esas fotografías expuestas con tanto orgullo. ¿Había estado Schliemann al margen o había sido partícipe de la farsa como forma de conseguir fondos para la construcción de su mansión ateniense? Seguramente no. Aunque tampoco habría supuesto diferencia alguna. El padre de Tonya había muerto por nada. Habría sido mejor, pensó, que se hubiera tratado simple y llanamente de racismo. Al menos su rabia estaría sustentada por la justicia y la indignación moral. A la luz de sus recientes descubrimientos, su padre quedaba como la víctima involuntaria de un accidente estúpido. Sí, no era más que una broma macabra.

Dieron sus direcciones a la dependienta para que les enviaran las compras, soltando sus euros como si tal cosa. Ya no los necesitarían para nada. Se irían a casa. Durante el camino de vuelta al pequeño Renault, Deborah intentó recordar lo que había comprado y no se acordó de nada en absoluto.

—¿Quieres que te lleve de regreso a Atenas? —preguntó Tonya.

—Vuelvo al hotel de Corinto —respondió ella—. A recoger mis cosas. Quiero saber si Marcus o Calvin han llamado. Volveré a casa a primera hora de la mañana.

—¿Estás segura?

—Sí.

Tonya asintió. Sacó las llaves del coche del bolso y después, como si se tratara de un impulso que había estado reprimiendo, cogió el brazo de Deborah y le dio un apretón. En cuanto sus miradas se encontraron, las dos asintieron y sonrieron en silencio, reprimiendo las lágrimas no derramadas. Tonya se metió en el coche y se alejó. Deborah ni siquiera le dijo adiós con la mano.

Echó a andar hacia la parada del autobús. Un coche tocó el claxon y ella se pegó a la pared de una casa para apartarse de su camino. Volvió a sonar. Se giró, irritada, y descubrió que se trataba de un taxi. El conductor pensaba que quería que la llevara.

¿Qué más podría hacer una desmañada norteamericana por allí?

—¿Quiere ver ciudad vieja?

No quería, era lo último que deseaba, pero una parte de su ser sabía que ya estaba preparada para despedirse de Richard. Sin duda alguna a esas alturas ya lo habrían enterrado. Se despediría en ese lugar, en la fortaleza que tanto y con tanto desatino lo había fascinado. Abrió la puerta trasera y se subió en el coche sin mediar palabra.

Todo lo acontecido en los últimos días le parecía lejano e irrelevante, aniquilado por el descubrimiento que creía haber hecho en el pueblo. Un postrero acto de clausura y podría irse a casa.

Aún tenía la entrada que había comprado esa misma mañana, por lo que la dejaron entrar sin pagar. Micenas tenía el mismo aspecto, salvo que en ese momento se le antojaba más pequeña, menos grandiosa, como un teatro después de haber presenciado la polvorienta normalidad de las bambalinas. Volvió a ascender de camino a la Puerta de los Leones, vio el mismo círculo de tumbas en el que todo había comenzado y siguió hasta la propia acrópolis. Ya era bastante tarde y la mayoría de los turistas se había ido a casa o, lo que era más probable, se había trasladado a los restaurantes y las tiendas de recuerdos. Algunos turistas proseguirían su ruta hacia Atenas, otros irían a Delfos, con su percepción de la grandeza de los mitos y de la historia envidiablemente intacto.

Desde la acrópolis de la ciudadela, Deborah se giró para mirar los muros de construcción ciclópea; los círculos de tumbas y los *tholos*; las casas de los mercaderes; la carretera y las polvorientas faldas de las colinas cubiertas de matorrales.

—Vine por ti, Richard —susurró—. Vine para tratar de ayudar en algo. Casi desearía no haberlo hecho, pero supongo que lo necesitaba. —Se detuvo y cogió un puñado de tierra y gravilla—. Adiós, Richard. Fuiste un buen hombre. Un historiador y conservador pésimo, pero un buen hombre. Te quise muchísimo.

Acto seguido, arrojó la tierra y la gravilla al aire que, después de trazar un arco, tal vez cayeran en parte sobre los círculos de tumbas.

Permaneció allí de pie en silencio durante un rato antes de echar un vistazo a su alrededor. El sol había comenzado su lento descenso al otro lado de las colinas y los últimos grupos de excursionistas se marchaban de la ciudadela con la intención de echarle un breve vistazo al Tesoro de Atreo. Solo quedaba otra persona con ella en las ruinas, un muchacho delgaducho, que no superaría la veintena y que fumaba sentado en los escalones por los que ella había subido, sin quitarle sus fríos y pequeños ojos de encima. Cuando se dio cuenta de que ella lo miraba, se puso de pie muy despacio con una mueca torcida en los pálidos labios. No había estado sentado en los escalones, sino en un casco de motociclista verde lima.

47

Deborah no hizo el menor movimiento. El hombre, aunque parecía más un muchacho, estaba apenas a treinta metros de ella, lo bastante cerca como para observar con detalle la actitud despreocupada con que le daba una calada al cigarrillo y después, sin dejar de observarla con una mueca burlona, tiraba la colilla. Seguía con la vista clavada en él cuando el chico se levantó muy despacio, con una expresión jocosa y la cabeza ladeada como si se estuviera riendo de algo que solo él conocía. Era delgado, aunque musculoso, y tan pálido como el papel, salvo por la cresta de pelo azulado que destacaba en su rapada cabeza. Tenía los ojos pequeños y juntos, y parecían contemplar algo en la distancia sin llegar a enfocar del todo, evitándola de forma intencionada aunque estaba claro que percibía su terror y lo estaba disfrutando. Cuando se decidió a mirarla de nuevo, lo hizo con la presuntuosa confianza de un exhibicionista, como si hubiera cientos de personas a la espera de ver su inevitable triunfo.

«Ha venido a matarte. Esta vez con sus propias manos», pensó Deborah.

Se apresuró a mirar a su alrededor, apartando la vista de la del muchacho para así romper el hechizo, semejante al de una cobra. La acrópolis no era especialmente alta; pero si tenía que saltar por el borde, no sería de extrañar que se rompiera algo mientras descendía a trompicones por las ruinas de los círculos concéntricos que conformaban la ciudad, y el chico le daría alcance en un santiamén. La ciudadela había sido diseñada para resistir ataques y solo había una manera de bajar: las escaleras en las que aquel tipo se ponía en pie con total tranquilidad. Lo único que podía hacer era seguir subiendo, con la esperanza de que él la siguiera y poder encontrar una manera de zafarse de su perseguidor.

El chico esperó a que volviera a mirarlo antes de desabrocharse la camisa con toda la parsimonia del mundo. El gesto la atemorizó muchísimo, sentimiento que se vio reforzado cuando vio lo que la camisa abierta revelaba. Tenía un cuchillo sujeto en la pretina del pantalón; no era el cuchillo que había matado a Richard, de eso estaba segura, sino un cuchillo de caza enorme cuya hoja se curvaba en el extremo de forma horrible. Sin embargo, el arma resultaba menos amenazadora que los tatuajes. Incluso desde el lugar donde se encontraba podía verlos: una elaborada máscara funeraria que se extendía de un pezón al otro y desde la garganta hasta el pubis, con algo sobre ella; un estilizado pájaro, tal vez un águila, con las alas en ángulo como las águilas imperiales. Sí, un águila romana, pensó. Había una palabra escrita en griego sobre la máscara, y aunque el muchacho le estaba dando tiempo de sobra para que el miedo la consumiera, no era capaz de leerla a esa distancia, si bien se hacía una idea bastante clara de lo que ponía.

Pareció transcurrir una eternidad antes de que el tipo se moviera y cuando lo hizo fue a modo de broma, fingiendo abalanzarse en su dirección para asustarla al tiempo que extendía los dedos de una mano mientras con la otra sujetaba la empuñadura del cuchillo de forma que la hoja apuntara hacia sus pies. Deborah dio un respingo y él soltó una carcajada, un sonido burbujeante e infantil, casi una risilla. A ella le resultó más escalofriante que el cuchillo o los tatuajes. No quiso esperar para ver lo que sucedería a continuación, así que se dio la vuelta y echó a correr a través de la acrópolis mientras se devanaba los sesos intentando recordar el plano de su guía.

Él no salió en su persecución, al menos no de inmediato, y cuando Deborah miró por encima del hombro, vio que recogía su casco y caminaba muy despacio hacia ella con la misma sonrisa, como si le gustara la idea de una cacería. Parecía muy metido en su papel, dominando el terreno como si estuviera reviviendo la escena de una película. Era Terminator, tal vez; lento, inexorable, brutal en su frialdad. Deborah siguió corriendo en dirección al muro septentrional.

Micenas, al igual que la mayoría de las fortalezas, tenía lo que se llamaba una «poterna»; una salida secreta a través de la cual se podían introducir alimentos y soldados durante los asedios. Estaba emplazada en el extremo más alejado de la entrada principal y, en comparación con el enorme hueco de la Puerta de los Leones, no sería más que un agujero en el muro. La había visto esa misma mañana. Se encontraba en la muralla norte, estaba bastante segura, pero no se acordaba del lugar exacto, y en esos momentos apenas podía vislumbrar las murallas. Pasó a espaldas del palacio real con rapidez y continuó con el ascenso al tiempo que realizaba un fugaz examen de los muros. La curva se extendía hacia el este bastante más de lo que ella recordaba.

La poterna tenía que estar allí, pensó.

Giró a la derecha y comenzó a correr con todas sus fuerzas. Si era capaz de llegar a la puerta y descender, él aún podría atraparla bajando desde la entrada principal, aunque allí estarían los grupos de turistas rezagados y también los guardias de seguridad. Echó un vistazo a su espalda y vio que la seguía, todavía a unos treinta metros y con la boca entreabierta y la cabeza gacha como un sabueso.

No, se corrigió, como una hiena.

Dejó a la izquierda la casa de las columnas y llegó al amplio camino que había sobre las murallas. Volvió a girar a la derecha y avanzó hacia el este por las murallas en dirección a la parte posterior de la ciudadela. Corría deprisa, a sabiendas de que su perseguidor habría acelerado al darse cuenta de sus intenciones. Comenzó a palpitarle el tobillo, pero no se detuvo. A su espalda escuchó cómo el tipo subía a la muralla y la seguía.

Aceleró el ritmo. Había creído que el tipo era espeluznante con el casco puesto, como si el hecho de que ocultara sus ojos lo hiciera más inhumano y por tanto más peligroso. Sin embargo, ya le había visto los ojos y la imagen no le reportaba ningún consuelo. Esos ojos parecían rezumar una ciega y estúpida malicia que resultaba mucho peor que la mirada de autómata de antes. Y los tatuajes…

Había algo en los tatuajes que le resultaba familiar. Algo en la máscara, pensó, que no terminaba de cuadrar. Sabía qué aspecto tenía la máscara, la había estado viendo en varias representaciones a lo largo de varios días. Por supuesto que le resultaba familiar. Sin embargo, había algo más…

Deborah dio otra media docena de zancadas antes de afrontar la insistente duda que la había estado consumiendo. Esa parte de las murallas le resultaba desconocida. Había visto la poterna esa mañana desde arriba, pero no se había adentrado tanto en las ruinas.

—No —musitó en voz alta—. Por favor, Señor, no.

No obstante, con cada paso que daba la verdad se hacía ineludible. Se había equivocado al establecer su posición. La poterna estaba más cerca del extremo occidental de la acrópolis de lo que ella había pensado, más cerca de aquel tipo. Podría seguir corriendo por las murallas, pero no habría escapatoria y solo se estaría alejando sin remedio de la gente que pudiera haber en la entrada. Dio otras cinco zancadas antes de decidir que debía detenerse.

Volvió la vista atrás. La pared se curvaba ligeramente, por lo que el muchacho estaba fuera de su campo de visión por el momento.

«Ahora o nunca», se dijo.

Alzó los brazos hacia las rocas que conformaban la acrópolis y comenzó a trepar hacia la plataforma superior. Tal vez fuera justamente lo que necesitaba. Si su perseguidor no la había visto trepar, podría pasar de largo y ella podría retroceder, correr hacia la cima de la ciudadela y luego bajar por la Puerta de los Leones hacia un lugar seguro. Escaló con desesperación, arañándose las yemas de los dedos con la roca hasta que pudo apoyar el hombro sobre la parte superior y tomar impulso para subirse a la plataforma. Miró hacia abajo en dirección a las rampas y respiró hondo. El tipo aún no había aparecido. Lo había conseguido.

Estaba poniéndose en pie cuando lo vio en la cima, mucho más cerca que antes, observándola. Había subido muy poco antes que ella, tal vez con la intención de sorprenderla dejándose caer desde arriba. En cualquier caso, había desperdiciado unos metros cruciales y el muchacho se interponía en ese momento entre ella y las dos puertas. No había escapatoria.

48

No había escapatoria, salvo volver a bajar. En el extremo más occidental de las ruinas vio una abertura triangular en la roca cuya parte superior tenía casi la misma forma ojival de las ventanas semigóticas del templo Ohabei Shalom de Brookline, donde había asistido a las ceremonias del Sabbat y a otros servicios hasta que cumplió los trece años. Se trataba del pasadizo que llevaba a la cisterna secreta sobre la que había leído, la que tenía esa profunda caída. Ni siquiera se lo pensó.

No podía ir a ningún otro sitio…

Corrió hacia la abertura y bajó la hondonada. La entrada tendría un metro de ancho por tres o cuatro de alto. Las piedras del suelo estaban desgastadas por siglos de uso. El oscuro pasadizo parecía fresco y siniestro; entrar en él la obligaba a… algo. No estaba segura de a qué, pero se le estaba ocurriendo una idea; una idea estúpida y peligrosa.

Se agazapó en el interior para echar un vistazo a su espalda. Si su perseguidor no la había visto dirigirse hacia allí, bien podría pasar de largo. Aunque no era muy probable. Estaba demasiado cerca. Entonces lo vio encaminarse hacia ella, cada vez más cerca, lo bastante como para leer la palabra escrita sobre la máscara y el águila: Atreo.

Por un instante, se quedó paralizada, mirándolo con la boca abierta a pesar de que la palabra en sí no era ninguna sorpresa. Fue la terrible e inevitable realidad a la que se enfrentaba lo que la paralizó. El tipo siguió avanzando, con una sonrisa perversa, por lo que no le quedó más remedio que adentrarse en las profundidades subterráneas e improvisar.

Los primeros escalones no le parecieron tan malos, pero tras un repentino giro, todo rastro de luz se esfumó. Las paredes estaban sorprendentemente suaves, como si estuvieran enlucidas, pero no había pasamanos ni cuerda alguna para guiarse, por lo que no tardó en ir más despacio, buscando a tientas con los pies los bordes de los irregulares escalones. Un nuevo giro la dejó sumida en la más absoluta oscuridad. Bajó otro par de escalones y se tambaleó, y su dolorido tobillo cedió cuando perdió el apoyo del otro pie. Tropezó, aunque fue capaz de detener el descenso al segundo escalón, frenando la inercia con las manos, lo que le provocó un intenso ramalazo de dolor en la muñeca lastimada que ascendió a su cabeza como si de una migraña se tratara y después remitió hasta convertirse en una persistente quemazón. Se puso en pie y bajó otro par de accidentados escalones. Necesitaba luz.

Podía escuchar al tipo a sus espaldas, ya que sus pasos reverberaban en el túnel. Él también iba más despacio, aunque lo cierto era que no tenía prisa alguna. La tenía atrapada, supuso Deborah, justo donde la quería. No tenía escapatoria; no había ningún hueco en el que pudiera esconderse a esperar que pasara de largo. No había nada más que el abrupto final del pasadizo y, según la guía, una caída de setenta metros a través de la oscuridad hacia las frías e insondables aguas del fondo.

Se quitó la mochila de la espalda y tironeó de uno de los bolsillos laterales. Dentro estaba el teléfono móvil que no había utilizado desde que llegó a Grecia. Sabía que no podía realizar llamadas fuera de Estados Unidos, aunque de todas formas allí abajo no habría cobertura, pero tal vez le quedara batería para proporcionarle...

¡Luz!

Tan pronto como lo abrió, la minúscula pantalla resplandeció con una luz verde. No era mucho, pero en la oscura cueva era muchísimo mejor que nada. Lo sostuvo delante de ella, pegado al suelo, y observó cómo la escalera aparecía ante sus ojos con un tenue brillo fosforescente, como si el suelo estuviera cubierto de esas microscópicas plantas que lograban que los océanos tropicales brillaran en la oscuridad. Con sumo cuidado, reemprendió la marcha.

Hacía mucho que había perdido la cuenta de los escalones que había bajado, pero supuso que serían unos cincuenta, y el pasadizo había girado de forma brusca en varias ocasiones, trazando una espiral alrededor de la piedra como si se tratara de la infernal madriguera de un conejo.

«Y yo soy Alicia —pensó—. Solo que es el Conejo Blanco quien me persigue, y no al revés, y tiene un cuchillo en lugar de un reloj de bolsillo.»

Siguió avanzando, descendiendo cada vez más con un brazo extendido para tocar la helada pared y el otro ocupado sujetando el teléfono y su débil luz, mientras intentaba recordar lo que había leído en la guía. El pasadizo era largo y accidentado, decía el libro, y giraba a medida que se hundía en las profundidades; aunque no podía recordar si el libro indicaba su longitud. ¿Cuántos escalones habría bajado ya? ¿Sesenta? ¿Ochenta? Más o menos, pero la cantidad tampoco la ayudaba a recordar más detalles salvo la manera en la que terminaba: en una abrupta caída a través del vacío hacia las profundas aguas y la muerte.

En el libro había parecido un lugar arriesgado y dificultoso, pero allí abajo, en la sepulcral y fría oscuridad, era aterrador. Incluso a la débil luz del móvil, bien podría no atisbar el final a tiempo y no habría un equipo de salvamento cerca que la rescatara.

«La caída podría matarte de todas maneras —dijo una vocecita en su cabeza—. Aunque solo te golpees con el agua. ¿Setenta metros? Eso sería como caer sobre hormigón.»

—Cállate —dijo en voz alta—. Cá-lla-te.

Contó los siguientes diez escalones para distraerse y una nueva idea comenzó a rondarle la cabeza.

Era bastante probable que hubiera una cuerda en el extremo del pasadizo que acababa sobre la cisterna, ¿no? Tenía que haberla. Si era lo bastante rápida (sobre todo teniendo en cuenta que andaba más deprisa que su perseguidor gracias a la tenue luz), podría soltar la cuerda de un lado, aferrarse a ella y dejarse caer por el borde hacia la oscuridad de la cisterna. Él no vería el final del pasadizo, avanzaría un último paso y se daría cuenta de que no había nada bajo sus pies, por lo que pasaría junto a ella, gritando en su descenso hacia las insondables aguas del fondo.

Dios, pensó cuando la espantosa idea se repitió en su cabeza y se imaginó los dedos del hombre luchando por aferrarse al borde, tal vez incluso por aferrarse a ella, mientras caía hacia ese negro vacío… Dios.

¿Sería capaz de hacerlo aun cuando existiera esa oportuna cuerda bien sujeta al muro? ¿Sería capaz de soltarla a tiempo? ¿Sería capaz de permanecer colgada en la oscuridad a la espera de su llegada, rodeada por el enorme y letal vacío de la cisterna con la esperanza de que el tipo cometiera el error que ella había evitado? Además, ¿qué pasaría si se daba cuenta de lo que había hecho y se limitaba a sentarse riéndose entre dientes mientras ella permanecía colgada (a setenta metros de altura) con los brazos doloridos por el esfuerzo de sujetarse hasta que el cansancio (o la ayuda del tipo) la obligara a soltarse y caer…?

«Ya quemaremos esos puentes cuando lo necesitemos», pensó. Era uno de los dichos de Richard.

—Deborah —gritó una voz desde el otro lado del túnel. La llamaba con una especie de alegre sonsonete, como si se estuviera burlando de ella—. De-bo-rah.

Él.

Deborah se detuvo un instante antes de proseguir, con el corazón latiendo más rápido que nunca y una sensación muy parecida a las náuseas.

«No digas nada. No te pares», se dijo.

—Voy a cogerte, Deborah —canturreó el tipo.

No era griego, desde luego. Norteamericano. ¿Sureño? Tal vez.

—¿Qué se siente? —gritó él—. A punto de morir y sin saber por qué te vas a ir.

El tipo se echó reír por la rima, pero Deborah no le estaba prestando atención. Se negaba a hacerlo.

El pasadizo dio otro brusco giro y otro, y luego llegó a su fin.

Desplazó el resplandor del móvil durante un instante sobre la roca que la rodeaba, pero no había manera de escapar de la cruda realidad.

No había cuerda que marcara el final del pasadizo y evitara la caída. No había caída alguna. No habían señalado la cisterna con una cuerda. La habían llenado de agua. La guía estaba desfasada y ella, atrapada.

49

El último acelerón había puesto algo de distancia entre ella y su perseguidor, y pasaron varios segundos antes de que pudiera volver a oírlo, segundos en los que se aferró a la esperanza de que el tipo hubiera cambiado de opinión y hubiera decidido volver. Sería mejor que la esperara en el exterior en lugar de verse atrapada allí, arrinconada en la oscuridad como una rata.

La imagen dio alas a su resistencia.

«No soy una rata —pensó—. Él lo es. Una comadreja presuntuosa y letal…»

Se estaba acercando; distinguía otro sonido diferente al ruido de sus pasos, un sonido apenas más fuerte que su entrecortada respiración.

«Está silbando», pensó.

Era un sonido sordo y discordante, con notas agudas e indefinidas, como si soltara el aire entre dientes con los labios retraídos como un chacal o —la imagen regresó a su mente— como una hiena. La despreocupación con la que se disponía a matarla, la irreflexiva frivolidad del hecho, hizo que le hirviera la sangre. Dejó el móvil con la pantalla encendida sobre el escalón que daba paso al último giro del pasadizo y regresó al final del túnel.

Ya casi lo tenía encima. Sin la luz verde para guiarse, Deborah habría jurado que estaba lo bastante cerca como para tocarla. Se pegó a las paredes de la maldita cisterna donde sin lugar a dudas un sinfín de estúpidos turistas habían muerto a lo largo de los años y tensó todos los músculos desde la pantorrilla hasta el hombro, como una araña oculta en una de esas telas con forma de embudo, nerviosa y preparada para saltar. Solo contaría con la más breve de las ventajas. No había tiempo para medias tintas.

Sus ojos no detectaron el contorno de la silueta de su perseguidor hasta que este dejó de silbar, pero el tipo quedó a la vista cuando se inclinó hacia el resplandor del teléfono móvil y su rostro apareció con total claridad, si bien la luz verdosa le confirió un aspecto fantasmagórico.

El Conejo Blanco...

Deborah observó cómo entrecerraba los ojos, que acusaron por un breve instante el impacto de la luz después de la impenetrable oscuridad; fue entonces cuando aprovechó para abalanzarse contra él y propinarle una fuerte patada en la cara con el pie sano. Acertó y el tipo se tambaleó hacia atrás.

—¡Sorpresa! —exclamó antes de golpearle la mejilla con la palma de la mano.

El hombre rodó hacia atrás, cayendo de espaldas sobre los escalones con tanta fuerza que soltó un jadeó como si se hubiera quedado sin respiración; aunque eso lo alejó del resplandor del móvil y Deborah lo perdió de vista. Lanzó otra patada, pero no golpeó nada y a punto estuvo de caerse. Se acercó un paso al comprender demasiado tarde que su propia silueta quedaba expuesta por la luz del móvil, situado a escasa distancia de su espalda. El cuchillo del tipo le rozó el hombro y un lado de la garganta.

Se encogió y retrocedió al tiempo que se apretaba la herida, primero de forma instintiva y después en busca de hemorragias. No tenía ni idea de por qué sabía hacerlo, pero siguió tanteando con los dedos en busca de algún daño arterial grave. No notó nada, por lo que no desperdició más tiempo en el examen. Le dio una patada al teléfono, se lanzó hacia la derecha —alejándose de la mano que sostenía el arma— y arremetió contra el tipo una vez más, con la cabeza gacha como un toro a la carga.

Alguien de su estatura habría tenido una ligera ventaja al luchar desde los escalones en los que él se encontraba, pero el chaval era varios centímetros más bajo que ella y su furia pareció pillarlo completamente desprevenido. Notó que golpeaba algo con el hombro (¿su brazo?, ¿su rostro?) y el tipo salió despedido con fuerza contra la pared. Se escuchó un ruido sordo —su cabeza contra la roca— y el inconfundible tintineo metálico del cuchillo al caer al suelo. Deborah no intentó buscarlo ni se detuvo a comprobar si su perseguidor estaba consciente. Se abrió pasó junto al cuerpo desplomado en el suelo y echó a correr escaleras arriba.

Se resbaló dos veces en los traicioneros escalones (lo único en lo que la guía había acertado), pero sentía que el aire se volvía más cálido a medida que subía. La oscuridad seguía siendo absoluta, pero más adelante había luces, calor y vida. Siguió corriendo, dando saltos a ciegas y golpeándose allí donde el pasadizo cambiaba de dirección, pero no se detuvo. En un momento dado, la negrura adquirió un tinte pardusco y parte del suelo de piedra comenzó a adquirir contorno y volumen. La penumbra se atenuó un poco al doblar el siguiente recodo y Deborah aspiró la luz como si se tratara de oxígeno. Tras cinco pasos más y otro nuevo giro del túnel llegó al exterior, medio cegada por el resplandor, bañada de repente en sudor y sumida en una oleada de nerviosismo y dolor provocada por la laceración del hombro, aunque nada de todo eso le impidió regresar a toda carrera a las ruinas del palacio, más allá de los círculos de tumbas y de allí a la Puerta de los Leones y la salida. No volvió la vista atrás mientras recordaba el mito de Orfeo, empeñado en salvar a su esposa del Inframundo.

50

En esa ocasión se lo dijo a los guardias, quienes a su vez llamaron a la policía. Le preguntaron si estaba muerto. Ella no lo sabía. Creía que no, aunque era posible que estuviera inconsciente. Pasaron unos veinte minutos antes de que llegara un coche patrulla y habían pasado otros diez o doce cuando se hicieron con linternas y llegaron a la entrada del pasadizo de la cisterna. Dos de los policías se aventuraron al interior, uno de ellos con el arma en la mano, pero el sonido de una motocicleta de pequeña cilindrada que abandonaba el aparcamiento le indicó a Deborah que no encontrarían a nadie dentro. No le cabía la menor duda de que el tipo había salido de su madriguera mientras ella informaba a los agentes y se había escabullido sin hacer ruido por la poterna para volver al lugar donde se encontraba su moto, al pie de los muros de la ciudadela.

Deborah se sentó con cansancio bajo los últimos rayos del sol de la tarde mientras uno de los policías buscaba en un antiquísimo botiquín algo con lo que vendarle la herida. El corte era superficial en el cuello, gracias a Dios, pero se hacía más profundo a la altura del omóplato, por lo que llevó más tiempo detener la hemorragia. El policía murmuró unas palabras de aliento, pero ella apenas lo escuchaba y el hombre tuvo que insistir en varias ocasiones para que respondiera a sus preguntas.

Los policías tomaron nota de su nombre y el del hotel donde se alojaba; pero cuando les dijo que tenía la intención de coger el primer avión de regreso a Estados Unidos, guardaron sus blocs de notas y consultaron sus relojes. No obstante, la llevaron de vuelta a Corinto y al Ephira, lo que le ahorró otro viaje en autobús y una caminata que no estaba segura de poder soportar.

No había ningún mensaje para ella en el hotel y pese a la tentación de regresar al cibercafé para revisar su correo electrónico, no quiso arriesgarse. Informó a la empleada del mostrador de recepción de que abandonaría el hotel a primera hora de la mañana y se encerró en su habitación con un sándwich que había comprado en el bar del vestíbulo. Se lo comió a toda prisa, bebió un poco de agua, se duchó y reservó el billete de avión por teléfono, tras lo cual pidió por impulso que durante el vuelo le sirvieran un almuerzo *kosher*, algo que jamás había hecho con anterioridad.

«¿Vas a encomendarte a Dios ahora que te enfrentas a conejitos blancos asesinos?»

En absoluto.

No lo había planeado, al menos no de forma consciente, pero llamó a Calvin Bowers, marcando los números sin detenerse a fin de no darse tiempo a pensar lo que estaba haciendo o lo que iba a decir.

—¿Sí? —respondió él.

Parecía aturdido y un poco enfadado. Tendría que haber pensado en la diferencia horaria antes de hacer ese tipo de llamadas.

Por un momento se quedó allí sentada con el teléfono en la mano sin decir nada, consumida por el mismo pánico que la invadió cuando tenía catorce años y telefoneó sin más al nuevo *quarterback*, saltándose el entramado que conformaba la estructura jerárquica del instituto. Guardó silencio mientras recordaba haber hecho esa misma llamada, dichosamente ignorante de lo estúpida que estaba siendo hasta que dicho *quarterback* (Tim Andrews se llamaba; su cerebro lo tenía almacenado en una pequeña mazmorra) se echó a reír.

—¿Deborah? —preguntó Calvin Bowers—. ¿Eres tú?

La voz, que de pronto sonó cautelosa, alentadora e incluso

esperanzada, tan alejada del jocoso desprecio de Tim Andrews como era posible, la condujo de vuelta a la realidad, o a algo parecido.

—Sí —respondió—. Siento molestarte. Se me da fatal lo de calcular…

—No pasa nada —la interrumpió él—. ¿Dónde estás?

—Vuelvo a casa mañana —contestó—. Alguien ha tratado de matarme hoy. Otra vez. Pero estoy bien.

Ese «otra vez» había sido casi un chiste. Escuchó la impasible compostura con que intentaba restarle importancia a las ansiosas preguntas de Calvin y se preguntó de dónde habría salido. El pánico, el estrés, la abrumadora y brutal decepción, la sensación de fracaso absoluto, el terror y el cansancio se habían evaporado como la niebla matutina bajo el intenso sol del mediodía y se sentía inexplicablemente feliz.

—¿A qué hora llegarás? —quiso saber Calvin—. Te recogeré en el aeropuerto.

Deborah comprobó su agenda y repitió como un loro los números pertinentes, mientras se preguntaba vagamente por qué le importaba a él y por qué le agradaba tanto a ella que así fuera.

—Bueno —dijo él—. Será un placer verte de nuevo.

Ella sonrió, sopesó sus palabras un instante y respondió sin más:

—Sí.

Al día siguiente cogió el primer autobús con destino a Atenas, llamó al aeropuerto para confirmar que su vuelo salía según lo previsto y después cogió un taxi desde la estación de autobuses hasta el museo arqueológico. Popadreos se encontraba en su oficina, con el mismo —o muy similar— traje oscuro e inmaculado, pero tenía el pelo alborotado y parecía agobiado; cuando se dio cuenta de quién se trataba, tardó un instante en recuperar el buen humor y la sonrisa reservada.

—Señorita Miller —dijo—. Me alegro de verla. Por desgracia, hoy estoy bastante ocupado.

—Solo he venido a despedirme —le aclaró Deborah—. Mi avión sale... —consultó el reloj—... dentro de tres horas.

El hombre se relajó de forma evidente y su sonrisa se tornó más cálida.

—Siento mucho oír eso —dijo, y parecía sincero—. Por favor, siéntese. ¿Quiere una taza de café? No...

—... es Nescafé —concluyó Deborah en su lugar con una sonrisa—. Sí, por favor. Me gustaría mucho.

Popadreos pidió por teléfono que les llevaran café sin apartar los ojos de ella. Cuando colgó, Deborah se inclinó hacia delante y decidió ir al grano.

—No le robaré mucho tiempo —afirmó—. Solo quería explicarle los verdaderos motivos de mi visita.

El hombre pareció detectar la determinación de sus ademanes y se irguió en la silla, como si se estuviera preparando para recibir malas noticias.

—No vine aquí como simple turista —continuó Deborah—. El hombre para el que trabajaba, el hombre que construyó y financió el museo que yo dirijo, fue asesinado hace unas cuantas noches. Encontré su cadáver en una estancia que albergaba lo que parecía ser una pequeña aunque valiosa colección de antigüedades griegas que yo creo que tenía la intención de legar al museo. Si bien, me temo, faltaba una pieza. Nunca llegué a verla, pero creo que se trata de un cuerpo que lleva una máscara funeraria y otros objetos pertenecientes al ajuar funerario de un rey micénico de la Edad del Bronce. Creo que Richard (el hombre que fue asesinado) pensaba que había sido descubierto por Schliemann y que tras ser expoliado había acabado en una colección privada en Alemania. Al final de la Segunda Guerra Mundial, los alemanes trataron de trasladar ilegalmente los restos hasta una ciudad llamada Magdeburgo, desde la que entrarían en Suiza, pero fueron interceptados por una unidad acorazada norteamericana. La colección fue a parar al mercado negro, escurriéndose de entre los dedos de al menos un coleccionista interesado y del gobierno ruso, que quería llevársela a Moscú, al igual que había hecho con la colección conocida como el «Tesoro de Príamo». También creo que Richard pensaba que el cuerpo era el cadáver de Agamenón.

Hizo una pausa.

—¿Qué opina usted? —preguntó el director del museo. Su voz parecía seria y tranquila, incluso mesurada. No había mostrado signos de asombro ni de incredulidad hasta ese momento. Aunque en realidad Deborah no los esperaba.

—Si de verdad hay un cadáver o parte de un cadáver —respondió ella—, estoy bastante segura de que no se trata del cuerpo de Agamenón ni de ningún otro especialmente antiguo. También estoy bastante segura de que la máscara funeraria y el resto del ajuar que se encontraron con el cuerpo fueron creados por un artesano griego a finales del siglo XIX. No sabría decirle cómo llegaron hasta Alemania ni con qué apoyo, pero ahora sé lo que les ocurrió al final de la guerra y también que terminaron en una habitación secreta emplazada en un pequeño museo de Atlanta, Georgia.

Llegó el café. Ambos guardaron silencio mientras se lo servían, sin dejar de mirarse el uno al otro con recelo.

—Todo eso es muy interesante —afirmó Popadreos—. Siento mucha curiosidad por saber qué la ha llevado a contármelo antes de marcharse.

Fue su primer paso en falso. Dejó de mirarla a los ojos y se concentró en echarle azúcar al café.

—Creo que ya conoce la respuesta —replicó ella.

—¿En serio? —Se trataba más de una auténtica pregunta que de un desafío—. ¿Me lo explica?

—Creo que el gobierno griego recibió la noticia, tal vez a través de esta institución, de que era posible que hubieran sacado un cuerpo bajo cuerda de la excavación de Schliemann, de que dicho cuerpo hubiera permanecido oculto en Alemania durante medio siglo, y de que hubiera pasado otro medio siglo en algún otro lugar. El cuerpo reapareció en Atlanta, pero el hombre en cuya posesión estaba tal vez pudiera ser persuadido para que lo devolviera a su tierra natal. Incluso pudiera ser que dicho hombre hubiera ofrecido el cuerpo y su ajuar funerario a cambio de que el resto de la colección permaneciera en Estados Unidos. El ministro de Cultura y Antigüedades (que por casualidad conocí en este mismo edificio) quizá propusiera que se tomaran cartas en el asunto, y tal vez habría autorizado un pago sustancial con el fin de recuperar los objetos perdidos en interés de la identidad nacional y cultural griega.

Popadreos no dijo nada durante un buen rato, tras el cual suspiró y esbozó una sonrisa.

—Interesante —afirmó—. Basado en simples especulaciones, por supuesto, pero no deja por ello de ser interesante.

—Gracias —dijo Deborah antes de darle un sorbo al café.

—Tan interesante, de hecho, que estoy impaciente por saber cómo acaba la historia.

Deborah dejó la taza y lo miró. No se burlaba de ella ni negaba tajantemente lo que le había contado. Había algo más, algo en sus ojos, algo elocuente y un poco triste. Era una petición en toda regla, una invitación, casi una súplica, y pretendía revelar tanto como preguntaba.

—Muy bien —dijo Deborah—. Pues diría que un par de expertos en objetos micénicos, probablemente hombres contratados por este museo o que colaboran con él de alguna forma, fueron enviados a Atlanta para entrevistarse con el dueño del cuerpo y negociar su regreso a Grecia una vez que se hubiera demostrado su autenticidad. Al mismo tiempo, un ruso se desplazó a Atlanta para tratar de obtener los objetos, aunque no sabría decir si lo hizo en su propio nombre o también al servicio de su país.

Hasta ahí, estaba bastante segura de todo. Sin embargo, se le ocurrían un par de finales alternativos para la historia y no sabía muy bien cuál exponer en primer lugar.

—Cuando los griegos vieron los objetos, se sintieron lo bastante satisfechos como para querer llevárselos de inmediato, pero el dueño puso ciertos reparos, lo que provocó algún tipo de desacuerdo; un desacuerdo que desembocó en violencia…

Popadreos alzó una mano para interrumpirla. Durante un segundo se quedó así, con la mano en alto y una expresión un tanto azorada en el rostro. Cuando el hombre habló, Deborah supuso que había notado algo en su tono de voz, algo que sugería que no estaba convencida de esa versión de la historia.

—Optemos por el otro final —dijo el hombre.

—Los dos agentes (agregados culturales o como quiera llamarlos) se sienten impresionados por lo que ven —continuó Deborah—; lo bastante impresionados como para querer llevarse el cuerpo con ellos para examinarlo con más detenimiento. Richard se muestra de acuerdo y les permite llevarse el expositor que contiene el cadáver y sus tesoros, contento con que el cuerpo regrese a Grecia pero aún con la intención de que el resto de la colección se quede en el museo. Sin embargo, una vez que los agentes griegos se marchan con el cuerpo, se presenta alguien más, descubre que llega tarde para detener la transacción y mata tanto a Richard como al ruso que fingía ser un mendigo y que permanecía en los alrededores del museo para poder seguir de cerca los acontecimientos. Entretanto, los agentes griegos examinan lo que han recuperado y llegan a la conclusión de que en realidad no es auténtico. Optan por no enviar los objetos rumbo a Grecia y por ocultarse, temerosos de acabar implicados en el asesinato de Richard.

—Y temerosos de avergonzar a su gobierno —intervino el director del museo con severidad—. Después de todo, sería extremadamente comprometedor para un país llegar a tales extremos para recuperar algo que ha resultado carecer de valor histórico y cultural.

Deborah sabía que eso era lo más cercano a una admisión de que estaba en lo cierto que iba a conseguir.

—De modo que fue otro quien mató a Richard, ¿no? —preguntó.

—El pueblo griego está muy orgulloso de su pasado —afirmó Popadreos—. Y con buenas razones, en especial de su pasado antiguo. Lo necesita. Le sirve para mantener el sentido de identidad. Una vez dicho esto, no creo que ningún griego aprobara el asesinato de un vivo para que un muerto volviera a casa. —Hizo una pausa y de súbito pareció avergonzado y derrotado—. Richard Dixon era un hombre de principios y un amigo para los griegos. Que lo que nos ofreciera no fuese lo que él creía, es (si bien no el material en el que se basaban las antiguas tragedias) una píldora costosa y amarga, tanto para él como para nosotros. Le ofrezco a usted mis más sinceras condolencias.

Deborah clavó los ojos en el suelo. No estaba segura de lo que el hombre había querido decir con ese «nosotros», pero parecía incluirla a ella, hecho que la dejó inesperadamente conmovida e incapaz de responder.

—Perderá el vuelo —dijo el director al tiempo que se ponía en pie.

Deborah parpadeó un par de veces y se obligó a sonreír mientras se levantaba.

—Gracias por el café —dijo—. Estaba muy bueno.

—No hay de qué, siempre será bienvenida —afirmó el hombre.

Interludio

Francia, 1997

Randolph Fitz-Stephens había cumplido ochenta y siete años dos días antes. Sus médicos desaconsejaban el viaje de forma tajante, e incluso lo tachaban de peligroso, pero él había hecho caso omiso de sus advertencias. Llevaba media vida esperando aquello y no iba a permitir que su estado de salud se interpusiera en su camino. Había esperado alrededor de medio siglo, revisando archivos y registros, financiando expediciones de buceo, instando investigaciones internacionales; medio siglo sin que su trabajo le reportara otra cosa que las burlas de todos aquellos en los que había confiado. De todos salvo de su hijo. Marcus querría estar allí cuando lo viera, pero habría tratado de impedir que realizara el viaje en su estado actual, de modo que tendría que seguir en la ignorancia hasta que llegara el momento de aplaudir su sentido común.

¡En cuestión de pocos días traerían a Inglaterra a Agamenón, el rey de Micenas! Entonces y solo entonces comenzarían las conversaciones con el Museo Británico. Si Randolph no vivía para ver al héroe de la guerra de Troya yacer como era debido bajo el friso del Partenón rescatado por lord Elgin, al menos podría confiar en que Marcus se asegurara de que sus deseos se llevaban a cabo.

Siempre supo que se había producido algún embrollo con el

papeleo. El caos de los últimos días de la guerra y del período inmediatamente posterior había ocasionado una pesadilla administrativa. No era de extrañar que esos norteamericanos faltos de escrúpulos hubieran sido capaces de escabullirse con el cargamento que debían depositar en otro sitio; y tampoco resultaba extraño que no hubiera registros precisos que indicaran adónde se había trasladado dicho cargamento. Lo que nunca se le había ocurrido era que algún barco desconocido pudiera haberse hundido, arrastrando su precioso tesoro al fondo del mar, ni que cincuenta años después el avance de un banco de arena enviara los restos del naufragio hacia las rocas de la costa británica.

Al parecer, un chico de doce años había sido el primero en interesarse por una caja en especial, podrida por el agua del mar; una caja de la que había recuperado unas cuantas baratijas que había vendido en las tiendas de antigüedades de la zona. Hasta que Marcus no se topó con una discusión acerca de la antigüedad de un ánfora en particular no se dio cuenta de que estaba leyendo los informes de salvamento de una inestimable reliquia por la que su familia ya había pagado. ¿Habría sobrevivido el cuerpo al viaje y, lo que era peor, a los años bajo el agua? Dependería de cómo hubiera sido conservado el cadáver. Pero aunque solo hubiera sobrevivido un fragmento de hueso, todos los años y el dinero que habían gastado habrían merecido la pena.

El marchante afirmaba que los objetos de la caja de madera estaban intactos, aunque él no tenía modo alguno de saberlo salvo por el hecho de que parecía estar atestada de cosas. Había mantenido sus reservas a la hora de admitir si había o no otros postores, pero Randolph tenía la certeza de que él podía ofrecer más que ningún otro. Todavía tenía las fotografías, muy decoloradas y cuarteadas; las fotografías que su traicionero primer contacto le había enviado muchas décadas atrás. Debía ser él quien reclamara la posesión. Moralmente, ya era suyo.

Siguió sentado, derecho como una vara, a la mesa de metal en la cafetería acordada, a la espera. El hombre llevaba una hora de retraso. Randolph le dio un sorbo a su té (o como pudiera llamarse al resultado de una bolsita de té metida en una taza de agua tibia) y trató de no pensar en la posibilidad de un viaje de regreso sin ni siquiera haber visto al tratante y mucho menos el cuerpo.

Un hombre se acercó a grandes zancadas a través de la plaza del pueblo, con la vista clavada en la terraza de la cafetería.

Debía de ser el marchante.

La irritación de Randolph por la espera se desvaneció como la niebla.

—¿El señor Fitz-Stephens? —preguntó el hombre antes de sentarse frente a él—. Me temo que a monsieur Thibodaux le ha surgido un imprevisto, pero creo que yo puedo serle de ayuda.

—¿No se reunirá conmigo? —inquirió Randolph al tiempo que la niebla regresaba más densa que nunca, tanto que por un instante se sintió sofocado.

—La pregunta adecuada sería si usted se reunirá con él —respondió el recién llegado—. ¿Le importaría dar un pequeño paseo? Tengo el coche aparcado al otro lado de la plaza.

—¿Adónde vamos? —preguntó Randolph, que se puso en pie despacio y con dificultad.

—A la playa —contestó el hombre con jovialidad. No tenía acento francés en absoluto.

Caminaron, después se desplazaron en coche y volvieron a caminar, paseándose por la oscura y firme arena de una playa desierta situada a tan solo unos cuantos centenares de metros del lugar donde habían ido a parar los restos del naufragio del *St. Lo*, con el casco inundado y roto. El cielo estaba nublado y las nubes se oscurecían por momentos, presagiando lluvia; una lluvia abundante. Randolph había dejado el paraguas en la cafetería. Le dolían las piernas y ya había caminado más de lo que era su costumbre en una semana.

—Siento curiosidad —comentó el hombre más joven—. ¿Qué es lo que cree que hay en los restos de esa caja?

—El cuerpo de Agamenón, rey de Grecia, preservado por Heinrich Schliemann junto con todo el ajuar funerario que lo acompañó a la tumba —respondió Randolph. Lo entonó como si se tratara de una letanía: una declaración respetuosa y familiar de deferencia y de fe—. Y el mascarón de proa de un galeón —añadió—, aunque eso no me interesa.

—¿Alguna cosa más? —inquirió el hombre.

Tenía una sonrisa un poco irónica y pese a que Randolph había visto distintas variaciones de esa sonrisa en otras ocasiones, cuando había hablado sobre lo que creía que había a bordo del *St. Lo,* había algo diferente esa vez, algo gélido. Se descubrió buscando señales de vida en la playa y sintió una punzada de ansiedad al darse cuenta de que no había nadie en los alrededores.

—¿Qué más podría haber? —dijo con fingida y acerba alegría para enmascarar su inquietud—. ¿Qué más se podría pedir?

El hombre soltó una carcajada, un mudo bufido cargado de desdén.

Habían rodeado una enorme formación rocosa que sobresalía de forma abrupta de la resplandeciente y húmeda arena y que se adentraba en el mar. Tendría una altura de unos tres metros, aunque iba disminuyendo a medida que la orilla daba paso al agua grisácea.

—¿Le parece gracioso? —preguntó Randolph. Ese hombre no le caía muy bien.

—Cincuenta y tres años —replicó el otro con manifiesto desprecio— ¡y todavía no tiene la menor idea de lo que se trae entre manos! Le juro por Dios que matarlo es un acto de misericordia. A propósito, este es monsieur Thibodaux.

El cuerpo estaba boca abajo al otro lado de la roca, medio sumergido debido al avance de la marea, de modo que su cabello flotaba con cada ola.

—¿Quién es usted? —quiso saber Randolph, incapaz de apartar los ojos del cadáver que tenía delante.

—Tan solo otro cliente amargamente decepcionado por un marchante de antigüedades —contestó con una media sonrisa mientras observaba el cadáver— que no sopesó como era debido las pretensiones de todas las partes interesadas.

Para su propio asombro, Randolph se encontró devolviéndole la sonrisa.

—Usted tampoco lo tiene —dijo.

—Pero lo tendré —replicó el otro—. Y usted no estará en disposición de decirle a nadie más que está ahí fuera.

—Mi hijo lo encontrará —aseguró Randolph—. Y encontrará a Agamenón.

—¿Sabe una cosa? —le preguntó el hombre—. Detesto tener que verlo morir con tanta confianza en sí mismo. ¿Qué le parece si le cuento lo que no sabe acerca de la caja y después, y solo después, lo mato? Eso borraría la sonrisa arrogante de su rostro, créame. ¿Qué le parece? ¿Quiere morir en la ignorancia o quiere saber qué ha estado buscando en vano durante todos estos años?

Randolph titubeó, indeciso, y al interpretar su silencio como una muestra de su consentimiento, el desconocido sacó un extraño cuchillo con una hoja larga y recta y se lo dijo.

El anciano cayó al suelo muy despacio, con los ojos abiertos como platos y una expresión acongojada, no tanto por la hoja que tenía clavada en el pecho como por la idea que le habían introducido en la mente; una idea que le provocó una oleada de pavor y lo arrastró de la misma manera que las aguas del Atlántico lo arrastrarían en breve hacia la pálida arena que había al pie de las dunas.

TERCERA PARTE

Regreso a Ítaca

A pesar de que el *Kaddish* se recita en memoria de los difuntos, no hace referencia alguna a la muerte. Es más la admisión, en medio de nuestro dolor, de que Dios es justo aunque Sus caminos nos resulten inescrutables. Cuando la muerte parece abrumarnos, negando la vida, el *Kaddish* renueva nuestra fe en la validez de la vida. A través del *Kaddish*, manifestamos abiertamente nuestro deseo y nuestra intención de asumir la relación con la comunidad judía en la que nuestros padres han vivido. Al continuar la cadena de tradición que une a las generaciones, expresamos nuestra ilimitada fe en el amor y la justicia de Dios, y le suplicamos que apresure la llegada del día en que se instaure Su reino y la paz reine en el mundo.

Reflexión sobre el *Kaddish* recogida en el *Libro de oraciones para el sabbat y otras festividades*, publicado por la Asamblea Rabínica y la Sinagoga Unida de Estados Unidos

51

El vuelo 133 de Delta despegó de Atenas según el horario previsto poco después del mediodía con destino al JFK y, posteriormente, a Atlanta. Todo parecía indicar que sería un vuelo de unas catorce horas. Deborah clavó la vista en el cielo azul y en el vaho que desprendía la pista por el calor mientras comprobaba el espacio para las piernas con una burlona y conocida sensación de impotencia.

«Afróntalo —pensó—. El mundo está diseñado para mujeres más bajas, en muchísimos aspectos...»

Mientras despegaban, intentó echarle un último vistazo a la Acrópolis desde el aire, pero solo atisbó los pálidos rectángulos de hormigón desgastado que conformaban una enorme y deprimente parte de esa ciudad, a retazos elegante. Su estancia en Grecia había llegado a su fin y regresaba a casa. Con suerte, pensó, le iría mejor que a los griegos tras la guerra de Troya. La mayoría no regresó, y aquellos que lo hicieron solo encontraron caos y muerte a su vuelta. A Ulises le fue mejor que a ninguno, pero le llevó diez años volver a Ítaca y al pandemonio que desató su regreso. Durante la siguiente hora, Deborah analizó el plan de vuelo en la revista del avión, mirando todos esos lugares que nunca había visto, preguntándose cuántos de ellos vería antes de morir.

«Si continúa la tónica de la pasada semana —pensó—, mejor te vas de safari o algo por estilo o ya puedes olvidarlo.»

Menuda gracia. De hecho, el conocido y estéril habitáculo del avión, con su zumbido amortiguado y la presión que le taponaba los oídos, lograba que la idea de haber tenido que luchar por su vida dos veces en los últimos días resultara algo imposible de creer, e incluso de imaginar. Por primera vez desde que escuchó bajar a la moto por la carretera de Acrocorinto, tal vez por primera vez desde que oyó los disparos en las ruinas, se preguntó si todo lo ocurrido habría sido un inmenso accidente, una gigantesca coincidencia.

«Te llamó por tu nombre en el pasadizo que llevaba a la cisterna. Te llamó Deborah.»

El recuerdo hizo que un escalofrío la recorriera de arriba abajo.

«A punto de morir y sin saber por qué te vas a ir.»

Había sido el mismo asesino en ambas ocasiones, y llevaba tatuada la palabra que Richard había garabateado y remarcado la noche de su asesinato como si le resultara un enigma. No era un accidente ni tampoco una coincidencia. Alguien la quería muerta.

¿Por qué ella? Matar a Richard por un tesoro que carecía de verdadero valor era una cosa, pero perseguirla hasta el otro lado del océano días después de ese suceso no tenía sentido. Si ella había podido averiguar que tanto el oro como el resto del ajuar funerario habían sido obras de un orfebre local como recuerdo para unos turistas que no reparaban en gastos, ¿por qué no lo había hecho quienquiera que la estuviera persiguiendo? El misterio no había resultado muy difícil de desentrañar. Sin duda alguna las personas que habían estado buscando los objetos sabían de qué se trataba y que carecían de valor. Y si el chico que había intentado asesinarla lo sabía, ¿por qué había continuado con la persecución?

«No tiene sentido», pensó.

«... sin saber por qué te vas a ir.»

¿Sería auténtico el tesoro? No tenía pruebas irrefutables de lo contrario, tan solo una corazonada y un puñado de información bastante interesante, aunque circunstancial. ¿La habría engañado Popadreos para que creyera que la colección era un fraude en un intento por quitarla de en medio mientras esperaba que la trasladaran a Grecia? Era posible, supuso, aunque poco probable. Si llevaban el cuerpo con la máscara a Atenas y lo exhibían, ella sabría de inmediato cuál era su procedencia y arrastraría al gobierno griego a un litigio complicado y muy costoso para determinar la propiedad de las piezas y sacar a la luz la forma en que habían llegado a su poder.

«A menos que ya estuvieras muerta para entonces —dijo la vocecilla de su cabeza que adoraba ese tipo de comentarios—. Hablas con Popadreos acerca de tu interés por la máscara funeraria y de repente te acosa un asesino. ¿Coincidencia?»

Ni hablar. Se negaba a creer que el director del museo fuera capaz de un plan tan sanguinario. No era un argumento de mucho peso, lo sabía, pero era lo único que tenía.

Se recostó en el asiento, cerró los ojos y se obligó a pensar en Calvin, que había prometido estar esperándola cuando bajara del avión. Sonrió para sus adentros y dejó que el placer de la emoción borrara temporalmente el terror que siempre asociaba con las relaciones, así como todos los consejos admonitorios (algunos basados en experiencias de su propio y trágico pasado) con los que se deleitaba esa vocecita suya.

Sin embargo, detrás de todo eso, la burla del asesino («A punto de morir...») resonó en su cabeza con la voz de la verdad. No tenía ni idea de lo que estaba pasando. De hecho, cuantas más cosas averiguaba, más enredado parecía todo, como si estuviera montando un rompecabezas cuyas piezas estuvieran mezcladas con las de otro. A medida que iba componiendo la imagen, más convencida estaba de que había otra imagen tras ella, una muy distinta que había pasado por alto.

De forma milagrosa durmió unas tres horas y se despertó cuando la auxiliar de vuelo estaba recogiendo los restos de la cena y empezaba a preparar el aterrizaje en Nueva York. Una vez en tierra, Deborah compró un ejemplar del *New York Times* y lo leyó con avidez mientras esperaba el embarque.

Unos cuarenta y cinco minutos antes de la hora prevista para el aterrizaje en Atlanta, la azafata o auxiliar de vuelo o como puñetas las llamasen en la actualidad, apareció a su lado y se inclinó hacia ella con una sonrisa conciliadora que no terminaba de enmascarar cierto recelo.

—¿Señorita Miller? —preguntó y su sonrisa se ensanchó para mostrar una hilera de dientes perfectos—. ¿Deborah Miller?

—Sí —respondió ella—. ¿Hay algún problema?

—No, ningún problema —se apresuró a mentir la mujer—. Vamos a aterrizar en Atlanta dentro de poco y solo quería asegurarme de que se encuentra en el asiento correcto.

—De acuerdo —dijo Deborah, con desconfianza.

—Cuando aterricemos —siguió la mujer—, uno de los auxiliares vendrá para acompañarla.

—¿Por qué? No entiendo el motivo.

—Nos han indicado que usted debe desembarcar en primer lugar.

—¿En primer lugar?

—Antes que el resto de los pasajeros —dijo la asistente de vuelo con una sonrisa tan tirante que parecía una banda elástica.

—¿Qué? —inquirió Deborah—. ¿Por qué yo? ¿Qué pasa?

52

El nerviosismo de Deborah afloró, pero cuantas más explicaciones les exigía a las azafatas, más se reafirmaban estas en su ignorancia y más le pedían que se calmara sin dejar de inclinarse hacia ella y sonreírle como si estuvieran tratando con una cría de tres años en mitad de un berrinche o con alguien que quería la ternera que se había acabado tres filas antes de llegar a la suya. Al menos no tenía a nadie a su lado y por tanto no tendría que soportar sus curiosas miradas durante los últimos veinte minutos del vuelo.

¿Por qué querían que abandonara el avión antes que los demás y quién exactamente lo quería?

¿Sería un tratamiento especial arreglado de alguna manera por Calvin para evitarle el cansancio de los empujones y las colas que ponían fin a cualquier vuelo? Semejante posibilidad parecía demasiado optimista. Tal vez estaba destinado a protegerla, quizá de alguien que estuviera en el avión. Echó un vistazo a su alrededor, recorriendo con la mirada los rostros inexpresivos que había tras ella. No reconoció a nadie y tan solo se fijó en ella un niño que le hizo saber a su madre con voz bastante chillona que «esa mujer alta» estaba tapando la pantalla. Volvió a sentarse y se abrochó el cinturón antes de verse obligada a soportar otra amable reprimenda por parte de las azafatas.

Tal vez Calvin no fuese el único que la esperara en el aeropuerto. La idea la ponía nerviosa. Aunque si alguien en tierra quería hacerle daño, ¿cómo habría conseguido que la tripulación lo ayudara?

«De la misma manera que el "detective" Cerniga se hizo con el control de un caso sin ser un verdadero policía», pensó.

Notó que el avión comenzaba a descender y tuvo la sensación de que el estómago se le subía a la garganta, como una barca a la que una ola elevara de repente. Empezó a tamborilear con los dedos sobre el reposabrazos.

El sistema de megafonía comenzó a farfullar las peticiones habituales: bandejas plegadas, asientos en posición vertical...

«Venga. Si vamos a aterrizar, hagámoslo de una vez.»

Deborah miró por la ventanilla. El avión atravesó una serie de nubes y al instante pudo ver la ciudad más abajo, esperándola. Intentó orientarse para saber qué barrio estaba contemplando, una manera de mantenerse ocupada, pero no tenía la menor idea. No le sonaba nada. Era una serie de complejos industriales de almacenes y enormes aparcamientos, seguidos de casitas blancas apenas visibles bajo el manto de árboles, y unas carreteras congestionadas por el tráfico a lo largo de las cuales se sucedían las gasolineras. Podía ser cualquier parte.

La azafata que le había informado de que tenía que salir en primer lugar del avión se sentó en el asiento plegable junto a la puerta de la cabina y se abrochó el cinturón. Por un breve instante, sus miradas se cruzaron antes de que la mujer se apresurara a apartar la vista. Sin su sonrisa profesional, parecía cansada y un poco nerviosa. Deborah se preguntó si su inquietud tendría que ver con ella.

El avión emitió un zumbido sordo y un golpe metálico cuando el tren de aterrizaje se puso en posición, un sonido mecánico y bronco que le recordó a todo el mundo la imposibilidad física de que ese enorme cilindro de metal estuviera volando de verdad.

Ya podía ver coches, uno de los autobuses metropolitanos e incluso algunos de los escasos peatones de Atlanta, seguido todo de las copas de los árboles, cables de alta tensión, y, de repente, casi a tamaño real, una concurrida autopista y un puente. Sobrevolaron la carretera, con tres carriles para cada sentido, una valla de alambre muy alta y después llegaron a las pistas con símbolos y letras pintados que atravesaban kilómetros de matorrales. Bajaron otro par de metros y se produjo un momento de extrema quietud cuando el avión pareció flotar sin ayuda de los motores ni de la gravedad, y al instante se produjo el suave contacto de las ruedas con el asfalto y la acción de los frenos, lo que hizo que Deborah se desplazara hacia delante por efecto de la inercia.

Seguían avanzando hacia la terminal cuando uno de los auxiliares, un musculoso joven que supuso era homosexual, apareció a su lado.

—¿Dónde están sus pertenencias, señorita Miller?

Ella lo miró aturdida antes de señalar con la cabeza el compartimiento situado sobre su cabeza. El auxiliar sacó la mochila y una bolsa de plástico.

—¿Algo más?

—No.

—Saldremos tan pronto como nos detengamos —le dijo como si estuvieran en una montaña rusa.

Deborah asintió sin decir nada. Tenía la boca seca y miraba sin cesar a su alrededor, aunque no tenía la menor idea de lo que estaba buscando. Recordó una ocasión, cuando tenía diez años, en que dio un recital de piano. Con las manos sudorosas y trémulas, había apartado un poco las cortinas del escenario del centro cívico de Brookline para ver a su padre sentado entre el público. Lo que sentía en esos momentos era parecido, algo semejante al miedo escénico.

El avión aminoró la velocidad, giró, dio marcha atrás, ajustó la posición y por fin avanzó un poco hasta detenerse. Antes de que la lucecita que indicaba que debía abrocharse el cinturón se apagara, el auxiliar la ayudó a ponerse de pie y la condujo a la puerta. La azafata que había estado sentada allí se apresuró a quitarse de en medio con actitud ajetreada y sin mirarla a la cara.

El acompañante de Deborah accionó la palanca del mecanismo de apertura, empujó la puerta y el mundo apareció ante ella. En el túnel articulado que había al otro lado, el personal de mantenimiento, ataviado con uniformes impermeables y chalecos de color rosa fluorescente, se hizo a un lado para dejar a la vista a un policía uniformado. A su lado estaban Keene y Cerniga.

—Gracias —le dijo Keene al auxiliar—. Nosotros nos encargaremos a partir de ahora.

El policía de uniforme le cogió las bolsas y el auxiliar regresó al avión sin pronunciar palabra alguna.

—Tenga la amabilidad de venir con nosotros, señorita Miller —dijo Cerniga—. Tenemos varias preguntas acerca de...

—No pienso ir a ningún sitio con usted —replicó ella.

—Lo hará de una manera o de otra —dijo Keene al tiempo que se acercaba.

Se escuchó una conmoción en el otro extremo del túnel antes de que apareciera a la carrera un hombre con el pelo alborotado, perseguido por un guardia de seguridad. Era Calvin Bowers.

—¡Deborah! —la llamó.

—¡Échenlo de aquí! —gritó Keene.

—¡Intentan llevarme a la fuerza! —gritó ella en dirección al lugar donde se encontraba Calvin, medio oculto por el guardia de seguridad y esforzándose por ver lo que estaba pasando.

—¡Soy su abogado! —explicó Calvin a voz en grito—. No pueden detenerla sin que yo vaya también.

—No la estamos deteniendo —replicó Cerniga sin apartar los ojos de Deborah—, aunque tal vez lo hagamos si continúa con esta estupidez.

Calvin se zafó del guardia de seguridad y acortó a la carrera los últimos metros que los separaban. El guardia de seguridad lo persiguió como un defensa derrotado.

—¿Podemos conseguir que vengan otros policías? —le preguntó Deborah a Calvin.

—Está totalmente a salvo —dijo Cerniga.

—¿Con usted? —replicó ella—. ¿De verdad? Enséñeme su placa.

El rostro de Cerniga se ensombreció.

—No tenemos tiempo para esto —comenzó.

—He dicho que me enseñe su placa —insistió Deborah con más fuerza de la que había pretendido y un tono bastante agudo.

Cerniga miró de reojo a Keene. El otro detective se encogió de hombros de forma casi imperceptible antes de apartar la mirada. La expresión de Cerniga se tornó un tanto agria mientras metía la mano en el bolsillo de la chaqueta para sacar un objeto de piel con el tamaño y la forma de una cartera. La abrió y la sostuvo para que la viera.

Deborah la contempló con la boca abierta. La cartera contenía una tarjeta con la fotografía de Cerniga, semejante a un carnet de conducir, en la que había escritas tres letras enormes: FBI.

53

—¿FBI? —preguntó Deborah. El instinto la hizo mirar a Keene, que se encogió de hombros al tiempo que asentía con la cabeza—. ¿Por qué no lo dijo antes?

—No lo creí necesario —replicó Cerniga.

—Espere un momento —intervino Calvin—, ¿por qué es un caso federal? ¿Quién tiene competencia aquí?

—Yo —dijo Cerniga.

Keene se había apartado para contemplar la escena. Deborah percibió que se lo estaba pasando en grande.

—Esto es una locura —protestó Calvin, cuya indignación hizo que desapareciera su templanza profesional—. No puede hacerse pasar por policía y después…

—Sí, señor —lo cortó Cerniga de plano—, en este caso puedo hacerlo.

—Disculpen —dijo el auxiliar, que apareció junto a Deborah con el rostro encarnado—. Tenemos un avión lleno de pasajeros a la espera de desembarcar. ¿Les importaría continuar en la terminal?

Cerniga dio media vuelta y los condujo hacia la salida.

Pasaron por los controles de aduanas y pasaporte con un frenesí de placas y explicaciones mientras seguían discutiendo entre ellos. Por irónico que fuera, dado que ella era el sujeto de tan degradante trato, Deborah parecía la persona más tranquila del grupo. Después de todo, se dijo, podría haber sido mucho peor y, aunque la farsa de Cerniga la había dejado anonadada, se sentía mucho más segura que en el avión o, bien pensado, más segura de lo que se había sentido nunca desde que escuchó a los policías hablar a través del conducto de ventilación.

Calvin no se calmó con tanta facilidad.

—¡Exijo saber por qué están implicados los federales en este caso! —bramó.

—Ya se lo he dicho —respondió Keene. El buen humor con el que había contemplado la situación en un principio había desaparecido con rapidez y volvía a ser el amargado e irritable tipo de siempre—. Los objetos robados han traspasado las fronteras estatales, y además hay cargos de contrabando internacional. Demasiado para nosotros, los pobres policías de a pie…

El agente de uniforme abandonó el grupo cuando llegaron a un coche patrulla aparcado junto a la acera. Deborah y los tres hombres utilizaron el viejo Oldsmobile de Keene (aparcado en una zona prohibida en la entrada de la recogida de equipajes) para salir del aeropuerto con rumbo a la interestatal 85; los dos agentes iban delante mientras que Calvin y ella lo hacían en la sobrecalentada e íntima parte trasera. Ninguno de ellos habló durante varios minutos.

Deborah miró a Calvin de reojo. El abogado contemplaba el paisaje con el ceño fruncido, pero se giró hacia ella, ya que al parecer notó que lo estaba mirando, y sonrió.

—No era la bienvenida que había planeado —le dijo.

Deborah se limitó a asentir.

—¿Adónde? —preguntó Keene desde delante.

—¿Y eso qué quiere decir? —inquirió Calvin a su vez con bastante brusquedad.

—Me limitaba a preguntar adónde quiere la dama que la llevemos —explicó Keene.

Acto seguido, el policía sonrió a Cerniga que, según comprobó Deborah, no reaccionó.

—¿Tengo elección? —replicó ella.

—¿Quiere ir a su casa para darse una ducha y demás o quiere ir al museo? —preguntó Keene.

No le gustaba la idea de que Keene vagara a sus anchas por su casa mientras ella estaba en la ducha.

—El museo —contestó.

Cuando regresara a casa esa noche sería para relajarse, no para sacar la mejor porcelana y aguantar un educado interrogatorio.

«¿Y si Calvin quiere regresar contigo?», se preguntó.

«Cállate.»

Miró por la ventanilla y se mordió el labio para que la sonrisa desapareciera.

—Volvamos a la razón por la que abandonó el país —pidió Cerniga.

Había adoptado una actitud brusca, incluso belicosa, desde que se habían encontrado en el aeropuerto; aunque Deborah no sabía si se debía al hecho de haberse visto obligado a identificarse como agente federal en lugar de como simple detective. Lo más probable es que viniera de largo. Tenía la inequívoca impresión de que no le había gustado su paseíto allende los mares a pesar de que nadie, tal y como se había apresurado a constatar, le había prohibido que abandonara el país.

—Ya se lo he dicho —contestó.

Llevaban hablando una hora en el pequeño despacho del silencioso museo y comenzaba a perder la paciencia.

—Señorita Miller —repuso el agente—, no creo que tuviera problema alguno en presentar cargos por obstrucción a la justicia basados en sus recientes actividades. Si continúa negándose a cooperar, no me quedará más remedio que hacerlo.

No estaba tirándose un farol. El hombre estaba enfadado, tal vez incluso un poco humillado por la forma en la que se había escapado y por los escasos avances realizados en el caso durante su ausencia. Tenía que mostrarse menos beligerante. Después de todo, y por mucho que la hubiera engañado en un principio, como agente federal que era sin duda sería un buen aliado para desentrañar el asesinato de Richard. Si no lo trataba como tal, bien podrían acabar considerándola sospechosa principal.

—De acuerdo —accedió—. Me marché porque mi amigo había sido asesinado, porque alguien me había estado esperando en mi apartamento y porque creí que usted no era poli. Fui a Grecia porque lo poco que sabía de la muerte de Richard apuntaba hacia ese país y porque quería comprobar si podía... No sé.

—Jugar a los detectives —suplió Keene sin levantar la vista de su bloc.

Deborah se encogió de hombros.

—No sabía en quién confiar —confesó ella—. Tenía cierto sentido.

—Pues sería el mismo sentido que le enseñaron en la facultad de museos —resopló Keene—. Y en el mundo real no vale una mierda.

—No existe una «facultad de museos» —replicó Deborah—, pero si se refiere al mundo académico o a cualquier ámbito en el que me desenvuelvo, le aseguro que es tan real como el suyo.

—¿En serio? —preguntó Keene, que ladeó la cabeza como si la retara a lanzarle su mejor golpe.

—Sí, es en serio —le contestó Deborah, fulminándolo con la mirada.

—Y repasemos también lo que estuvo haciendo en Grecia —dijo Cerniga con voz alta y clara para cortar la disputa dialéctica que la enfrentaba a Keene por tercera vez en una hora.

Hasta el momento, Deborah les había contado la verdad sobre lo sucedido en Grecia salvo en dos detalles. El primero era que no les había revelado la posibilidad de que la máscara funeraria desaparecida estuviera en realidad adornando un cadáver parcialmente conservado. La policía aún creía que estaban buscando un objeto sin más valor que el monetario. Además, la idea de haber estado buscando el cuerpo de Agamenón le parecía demasiado estúpida para confesarla. Si pudiera ocultarlo, tal vez podría salvaguardar la dignidad de aquellos a los que semejante patraña había llevado a una búsqueda compulsiva: Richard y el Ministerio de Cultura y Antigüedades del gobierno griego; Sergei Voloshinov e incluso Marcus, aunque no estaba de humor para hacerle concesión alguna.

Había intentado que Cerniga se interesara por el ruso muerto, pero el agente no estaba por la labor y Keene había puesto los ojos en blanco cuando ella les habló sobre su interpretación de la palabra «restos» que aparecía en la carta.

—No es más que una coincidencia —resopló—. Dos traficantes de drogas murieron la misma noche en el condado de Fulton. ¿También cree que habían salido a comprar una máscara funeraria griega? ¿Tal vez un adorno bonito que colgar en el estante de armas de su Mercedes?

—El ruso no está relacionado —dijo Cerniga, dando por terminado el sarcasmo de su compañero de la única manera aceptable—. Ese caso está cerrado.

—No veo adónde nos conduce esta conversación —intervino Calvin Bowers. Tenía aspecto cansado y un poco demacrado, como si hubiera dormido mal la noche anterior—. Será mejor que sigamos con esto por la mañana, si es que les queda alguna pregunta que mi cliente no haya respondido ya varias veces.

Alguien llamó a la puerta. Cerniga la abrió y Tonya, vestida con un uniforme gris y armada con una bayeta, asomó la cabeza.

—Iba a marcharme ya —explicó—. ¿Necesitan algo antes de que me vaya?

No miró a Deborah.

—Gracias —respondió Cerniga al tiempo que negaba con la cabeza—. Estamos servidos.

Tonya inclinó la cabeza con un gesto respetuoso y comenzó a retirarse. Se detuvo, al parecer tras ocurrírsele algo, y se giró hacia Deborah.

—Señorita Miller —dijo con formalidad—, me gustaría avisarla con dos semanas de antelación de que dejo el trabajo. Me caía bien el señor Dixon, pero ahora que no está no creo que encaje en este sitio.

Deborah pensó deprisa. Los ademanes de la mujer eran arrogantes y desafiantes, y la sonrisa de Keene parecía confirmar que la limpiadora estaba desairando a su nueva jefa. No obstante, había cierto recelo en su mirada, algo que le pedía que le siguiera el juego...

El segundo detalle que Deborah le había ocultado a la policía sobre su viaje a Grecia era su encuentro con Tonya y el hecho de que la mujer también consideraba la desaparición de las antigüedades un asunto personal, por muy falsas que estas parecieran.

—Muy bien —respondió—, pero te retendré la paga si este lugar no está más limpio que una patena cuando te vayas. No he estado fuera más que unos días y da la sensación de que ni siquiera hayas pasado una bayeta durante mi ausencia. ¿Te has dignado a venir a trabajar?

—Aproveché la oportunidad para visitar a mi familia en Luisiana —contestó Tonya, cuya rebeldía escaló un grado—. El museo ni siquiera estaba abierto y además la policía andaba siempre de un lado para otro. Sin ánimo de ofender —añadió en dirección a Keene.

—Tranquila —replicó el detective, que se lo estaba pasando de lo lindo.

Muy lista, pensó Deborah, que tuvo que reprimir una sonrisa. Al haberlo incluido en la conversación había hecho que todos dejaran de prestar atención a su reacción ante el engaño. Había sido buena idea omitir el nombre de Tonya cuando relató la estancia en Grecia.

—¿Señorita Miller? —la llamó Tonya con voz altanera, como si fuera ella la conservadora y Deborah la limpiadora—. ¿Podría reunirme con usted antes de que se marche para hablar de mi declaración de retenciones?

—Claro —replicó Deborah con cautela.

Cuando la limpiadora (o la periodista en realidad) se marchó, Deborah se preguntó por qué seguía rondando por allí y por qué quería permanecer bajo el radar del FBI, más aun cuando ambas habían acordado en privado que los tesoros que habían estado buscando no eran más que falsificaciones. Bueno, la última frase de Tonya había sido una especie de cita, así que lo descubriría antes de que acabara la noche.

—Tengo una pregunta —dijo Keene cuando la puerta se cerró tras Tonya—. Si hubiera robado la máscara, ¿qué haría con ella?

Deborah meditó la respuesta.No había duda de que Keene estaba formulando lo que su poco sutil mente consideraba una acusación velada, pero la pregunta no dejaba de ser válida.

—Supongo que intentaría venderla en el mercado negro, siempre y cuando no estuviera trabajando para un comprador en concreto —respondió—. O desaparecería del mapa y la escondería hasta que las cosas se calmaran, hasta que todos salvo los coleccionistas más obsesivos hubieran dejado de buscar.

Keene arqueó una ceja, aunque no en un gesto irónico. Tal vez no hubiera esperado que le contestara, pero consideraba sus palabras de utilidad.

—¿Qué pasaría si estuviera trabajando para una parte interesada? —inquirió Cerniga—. Digamos, por ejemplo, para el gobierno griego. ¿Qué pasaría si estuvieran interesados en estudiar la máscara en lugar de robarla?

Deborah había intentado no revelar los detalles de sus conversaciones con Popadreos, pero al parecer Cerniga se había dado cuenta.

—Supongo que haría que comprobaran su autenticidad —dijo.

—¿Cómo podría hacerlo?

Deborah suspiró.

—Lo ideal sería que la examinara un experto —explicó—, aunque supongo que los hombres de los que estamos hablando podrían catalogarse como tales. Después la llevaría a un laboratorio para que realizaran las pruebas pertinentes.

—Sin duda alguna —intervino Cerniga—, si Richard Dixon pretendía vender o entregar la pieza, tendría que haberle demostrado su autenticidad de antemano al comprador.

—No si era difícil de trasladar —replicó Deborah— y no si la estaba manteniendo en secreto. Si sospechaba que la máscara podría convertirlo en el objetivo de tratantes poco escrupulosos, la mantendría oculta y solo la mostraría para atraer al comprador. En cualquier caso, no podría limitarse a enviarle los resultados del laboratorio al comprador y esperar que este aceptara su palabra al respecto. El comprador querría ser testigo de cómo se llevaban a cabo las pruebas.

—No lo pillo —dijo Keene—. Si es una cosa enorme de oro, tiene valor. ¿Qué importancia tiene su antigüedad o su procedencia?

—En realidad —lo interrumpió Calvin—, no se trata del valor intrínseco. Se trata del valor cultural, de la belleza de la máscara, de sus connotaciones históricas, de su relación con los mitos y las leyendas. Eso es lo que la hace tan valiosa.

—No lo pillo —repitió Keene, orgulloso de ese hecho, como si el pensar que aquello no era más que una estupidez lo convirtiera en un hombre más fuerte y en un mejor tirador.

—No hay diferencia alguna entre el valor intrínseco y el valor cultural —explicó Deborah—. El oro solo tiene valor porque la gente así lo ha decidido y porque es comparativamente escaso. Como los diamantes. No hay nada en los diamantes que sea más valioso que en cualquier otro compuesto o elemento extraño, salvo que la gente ha decidido que le gustan los diamantes. Esto es lo mismo. Sin embargo, mientras que el oro y los diamantes se pueden obtener de muchos lugares, una máscara funeraria micénica es única. No se harán más, pero dado que su valor no se puede calcular con independencia de su antigüedad, de la identidad de sus dueños originales y demás, el proceso para verificar su autenticidad es de crucial importancia.

—¿Y cuál es el primer paso que tienen que dar? —preguntó Cerniga—. Ha dicho que realizan pruebas de laboratorio. ¿Cuáles? ¿La prueba del carbono 14?

—Al oro no se le puede hacer esa prueba —explicó Deborah—. La datación radiométrica mide la vida media de un material que en determinado momento fue orgánico. No funciona con el oro, no es fiable.

—¿Qué otras pruebas de laboratorio se pueden hacer?

—Ninguna que tenga validez científica sin pruebas concluyentes con respecto a la procedencia.

—¿Y por qué demonios estamos hablando de esto? —quiso saber Cerniga.

—Otros materiales de la colección sí podrían someterse a la prueba del carbono —dijo Deborah—. Piezas cerámicas, por ejemplo. No sabemos qué más había en la vitrina además de la máscara. Si hay otros objetos supuestamente procedentes de la misma excavación, datarlos proporcionaría mayor validez a la autenticidad de la máscara.

Lo que Deborah no dijo fue que lo que se podía datar con la prueba del carbono era un fragmento del cuerpo humano que hubiera estado con la máscara. Si Agamenón en persona había yacido en la estancia oculta tras la estantería, una prueba radiométrica del tejido ayudaría a establecer su antigüedad con un margen de error de unos cien años. Años atrás, habría sido necesario destruir gran parte del tejido durante la prueba, algo que los arqueólogos se negaban a hacer con toda la razón del mundo. Como alguien dijera en una ocasión: «Aquel que destruye algo para conocer su esencia ha abandonado el sendero de la sabiduría». De cualquier forma, la espectrometría de masas mediante aceleradores había revolucionado la técnica. En la actualidad, los laboratorios con más fondos (los aparatos de AMS costaban millones de dólares) eran capaces de obtener los mismos resultados utilizando fragmentos minúsculos de tejido.

Esos laboratorios eran, por supuesto, muy pocos y estaban muy dispersos; por tanto, si los griegos habían querido realizar una prueba semejante, las opciones en Estados Unidos serían muy limitadas. Por fortuna para ellos y también para ella, pensó Deborah, daba la casualidad de que conocía uno de esos laboratorios, emplazado apenas a dos horas de distancia en coche.

54

—¿Quiere que la lleve a casa en coche? —preguntó Cerniga.

Fue una pregunta extraña. Calvin estaba junto a él y Deborah se percató de la rapidez con que desvió la mirada. Cerniga se le había adelantado y dado que su propio coche seguía en el aparcamiento del Templo (a menos que se lo hubiera llevado la grúa) a Deborah no se le ocurría motivo alguno para negarse.

—Antes de irme tengo que dejar zanjado el papeleo de Tonya —le dijo—. Tal vez me lleve un rato.

No se atrevió a mirar a Calvin.

—Puedo esperar —le dijo Cerniga.

Se obligó a sonreír y a pronunciar un forzado «Gracias» antes de devolver la mirada al escritorio y comenzar a mover papeles de un lado a otro con ademanes elocuentes.

—En ese caso me marcho —dijo Calvin.

Deborah levantó la vista. Sus miradas se cruzaron por un instante y ambos expresaron un silencioso gruñido de frustración.

—Vale —replicó ella—. Supongo que te veré mañana.

No sabía lo que él estaba pensando ni cuáles habían sido sus expectativas para esa noche (ni siquiera estaba segura de lo que pensaba ella ni de sus propias expectativas), pero estaba claro que no le había hecho ninguna gracia la caballerosidad profesional de la que hacía gala Cerniga.

—De acuerdo —asintió Calvin. Titubeó por un instante como si estuviera a punto de decir algo más, pero solo estaba retrasando el momento de la despedida, así que cuando Cerniga se giró para mirarlo, él se dio la vuelta. El ruido de la puerta al cerrarse sonó tan definitivo que Deborah sintió ganas de gritar.

—¿Quería ver a la limpiadora?

—Sí —le contestó ella tras recuperar el control de sus emociones—. Volveré en cuanto pueda.

Con esa excusa salió de la habitación tan rápido como pudo sin echar a correr. Calvin estaba a punto de cruzar la puerta del vestíbulo. Deborah gritó su nombre y él se detuvo en seco antes de dar media vuelta. Recordó la primera conversación que mantuvieron y el modo en que había conseguido irritarla con su comentario acerca de que el *tomahawk* que descansaba en la vitrina a unos cinco metros de donde la esperaba en esos momentos era el arma de una cultura tosca. El recuerdo le arrancó una sonrisa.

—¿Qué pasa? —le preguntó Calvin.

—Oye —le dijo—, siento mucho tener que...

Hizo un vago gesto en dirección al despacho.

—Ya —replicó él—, sin problemas. Nos vemos mañana.

—Sí —dijo Deborah, que de repente se sentía pueril y estúpida—. Vale.

Calvin se demoró un segundo y giró el torso levemente, como si se debatiera entre dos impulsos contradictorios, antes de esbozar una sonrisa de disculpa y comenzar a alejarse.

—Mañana —dijo.

—Sí.

—Lo estoy deseando.

Lo observó mientras se alejaba, sin saber lo que quería en esos momentos.

Tonya estaba en la cocina, escurriendo una bayeta en el fregadero. Cuando vio que Deborah entraba, atravesó la estancia con presteza, comprobó que no la seguía nadie y cerró la puerta.

—Hola —le dijo, dándole un fugaz abrazo—. ¿Cómo lo llevas? ¿Bien?

—Sí —contestó Deborah—. Estoy cansada, eso es todo.

—No me extraña —replicó Tonya. Su semblante era el de una amiga preocupada y Deborah se descubrió pensando en el cambio que había sufrido su relación, hasta entonces tensa, desde el encuentro en Micenas—. Escucha —le dijo en un susurro—, siento lo de antes. Dime que no les has dicho que me viste allí.

—No lo he mencionado.

—Gracias a Dios —dijo Tonya, al tiempo que la tensión abandonaba su cuerpo.

—¿Por qué? —le preguntó Deborah—. Sabes que Cerniga es del FBI, ¿verdad?

—Sí —respondió—. Me lo dijo tan pronto como regresé, como si eso pudiera hacerme desembuchar todos mis secretos o algo así. No me lo creí, pero llamé para comprobarlo. Estoy bastante segura de que es legal. Pero ahí está la cuestión. ¿Por qué iban a implicarse los federales en esto? No tiene sentido.

—El cuerpo, y por cierto, solo he mencionado la máscara, no el cadáver, ha cruzado la frontera de varios estados y lo más probable es que pasara de contrabando por aguas internacionales. Eso constituye un delito federal, ¿o no?

—Claro —respondió Tonya—, pero ¿cuándo se enteraron de todo eso?

Deborah comprendió adónde quería llegar y la idea la dejó paralizada, igual que cuando escuchó la conversación entre Keene y Cerniga por la rejilla de ventilación del cuarto de baño.

—Vinieron a investigar un crimen, ¿cierto? —prosiguió Tonya—. Vinieron a la vez. En ese momento nadie sabía nada sobre contrabando ni objetos robados, o al menos no lo mencionaron. Entonces, ¿por qué se inmiscuye el FBI? He llamado a un colega que trabaja en el departamento de policía del condado de Clayton y le he preguntado cuáles son los motivos habituales para que los federales se impliquen en un caso de asesinato. Y ¿sabes lo que me dijo?

—¿Qué?

—Crímenes xenófobos.

—¿Crímenes xenófobos?

—Ni siquiera se lo pensó dos veces. Lo primero que salió de su boca. Crímenes xenófobos.

Allí estaba de nuevo, esa sensación de que estaba completamente perdida, buscando pistas erróneas y componiendo un rompecabezas equivocado...

—Pero ¿cómo iba a ser el asesinato de Richard un crimen xenófobo? —dijo Deborah, zafándose de esa ya conocida sensación de inseguridad—. Era un hombre blanco y, hasta donde yo sé, heterosexual. Su esposa murió hace mucho tiempo, pero... No. Era heterosexual.

—Pero ¿y si el crimen xenófobo que están investigando no tiene nada que ver con Richard? —apuntó Tonya—. ¿Y si sucedió hace años?

«Ay, Dios —pensó Deborah—, ya estamos.»

—¿Tu padre? —aventuró—. ¿Crees que están investigando la muerte de tu padre?

—Es solo una suposición —dijo Tonya, replegándose un tanto—. He hecho muchas preguntas. He hablado con las autoridades militares e incluso he apuntado la posibilidad de que lo exhumaran. Solo me estoy preguntando si alguien más ha decidido investigarlo.

—En ese caso, ¿por qué iban a ocultar la investigación? Sobre todo a ti.

—Ahí me has pillado —replicó—. La cuestión es que prefiero ocultar mis cartas de momento. ¿Entiendes adónde quiero llegar?

Deborah asintió muy despacio y de forma pensativa, pero no tenía nada más que añadir. ¿Crímenes xenófobos? No se lo tragaba, aunque sabía que decírselo a Tonya arrastraría su recién fraguada amistad hasta arenas movedizas. Para la periodista que se hacía pasar por limpiadora, la historia de la muerte de su padre era demasiado importante, estaba demasiado ligada a motivos emocionales para que se tomara a la ligera cualquier comentario; además, conocía a Tonya lo suficiente como para predecir su reacción. Adoptaría una postura terca, defensiva, y le ocultaría su dolor y su enfado alejándose de ella.

«¿No te resulta familiar?», se preguntó.

Deborah guardó silencio un instante y observó a la mujer con una expresión seria.

—Hablando de ocultar cosas —le dijo Tonya, cuya actitud había pasado a ser repentinamente íntima y alegre—. He notado que te has maquillado un poquito y que te has puesto perfume, ¿tengo razón? Me preguntaba cuándo ibas a darte cuenta de que tu universidad no te despojaría del título si adoptabas una imagen «de chica» de vez en cuando.

Ruborizada, Deborah restó importancia al comentario con un gesto de la mano. Había comenzado el día pintándose un poco los labios y con unas gotas de Chanel n.º 19, productos que habían estado en su casa sin usar casi tanto tiempo como el oro de Schliemann había estado enterrado en Micenas.

—En otra época —comenzó Deborah con fingida arrogancia—, las sirvientas sabían cuál era su lugar.

—¡Ay! El tiempo pasado siempre fue mejor —replicó la mujer. Finalizó el comentario con una carcajada irónica y salió de la cocina con la bayeta y el cubo en ristre.

Deborah sonrió y al instante se descubrió repasando la conversación que acababan de mantener y los futuros problemas que presagiaba.

¿Crímenes xenófobos?

—Por cierto —dijo Tonya, asomando la cabeza por la puerta—. Esa ciudad que dijiste que estaba cerca de la frontera de Suiza, ¿cómo se llamaba?

—Magdeburgo.

—Sí, eso me parecía —replicó—. No es esa. Al menos yo no la he encontrado. Hay una ciudad llamada Magdeburgo cerca de Berlín, pero no tendría sentido que quisieran pasar algo de contrabando a otra ciudad que estaba a pocos kilómetros si los aliados les pisaban los talones, ¿no crees?

—Supongo que tienes razón —asintió Deborah con el ceño fruncido—. Tal vez haya más de una.

—Tal vez —repitió Tonya mientras se marchaba.

Deborah puso en marcha el ordenador del despacho, se conectó a internet y buscó en Google «Magdeburgo». Los enlaces de la primera página estaban todos en alemán. Uno parecía tratar sobre un teatro y otro conducía a una web turística, pero ninguno tenía mapas que situaran la ciudad en el territorio de Alemania y el aviso del buscador según el cual la opción correcta era «Magdenburgo» tampoco le reportó nada. Sin embargo, la siguiente página de búsqueda le mostró algo parecido a la web de una cámara de comercio que estaba, por sorprendente que resultara, en inglés. El enlace de «Cómo llegar» la condujo hasta un mapa.

Tonya tenía razón. Magdeburgo estaba emplazada en mitad del país, a unos ciento cincuenta kilómetros al sudoeste de Berlín, en la región de Sajonia-Anhalt. Era lógico pensar que enviar el cuerpo en esa dirección lo dejaría en manos de los aliados occidentales. Y si la intención de los alemanes era la de alejarlo de los rusos que se aproximaban por el este, tampoco explicaba cómo pudo acabar cuatrocientos kilómetros más al sur.

Deborah volvió a los resultados de la búsqueda y probó un nuevo enlace. Entre todo lo demás, destacaba un artículo en inglés. Pinchó en el enlace y su asombro aumentó. Decía así:

SANGRE Y DESCUBRIMIENTOS:
NUEVAS PRUEBAS DE LAS ATROCIDADES COMETIDAS
EN MAGDEBURGO

> Durante la construcción de un nuevo edificio en 1994, los trabajadores descubrieron los esqueletos de treinta y dos cuerpos, todos ellos pertenecientes al parecer a hombres jóvenes y todos asesinados al mismo tiempo. Puesto que la fosa parecía haberse excavado en el período comprendido entre 1945 y 1960, en un principio se dio por supuesto que acababa de salir a la luz una nueva atrocidad nazi, aunque resultaba extraño que la Gesta-

po excavara una fosa común en mitad de una ciudad. Sin embargo, las nuevas pruebas sugieren que la matanza no tuvo lugar al final de la Segunda Guerra Mundial, sino siete años después, y que los autores formaban parte de la policía secreta soviética.

Aunque el análisis del polen en las investigaciones forenses se utiliza para dictaminar el lugar de la muerte, el biólogo Reinard Szibor, de la Universidad Otto von Guericke de Magdeburgo, ha utilizado la técnica en este caso para demostrar que las víctimas murieron a principios del verano. Szibor descubrió que los cráneos de siete de las víctimas contenían polen de tilo y de centeno, plantas cuyo polen se libera en los meses de junio y julio, mucho después de la derrota de los nazis en 1945.

Esto deja la responsabilidad del crimen justo a los pies del servicio de inteligencia soviético.

Eso era todo. El desconcierto de Deborah se acrecentó. ¿Por qué se culpaba automáticamente a los soviéticos y qué implicación tenía en la historia Voloshinov, el supuesto mendigo que había muerto cerca del museo? ¿Era significativa la matanza para su búsqueda de los asesinos de Richard y para el rastro de antigüedades falsificadas que los había llevado hasta él? No había motivos para pensar que así fuera; pero todos esos antiguos cadáveres parecían estar relacionados de algún modo, como si cada hueso que sacara a la luz sin pretenderlo formara parte de una criatura mucho más grande y extraña cuya verdadera naturaleza solo quedaría clara cuando pudiera retroceder para observar el esqueleto al completo.

Tenía casi tanto sentido como la nueva teoría de Tonya sobre los crímenes xenófobos, aunque se estaba esforzando por no considerar esa idea. Mientras buscaba a Cerniga para que la llevara a casa, se dijo que la teoría no se basaba en pruebas fehacientes, sino en un comentario hecho al alzar por el policía amigo de Tonya sobre el motivo por el que los federales se implicaban en casos de asesinato. No llevaba a ninguna parte. No obstante, le vino a la cabeza el esquelético chaval que había intentado matarla dos veces en Grecia: la expresión maliciosa y arrogante, el atuendo típico de un cabeza rapada, los tatuajes… ¿Un crimen xenófobo?

Cerniga la llevó a casa sumido en un silencio profesional y tenso. Esperó tras ella hasta que abrió la puerta del apartamento y después se detuvo junto a la entrada mientras ella comprobaba que estaba sola en su hogar y que todo estaba donde debería estar. No se dio cuenta de que no era así hasta que el hombre se hubo marchado.

A primera vista todo parecía en orden, pero cuando llevaba alrededor de una hora en casa, comenzó a notar detalles nimios e incongruentes: ropa colgada que ella había arrojado al cesto de la ropa sucia, un cajón del escritorio cerrado con llave, libros descolocados en las estanterías… Marcus le había dicho que no había tocado nada en su apartamento y ella lo había creído. En caso de que le hubiera dicho la verdad, eso quería decir que alguien más había estado allí después de que ella se marchara y al parecer habían estado buscando algo. Se habían tomado su tiempo, como si supieran que tardaría en regresar, y habían hecho un buen trabajo a la hora de ocultar el registro. De no ser por su en exceso puntillosa forma de ser, no se habría percatado de nada, pensó con ironía. Lo que habían estado buscando, no obstante, le resultaba un misterio.

Llamó a Cerniga para informarlo, pero le advirtió que no quería que fueran a investigar. Comprobó el apartamento una vez más y después utilizó el martillo que guardaba en uno de los cajones de la cocina para correr los cerrojos de la puerta, los cuales hacía tiempo que no cerraban porque estaban cubiertos de pintura.

—Seguro que mañana tardaré diez minutos en poder salir —murmuró, al tiempo que dejaba el martillo sobre la mesa para tenerlo a mano.

En el silencio de su hogar, rodeada por la agobiante humedad de la noche estival de Atlanta, comenzó a preguntarse si habría atisbado siquiera el menor indicio del motivo por el que Richard Dixon había muerto. En Grecia todo le había parecido clarísimo, aunque daba la impresión de que todo aquello había quedado muy atrás tanto en el espacio como en el tiempo; una distancia que había convertido las experiencias y los problemas que tuvieron lugar allí en algo tan exótico y extraño como las propias ruinas. En Grecia tanto sus problemas como su confusión le habían parecido apropiados, pero había esperado que la vuelta a casa le aclarara las cosas una vez que se encontrara en un entorno familiar. En ese momento, no obstante, con la rareza de contar todavía con presencia policial en el museo, con las extrañas teorías de Tonya que despertaban sus dudas y con el vacío que la muerte de Richard había dejado en todo lo que una vez consideró su hogar, se sentía a la deriva.

Cediendo a un impulso, cogió el teléfono y marcó.

—¿Diga?

—Hola, Calvin —dijo—. Soy Deborah. Siento mucho llamar tan tarde.

—Pensé que una de las ventajas de que volvieras al país sería poder disfrutar de una noche de sueño decente —replicó él.

Deborah sonrió al tiempo que todo el malestar desaparecía, escurriéndose como la arena más fina ante el placer que despertaba su voz.

—No me digas que necesitas dormir para conservar tu belleza —le dijo. «Sobre todo tú», sugería su voz. Se mordió el labio cuando lo oyó reír entre dientes.

—Puesto que no hay duda de que estás despierta a todas horas, independientemente del continente en el que te encuentres —afirmó—, todo ese cuento del sueño reparador es un mito.

Deborah se sonrojó y cambió el tema de conversación antes de fastidiarla con cualquier comentario sarcástico sobre su facilidad para coquetear.

—¿No te parece raro que aparecieran los federales para investigar la muerte de Richard antes de que se mencionara el contrabando u otro tipo de delito que podría implicar a varios estados o países?

—No lo había pensado —dijo, poniéndose serio de repente—. Pero ahora que lo mencionas... ¿En qué estás pensando?

—¿Se te ocurre algún motivo por el que la muerte de Richard pudiera estar relacionada de algún modo con un crimen xenófobo?

Calvin guardó silencio un instante, como si de repente le faltara el aire.

—¿Un crimen xenófobo? —repitió—. ¿Cometido contra Richard? ¿Cómo?

—No lo sé —contestó ella en voz baja—. Solo es una idea.

—Una idea muy extraña para que se te ocurra en plena noche —replicó él.

Deborah percibió de nuevo su sonrisa. Al menos no había dicho «preciosa cabecita».

—Lo sé —admitió con la intención de dejarlo estar—. Lo siento. No debería haberte molestado.

—No pasa nada —la tranquilizó—. Me alegra hablar contigo. Antes... con los polis, yo... —Dejó la frase en el aire—. Así es mejor.

—Sí —convino ella.

—¿Estás bien? ¿Te gustaría que fuera para allá?

Ella se lo pensó más de la cuenta antes de afirmar despreocupadamente que estaba bien, que todo estaba bien y que no era necesario. Que se había encerrado a cal y canto...

—Si lo tienes claro... —le dijo él.

—¿Te apetece dar un paseo en coche mañana? —le preguntó—. Antes tengo que asegurarme de que Cerniga no me necesita, pero estaba pensando en hacer un viaje.

—¿Sí? —preguntó él—. ¿Adónde?

—A Atenas —contestó.

—¿Vuelves a Grecia? —preguntó y resultó obvio que estaba más que perplejo; estaba preocupado, incluso aterrorizado.

—Atenas, estado de Georgia —aclaró ella entre carcajadas—. El hogar de los Bulldogs de Georgia y, entre otras cosas, el lugar donde se encuentra el Centro de Investigación de Análisis con Isótopos.

—¡Por el amor de Dios! ¿Y eso qué es? —preguntó Calvin con evidente alivio.

—Es el hogar de un aparato muy grande y muy caro que bien podría haber sido la primera parada de lo que alguien tomó por el cuerpo de Agamenón cuando lo sacaron de la habitación de Richard.

—¿Y de quién sería el cuerpo ahora? —le preguntó el abogado.

Y ella se lo dijo.

55

Lo primero que hizo Deborah por la mañana fue hablar con el agente Cerniga por teléfono. No, le dijo el agente, no necesitaba hablar con ella ese día. Sí, podía seguir trabajando en «la zona», pero debía tener siempre el teléfono móvil encendido y no abandonar el estado. Deborah accedió y consiguió eludir futuros problemas con comentarios vagos en lugar de mentir sin tapujos.

«¿Por qué no le cuentas lo del laboratorio? —se preguntó—. ¿Por qué no le dices que podría merecer la pena considerarlo como un lugar que los griegos (si en realidad habían sido los griegos quienes se llevaron el cuerpo con la máscara) tal vez hubieran visitado?»

Porque era probable que se tratara de un callejón sin salida. Porque no merecía la pena buscar los objetos robados. Porque sospechaba que Cerniga seguía ocultándole la verdadera línea de investigación. Todo eso era cierto, pero no era la auténtica razón. La auténtica razón era que la reputación de Richard se vería dañada si salía a la luz el enorme interés que había puesto en una colección que ni siquiera se merecía el espacio que ocupaba en la estantería.

«¿No será porque te gusta jugar a los detectives?», se preguntó.

«No —respondió para sus adentros con rebeldía—. No es eso.»

Llamó a Calvin y él le pidió que fuera a buscarlo a su oficina. Tenía cierto papeleo del que ocuparse antes de tomarse el resto del día libre. Consiguió que pareciera que su excursión debía ir acompañada de champán y una cesta de fresas y Deborah descubrió de repente que se estaba arreglando con mucho más cuidado de lo que era habitual en ella. Se puso pendientes y perfume, y lo hizo con una sensación de alegría juvenil que le resultaba tan impropia de ella como irónica. Utilizó un pintalabios más oscuro, pero lo consideró un paso excesivo, de modo que se lo quitó, avergonzada tanto por el impulso de pintarse como por la sensación que la había obligado a quitárselo.

«Dios —pensó—, odio el cortejo. O lo que quiera que haya sustituido al cortejo en el siglo XXI. Todo ese cuidadoso tira y afloja, todas las sonrisas tontas, las conversaciones basadas en la asociación de palabras, las pequeñas decepciones, la calculada indiferencia y las argucias. Sí. El cortejo es como jugar al tenis para perder; alcanzar una puntuación aceptable para dar la impresión de que no ha habido tongo aunque al final se pierda. Es como jugar al tenis con tacones y un velo.»

¿O —preguntó otra voz desde lo más recóndito de su mente— solo estaba asustada porque todo apuntaba hacia un idilio, hacia una relación (horrible palabra) y hacia el tabú más absurdo de todos: el sexo?

«¿A quién le importa? —se dijo al tiempo que desechaba la idea como si pudiera electrocutarla—. Digamos que detesto el cortejo y ya está, ¿vale?»

Vale.

Se puso con determinación un vestido de verano que era lo bastante profesional como para que su visita al laboratorio pareciera legítima, aunque a la vez sugería cierta informalidad, como si lo hubiera cogido del perchero sin fijarse mucho.

Probablemente debería haberse limitado a hacer eso...

Con toda deliberación, salió hacia el coche sin mirarse en el espejo.

La oficina de Calvin se encontraba en una torre de cristal que tenía el azul tornasolado de una hoja candente. Se alzaba por encima del Centennial Park y ofrecía vistas de la central de

Coca-Cola y del hotel Omni, algunos de los edificios más caros de una ciudad donde el precio del metro cuadrado comenzaba a rivalizar con sus equivalentes en Boston y Nueva York. Deborah, que por lo general no se sentía intimidada por semejantes lugares y que consideraba su opulencia profesional como un desafío a lo que ella hacía y valoraba, se sintió incómoda por la punzada de placer que le produjo ver a Calvin salir a través de las puertas ahumadas del edificio con una sonrisa; era una de las personas que parecía pertenecer al interior de esas líneas puras y elegantes.

—Menudo sitio —dijo Deborah mientras se alejaban del lugar.

Él se encogió de hombros.

—El interior está oscuro —afirmó Calvin— y no hay suficientes ascensores. Pero vivo justo a la vuelta de la esquina.

Ella sonrió, sorteó los semáforos y tomó la autopista en dirección norte, preguntándose si ese habría sido el preludio de una invitación.

Siguieron durante unos cuarenta y cinco minutos por la I-85 y después se desviaron por la carretera 316 hacia Atenas mientras charlaban sobre libros, películas y comida, sin hacer la menor referencia a Richard ni a la evidente misión en la que se habían embarcado ese día. La ciudad los sorprendió al aparecer de repente en toda su bulliciosa extensión tras kilómetros interminables de pinares, como la diosa a quien debía su nombre, que había nacido ya crecida de la cabeza de Zeus. Deborah había estado seis meses antes en la universidad para asistir a un simposio, por lo que conservaba un plano del campus, aunque solo tuvo que mirarlo una vez para encontrar el camino hacia Riverbend Road y el CAIS.

Puesto que era verano, el edificio carecía del jaleo de los estudiantes que lo habitaban durante el curso, pero el Center for Applied Isotope Studies también se había diversificado hacia el sector privado además de centrarse en el trabajo universitario, por lo que se llevaban a cabo pruebas de forma constante. Hablaron con el recepcionista y Deborah confirmó que en efecto había llamado con antelación para concertar una cita y que habían llevado la muestra con ellos, si bien sería necesario prepararla para el examen. Sí, le aseguró Deborah, estaban dispuestos a pagar una cantidad extra para que el laboratorio preparara las muestras y no, no estaban interesados en hacer un recuento por centelleo líquido, solo en la datación mediante una prueba de carbono 14. Mientras se desarrollaba esa conversación, Calvin permaneció a su lado con una expresión seria y con aspecto de estar fuera de su elemento. Deborah le dirigió una breve sonrisa mientras el recepcionista le hacía llegar los datos al laboratorio y él se la devolvió con cierto nerviosismo.

—No lo entiendo —le dijo—. ¿Tienes una muestra?

—Nada importante —contestó ella—. Sígueme la corriente.

El técnico que a la postre salió a buscarlos era un joven de piel cetrina con una barba bien cuidada. Debía de ser de Oriente Próximo, o incluso del norte de África, pero hablaba sin rastro alguno de acento.

—Soy el doctor Kerem —dijo—. Pasen por aquí, por favor. ¿Traen la muestra consigo?

Deborah sacó un tubo de ensayo tapado que contenía lo que parecía un trozo de madera poco más grande que una astilla.

—¿Será suficiente? —preguntó Calvin.

Deborah lo miró con expresión elocuente.

—Más que de sobra —contestó el técnico—. ¿Dicen que hay que prepararla para la prueba?

—Por favor —le pidió Deborah—. Estamos bastante seguros de que este fragmento pertenece a un galeón español del siglo XVI, pero necesitamos confirmarlo.

—Muy bien —dijo el hombre, que los condujo a una enorme habitación rectangular iluminada con tubos fluorescentes en la que podía escucharse un continuo zumbido eléctrico.

—¿Es aquí donde se llevarán a cabo las pruebas? —preguntó ella.

El equipamiento de la estancia consistía en una serie de consolas, cilindros metálicos, instrumentos desconcertantes y complejos y un millar de cables de colores, la mayoría de ellos embutidos en cajas de registro y enmarcados con metal pintado de azul. Kerem sonrió de repente; una sonrisa amplia y orgullosa, como si acabaran de alabar la actuación de su hijo en un partido.

—Se trata del modelo 1.5SDH-1 de National Electrostatics, un acelerador peletrón de espectrómetro de masas —explicó—. Creían que sería más grande, ¿verdad?

—Así es —respondió Deborah, creyendo que era la respuesta que esperaba.

—Quinientos kilovoltios —les informó Kerem sin perder la sonrisa—. Puede medir la concentración isotópica en proporción de una parte por cada cuatrillón. Esta ricura traerá de cabeza a sus competidores, y estoy hablando de detecciones al cincuenta por ciento del rango, de límites de detección que llegan a ser cuatro veces inferiores a 10^{-18} moles de carbono 14.

Deborah y Calvin compusieron la expresión asombrada que se esperaba de ellos.

—Es cierto —insistió Kerem, como si alguien hubiera sugerido lo contrario. Señaló varios de los componentes y recitó su nombre y función, dando por hecho al parecer que Deborah tenía alguna idea de lo que estaba hablando—. Fuente de treinta y cuatro iones de muestra —dijo, indicando el contenido de una caja de registro—. Eso —anunció al tiempo que iba señalando cada sección del aparato— es el imán de inyección; eso otro es el propio acelerador peletrón; el imán analizador; las copas de Faraday desplazadas del eje; el analizador electrostático y el detector de partículas de carbono 14. Si tiene menos de sesenta mil años, podremos datarlo.

—Bien —dijo Deborah—. Excelente.

Kerem extendió la mano hacia el tubo de ensayo que contenía el fragmento de madera.

—Puede dejar eso a mi cuidado —afirmó—. Rellene el papeleo en recepción y ya nos pondremos en contacto con usted en cuanto hayamos realizado las pruebas. El precio es de cuatrocientos dólares.

—¿Cuándo tendrá los resultados?

—Aproximadamente dentro de tres meses —contestó el técnico—. ¿Es urgente?

El semblante de Deborah reflejó su desilusión.

—Más o menos —dijo.

—Podemos tener una respuesta en dos semanas por seiscientos dólares —añadió Kerem—. Puede que un poco antes. ¿Dos semanas?

Deborah pensó con rapidez.

—¿Cuándo estarán listos los demás resultados? —le preguntó.

—¿Los demás resultados?

—Sí —afirmó ella sin mirar a Calvin—. Nuestro museo envió otras muestras hace cosa de una semana. Restos humanos y algunos fragmentos cerámicos. Los trajeron un par de griegos. Tal vez podamos tener todos los resultados al mismo tiempo.

Contuvo el aliento. El técnico frunció el ceño y pasó unas cuantas páginas de su portapapeles.

—No veo ninguna muestra pendiente para su institución —dijo.

—Estará a nombre de Dixon —intentó ella—. Richard Dixon. Es el administrador principal del museo y se encarga de las sumas más elevadas.

Otra pausa. Deborah se mordió el labio.

—Dixon —dijo Kerem—. Sí, aquí está. Se pagó una cantidad extra para acelerar el proceso y los resultados tendrían que estar listos para mañana por la tarde. Aunque los datos de contacto son diferentes. Tendremos que enviar los resultados por correo.

—Me parece bien —dijo Deborah con el corazón desbocado—. Tal vez podamos pasarnos mañana antes de que los envíe. El señor Dixon está impaciente por tener noticias tan pronto como ustedes sepan algo. Debemos tomar una decisión apremiante con respecto a una exposición.

—No hay problema —le aseguró Kerem—. ¿Se alojan en la ciudad?

—Estamos a punto de alojarnos en un hotel —respondió Deborah, que seguía sin mirar a Calvin.

56

Cogieron dos habitaciones, aunque Deborah creía que había bastantes posibilidades de que solo utilizaran una de ellas. La idea la ponía nerviosa y la hacía sentirse desmañada. No estaba segura de lo que pasaba por la cabeza de Calvin y, aunque tenía la sensación de que estaban en la misma onda, las dudas —la voz que siempre se imponía en tales situaciones— incrementaban su nerviosismo.

«Situaciones como esta», pensó.

Menudo chiste... como si le ocurrieran todas las semanas. A decir verdad, había pasado... bueno, demasiado tiempo para hacer cuentas. Desechó el pensamiento y observó a Calvin mientras comía.

Ella se habría dado por satisfecha con una cerveza y un sándwich, algo que Atenas —al ser una ciudad de estudiantes como era— tenía a espuertas. Tal vez, pensó, podrían asistir al concierto de alguna prometedora estrella local, algo del estilo de REM o los B52. Sin embargo, Calvin tenía otras ideas, aunque ella no estaba muy segura de en qué consistían; lo único que sabía era que estaban relacionadas con subir el tono de la velada de alguna forma.

Había reservado una mesa en lo que debía de ser el restaurante más caro y exclusivo de la ciudad, donde tendrían la certeza de no toparse con ningún niñato y, con el aspecto de un hombre acostumbrado a hacer tales cosas, pidió cordero y lo que dictaminó que era un buen burdeos. Deborah resistió el impulso de pedir una cerveza por principios, en parte porque no estaba del todo segura de cuál era el principio que la movía y en parte porque le hacía gracia verlo alardear de su clase. De todos modos, el restaurante solo consiguió que la velada adquiera un tinte tenso y a ella le resultó difícil serenarse. La tranquilidad del lugar resultaba casi antinatural; parecía más un templo que un restaurante y le confería a cada comentario tal trascendencia que ella optó por, al menos en esa ocasión, permitir que Calvin llevara el peso de la conversación.

Calvin le habló de su trabajo, poniendo un especial énfasis en lo aburrido que resultaba y no en los detalles, cosa que ella agradeció; y también le habló de su gran afición por la pesca con mosca, ahorrándole también los detalles de semejante pasatiempo.

—Es una cuestión de estrategia —afirmó—. Eliges la mosca apropiada para el pez y las condiciones ambientales... Mejor aún, las modificas a tu gusto o improvisas otras nuevas... Se trata de descubrir cómo engañar al pez.

Deborah sonrió.

—Sé que parece que debería resultar fácil para alguien con un sueldo como el mío —dijo—, pero, créeme: ser más listo que una trucha en un río de fuertes corrientes... En fin, es mucho más satisfactorio que cualquier contrato o acuerdo que pueda cerrar, sin importar la comisión.

A ella le gustó escuchar eso.

—De modo que eres un estratega —le dijo.

—Me gustan las argucias —replicó él al tiempo que asentía y sonreía como si el tema de conversación se hubiera vuelto seductoramente turbio—. Me gusta tener que pensar para atrapar la presa, tener que planear.

—Atrapar un pez —repuso ella.

—¿Podría haber algo mejor? —inquirió él con una sonrisa.

Deborah se echó a reír y se tomó un momento para evaluar al hombre.

—Me recuerdas un poco a Richard —le confesó.

Calvin frunció el ceño, sin saber muy bien si debía tomarlo como un cumplido.

—¿Qué quieres decir?

—Supongo que es solo una impresión —le aseguró ella, deseando no haber abierto la boca.

—Continúa.

—Bueno, los dos tenéis una especie de ingenio desenfadado —señaló, con total sinceridad—. Me refiero a que posees una astucia que resulta chocante.

—¿Para ti? —Calvin soltó una carcajada—. Lo dudo mucho.

—No digo que seas lo que se dice intimidante —le explicó—. Me refiero a que destilas cierta cautela, algo que raya en lo calculador y que mantiene a la gente alejada, como si la estuvieras evaluando de forma constante; como si los demás fueran los pescaditos para quienes atáis la mosca, o como se diga.

—Armar la mosca —rió él.

—Lo que sea.

—No estoy seguro de que sea cierto en mi caso —señaló Calvin—, pero sé a qué te refieres con respecto a Richard. Había ocasiones en las que te miraba y parecía conocer todos tus secretos.

—¿Tú no tienes muchos secretos?

—Ninguno —le aseguró él, y se deshizo de un instante reflexivo con una sonrisa—. Te contaría cualquier cosa.

—Sí, claro… —dijo Deborah.

—De cualquier forma —comentó él con la intención de retomar de nuevo la conversación previa—, no tengo muy claro que me guste la imagen de hombre calculador y manipulador, por muy inteligente que me haga parecer. No creo que sea del todo positivo.

—Bueno, no sé. —Deborah se encogió de hombros y apartó la mirada como si no tuviera la menor importancia—. Tiene su encanto.

Extendió la mano para coger su copa de vino y dio un buen trago sin mirarlo a los ojos.

Cuando regresaron al hotel, estaba claro que los dos seguían sin saber cómo terminaría la noche. El coqueteo había sido mutuo, pero se habían retraído a aguas más seguras cada vez que se atisbaba algo más profundo o más físico en el horizonte. Deborah se dijo que se daba por satisfecha con eso, que le convenía tomarse las cosas con calma dada la falta de costumbre y el hecho de que en realidad no conocía bien a ese hombre; pero cuando él se inclinó para besarla en el pasillo, frente a su habitación, se entregó por completo al momento.

Una vez en la habitación siguieron más besos; besos cautos y dulces en un principio que después cedieron a la urgencia, al deseo y a la pasión. Aun así, cuando las manos de Calvin se deslizaron hasta los botones de su camisa, Deborah se puso tensa, casi en contra de su voluntad, de manera que él se detuvo para mirarla. Ella se ruborizó, sin saber muy bien qué decir o sentir, deseando que los ojos del hombre no quedaran justo a la altura de los suyos. Esa mirada silenciosa la ponía todavía más nerviosa, de modo que se dio la vuelta, desquiciada por la sensación que le provocaba su escrutinio hasta que él extendió una mano y apagó la luz de la habitación.

Las gruesas y sencillas cortinas bloqueaban todo atisbo de luz y la oscuridad hizo que el corazón le diera un vuelco, como si estuviera de vuelta en el pasadizo de Micenas que conducía a la antigua cisterna. No obstante, cuando Calvin volvió a colmarla de besos y sus manos empezaron a moverse sobre ella con cautela, muy despacio, como pidiendo permiso, Deborah se entregó a la libertad que le proporcionaba la oscuridad, como si se hubiera despojado de una parte de sí misma. Era como estar borracha o de vacaciones; una persona anónima libre de cualquier responsabilidad. Lo atrajo hacia ella al tiempo que reprimía el extraño, inesperado y alarmante impulso de echarse a llorar.

57

Calvin ya se había levantado y había salido en busca de algún lugar donde desayunar cuando Deborah se despertó, así que durante unos minutos se quedó en la cama, preocupada en cierta medida por lo que les depararía el día. Después se duchó, se vistió y estaba hojeando el periódico de forma distraída cuando él regresó.

Desayunaron un par de tortillas y unos gofres en un bar de carretera; las primeras, deliciosas; los últimos, precocinados sin duda y sospechosamente fríos en el centro. Comieron rápido y apenas hablaron, como si fueran con mucha prisa. Aunque a buen seguro tendrían que esperar varias horas hasta que los resultados estuviesen listos, les resultaba imposible sentarse en el hotel, en ese bar o en cualquier otro. Deborah miró tres veces el reloj en cinco minutos y fue entonces cuando decidieron esperar en el laboratorio para saber el momento exacto en el que pudieran decirles algo.

La situación hizo que Deborah recordara un poco su adolescencia, cuando estuvo esperando a que el cirujano que había operado a su padre saliera del quirófano. Había pasado seis horas sentada con una vecina que se quedó dormida, si bien a ella le fue imposible cerrar los ojos y acabó por clavar la vista en el minutero del reloj hasta tal punto que fue capaz de ver cómo se movía la aguja. Las puertas por las que se llevaron a su padre se abrieron en varias ocasiones, pero solo salieron varias doctoras en prácticas que se marchaban a casa y que no le dirigieron ni una sola mirada. Cuando el médico salió por fin, hubo una décima de segundo antes de que la puerta se cerrara tras él en la que ella sintió un vuelco en el corazón, estimulado por la esperanza que siguió a la larga espera, y aprovechó para ponerse en pie. Solo necesitó esa décima de segundo para leer la noticia de la muerte de su padre en el rostro del cirujano y lo único que pudo hacer fue quedarse paralizada en aquella habitación de un blanco artificial mientras el doctor buscaba las palabras adecuadas y la vecina dormida se despertaba refunfuñando. Cuando la vecina se espabiló, una mujer mucho más conservadora en términos religiosos que su propia familia, le dijo a Deborah que se rasgara la ropa que había sobre su corazón en señal de duelo. Sumida en el estupor, ella obedeció. Ese fue el último acto dictado por la tradición ortodoxa judía que realizó. Tan solo una semana después se comió la gamba de una ensalada que había comprado con toda premeditación en una tienda de *delicatessen* de Brookline. Su familia nunca había mostrado demasiado respeto por el *kosher*, así que no le cabía duda de que no habrían reconocido la verdadera naturaleza de su acto aunque se hubieran enterado de lo que había hecho. No había observado el *kosher* desde que pidió aquella comida en el trayecto de regreso de Grecia y jamás había vuelto a practicar el judaísmo.

A decir verdad, se arrepentía de ese día en concreto y de la furtiva gamba, de su etapa de odio adolescente hacia el Dios que le había arrebatado a su padre. Había sido un gesto de mal gusto, que su padre habría encontrado insultante, no por su violación de la práctica religiosa ortodoxa en sí, sino por la rencorosa mezquindad que lo motivó.

«Bueno —pensó—. Es agua pasada.»

Aunque, por supuesto, no lo era. Lo había estado recordando mientras esperaban los resultados de la prueba; pero esto sería diferente, ¿verdad? La muerte de su padre había significado el fin de una época y el principio de una etapa difícil de su vida.

«Seguro —reflexionó— que los resultados serán el fin; no un comienzo, no una nueva andadura. O bien el cuerpo es antiguo o bien no lo es. Punto.»

Esperaron en el vestíbulo de recepción durante hora y media antes de que apareciera Kerem.

—Parecen ansiosos —les dijo al tiempo que hacía un florido gesto con un sobre matasellado del cual sacó un fajo de folios impresos doblados—. Estoy preparado para enviar estos resultados por correo. Supongo que aún desean verlos, ¿cierto?

—Claro —contestó Deborah, fingiendo una absurda despreocupación que logró que el hombre la observara por encima del borde de las gafas.

Llevaban esperando horas. Por supuesto que quería ver los resultados.

Kerem les entregó varios fajos de folios, cada uno de ellos perteneciente a una prueba concreta. Consistían en informes gráficos acompañados por páginas de números y esquemas técnicos que conformaban, supuso Deborah, una especie de descripción.

—¿Qué es lo que estoy mirando? —preguntó Calvin al tiempo que agitaba el primero de los fajos.

—Eso pertenece a la cerámica —contestó Kerem—. Los resultados son muy claros: siglos XVIII o XIX. No podemos precisarlo con total exactitud porque la expansión del uso de los combustibles fósiles en ese período tiende a falsear los resultados.

—¿Está seguro —preguntó Deborah— de que no pueden ser antigüedades?

—¿A qué se refiere con «antigüedades»?

—De la Edad del Bronce —respondió—. Digamos... del año 1200 antes de Cristo.

—Imposible —aseguró el hombre.

Deborah sintió que su cuerpo se encogía, como si acabaran de vaciar un globo de aire que estuviera alojado en sus entrañas. No era ninguna sorpresa, pero de igual modo resultaba deprimente. Richard había muerto por esas copias sin valor y, lo que era aún peor, había vivido por ellas.

—¿Y los restos humanos? —inquirió Calvin.

—Eso es distinto —respondió Kerem.

Deborah tardó un segundo en comprender lo que el hombre había dicho.

—¿Distinto en qué sentido? —volvió a preguntar Calvin.

Parecía muy concentrado en el tema y miraba a Kerem sin parpadear, con un brillo desagradable en los ojos.

—El cuerpo no pertenece al mismo período que los fragmentos de cerámica —fue la respuesta.

—¿Es mucho más antiguo? —preguntó Deborah, un tanto falta de aliento. No se había esperado algo así.

—Bueno —dijo el hombre—, no es más antiguo. Es más reciente.

—¿Cómo? —inquirió Deborah, mirándolo fijamente.

—No mucho —explicó Kerem—, pero sí de mediados del siglo XX.

—¿Está seguro? —quiso saber Calvin.

Kerem pareció un tanto molesto.

—El medidor de AMS detecta el descenso del radiocarbono —replicó—. Calcula la antigüedad basándose en la velocidad de descomposición conocida de los isótopos radioactivos presentes en la materia orgánica y proporciona medidas precisas hasta los cincuenta mil o sesenta mil años. Cualquier cosa anterior a ese período ha dejado de contener radiocarbono. En el otro extremo del espectro está el hecho de que las repetidas pruebas nucleares que se llevaron a cabo en la década de los cincuenta aumentaron de modo significativo los niveles de radiación en la materia orgánica. La diferencia entre la materia anterior a esas pruebas y todo lo que procede de esa época o de años posteriores es bastante considerable. No hay duda de que los restos humanos datan de la época anterior a las pruebas atómicas, pero no pertenecen ni a los siglos XVIII ni XIX. Está claro que son del siglo XX y es muy posible que la muerte tuviera lugar en la década de los cuarenta.

Deborah sintió que se le desencajaba la mandíbula. ¿Los años cuarenta? No tenía sentido alguno.

—¿Puedo ver eso? —preguntó Calvin.

Kerem le dio el sobre y él comenzó a ojear los datos con expresión desconcertada.

Deborah sentía deseos de preguntarle a Kerem si estaba seguro, pero sabía que semejante pregunta era inútil, además de irrespetuosa.

—Vale —dijo en voz baja—. De acuerdo. Bueno, supongo que debemos marcharnos.

—Tendrán listos los demás resultados posiblemente en un par de meses —dijo el hombre—. ¿Se los envío por correo al museo?

—¿Los demás resultados? —repitió Deborah, que aún se sentía torpe y desorientada como si sufriera una leve borrachera.

—Los del galeón español —aclaró Kerem.

—Claro —dijo ella—. Sí, envíelos al museo.

El hombre les dio las gracias, volvió a coger los resultados que tenía Calvin en las manos y los dejó plantados en el austero y mal iluminado vestíbulo, que en esos momentos a Deborah le recordaba mucho más a una sala de espera hospitalaria.

—¿Estás bien? —le preguntó Calvin.

—Sí —mintió—. Voy a llamar a Cerniga.

No le quedaba alternativa. El tiempo de jugar a los detectives había llegado a su fin.

—Vale —replicó Calvin al tiempo que le dirigía una mirada inquisitiva—. No cabe duda de que es lo más inteligente. Voy un momento al baño mientras lo llamas. Después supongo que recogeremos nuestras cosas y nos pondremos en marcha.

Fue casi una pregunta, como si la recién adquirida sensación de haber concluido el asunto pudiera llevarla a proponer que pasaran unos días en las montañas o algo parecido. Deborah apenas le prestó atención y se limitó a asentir con la cabeza mientras buscaba el móvil en el bolso.

Así que no era Agamenón. Jamás lo había puesto en duda, sobre todo en los últimos días, pero la confirmación era algo nuevo y alarmante. No se trataba de un cadáver antiguo desenterrado después de haber pasado siglos bajo tierra, ni tampoco de unos cuantos huesos robados de un oportuno cementerio de finales del siglo XIX. Era mucho más reciente y no parecía relacionado con Schliemann, con la excavación ni con Micenas; ni siquiera con el mundo de la arqueología, bien pensado. De hecho, era lo bastante reciente como para que la asaltaran unas cuantas dudas acuciantes mientras se las arreglaba como podía para marcar. Se había planteado la búsqueda de los objetos desaparecidos de la habitación de Richard en relación al cómo, al qué y al porqué. En ese momento esos interrogantes habían quedado eclipsados por uno nuevo: ¿quién?

¿De quién era el cadáver que había yacido oculto tras la estantería de Richard?

¿Quién fue su asesino?

58

—Agente Cerniga —dijo la voz del otro lado de la línea.

—Hola, soy Deborah Miller —se identificó—. Estoy en Atenas.

—¿Que está dónde?

—En Atenas, Georgia —explicó—. Acabo de descubrir algo que usted debería saber.

—Siga.

Y comenzó a hablar. Le dio a entender que había ido para someter el mascarón a la prueba de la datación y que había descubierto por accidente los resultados de la vitrina de Agamenón. Cerniga no dijo nada, así que Deborah continuó, explicando los acontecimientos de principio a fin y con la firme determinación de no ocultar nada. Sin embargo, no le dijo que Calvin estaba con ella, ni siquiera mencionó su nombre de pasada, de modo que cuando este salió del edificio con aspecto serio y le sonrió, se dio la vuelta para seguir concentrada en la conversación telefónica.

—¿Cuál es el número de teléfono del laboratorio del CAIS? —quiso saber Cerniga después de escuchar en silencio su relato sobre los resultados.

Deborah echó un vistazo al recibo correspondiente al mascarón de proa y se lo dijo.

—Lo más probable es que le digan lo que me han dicho a mí —añadió.

—No quiero más detalles —replicó él—. Quiero la dirección de quienquiera que llevara las muestras para someterlas a la prueba. En este momento, encontrar a los hombres que ordenaron esas pruebas es mucho más importante que los resultados. Vuelva a Atlanta y no desconecte el teléfono.

Por supuesto que lo era, pensó mientras finalizaba la llamada. ¿Cómo se le podría haber ocurrido otra cosa? El asunto no tenía nada que ver con un antiguo misterio arqueológico, sino con el asesinato de su mejor amigo. Estaban buscando a un asesino, no un cadáver, y el hecho de que lo hubiera olvidado la hacía sentirse herida, humillada y culpable.

Condujo rápido mientras trataba de encontrarle el sentido a lo que había descubierto hasta ese instante. El nuevo giro de los acontecimientos la había vuelto reservada y, pese a no arrepentirse de lo sucedido la noche anterior con Calvin, en parte deseaba que él hubiera ido en su propio coche. No le apetecía hablar. No quería mostrarse alegre ni hacer un despliegue de ternura. Quería pensar; además, no tenía por costumbre abrir la boca hasta saber con certeza lo que quería decir. Por regla general, los silencios que se producían entre Calvin y ella ni siquiera duraban un segundo, pero en ese instante se sentía confusa, insegura y un poco asustada. No quería hablar de esas sensaciones y mucho menos reconocerlas en voz alta.

—¿Qué pasa? —preguntó Calvin.

Ella agitó la cabeza antes de obligarse a responder.

—Nada. Solo estoy concentrada.

—¿En conducir o en los resultados de la prueba?

Había comenzado a llover. Accionó la palanca de los limpiaparabrisas y se arrellanó en el asiento.

—En las dos cosas —respondió.

No sonrió y tampoco apartó los ojos de la carretera. Se suponía que el comentario pondría fin a la conversación.

—¿Qué opinas sobre el cadáver? —quiso saber Calvin.

Deborah percibió que a él no le importaba tanto la respuesta como el hecho de restablecer la comunicación entre ellos, aunque le resultó imposible cooperar. Se encogió de hombros.

—¿No se te ocurre ninguna idea? —le preguntó él.

—Ninguna.

Calvin giró la cabeza para contemplar el paisaje a través de la ventanilla mojada.

—¿Estás segura de que todo va bien? —inquirió—. Conmigo, quiero decir.

—Estoy bien, Calvin —le aseguró ella con una manifiesta nota de irritación en la voz. «Lo único que tienes que hacer es callarte y dejarme en paz», pensó—. Solo estoy concentrada.

Sus pensamientos giraban alrededor de tres cosas: la edad del cuerpo, el hecho de que el FBI tuviera competencia en los crímenes xenófobos y la muerte durante la Segunda Guerra Mundial de un comandante negro de una división acorazada que jamás había conocido a su hija. Sin embargo, si las personas —o persona— que habían matado a Richard y habían tratado de asesinarla a ella en Grecia sabían que la caja de madera no contenía el cuerpo de Agamenón sino el del padre de Tonya —un comandante olvidado de una unidad de Sherman ejecutado por un policía militar racista cincuenta años atrás—, ¿por qué estaban tan desesperados por hacerse con ella?

Sus pensamientos se vieron interrumpidos de repente por la melodía de su teléfono, que seguía siendo «La cucaracha». Una broma de Richard. Llevaban viajando en silencio una hora y ya iban en dirección sur rumbo a la ciudad; en esos momentos bajaban las boscosas colinas que rodeaban la montaña Red Top y, entre los árboles mojados, se vislumbraban las aguas del lago Allatoona.

—¿Me lo pasas? —preguntó Deborah cuando se le escapó el teléfono de la mano y acabó entre los pies de Calvin.

—Así que puedes hablar... —replicó él.

Era una broma con una evidente carga de sarcasmo.

—Solo... gracias —le dijo al tiempo que le quitaba el móvil con brusquedad y lo abría—. ¿Diga?

—Soy Cerniga —se identificó el agente del FBI—. ¿Dónde está?

—A media hora al norte de la ciudad. Tal vez menos. ¿Por qué?

—Voy a darle unas señas —contestó—. Quiero que vaya allí directamente. No vaya a ningún otro sitio antes.

—Vale. Dispare.

—¿Necesita detenerse para anotarlo?

—Lo memorizaré —afirmó mientras se aseguraba bien el teléfono entre el hombro y la oreja y utilizaba la mano libre para indicar a Calvin con impaciencia que buscara un bolígrafo.

—¿Qué? —preguntó él.

—Un bolígrafo —articuló con los labios, apartando la cara del teléfono.

—De acuerdo —dijo Cerniga—. El 136 de Greencove Street. Está a unos veinte minutos al sur del aeropuerto. Deje la I-85 en la salida de Palmetto, gire a la izquierda después de la cuesta y siga unos seis kilómetros hasta Haysbridge Road. Tuerza de nuevo a la izquierda, después a la derecha y ya estará en Greencove. La casa que tiene que buscar es la primera a la izquierda. Está bastante alejada de la carretera, pero no le será difícil localizarla. Parece abandonada.

Deborah repitió todas y cada una de las indicaciones a Calvin, que las escribió con rapidez y con clara desaprobación por el hecho de verse reducido al papel de taquígrafo.

—¿Qué es ese lugar? —preguntó Deborah—. ¿Y por qué quiere que vaya?

—El escondite de los griegos —respondió Cerniga con voz inexpresiva—. Donde han estado guardando la vitrina.

—¿Cómo los ha descubierto? —inquirió ella con una repentina euforia.

—Llamamos al laboratorio de Atenas. Tenían la información.

—Claro —replicó Deborah—. Por supuesto. Genial.

—No tanto —le dijo el agente—. Alguien se nos ha adelantado.

—¿Está...? —Deborah no fue capaz de encontrar las palabras—. ¿Va todo bien?

—Limítese a venir —le dijo el agente antes de colgar.

59

—Yo te llevo —le dijo a Calvin sin apartar la vista del lluvioso paisaje que se extendía frente a ella—. ¿Dónde te viene bien?

Sintió cómo se giraba para mirarla, pero se mantuvo en silencio.

—¿Calvin? —lo instó Deborah.

—¿He hecho algo mal? —le preguntó él—. ¿Te arrepientes de lo de anoche?

—No —contestó ella, aunque no estaba segura de que esa fuera la verdad—. Es que me da la impresión de que no deberíamos aparecer juntos.

—¿Por qué no?

—Bueno, en primer lugar, porque nadie te ha pedido que vayas.

—Genial —gruñó—. ¿Sabes una cosa, Deborah? Me parece estupendo. Tengo que volver al museo más tarde, pero puedes dejarme en la oficina.

Deborah estuvo a punto de protestar, a punto de disculparse, a punto de explicar que aquello no tenía nada que ver con él, sino con el hecho de que otras personas los vieran y los trataran como a una pareja de modo que todo fuera mucho más real y por tanto aterrador; que tenía que ver con el terror que sentía por lo que la aguardaba al final del trayecto, pero a la postre se limitó a asentir mientras decía:

—Vale.

Después de que Calvin se hubo bajado del coche y se encaminó hacia la enorme torre de cristal con la más brusca de las despedidas, la ciudad no tardó en desaparecer tras ella. En cuanto pasó el Turner Field, la única salida de relevancia era para tomar la I-20 y después la zona de circunvalaciones, pero a partir de ahí no encontró otra cosa que las indicaciones para el aeropuerto y una serie de pequeñas ciudades como Fairburn, Jonesboro y Union City, cuyos nombres le resultaban desconocidos. A medida que el tráfico disminuía hasta hacerse casi inexistente y las salidas se espaciaban a lo largo de los kilómetros de autopista flanqueada por densos bosques que impedían ver el paisaje que había más allá del asfalto y el hormigón, comenzó a preguntarse si no habría dejado atrás la salida que estaba buscando.

Le echó un vistazo a las anotaciones de Calvin, escritas de mala manera, y levantó la vista justo a tiempo para ver el cartel que anunciaba la salida hacia Palmetto. Redujo la velocidad, tomó la salida y siguió las instrucciones con sumo cuidado cuando la autopista dio paso a una carretera de dos carriles y a unos pastizales salpicados de graneros rojizos con los marcos de las ventanas y las puertas de color blanco. La ciudad podría haber estado a horas de distancia, en otro mundo. Casi en otra época.

Daba la sensación de que la casa había recibido el número 136 al azar, puesto que no se veían otras propiedades en la calle. Tal y como Cerniga le había explicado, el edificio estaba algo apartado de la carretera y apenas era visible tras la cortina de agua que caía. Aun así, tenía un aspecto ruinoso y parecía estar a punto de derrumbarse. Era una casa antigua, tal vez de la época victoriana; una construcción enorme cuya fachada estaba decorada de forma profusa y que contaba con un torreón cuadrado en uno de los laterales. Si fuera posible restaurarla, podría convertirse en una casa espectacular, delicada a pesar de su inmenso tamaño, elegante sin resultar ostentosa. En ese preciso instante estaba rodeaba de coches e iluminada por las luces de los vehículos de emergencias, de manera que la construcción parecía el ojo de la tormenta con sus muros iluminados a intervalos intermitentes por los destellos rojos y azules de las luces.

Todo pensamiento acerca de Calvin se desvaneció en cuanto aparcó el coche, se armó de coraje como un buceador que respirase hondo y salió a la lluvia. Agachó la cabeza y atravesó corriendo el accidentado sendero de gravilla que conducía a la casa. Un policía de paisano la detuvo en la entrada, pero era evidente que la estaba esperando porque se echó a un lado en cuanto le dijo su nombre.

No parecía probable que alguien hubiera habitado la casa en los últimos tiempos. Apenas estaba amueblada y los objetos que había tenían todo el aspecto de haber sido abandonados, como si no hubieran estado a la altura tras la muerte del anterior propietario, cuando se vendieron los muebles de más valor. En algún lugar de la casa se escuchaba un rítmico goteo. ¿Una tubería rota o una gotera? Más bien lo último.

—Aquí arriba.

Era Keene, que se había asomado por la barandilla de una polvorienta escalera. Deborah se apartó el cabello húmedo de la cara y comenzó a subir al tiempo que el detective bajaba.

—Vaya —dijo el hombre con torva satisfacción—, ¿no es Su Excelencia, la señora conservadora del museo?

—¿Qué pasa? —preguntó ella, demasiado asustada para enzarzarse en una disputa verbal.

—Prepárese —le advirtió Keene—. No es muy agradable.

El primer cuerpo estaba en el descansillo, tumbado de espaldas. Le habían rasgado la camisa y la ya familiar palabra estaba grabada en su pecho con enormes y salvajes cortes que se asemejaban a la escritura griega: Atreo. Salvo por las letras en sí, la carne estaba pálida y sin rastro de marcas, si bien había un enorme e irregular charco de sangre bajo el cuerpo. Deborah apoyó una mano en la pared para guardar el equilibrio.

—Se lo hicieron post mórtem —explicó Cerniga al tiempo que salía de una estancia que, probablemente, sería uno de los dormitorios—. Le dispararon dos veces por la espalda a bocajarro. Después le grabaron el nombre. La sangre es por los disparos. Créame cuando le digo que tiene mejor pinta por este lado.

Hablaba deprisa, pronunciando cada palabra con algo que a Deborah le pareció furia o frustración.

—¿Lo conoce?

Deborah lo observó. Era un hombre delgado, de unos cincuenta años y piel oscura. Tenía el cabello y el bigote algo más largos de lo que dictaba la moda y veteados de gris. Negó con la cabeza.

—Creo que no —respondió—. ¿Es griego?

—Eso dice su pasaporte —contestó Cerniga. Deborah no sabía si el comentario tenía una intención jocosa—. Llevaba otros papeles encima, pero nadie es capaz de leerlos. Voy a ordenar que los traduzcan; pero sí, eran griegos.

—¿Los documentos?

—Las víctimas —puntualizó Cerniga—. Hay otro en el dormitorio. Échele un vistazo para ver si lo conoce. Un buen vistazo, señorita Miller. Después baje y dígame lo que todavía no me ha dicho y así intentaremos averiguar hasta qué punto está metida en un buen lío.

El agente pasó en tromba a su lado y de la misma manera bajó las escaleras, aunque se detuvo a medio camino para añadir:

—Si me hubiera contado lo del laboratorio, podríamos haber conseguido esta dirección hace días y estos dos hombres seguirían vivos. Tal vez quiera meditar esa cuestión.

Deborah se paró en seco como si la hubiera abofeteado. Keene la observaba desde el otro extremo del pasillo con una mirada desabrida y hostil. Ella se apresuró a apartar la vista con el rostro encarnado y la boca abierta como si estuviera buscando las palabras adecuadas con las que responder; algo que pudiera ser útil, sincero o remotamente apropiado, cosa que resultaba imposible.

60

Cuando llegó a casa la lluvia ya había cesado y las carreteras desprendían vapor mientras los coros de grillos y de ranas arbóreas reanudaban su letanía. Deborah salió del coche como pudo y se internó en el pegajoso y abrasador aire nocturno; la opresiva humedad era tan densa como en un baño turco y le robaba cualquier resquicio de energía emocional que le quedara tras el interrogatorio de Cerniga en Palmetto.

A decir verdad, no había sido tanto una reunión como un apaleamiento verbal, una diatriba imparable acerca de su injerencia de aficionada, de su irracional necesidad de ocultar secretos a las únicas personas capaces de llevar ante la justicia a los asesinos de Richard y de su responsabilidad por la muerte de los dos griegos. Keene se había unido a ellos más tarde y por una vez se había contentado con escuchar y ver el espectáculo. Deborah no había llorado, y no lo haría, pero tras unos penosos intentos por defender su inocencia y demostrar su indignación, había permanecido sentada en silencio y había asumido la culpa de todo, a sabiendas de que no tenía sentido discutir y de que (lo que era mucho peor) el agente del FBI tenía razón.

Era cierto que al principio había tenido un buen motivo para sospechar de la policía, de Cerniga en particular, al igual que era cierto que las sospechas acerca del hombre no habían desaparecido después de que el agente confesara su pertenencia al FBI puesto que había seguido ocultándole información; pero esas no era más que débiles excusas para justificar sus actos. Como oficial al cargo de la investigación, Cerniga tenía todo el derecho a decirle lo que considerara necesario, fuera mucho o poco. Ella, en cambio, no tenía semejante derecho y además les había dado incluso más motivos para que la acusaran de obstrucción a la justicia en caso de que se decidieran a presentar cargos. Todo dependería del rapapolvo que el gobierno griego le echara al FBI por su incapacidad a la hora de defender a sus ciudadanos. A título personal, Deborah estaba convencida de que el gobierno griego no abriría la boca al respecto, pero la certeza de librarse de un juicio no servía para aliviar su sentimiento de culpa.

—Lo único que tenía que hacer era coger el teléfono —le había gritado Cerniga a la cara—. Lo único que tenía que decir era: «¿Sabe una cosa, agente Cerniga? Me apuesto lo que sea a que se llevaron esa vitrina a la Universidad de Georgia para hacerle la prueba del carbono 14». Eso era todo. Se habría convertido en la heroína del momento. Pero eso no era suficiente para usted, ¿verdad?

No se le había ocurrido ninguna réplica. Ni siquiera había sido capaz de encontrar una explicación que la dejara satisfecha a ella misma. ¿Por qué había ido a Atenas sin decírselo a la policía? ¿Lo había hecho por Richard? ¿Estaba buscando la causa de su asesinato guiada por una obligación casi filial? Tal vez. Una posibilidad menos digna, que se le había ocurrido mientras conducía de vuelta a casa y a la que no dejaba de darle vueltas y vueltas en la cabeza con la misma insistencia de un grifo que goteara, era que lo había hecho para impresionar a Calvin. La posibilidad la dejó asqueada y destrozada por la vergüenza y el arrepentimiento.

—¿Quién se cree que es? —le había preguntado Cerniga—. ¿Una detective aficionada que deja atrás a los profesionales a golpe de puro ingenio? Sus investigaciones no solo nos han hecho perder el tiempo y han costado la vida a dos hombres, sino que además no han revelado nada de importancia. ¿Cree que esto tiene algo que ver con la arqueología? —inquirió como colofón, aturdido por lo absurdo de la ocurrencia—. Pues déjeme decirle, señorita Miller, que para ser una mujer tan instruida puede llegar a ser increíblemente estúpida.

El sermón seguía rondándole la cabeza a medida que la noche envolvía su silencioso apartamento. Probó con la música y la televisión para sacárselo de la cabeza, pero ambas le parecieron irreverentes e irrespetuosas para con los dos hombres que habían muerto y para con el estado de ánimo del que no se podía librar. Tras resignarse al silencio y al sentimiento de culpa, permaneció tumbada un rato en la cama, mirando el ventilador y sintiendo cómo el aire rozaba su sudorosa piel. Después se levantó, encendió el ordenador y revisó su correo electrónico. Nada. Había tenido la leve esperanza de encontrar noticias de Calvin, pero probablemente era mejor no tener que soportar sus protestas en ese momento. Sin duda alguna tenía todo el derecho a sentirse herido y confundido por la manera en la que se había desentendido de él durante el viaje de regreso desde Atenas, pero había tenido un presentimiento acerca de lo que estaba a punto de descubrir y eso había sido más importante que su idilio en ciernes. Estaba claro que él lo entendería, ¿no?

Aunque eso no era del todo cierto. Había algo más que la había hecho retraerse antes de hablar con Cerniga y Keene: la idea de que había permitido que Calvin se acercara demasiado y de que necesitaba apartarlo un poco para que no la asfixiara con sus atenciones. Frunció el ceño ante semejante ocurrencia. Tal vez la confianza en sí misma y el arrogante aislamiento de que hacía gala y que tan buenos resultados le había dado desde su más tierna infancia cuando se sentía tan distinta a las demás niñas se hubieran vuelto en su contra de repente como un perro fiel al que le hubieran pisado la cola. Dos veces, tal vez. Porque mientras estaba sentada delante de la brillante pantalla del ordenador y contemplaba la ausencia de correo en su bandeja de entrada, se le ocurrió que tal vez el impulso de alejarse de Calvin y el de ocultarle sus hallazgos al FBI bien podrían ser el mismo.

«¿Y ahora te das cuenta? Pues que sepas, Deb, que Cerniga tenía razón. Para ser una mujer inteligente, puedes llegar a ser increíblemente estúpida.»

Seguía dándole vueltas a esa idea cuando se percató de que la luz de su contestador parpadeaba lentamente. Pulsó el botón para reproducir los mensajes y escuchó una inesperada aunque conocida voz, culta y algo tensa.

—Hola, Deborah —decía la voz.

Esa voz la llevó de vuelta a la noche en que todo había empezado, la noche en que Richard había muerto.

—Hola, Marcus —correspondió ella como si lo tuviese delante, con la pipa en la mano.

—Siento no haber podido alcanzarte en Grecia —continuó Marcus—. Estaba siguiendo otra pista que me trajo de vuelta aquí. Escucha, Deborah, tenemos que hablar. Este… —Luchó por encontrar las palabras y su voz sonó de repente mucho más aguda que antes y con evidente apremio—. Este asunto que hemos estado investigando… No es lo que creíamos. Es… No estoy seguro, pero… —Se detuvo y Deborah creyó escuchar un ruido de fondo—. Te volveré a llamar —dijo.

No había un segundo mensaje.

61

Deborah volvió al ordenador. Supuso que Marcus llamaría de nuevo. Y aun cuando no lo hiciera, era probable que a esas alturas hubiera descubierto tantas cosas como él. Marcus había llegado a la conclusión de que el cuerpo y todo el ajuar funerario eran falsificaciones, que su pequeña cruzada había sido en vano, y por esa razón parecía tan...

¿Alterado?

... impaciente. Decepcionado. Ella conocía muy bien esa sensación.

Ese razonamiento parecía tener sentido, pero la dejó intranquila, escéptica. Abrió la página de Google y contempló el cursor parpadeante de la casilla de búsqueda durante un buen rato. A continuación, sus dedos comenzaron a teclear muy despacio cinco letras: Atreo.

La pantalla se puso en blanco y comenzó a mostrar los primeros de los miles de resultados de la búsqueda por páginas: proyectos de estudiantes sobre mitos griegos, páginas de antiguos dramas, una versión de Dragones y Mazmorras ambientada en la antigua Grecia e incluso imágenes turísticas de Micenas. Teniendo en cuenta el estado de ánimo en que se encontraba, la luz del sol y los rostros sonrientes se le antojaron grotescos.

Volvió a la página anterior y añadió otras palabras al campo de búsqueda: «Agamenón», «*tholos*», «oro», «Schliemann»...

Nada. La recomendación de que comprobara la ortografía.

Probó Atreo con «cerámica», con «tumba», «sepulcro» y «cuerpo», con lo que obtuvo diversas versiones de páginas que ya había visto en un orden algo diferente. Probó Atreo con «1940», con «Segunda Guerra Mundial» y con «tanque Sherman». Las dos últimas dieron como resultado un grupo diferente de enlaces, pero ninguno de ellos parecía destacar en absoluto la palabra «Atreo» y se concentraban en cambio en las referencias a la guerra. Deborah suspiró y trató de reprimir una súbita oleada de apatía antes de teclear: «Atreo» y «crimen xenófobo». Estaba esperando a que el módem telefónico mostrara los resultados cuando oyó que llamaban a la puerta.

Miró el reloj. Las diez y media. Ojalá no fuera Cerniga; o peor, Keene.

Calvin, pensó, y el alivio se mezcló con la vergüenza y la inquietud en cuanto el nombre se le vino a la mente.

Pegó un ojo a la mirilla y retrocedió con el ceño fruncido. Era Tonya.

62

Resultaba extraño ver a Tonya en su apartamento, pensó Deborah mientras ambas se sentaban a la mesa de la cocina y compartían una copa del vino que había traído la otra mujer. En realidad, solo habían hablado en el verdadero sentido de la palabra en una ocasión y había sido a miles de kilómetros de distancia, en un pueblecito griego. Parecía casi imposible.

—El agente Cerniga volvió al museo esta tarde —dijo—. Me contó lo que había ocurrido. A juzgar por la expresión del rostro de Keene, supuse que te vendría bien un trago.

Deborah sonrió para darle las gracias, pero fue una sonrisa triste.

—Está claro que no le caigo bien a ese hombre —comentó—. Me refiero a Keene.

—Si te sirve de consuelo —dijo Tonya—, creo que a mí tampoco me aprecia mucho.

—¿Qué hacías en el museo? —preguntó Deborah—. Creía que habías dejado tu empleo.

—Tenía que cumplir el contrato —respondió la mujer con una sonrisa—. De todas formas, todavía no he encontrado otro trabajo. A decir verdad, solo dije que me iba para demostrarles a los federales que no éramos amigas, pero tal vez tenga que pedirte que me des una segunda oportunidad. Si la policía presenta cargos contra mí por obstrucción de una investigación en curso, tendré que hacerlo constar cuando solicite otro trabajo. Si el

AJC me quiere como investigadora, incluso podría beneficiarme; pero como es bastante probable que requieran mis servicios como crítica gastronómica (y de segunda fila para más inri), dudo mucho que les guste que esté fichada. Mierda —dijo—, jamás creí que acabaría limpiado retretes de por vida.

—No será un trabajo de por vida —le aseguró Deborah—. Solo será…

—Hasta que encuentre algo mejor, ya lo sé —la interrumpió Tonya—. Eso es lo que solía decirme mi madre. —Se encogió de hombros y esbozó una sonrisa traviesa—. Pero quiero que me cuentes algo sobre tu escapada nocturna con el señor Calvin Bowers, el abogado.

Deborah se quedó con la boca abierta.

—¿Cerniga te habló sobre eso?

—Joder, claro que no —le aseguró—. Nadie lo había hecho hasta ahora. Solo estaba haciendo una suposición.

—Nunca te fíes de una periodista —afirmó Deborah.

—¿Y de una limpiadora? Vamos, chica, quiero detalles.

—Pasamos una noche agradable —dijo Deborah.

—No me cabe la menor duda. Todavía llevas carmín en los labios, según veo.

—¿Has venido aquí para darme consejos de maquillaje o para enterarte de las últimas noticias?

—¿Qué noticias? —le preguntó con fingido recelo, como si hubiera mordido el anzuelo.

—Los resultados de las pruebas sobre el cuerpo —contestó Deborah.

Su voz sonaba grave y triste incluso a sus propios oídos.

Tonya estaba tratando de desvanecer cualquier idea acerca de que Deborah fuera en parte responsable de las muertes de los dos griegos, pero no estaba sirviendo de nada. La verdad flotaba entre ellas y la hacía sentirse distante e indiferente, como si se encontrara al final de un largo y oscuro túnel.

—¿Lo encontraste? —preguntó Tonya.

—No, pero conseguí ver los resultados de la datación del carbono 14.

—¿Se trata de lo que creíamos?

—Más o menos. La cerámica y posiblemente también el oro son del siglo XIX. El cuerpo es un siglo posterior. De mediados de los cuarenta.

Tonya soltó la copa de vino con mucho cuidado.

—¿Crees que se trata de mi padre?

—No lo sé.

—Pero ¿qué crees?

—Supongo que es posible —admitió Deborah, demasiado cansada y deprimida para discutir—. Aunque no me cuadra...

—Eso explicaría por qué los federales están implicados —señaló Tonya, que se puso en pie con un brillo entusiasta en la mirada—. Fue un crimen xenófobo.

—No estoy segura —repitió Deborah, negando con la cabeza—. No entiendo por qué alguien estaría tan ansioso por recuperar el cadáver, ni siquiera en el caso de que hubiera pruebas sobre cómo murió. Sé que a los militares no les gusta que esas cosas salgan a la luz, pero a estas alturas no es más que agua pasada. Dudo mucho que lo consideraran un asunto de gran repercusión.

Tonya la fulminó con una mirada cargada de indignación.

—Lo siento —se disculpó Deborah—. Es que...

—¿Y qué pasaría si el tipo que lo mató —la interrumpió Tonya—, el policía militar, si es que de verdad lo era, se hubiera convertido en un pez gordo después o fuera el padre de algún pez gordo? Eso sí que tendría mucha repercusión. Alguien trata de proteger al asesino o a su familia.

—Es posible —admitió Deborah.

Jamás se había sentido tan cansada y humillada, pero Tonya, atrapada en su propia historia, no parecía darse cuenta.

—¿Lo crees de verdad? —le preguntó.

Era un desafío que Deborah no tenía ganas de afrontar.

—Supongo que es posible —respondió.

—Pero no lo crees.

Tonya no iba a dejarlo estar. Solo se conformaría con un apoyo incondicional, algo que no estaba recibiendo.

—¿Crees que mi padre no se merecía tanto trabajo? —preguntó con ese punto de arrogancia que Deborah ya había detectado otras veces en su actitud—. ¿Crees que nadie se tomaría el trabajo de investigar el asesinato de un hombre negro ocurrido en 1945?

—Yo no he dicho eso —respondió—. Tan solo creo que no encaja. ¿Por qué iba a molestarse el asesino de tu padre en disponer el falso ajuar junto con el cuerpo y en colocarle la máscara funeraria?

—Para ocultar el hecho de que era norteamericano —masculló Tonya— y de que había matado a uno de los suyos.

—Pero tú dijiste que el cuerpo de tu padre fue enterrado —replicó Deborah—. Nadie trató de ocultar el hecho de que estaba muerto. No tenían por qué hacerlo. Sabían que en 1945 la palabra de un policía militar blanco bastaría para silenciar a una división de soldados negros.

La furia desencajó el rostro de Tonya, aunque había algo más en su expresión. También había dolor y humillación en sus ojos, como si la hubiera abofeteado.

—En ese caso no pasa nada —dijo antes de darse la vuelta y encaminarse hacia la puerta.

—Yo no he dicho eso —señaló Deborah, que se levantó y fue tras ella—. No he dicho que ellos tuvieran razón.

—Sé lo que has dicho —le aseguró la mujer sin detenerse.

—Tonya —la llamó Deborah con un leve tono de súplica—. Lo siento. Hoy ha sido un día… No quería decir…

—No pasa nada —dijo la mujer por encima del hombro mientras abría la puerta con brusquedad—. Te veré en el museo.

Acto seguido se marchó; el portazo resonó por todo el apartamento durante un instante. Deborah escuchó el repiqueteo de sus tacones en el pasillo exterior, pero se sentía abrumada por el cansancio y una intensa y enervante tristeza, de modo que no fue tras ella.

«El remate perfecto para este día —pensó—. El abandono del último de tus aliados.»

Apagó la luz principal y atravesó la habitación para apagar el ordenador. Desplazó el ratón hasta el menú de cierre antes de darse cuenta de lo que mostraba la pantalla. Eran los resultados de su última búsqueda: «Atreo» y «crimen xenófobo».

El primer enlace no había aparecido antes. Pinchó en él y esperó.

El encabezamiento de la página que se abrió rezaba: «Southern Poverty Law Center: distribución de grupos xenófobos». La página de una organización de derechos humanos…

En el centro de la página había un mapa rojo de Georgia, moteado con símbolos de colores: banderas confederadas, esvásticas, una capucha blanca, una bota militar negra, un crucifijo. Bajo él había una lista de enlaces a las diversas organizaciones relacionadas con la leyenda del mapa: separatistas negros, Ku Klux Klan, Identidad Cristiana, cabezas rapadas, neoconfederados y neonazis, todos subdivididos en grupos específicos desde la Nación del Islam y el Nuevo Partido de las Panteras Negras, pasando por los Caballeros Blancos de Georgia del Norte y las Naciones Arias, hasta un grupo llamado Revolución Blanca de Brooks, Georgia, y un grupo Nacional Socialista en Morrow. Deborah sintió el corazón en la garganta. Al final de la lista había un montón de grupos que aparecían listados bajo el epígrafe de «Otros».

Uno de ellos había sido nombrado sencillamente como «Atreo».

El símbolo que lo representaba, el único de esa clase que había en el mapa, estaba situado justo donde debería encontrarse Atlanta. La diminuta imagen parecía un triángulo amarillo, pero cuando se acercó a la pantalla para verlo mejor, se dio cuenta con un súbito estremecimiento de que el triángulo tenía ojos. Era una máscara funeraria de oro.

63

Su primer impulso fue leer toda la información que había en la página web; el segundo, llamar a Cerniga.

«Él ya lo sabe —se dijo—. Por eso está aquí. Esta ha sido la raíz del asunto desde un principio. Ni Schliemann, ni Agamenón. Esto. Sea lo que sea.»

Volvió a la web y comenzó a buscar en todos aquellos enlaces que podían proporcionarle alguna información.

La entrada de Atreo era bastante más escueta que las que había encontrado en los otros grupos xenófobos. Decía así:

> Pequeña organización de cabezas rapadas, posiblemente desaparecida, con tendencias xenófobas. Al parecer, Atreo se fundó en la década de los cincuenta, pero estuvo rodeada por tal secreto que algunos analistas incluso niegan su existencia y es probable que durante varias décadas cesara su actividad o desapareciera. Su nombre vuelve a aparecer en los tatuajes de los cabezas rapadas de principios de los años noventa y en algunos foros de internet se ha comentado que sus miembros son poco numerosos y mantienen su pertenencia en secreto. Se desconoce cuál es su objetivo, aunque parece —tal y como sucede con otros grupos de esta índole— que está muy vinculado a la violencia y al odio hacia los homosexuales, hacia todos aquellos no pertenecientes a la raza

> blanca y en especial hacia los judíos y los negros. La imagen de la máscara de oro que siempre ha aparecido relacionada en los anuncios de internet y en los tatuajes del grupo parece remontarse a los orígenes de la organización, si bien se desconoce su significado.

«Otra vez la máscara», pensó.

Deborah continuó mirando la imagen. Su mente deseaba cambiar de tema, pero había algo que tiraba de ella, como un anzuelo que se hubiera quedado enganchado en el pelo o en la ropa. La máscara parecía de algún modo distinta de la real, como si al reducirla hubiera desaparecido parte de la labor del orfebre y hubiera adquirido un aspecto mucho más nítido y preciso, un logotipo parecido a una máscara teatral o...

«Un logotipo», se dijo.

Lo había visto antes. Estaba segura. A esas alturas había memorizado la máscara. Sin embargo, había algo distinto en esa miniatura que la informática había estilizado, algo que le resultaba familiar; pero era algo que no tenía que ver con la máscara en sí, ni con las incontables fotografías que había visto ni con el objeto real que había observado en la vitrina expositora del museo de Atenas.

Bien pensado, había tenido la misma sensación al ver por primera vez el tatuaje del chaval asesino en Micenas: la ligera impresión de que había visto la imagen antes; no la máscara, sino la reproducción en miniatura...

Contempló durante un buen rato la imagen del monitor y después se puso en pie y comenzó a pasear de un lado a otro de la habitación, intentando recordar cuándo la había visto por primera vez. Se detuvo de repente. La imagen apareció súbitamente en su memoria. No había oro ni los diminutos píxeles amarillos del monitor ni tampoco los trazos negro azulados de un tatuaje sobre piel pálida, tan solo un dibujo hecho en tinta negra sobre un grueso papel blanco.

Volvió a la vida de repente y se dirigió con presteza al dormitorio en busca del bolso que la había acompañado por medio mundo. Pesaba a causa de toda la correspondencia de dos semanas sin abrir; cartas y facturas que había guardado la noche de la gala para la recaudación de fondos y que jamás llegó a examinar porque Richard ya estaba muerto cuando volvió a verlo. Las ojeó rápidamente hasta que encontró lo que buscaba: un sobre blanco de tipo comercial, más pesado de lo normal y con una textura gruesa, parecida al lino. Habían mecanografiado el nombre de Richard y la dirección del museo, razón por la que había llegado hasta ella. Si lo hubieran enviado a su dirección particular, ella jamás lo habría visto. En la esquina superior izquierda, donde debería estar la dirección del remitente, solo había una pequeña y estilizada máscara.

Su aspecto era bastante inofensivo y Deborah estaba segura de que al verlo por primera vez lo había tomado por una petición de ayuda económica procedente de una compañía de teatro local. Sin embargo, a la luz de todo lo que había sucedido, a la luz de ese pequeño icono que mostraba el monitor en su escritorio, distaba mucho de ser inofensivo.

Lo abrió con mucho cuidado y con cierta dificultad, utilizando un cuchillo para rasgar el grueso papel; acto seguido, se tapó la boca con una mano, lo puso bocabajo y vació el contenido extendiendo el brazo todo lo posible para que cayera dentro de un cuenco que había sobre la mesa. Si veía polvo, había decidido, no respiraría hasta estar en la calle.

Pero no había polvo; tan solo un pliego de ese papel tan caro sobre el que habían escrito con la misma máquina de escribir que habían utilizado para la dirección. No había firma ni fecha. Solo rezaba:

> Estamos al tanto del objeto que tiene en su posesión y de los planes que tiene para él. Debe cambiarlos. Tenga por seguro que si el objeto no llega a las manos de aquellos destinados a retomar la labor de la causa de ese gran hombre, el terror que este inflige caerá sobre usted y sobre todos esos degenerados con los que se relaciona como lo haría la espada de Dios Todopoderoso. No permita que salga del país o recibirá la justa

y merecida retribución cuando llegue el inevitable momento de dar rienda suelta a su poder.

Deborah dejó la carta sobre la mesa con sumo cuidado y se alejó de ella, como si las propias palabras contuvieran otro agente contagioso que nada tenía que ver con el ántrax o el gas nervioso.

—No tiene relación con la arqueología —dijo en voz alta, repitiendo la afirmación de Cerniga.

A menos que esos chalados que declaraban la supremacía de la raza blanca creyeran ser los herederos de Agamenón...

Eso era.

Habían convertido la guerra de Troya —un modelo legendario de nobleza e ilustre determinación— en algo mucho más brutal e inquietante: un genocidio, un intento de Grecia, como superpotencia europea de la época, por erradicar a su oponente en Oriente Próximo. Occidente contra Oriente, caucásicos contra árabes, las tierras que acabaron siendo el hogar de la primera comunidad cristiana contra los infieles turcos.

Habían tomado las figuras de Aquiles, de Agamenón y de todos los demás y las habían convertido en iconos nazis; en héroes que aplastaban las culturas extranjeras bajo sus talones arios...

Sin importar si se debía a una mala concepción de la historia o a una mala interpretación deliberada de la literatura y la cultura, Deborah sabía que tenía sentido, al menos para quienquiera que hubiese escrito esa carta y convertido la Edad del Bronce de Agamenón en una cruzada racista. No obstante, también parecía que quienesquiera que fuesen los miembros del grupo Atreo querían el contenido de la vitrina para darle un uso terrible. La vitrina contenía «la espada de Dios Todopoderoso», según decía, la capacidad de dar rienda suelta a «la justa y merecida retribución».

¿Qué había dicho Marcus? «No es lo que pensamos.»

Cerniga había estado en lo cierto. Aquello no estaba relacionado con la arqueología. No estaba relacionado con la historia ni tampoco con el dinero. Aún no sabía lo que contenía esa vitrina —tal vez incluso supiera mucho menos en ese instante que al principio, puesto que todas sus suposiciones parecían haber resultado erróneas—, pero en ese momento sabía por qué había gente dispuesta a matar por él. Esas personas harían cualquier cosa por poseerlo porque creían que contenía un arma; un arma con un extraordinario poder destructivo.

64

—Sí —dijo Deborah, hablando a través del auricular del teléfono—, es urgente.

Repitió su nombre y después se sentó a esperar en la habitación iluminada tan solo por la luz del monitor. La voz que se escuchó al otro lado de la línea sonaba irritada y con prisas.

—Soy Cerniga —dijo—. ¿Qué quiere?

—He encontrado una carta enviada a Richard el día previo a su muerte, tal vez dos días antes —contestó—. Nunca la abrió y yo no lo he hecho hasta ahora, pero estoy bastante segura de que esa fue la razón de que intentaran matarme en Grecia. No encontraron la carta y dieron por hecho que yo la había leído.

—¿Y qué dice?

Deborah se la leyó de principio a fin, sosteniéndola en alto para poder ver la letra sin sacarla de la bolsa de plástico de cierre hermético donde la había guardado. En esa ocasión no iba a arriesgarse lo más mínimo. Cuando acabó, hubo una larga pausa.

—¿Agente Cerniga? —preguntó—. ¿Sigue usted ahí?

—¿Está en casa?

—Sí.

—Quédese donde está y no hable con nadie.

—Se trata de un arma, ¿verdad? —le preguntó Deborah tan pronto como llegó.

No estaba solo. Keene se encontraba tras él y tenía una expresión avinagrada.

—Vamos, Cerniga —lo instó—. ¿Se trata de un arma?

El hombre suspiró y comenzó a leer la carta. No habló hasta que hubo acabado.

—Tiene que saberlo todo, ¿no es así? —le dijo el agente.

Deborah sintió el impulso de sonreír con algo parecido al autodesprecio, pero Cerniga la miraba con una expresión adusta y tenía los labios apretados. El agente del FBI miró a Keene de soslayo, como si estuviera demasiado exasperado para decírselo él mismo.

—Cuéntaselo —le ordenó.

—¿Todo? —preguntó el policía, mirándolo con una expresión de incierto resentimiento.

—Si con eso conseguimos que cierre el pico y que se quite de en medio por lo menos diez minutos, sí.

Deborah bajó la mirada con el rostro ruborizado.

—Vale —accedió Keene al tiempo que tomaba asiento—. Sí, creemos que es un arma. Ha habido referencias al grupo Atreo desde los años cincuenta. Van y vienen en oleadas, siempre llenas de mierda apocalíptica e imprecisa. Pero jamás se han atribuido responsabilidad por ninguna acción y, aunque sabemos que están relacionados con grupos de extrema derecha, no sabemos lo que quieren. Al parecer, durante un tiempo el grupo fue liderado, y posiblemente fundado, por un empresario local llamado Edward Graves, un multimillonario. Murió a mediados de los sesenta y no sabemos quién recogió el testigo, si es que lo hizo alguien. Lo que sí sabemos es que gran parte de su fortuna parece haber desaparecido y hubo rumores de que un buen puñado de ese dinero fue destinado a asegurar el futuro de Atreo. De todos modos, la mayoría de los analistas cree que el grupo se ha desintegrado, a pesar de que su nombre volvió a aparecer hace algunos años. Y justo después se les relacionó con el asesinato de un ciudadano británico en Francia.

—El padre de Marcus.

—Supongo que sí. Los federales no saben qué hacía allí el viejo, salvo que estaba intentando adquirir unos restos arqueológicos en el mercado negro. La policía británica registró su casa y encontró pruebas de cierta conexión con Edward Graves a finales de la Segunda Guerra Mundial. Hacían referencia a una máscara...

—¿Estaba Graves en el ejército durante la guerra? —lo interrumpió Deborah.

—Sí —contestó Cerniga—. Era policía militar. ¿Por qué? ¿Hay algo más que no nos haya contado?

Deborah tragó saliva. Tonya quería mantener su historia en secreto.

—¿Y bien? —insistió el agente, alzando la voz.

Parecía más frío y más peligroso que nunca y Deborah volvió a ver en su mente los cuerpos de los dos griegos; unos hombres cuyas vidas podría haber salvado...

—El padre de Tonya —dijo— estaba en un regimiento acorazado compuesto íntegramente por negros que se desplazaba por el sur de Alemania al final de la guerra.

Les contó toda la historia, incluyendo la posibilidad de que el cuerpo que había bajo la máscara fuera el de Andrew Mulligrew, el padre de Tonya.

Keene frunció el ceño y bajó la vista mientras Cerniga le ordenaba que le repitiera todo dos veces más, primero para tomar notas y después para comprobarlas. Al parecer, aquello era nuevo. Lo más probable era que no cambiara nada, puesto que era historia antigua y tan relevante para el emplazamiento actual de la vitrina como las excavaciones de Schliemann; pero Deborah estaba encantada de poder contarle al agente algo que todavía no sabía, aunque eso no suavizó la expresión de su rostro cuando la miró.

—Creí que el tatuaje del águila que vi en aquel chaval en Grecia era romano —dijo—. Pero no lo era, ¿verdad? Era alemán.

—Los dos están relacionados —le explicó Cerniga—. Los dirigentes del Tercer Reich se creían descendientes de los antiguos griegos y romanos.

—Entonces... —dijo Deborah de repente—. ¿El arma de la que hablamos...?

—Es incapaz de olvidarse del tema, ¿verdad? —le preguntó Cerniga.

—Simplemente tengo la sensación de que si sé lo que está pasando —replicó ella—, tal vez pueda serles de ayuda.

—¿Tal y como ayudó a esos dos fiambres en Palmetto? —preguntó Keene.

Deborah volvió a bajar la vista al suelo. Cuando Cerniga habló, su voz sonó seca y sin inflexión.

—Basándonos en la disposición de los focos de la habitación oculta tras la estantería —comenzó—, pensamos que la vitrina expositora con el cuerpo y el ajuar funerario medía unos dos metros de largo por uno de ancho, más o menos como un ataúd. Creemos que no estaba sujeta por ninguna estructura y, aunque el cuerpo no ocuparía más de treinta centímetros de profundidad, casi podríamos asegurar que no estaba pegado al fondo. Si nos basamos en la suposición de que el cadáver tenía una longitud de poco más de un metro, estaríamos hablando de un espacio libre de alrededor de dos metros cúbicos oculto bajo el cuerpo. Y eso es mucho sitio para esconder un buen número de armas.

—Y no estamos hablando de pistolas —aclaró Keene con torva satisfacción.

—Creemos —prosiguió Cerniga con ese tono de voz carente de cualquier emoción que no fuera una sinceridad adusta e incluso brutal— que puede tratarse de un arma de destrucción masiva, como las que jamás encontramos en Irak. Se creó en la Alemania nazi el último año de la guerra y fue sacada de contrabando, utilizando las antigüedades falsas como tapadera. Sabemos que el programa nuclear nazi estaba bastante avanzado, pero parece improbable que tuvieran el material necesario para fabricar algún tipo de bomba; de cualquier forma, eso no quiere decir que carecieran de materiales que pudieran haber transformado en algún tipo de artefacto, lo que llaman una «bomba sucia», quizá.

—Si en la vitrina hay material radiactivo —dijo Deborah en voz baja— está tan bien sellada que no se han producido fugas de radiación. De haber sido de otro modo, la prueba del carbono 14 habría detectado una presencia masiva de partículas radiactivas.

Seguía fingiendo que aquello era un intercambio de ideas en lugar de una especie de castigo por sus intromisiones o por la ausencia de estas.

«¿Quiere saber lo que está pasando? —parecía estar pensando Cerniga—. Aquí lo tiene. Y si le da un susto de muerte, solo usted será la culpable.»

—Nos decantamos por un arma química o, la opción más probable, biológica —explicó Cerniga—. Los nazis investigaron a fondo ese terreno.

En los campos de concentración, pensó Deborah, que de repente volvía a sentir el antiguo vacío en las entrañas.

—La viruela sería suficiente —observó Keene al tiempo que la miraba con una sonrisa burlona—. Una pequeña reserva del virus de la viruela o alguna horrible cepa de virus de la gripe o tal vez unos cuantos viales con las bacterias causantes de la peste bubónica...

Deborah bajó la vista de nuevo, aunque solo por un momento.

—¿Lo sabía Richard? —inquirió.

—No tenía ni la más mínima idea —le contestó Cerniga—. Pensaba que estaba a punto de anunciar el mayor descubrimiento arqueológico del siglo, a punto de conseguir que su museo apareciera en los mapas y de convertirse en un héroe nacional para los griegos.

Esas eran buenas noticias, aunque en boca del agente daba la impresión de que Richard hubiera sido un estúpido fantasioso.

—Al igual que usted —prosiguió Cerniga como si ella no hubiera comprendido el punto principal—, no sabía de qué iba todo esto.

—El señor Dixon pensaba que la cosa iba de arte e historia —intervino Keene, riéndose en su cara con tanto descaro que Deborah bajó la vista de nuevo—. ¿Puede creérselo?

—¿Y qué hay del ruso? —preguntó Deborah—. La nota que llevaba sugería...

Cerniga la interrumpió con un grito furioso.

—¿De qué demonios cree que va todo esto? —inquirió con un repentino rubor en el rostro y una vena latiéndole en la sien—. ¿Es que cree que queremos pedirle opinión, como si fuese algún tipo de maldita experta, algún tipo de genio que pudiera hacer el trabajo en nuestro lugar? El ruso, tal y como ya le he dicho unas cincuenta veces, es irrelevante en esta investigación.

—Solo pensaba que… —comenzó, intimidada por ese despliegue de furia.

—Pues no lo haga —la interrumpió él—. O al menos vuelva a sus libros y póngase a pensar en ellos. Ya no es sospechosa, ¿vale? En lo que a mí respecta, usted no es más que un estorbo. Quítese de en medio y no moleste. Tómese unas vacaciones.

—Oiga —le dijo Keene, presa de un desagradable optimismo—. ¿Por qué no se va a Rusia?

—Lo que sea —replicó Cerniga—. Limítese a mantenerse lejos de mí hasta que todo esto se aclare. ¿Lo ha entendido?

Deborah asintió en silencio.

65

Estaba lloviendo en la Plaza Roja. Deborah llevaba dos días en Moscú y la lluvia había sido tan incesante que le resultaba imposible imaginarse la ciudad sin el cielo gris, los árboles empapados, los adoquines brillantes y las cúpulas resplandecientes.

Dos días.

Sabía que era una completa locura. Jamás debería haber ido. Tras pasar una década sin apenas salir de Estados Unidos, se había aventurado a viajar dos veces a Europa en otras tantas semanas. No podía permitírselo y estaría pagando la absurda excursión durante lo que restaba de año y parte del siguiente. Grecia había resultado una inversión cara, pero la nueva Rusia capitalista la había superado un poco; unos pocos miles, más bien. En nombre de Dios, ¿para qué había ido?

¿Para molestar a Cerniga? ¿Para tomar en serio el sarcástico consejo que tanto él como Keene le dieran, como si de ese modo pudiera borrar de su mente el desprecio con el que la habían tildado de imbécil y de aficionada? ¿O para alejar otras imágenes de su mente...?

Los griegos muertos, sus ojos abiertos...

¿O para ocultarse en otro continente?

«Esa suposición es más acertada», se dijo.

Sin embargo, todavía quedaban preguntas sin respuesta. Cerniga afirmaba que no tenía nada que ver con la arqueología. Ni con el ruso ni con Magdeburgo. Pero había algo más, estaba segura de ello. Era incapaz de decidir si el agente no lo sabía o en realidad se limitaba a ocultarlo, pero había algo más; algo de lo que nadie había hablado aún; algo que estaba en el fondo de toda esa trágica farsa. Lo había presentido desde el principio; esa sensación de que el rastro que estaba siguiendo pertenecía a un lobo o a algo más extraño y de mayor tamaño, algo que no reconocería hasta que hubiera dado la vuelta a la esquina para descubrir que la estaba observando.

Por eso había ido a Rusia. Pese a su bolsillo y a su sentido común, había ido a Rusia decidida a seguir el rastro un poco más, hasta que se desvaneciera por completo o le mostrara a la bestia.

El día anterior había hecho tres cosas después del interminable vuelo. Había reservado una habitación en el Belgrade, un hotel situado junto al Anillo de los Jardines y a una parada de metro del Kremlin. Había visitado el Museo Pushkin y había contemplado, exhausta y desconcertada, el Tesoro de Príamo; el tesoro compuesto por todos los antiguos objetos que Schliemann desenterró en Troya y envió de contrabando a Alemania un siglo antes. La importancia que tenía para su investigación le era desconocida, aunque le indicaba que el asesinato de un antiguo agente soviético a tan solo una manzana de distancia del museo de Atlanta la misma noche en la que este fue despojado de su colección de reliquias de la guerra de Troya no era ninguna coincidencia. Que el tesoro de Richard estuviera compuesto por falsificaciones no restaba importancia al hecho de que ambas colecciones estuvieran en Berlín en 1945 cuando los rusos llamaron a las puertas con sus tanques y de que ambos tesoros fueran sacados de la ciudad de forma furtiva.

Lo tercero había sido llamar a Alexandra Voloshinov, la hija del ruso muerto. A decir verdad la había llamado dos veces. La primera ocasión le respondió un hombre que había afirmado no entenderla antes de colgar el teléfono. La segunda vez respondió la mujer en persona quien, si bien no fue muy afable, anotó el número del hotel de Deborah por si cambiaba de opinión.

La había llamado esa misma mañana.

—A mi marido no le gusta que hable de mi padre —afirmó—. De su trabajo, quiero decir. Pero me reuniré con usted.

Habían quedado en la Plaza Roja, lugar flanqueado por el antiguo y ornamentado edificio que albergara los grandes almacenes GUM y, como contraste, por la tumba de Lenin, tras la cual se alzaban los muros de ladrillo rojo del Kremlin. Deborah se arrebujó en su abrigo, inadecuado para ese clima, y miró en dirección sudeste, donde las enormes y soberbias cúpulas bulbosas rojas y doradas de San Basilio brillaban a través de la lluvia. Sintió una irrefrenable punzada de excitación por el simple hecho de encontrarse en ese lugar.

Tenía la edad justa para recordar lo que la Unión Soviética había significado para Estados Unidos a lo largo de los setenta y los ochenta, aunque en líneas generales su percepción de la amenaza de la Guerra Fría estaba relacionada con una serie de películas estereotipadas y una larga e inútil rivalidad deportiva. Pese a estar en mitad del verano, le había sorprendido en cierta medida que la plaza no estuviera cubierta de nieve; al igual que le sorprendió ver el familiar símbolo de McDonald's junto a un edificio cuya austera fachada de piedra aún lucía el emblema de la hoz y el martillo. Sabía que la Unión Soviética había desaparecido; pero su presencia persistía con tanta nitidez en el húmedo ambiente que los característicos signos del capitalismo democrático occidental se asemejaban a la decoración navideña, que desaparecía en cuestión de semanas.

Alexandra Voloshinov era corpulenta, como su padre; rondaba los cuarenta y cinco años, y era de tez pálida, con semblante inexpresivo, tal vez un poco adusto. Tenía una mirada sombría y reservada que no llegó a posarse en Deborah durante mucho rato, como si estuviera buscando a otra persona. Llevaba un abrigo largo de color oscuro y un turbante azul pálido. Deborah, que sin saber muy bien por qué había esperado encontrarse con alguien más joven, se apartó para dejarla pasar y murmuró una disculpa antes de darse cuenta de quién era.

—¿Deborah Miller? —preguntó la mujer. Su voz carecía de

inflexiones y en su rostro no se leía emoción alguna, ni siquiera un saludo cordial.

—Sí —contestó Deborah con una sonrisa—. Usted debe de ser Alexandra.

—Sergei Voloshinov era mi padre —le dijo, como si eso fuera una distinción crucial—. ¿Por qué ha venido?

Para Deborah, que se había sentido entusiasmada por el hecho de que la mujer accediera a encontrarse con ella, fue como un jarro de agua fría. La rusa no quería hablar, ni siquiera la quería en su país.

—Estoy intentando comprender lo que le sucedió a su padre, porque creo que es importante para aclarar la muerte de otro hombre.

—Pero usted no es policía.

—El otro hombre era un buen amigo mío.

La mujer lo pensó un instante mientras aferraba su bolso a modo de escudo sobre su voluminoso abdomen.

—La policía dice que fue a una parte peligrosa de la ciudad. Lo asaltaron para robarle. Eso es todo.

—No creo que eso sea cierto.

—Señora Miller... —comenzó.

—Señorita —la corrigió Deborah con una sonrisa.

La rusa se detuvo y al instante correspondió a su sonrisa.

—No está casada —le dijo—. Probablemente sea una buena idea.

—Por ahora lo es, no le quepa duda —convino Deborah.

La mujer asintió con la cabeza, se cogió sin previo aviso de su brazo y comenzó a caminar en dirección a San Basilio.

—Mi padre —comenzó sin mirarla— era... No pensaba bien.

—Estaba... ¿mentalmente desequilibrado?

Alexandra lo meditó un instante y después sonrió con tristeza.

—Loco —dijo—. Mi padre estaba loco.

Deborah no supo qué decir, así que dejó que la mujer siguiera hablando.

—Mi madre murió hace seis años —continuó—. Él estuvo muy triste durante mucho tiempo. No comía. No salía. Solo se quedaba sentado en su apartamento. Después de un año o dos, comenzó... —Hizo un breve gesto con la mano, aunque el movimiento transmitía más exasperación que tristeza—. Comenzó a interesarse por su antiguo trabajo. Demasiado. Siempre estaba leyendo sobre eso. Solo hablaba de eso. ¡A todo el mundo! A mí, a mi familia, a los empleados de tiendas y restaurantes, a los que paseaban por el parque. A cualquiera. Siempre lo mismo: estaba orgulloso de ser ruso; había trabajado para su país; conocía sus secretos; no confiaba en los estadounidenses ni en los británicos, pero tampoco confiaba en el antiguo gobierno soviético. Eran unos mentirosos y unos asesinos. Pero ¿y qué tenemos hoy en día?, preguntaba siempre. Tenemos hamburguesas, bandas callejeras, ropas de moda y mafiosos, mientras los pobres siguen muriéndose de hambre como sucedía con Stalin y con los zares... Siempre lo mismo. Todo el tiempo.

Su voz se tornó más seca según repetía la letanía que sin lugar a dudas había escuchado mil veces.

—Un viejo loco —dijo—. Todos enfadados con él. Todos se reían de él. Ahora está muerto y eso es bueno. Para él. Para mi familia. Para mí.

Lo dijo como si retara a Deborah a contradecirla.

—¿Por qué fue a Estados Unidos si odiaba tanto ese país?

—Porque estaba loco. —Se encogió de hombros—. No lo sé.

—¿Es posible que estuviera tras la pista de una antigua caja de madera que se remontaba a su época en el MVD?

—¿Tras la pista? —repitió la mujer, sin comprender.

—Buscando —explicó Deborah—. Investigando. Intentando descubrir algo del pasado.

—Tal vez —dijo la hija del difunto sin mostrar ni un ápice de curiosidad—. Llenaba folios escribiendo sobre su trabajo, pero yo no los miraba.

—¿Todavía los tiene?

—En casa —contestó ella—. Cajas y cajas. Limpiaron su apartamento y me enviaron las cajas. ¿Qué hago con ellas? ¿Para qué las quiero?

—¿Podría verlas?

Alexandra la miró.

—Su amigo que murió —le dijo—. ¿Era su amante?

La franqueza le arrancó a Deborah una carcajada.

—Era más bien un padre —le explicó.

La rusa frunció el ceño y meditó un instante.

—Vale —dijo mirando al frente—, puede verlas.

Viajaron en metro; Deborah se limitó a imitar a la mujer y le ofreció un puñado de monedas que ella cribó sin hacer ningún comentario ni mostrar signo alguno de buen humor. De tanto en tanto, Deborah se descubría contemplando extasiada los relieves tridimensionales y los mosaicos que decoraban las estaciones más antiguas; los granjeros ucranianos con los brazos cargados de haces de trigo que abrazaban a los fabricantes rusos de tractores con sus llaves inglesas en las manos; las imágenes de Lenin entregado por completo a un discurso; los elegantes relieves triunfales de la infantería y los tanques soviéticos. Al igual que en Grecia, tenía la impresión de estar en un mundo totalmente distinto al suyo.

—Ha dicho que su padre vivió en Magdeburgo —dijo Deborah en cuanto volvieron a salir a la calle.

Alexandra no había parecido muy dispuesta a hablar en los atestados confines del metro.

—En el cuartel general del MVD, en Alemania Oriental —le dijo—. Mi padre estuvo... destinado allí en su juventud.

—¿En los años cincuenta?

—Sí.

Deborah frunció el ceño. No tenía sentido. ¿Por qué razón habrían tratado de enviar los alemanes un cuerpo a una ciudad que iba a caer bajo dominio ruso y que formaría parte del imperio soviético? Magdeburgo estaba al sudoeste de Berlín, no lo bastante lejos de la frontera polaca como para que pudiera considerarse un sitio seguro bajo ningún concepto y ni mucho menos cerca de la seguridad que proporcionaría Suiza. De todas formas, si la historia de Tonya era cierta, los norteamericanos habían interceptado el convoy alemán bastante al sur de Magdeburgo. Lo que dejaba una desconcertante alternativa en los primeros lugares de la lista de posibilidades: Cerniga tenía razón. No había ningún tipo de conexión. Fuera lo que fuese lo que se mencionaba en la carta del ruso no se trataba del convoy que había atacado Andrew Mulligrew.

«Los restos jamás llegaron a Magdeburgo...»

Sin embargo, ella seguía presintiendo una conexión; algo que se le escapaba, como un cuadro que tuviera que exponerse de un modo determinado para que sus trazos cobraran sentido.

—Dice que su padre siempre estaba hablando de lo mismo —dijo Deborah—. Que estaba obsesionado con ideas y temas antiguos.

—Obsesionado —repitió Alexandra, a quien parecía haberle gustado la palabra—. Sí.

—¿Con algo en particular, con algún acontecimiento?

La mujer titubeó.

—Solo en general —afirmó—. Nada en particular.

Apartó la mirada y, por primera vez, Deborah estuvo segura de que no le estaba diciendo la verdad.

Alexandra y su marido vivían en un antiguo bloque de apartamentos de la era Brezhnev que se encontraba a una buena media hora del centro de la ciudad y al cual se accedía a través de un bosquecillo de abedules de troncos blancos y relucientes. Subieron al piso catorce en un ascensor desvencijado, pintado en un verde ácido muy chillón y que apestaba a orín. El interior del apartamento destilaba austeridad y sus reducidas dimensiones eran tan sorprendentes como el ruinoso aspecto de la fachada del edificio; sin embargo, estaba limpio y Alexandra no parecía avergonzarse del lugar en lo más mínimo. De hecho, le mostró a Deborah su casa con elegancia casi imperial, orgullosa de lo que tenía y de su estado de conservación. Desde la ventana Deborah contó otros cuatro edificios idénticos y vio que había muchos más a lo largo del camino por el que habían llegado.

El marido de Alexandra, Vasili, un hombre fornido que estaba en mangas de camisa, parecía rondar los cincuenta años y no hablaba —o eso afirmaba él— inglés. La evaluó con una larga y apreciativa mirada y se fijó en su inusual altura cuando ella entró en el salón como un pájaro perdido e incapaz de volar. Alexandra farfulló algo en ruso con expresión adusta y voz contrariada y él refunfuñó repetidas veces para mostrar su acuerdo. A la postre, saludó a Deborah con más amabilidad de la que ella habría creído posible y se marchó silbando.

—A comprar para la cena —le explicó Alexandra—. Usted come aquí.

Era algo así como una invitación y Deborah le dio las gracias mientras pensaba que el destierro al que había sometido a su marido estaba más relacionado con el asunto que iban a tratar que con las compras para la cena.

Había cinco grandes cajas de cartón etiquetadas con lo que Deborah tomó por la dirección del apartamento.

—Allí —dijo la mujer señalando con desinterés el rincón donde estaban apiladas—. Ábralas.

Ella se fue a la cocina para hacer café y dejó a Deborah a solas con las cajas y con la firme impresión de que a la hija del muerto le habría encantado quemarlas. Las abrió y descubrió que todas contenían multitud de antiguas carpetas marrones y papeles, algunos meticulosamente mecanografiados y organizados, otros simples fajos de papel cubiertos de garabatos y al parecer amontonados al azar. Deborah dejó escapar un largo suspiro. Como era de esperar, todo estaba en ruso, así que no entendía ni una sola palabra.

—¿Podría ayudarme a leer esto? —le preguntó a Alexandra cuando esta regresó llevando una bandeja con el café y un plato de pequeños dulces.

—No es importante —le respondió con el ceño fruncido.

—Si me dijera tan solo lo que significan las palabras de las carpetas...

Alexandra frunció el ceño aún más y gruñó como un enorme animal antes de ponerse en cuclillas junto a la caja más cercana.

Deborah no estaba muy segura de lo que se encontraría. Después de todo, no era muy probable que Sergei Voloshinov hubiera ocultado documentos oficiales en su casa y mucho menos que quienquiera que los hubiese encontrado los hubiera enviado a casa de sus familiares de haber tenido algún tipo de valor. Mientras Alexandra hojeaba la primera carpeta, su semblante, siempre inexpresivo y controlado, pareció tensarse y tornarse evasivo.

—Nada —le dijo—. Tonterías nada más.

Por lo que Deborah alcanzó a ver, la carpeta contenía cartas en su mayor parte, muchas de ellas escritas en papel oficial con el emblema estatal de la Unión Soviética.

—¿De qué tratan? —inquirió.

—Su... —La mujer se detuvo en busca de la palabra apropiada—. Obsesión.

—¿Todo esto es confidencial? —quiso saber Deborah—. Quiero decir que si es secreto. ¿Es peligroso para usted hablarme de lo que contiene?

De forma inesperada, Alexandra esbozó una misteriosa sonrisa.

—No —le aseguró—. Mi padre trabajaba para la policía fronteriza. Era un militar y de baja graduación, un burócrata. Trabajaba con hombres que llevaban a cabo misiones secretas y peligrosas. Hombres de poder. Pero ¿él? No.

—En ese caso no lo entiendo. ¿Qué es lo que contienen estas carpetas que no quiere contarme?

Alexandra se puso en pie con tal rapidez que Deborah se encogió, segura de que la rusa, mucho más corpulenta que ella, iba a asestarle un puñetazo. En cambio, le dio un par de patadas a una caja, haciendo que volcara y que su contenido se desparramara, mientras profería unas cuantas frases entrecortadas en ruso. Su rostro, por regla general tan calmado, había adquirido un repentino rubor a causa de la furia.

Deborah se apresuró a ponerse en pie, balbuceando una sarta de disculpas.

—No —dijo la rusa, aún furiosa—. No es usted quien debe sentirlo. Es él.

Volvió a darle una patada a la caja, logrando que el cartón se rasgara.

—¿Su padre? ¿Por qué?

—Por esto. Esta idiotez... estas ridículas tonterías.

—No lo entiendo —volvió a decirle Deborah, que la tomó de las manos como si quisiera tranquilizarla—. Por favor, explíquemelo. ¿De qué tratan todas esas cartas?

La mujer se tranquilizó poco a poco, aunque su rostro siguió sonrojado por la ira.

—Mi padre era un idiota —le dijo, si bien la amargura se había convertido en dolor y vergüenza—. Durante años sirvió a su país como un buen soldado, trabajando para los antiguos comunistas en Alemania Oriental.

—En Magdeburgo —añadió Deborah.

—En Magdeburgo, sí. Le concedieron medallas, condecoraciones. Pero después lo trasladaron a Rusia y le cambiaron el... ¿nivel?

—¿Rango?

—Rango. Lo degradaron. Ya no confiaban en él. Estuvo trabajando para el KGB durante quince años, pero ya nunca fue el mismo. Cuando acabó... cuando se jubiló, aún seguía en el nivel bajo, degradado, mucho menos importante que cuando estaba en la RDA, en Alemania Oriental.

—¿Qué hizo? —preguntó Deborah con mucha más cautela, segura de que estaba a punto de escuchar algo importante.

—Escribió esto —contestó la mujer al tiempo que cogía un puñado de cartas y las alzaba.

—¿De qué tratan?

Alexandra se quedó muy quieta, inclinó un poco la cabeza y entrecerró los ojos como si estuviera rezando. Sus manos parecieron moverse por voluntad propia, como si se guiaran por el sentido del tacto, y extrajeron una hoja de papel del fajo.

El papel era diferente, satinado, y estaba lleno de imágenes: una fotografía en blanco y negro que había sido resaltada con líneas rojas, flechas y letras cirílicas escritas con rotulador. Con los párpados aún entornados y la mirada perdida, la rusa volvió a dejar la fotografía con mucho cuidado en la carpeta, como si se tratara de algo muy frágil o volátil, y lo empujó todo en dirección a Deborah.

—¿Qué es esto? —le preguntó ella mientras cogía la carpeta y miraba a la mujer, que permanecía acuclillada en silencio. Al ver que no contestaba, Deborah echó un vistazo a la fotografía. En realidad se trataba de cuatro fotografías distintas; el mismo objetivo fotografiado desde cuatro posiciones diferentes. El objetivo era un hombre que yacía de espaldas, con los ojos cerrados y los labios entreabiertos. Dos de las fotografías mostraban sendas imágenes borrosas y grisáceas del torso y de la cabeza, mientras que las otras, mucho más nítidas y con mejor contraste, eran primeros planos del rostro. Las dos últimas resaltaban un agujero en la frente del hombre, un poco descentrado. Parecía un agujero de bala.

—No lo entiendo —confesó Deborah con una leve nota de impaciencia en la voz. Alexandra actuaba con excesivo dramatismo—. ¿Quién es?

La mujer no dijo nada y Deborah tuvo la extraña sensación de que estaba esperando algo. Frunció el ceño y volvió a mirar la fotografía.

—¿Qué? —preguntó—. ¿Quién...?

Sin embargo, al mismo tiempo que formulaba la pregunta los detalles de ese rostro comenzaron a cobrar forma en su cabeza: el ralo cabello apartado de forma severa del rostro y de las orejas; la palidez de la piel; las cejas; la barbilla; la forma de la boca; el grueso y recortado bigote con forma de cepillo...

—No —dijo—. No puede ser.

Contempló la imagen, así como las líneas y las flechas rojas que la cubrían.

—No puede ser —repitió—. Parece...

—Hitler —concluyó Alexandra sin mirar a Deborah—. Parece Hitler.

—Adolf Hitler —dijo Deborah—. Sí. Pero...

—Al final de la guerra —comenzó Alexandra en un susurro—, Hitler se suicidó en su... búnker de hormigón, ¿cierto?

—Sí —contestó Deborah.

No estaba pensando con claridad. Tenía la sensación de estar perdida entre la niebla o, lo que era peor, de estar emergiendo de la niebla. Si bien lo que la aguardaba al otro lado se escapaba por completo a su imaginación.

—Los rusos entraron y encontraron su cadáver, junto con otros —explicó la mujer—. Fueron trasladados para ser examinados y enterrados, pero todos estaban muy quemados y hacía mucho calor. Así que no los trajeron a Moscú. Los llevaron al cuartel general del SMERSH (la contrainteligencia militar) tal y como ordenó el NKVD...

—En Magdeburgo —aventuró Deborah.

Había pronunciado las palabras muy despacio. La niebla se disipaba, pero en esos momentos tenía la sensación de estar cayendo en picado, como había imaginado que lo haría en la oscura cisterna de Micenas, descendiendo una distancia imposible con una agonizante lentitud.

—Sí, Magdeburgo —confirmó Alexandra—. Todo se hizo de forma pública. De verdad. Todos lo sabían. Salvo mi padre. Mi desquiciado padre fue a trabajar allí y se obsesionó con la idea de...

—De que su cuerpo jamás llegó a Magdeburgo —concluyó Deborah, que escuchó su propia voz como una lejana campana en la cabeza. Cambió la frase e insertó la palabra de la carta que Sergei Voloshinov llevaba la noche que murió—. Los restos de Adolf Hitler jamás llegaron a Magdeburgo.

«Pero eso significaría que el cuerpo que pediste datar con la prueba del carbono 14...», pensó.

No. ¿Richard tenía el cuerpo de Hitler en una habitación secreta en Atlanta? ¿Cómo era posible? ¿Cómo podía haber llegado hasta allí?

«Del mismo modo que el Tesoro de Príamo acabó en el Museo Pushkin», le dijo una vocecita en la cabeza.

66

Habían pasado tres horas. Vasili había regresado y estaba en la cocina, desempaquetando las compras para la cena, mientras Alexandra se encargaba de la comida. Deborah estaba sentada en un sillón tapizado con cretona y contemplaba las cajas que habían estado revisando, al tiempo que un abanico de nuevas posibilidades se abría paso en su cabeza.

Si Sergei Voloshinov había estado en lo cierto, ella y por tanto también Richard, Marcus y el padre de este habían estado equivocados desde el principio. Ella había asumido que la nota que el hombre llevaba al morir hacía referencia al cuerpo de la caja, al cuerpo que había sido trasladado por el convoy alemán y que había terminado en una habitación secreta tras la estantería de Richard, y sobre ese punto podía asegurar que había estado en lo cierto. Sin embargo, se había equivocado al suponer que los alemanes habían querido llevar el cuerpo a Magdeburgo. Su intención había sido la de alcanzar Suiza y por tanto la seguridad. Fueron los rusos quienes lo enviaron a Magdeburgo, si bien fue más tarde y por entonces, si Voloshinov estaba en lo cierto, ya se trataba de un cuerpo muy diferente.

Voloshinov creyó, y no era el único, que el cuerpo que los rusos encontraron en Berlín y que tomaron por el de Hitler había pertenecido a uno de los varios dobles que tenía el Führer. Fue ese cuerpo el que se trasladó a Magdeburgo para su examen, verificación y posterior entierro mientras que el auténtico desaparecía. A Voloshinov le llevó una década de investigación toparse con la historia de la unidad norteamericana que se dio de bruces con un convoy alemán a escasos kilómetros de la frontera suiza, y mucho más tiempo dilucidar lo que había sucedido con la carga de dicho convoy. Cuando por fin creyó haber localizado la morada de su descanso final, consiguió un visado y cogió un vuelo hacia Atlanta.

«Pero todo fue fruto de la mayor de las locuras, ¿verdad?», se preguntó.

Así habían tachado sus superiores las teorías de Voloshinov; hasta tal punto que su negativa a desistir le había costado sus medallas y un destino de oficinista en Moscú. Sin embargo, Deborah, todo gracias a la renuente ayuda de Alexandra como traductora, había revisado sus argumentos y no estaba tan segura de que se tratara de una desquiciada teoría basada en la conspiración.

Para empezar, había pruebas más que suficientes de que Voloshinov había estado solo simplemente en lo referente a la persecución de sus pesquisas, que continuaron mucho tiempo después de que le ordenaran abandonar el tema. Un gran número de personas había compartido sus dudas acerca de los restos enterrados en Magdeburgo. El propio Stalin había acusado a los británicos y norteamericanos de permitir que Hitler escapara, incluso de cobijarlo en algún país extranjero, posiblemente en Sudamérica. Sin duda el propósito de tal afirmación no había sido otro que el de tachar de moderada, o incluso de favorecedora, la actitud de los aliados hacia el hombre al que todos los rusos tenían buenas razones para odiar. Aunque también resultaba evidente que Stalin no estaba nada convencido de que los rusos hubieran encontrado el cuerpo correcto.

La historia, hasta donde Deborah era capaz de descifrar, estaba compuesta por una mezcla de informes oficiales, declaraciones de testigos y rumores, por lo que la imagen final era cuando menos incoherente e incluso contradictoria. Voloshinov no parecía haber tenido problema alguno con dicha incoherencia; a decir verdad, había hecho hincapié en los agujeros y fallos de las declaraciones como si estos pusieran de manifiesto las lagunas que había en la versión oficial de los acontecimientos. Uno de los testimonios que apoyaban su hipótesis era el de un coronel del MVD llamado Menshikov, cuyas declaraciones manuscritas estaban dirigidas directamente a Voloshinov; unas cartas bastantes parecidas a la que llevaba encima la noche de su muerte. Al parecer, Menshikov había servido como soldado de infantería de la 79 Unidad de la SMERSH en el frente durante la toma de Berlín antes de conocer al padre de Alexandra (que por aquel entonces no era más que un joven recluta que daba sus primeros pasos en Alemania Oriental). El coronel afirmaba haber estado presente cuando se llevó a cabo el registro del búnker. Había escuchado los testimonios de los supervivientes y —según dichos testimonios— había visto cómo se sacaban los cuerpos calcinados de Hitler y Eva Braun de una profunda fosa en el jardín de la Cancillería.

Hitler había muerto el 13 de abril de 1945, víctima, según esos mismos testimonios, de un disparo en la cabeza que él mismo efectuó con su máuser. Su esposa, con la que acababa de casarse, tomó cianuro. Tras el suicidio, habían sacado los dos cuerpos, los habían rociado con gasolina llevada a tal efecto varios días antes y les habían prendido fuego bajo la supervisión del asistente de Hitler, el mayor de las SS Otto Gunsche. La cremación tuvo lugar bajo la atenta mirada de Gunsche, Martin Bormann, Joseph Goebbels, Heinz Linge (el ayuda de cámara de Hitler) y Erich Kempka (su chófer), pero debido al intenso bombardeo soviético, tuvieron que alejarse de la pira antes de que esta se consumiera del todo. Los guardias del edificio (entre los que se encontraban Ewald Lindloff y Hans Reisser, encargados de enterrar los cadáveres) testificaron que los cuerpos se quemaron hasta hacer imposible su identificación. Otros miembros del Estado Mayor alemán se suicidaron, incluida toda la familia Goebbels: Joseph, Magda y sus seis hijos.

Después de la muerte de Hitler pasaron varios días antes de que los rusos encontraran lo que tomaron por sus restos; días en los que, según Voloshinov, el verdadero cuerpo fue metido en una caja y enviado con una escolta armada hacia la frontera suiza, en el sur. El cuerpo que los soviéticos exhumaron, decía Voloshinov, era el de uno de los dobles de Hitler, aunque no estaba seguro de su identidad. Algunas pruebas señalaban a Gustav Weber; otras a un actor llamado Andreas Kronstaedt; y otras apuntaban hacia Julius Schreck, un miembro del partido nazi desde los años veinte y el chófer favorito de Hitler. Fue a uno de estos hombres, decía Voloshinov, al que los alemanes habían fotografiado tan convenientemente antes de que el fuego hiciera imposible reconocer el cuerpo. Fue ese cadáver y no el de Hitler el que acabó en una caja de madera rumbo al laboratorio patológico ruso en Berlin-Buch. El 8 de mayo de 1945, mientras toda Europa celebraba el día de la Victoria, el patólogo forense ruso Faust Sherovsky y una anatomopatóloga, la comandante Anna Marantz, realizaron la autopsia de los restos.

El cuerpo acabó enterrado en un trozo de terreno baldío en el 30-32 de Klausenerstrasse, en Magdeburgo, donde permaneció hasta 1970, cuando el KGB, en lo que pareció un intento por evitar que Hitler alcanzara la consideración de mártir entre los grupos de extrema derecha y los nacionalistas alemanes, mandó exhumar el cuerpo y destruirlo para después arrojar las cenizas al río Ehle, cerca del pueblo de Biederitz.

Además del lapso entre la muerte de Hitler y el descubrimiento del cadáver por parte de los soviéticos, un lapso que desde luego dio tiempo a que el auténtico cuerpo desapareciera, Deborah no creyó en un principio que la teoría de Voloshinov tuviera mucha consistencia. Sin embargo, cuantas más cosas averiguaba, todo ello instando a Alexandra para que fuera más deprisa y le tradujese como pudiera los archivos, más preguntas se hacía.

Las declaraciones de los alemanes que habían encontrado el cuerpo de Hitler tras su suicidio y que habían participado en su incineración diferían en detalles en absoluto nimios, sino muy importantes. Las heridas de bala estaban situadas en diferentes lugares: unos decían que en la boca, otros en la sien y otros en un ojo. Uno dijo que el cuerpo estaba en un sofá junto con el de Eva Braun, mientras que otro afirmó que se encontraba en una silla y solo. El análisis de las manchas de sangre del sofá puso de relieve que no era el tipo de sangre correcto.

No obstante, lo que de verdad la descolocó fue un extraño detalle acerca del viaje que el cuerpo hizo de Berlín a Magdeburgo. Según el informe oficial, los rusos enterraron el cuerpo junto a la carretera y después volvieron a sacarlo. Ese patrón tan curioso se repitió unas nueve o diez veces a lo largo del trayecto entre las dos ciudades. No se dio ninguna explicación convincente, y Voloshinov había sacado sus propias conclusiones: los soviéticos estaban divididos entre las ansias de saber más acerca del cuerpo y de hacerlo desaparecer cuanto antes. Ambos impulsos nacían sin duda de la propia naturaleza del cadáver, de la creciente ansiedad de que no tenían el verdadero.

Incluso cuando se realizó la autopsia oficial, los resultados arrojaron muchas más preguntas que respuestas. Los alemanes que habían sobrevivido en el búnker insistían en que Hitler se había pegado un tiro (tal y como sugerían las desconcertantes fotografías, cuya veracidad era imposible de contrastar), pero el cuerpo mostraba signos de cianuro y fragmentos de cristal en la boca, y no se encontró bala alguna. Por supuesto, el líder nazi podría haberse tragado una píldora de cianuro mientras se disparaba, y la bala podría haberse perdido; pero la inconsistencia causaba un malestar comprensible. Un examen posterior del búnker reveló un pequeño fragmento de cráneo, que al parecer se habría desprendido por el orificio de salida de la bala. Ese fragmento se había guardado aparte y, hasta donde sabía Deborah, seguía en poder del gobierno ruso, aunque llamaba la atención que no se hubieran hecho pruebas de ADN para comprobar su procedencia. Voloshinov creía que la recuperación de dicho fragmento era sospechosa, que se trataba de un intento de las autoridades por tapar los agujeros del informe de la autopsia. Además, no podría probar la identidad del cadáver, ni demostrar más allá de toda duda razonable que pertenecía al mismo cuerpo.

Se realizó un análisis dental comparativo a partir de un puente encontrado en el jardín de la Cancillería y de nuevo pareció confirmarse que se trataba del cadáver de Hitler; aunque los informes en los que se basó el análisis se cimentaban en los recuerdos más que dudosos de la ayudante de dentista Kaethe Hausermann y del técnico dental Fritz Echtmann. Ambos habían trabajado para el dentista de Hitler, el doctor Fritz Blaschke, y eran nazis convencidos que, en opinión de Voloshinov, habrían sido capaces de ponerse de acuerdo para mentir en caso de necesidad. Ese puente dental tan importante, había sostenido Voloshinov, podría haber sido hecho y abandonado en aquel lugar para confundir a los rusos. Era otra prueba más, según él, de que los nazis habían planeado la fuga de los restos de Hitler de manera que quedaran bastantes pruebas para convencer a los rusos, si bien dichas pruebas no demostraban nada. Esa sería la razón por la que el cuerpo habría ardido hasta hacer imposible su identificación pero no habría sido destruido del todo, de forma que los rusos no continuaran la búsqueda del verdadero cadáver. Esa sería la razón por la que esas fotografías igual de convenientes habían caído en manos de los rusos. ¿Por qué un nazi leal y respetuoso habría tomado fotografías del cadáver de su líder antes de que fuera incinerado?, se había preguntado Voloshinov. No tenía sentido, a menos que fuera una estrategia de desinformación.

Cuando los restos fueron exhumados y destruidos de una vez por todas por el KGB en 1970, proclamaba Voloshinov, no fue tanto un intento de los soviéticos por librar al mundo de lo que sería un altar al nazismo como por librarse de las continuas disputas sobre un cadáver que sabían que no era el de Hitler. Por sí solo, el acto sugería que el gobierno ruso creía que era imposible demostrar que se trataba del cuerpo de Hitler, incluso con las nuevas tecnologías forenses.

«No era él. Sabían que no lo era. Los soviéticos habían llevado un cuerpo a Magdeburgo y no querían admitir ante el mundo que se habían equivocado, pero sí se habían equivocado y ellos lo sabían.»

La prueba definitiva, la que había convertido esa búsqueda obsesiva en una cruzada personal para Voloshinov, concernía a su amigo y mentor, Menshikov. Fue la declaración original que este había compartido en confianza con el padre de Alexandra sobre lo que había visto y lo que había dejado de ver en Berlín en mayo de 1945 lo que activó los engranajes de la mente de Voloshinov. Ese retazo de información que le llegó a Voloshinov se le antojó a Deborah más sorprendente y atractivo que todo lo demás en conjunto. Leyó la declaración tres veces, conteniendo el aliento.

En una esquina de un amplio tramo del pasillo central del búnker, un pasillo que conducía a las escaleras de acceso al jardín donde habían incinerado los cadáveres, Menshikov, que se movía despacio y sostenía el fusil con firmeza entre las manos, había encontrado una daga. No se trataba de una daga nazi, sino de algo mucho más hermoso y extraño con una estilizada hoja de bronce e incrustaciones doradas que representaban a unos leones y un auriga: un arma ceremonial de la Grecia de la Edad del Bronce.

Por fin. La conexión.

Aunque no había sido la daga micénica lo que había impulsado a Voloshinov a seguir el rastro a la caja de madera a través de medio siglo y medio mundo, ni tampoco las incoherencias de la historia oficial las que lo llevaron a seguir investigando y ponerse en contacto con el gobierno mientras su rango y su estatus se resentían.

Había sido el odio por los nazis y una profunda y paradójica relación con su propio país y sus problemáticas instituciones. El suceso último y crucial que colmó el vaso fue la muerte de su amigo Menshikov, ejecutado por su propio gobierno junto a otros treinta rusos por negarse a aplastar la revuelta de 1953 en Alemania Oriental. Fue este suceso, más que ningún otro, lo que motivó a Sergei Voloshinov a defender su causa.

Deborah se arrellanó en la silla y sostuvo en alto la daga que Menshikov había encontrado; la daga que había pasado a manos de su discípulo en su búsqueda de la verdad; el único objeto de las cajas que no era de papel. Apenas tenía que mirarla. Estaba convencida de que había formado parte de la colección que en ese mismo instante yacía en una habitación oculta en un pequeño museo de Atlanta.

«Esta es —pensó—. Esta es la pieza del rompecabezas que faltaba.»

67

Deborah miró por la ventana mientras Moscú se iba perdiendo en la lejanía y pensó en Alexandra y en su marido, quienes le habían servido una cena que incluía caviar y vodka como si ella fuera una embajadora y ellos tuvieran el deber de demostrar la hospitalidad rusa. Vasili la había contemplado con cierta reserva a lo largo de la cena, pero su atención no tardó en regresar a su esposa, quien parecía preservar su acostumbrado silencio gracias a un esfuerzo sobrehumano. A medida que transcurría la velada, Deborah imaginó el rostro de Alexandra como una presa a punto de desbordarse y cuando se sirvió una tercera ronda de vodka, la presa se resquebrajó.

—¿Cree...? —comenzó a preguntar con el rostro sonrosado—. ¿Cree que es posible que mi padre no estuviera loco?

Deborah apenas podía respirar, apenas era capaz de pronunciar las palabras, aunque notó cómo el intenso silencio y la expectación inundaban la estancia mientras intentaba tomar una decisión. ¿Sería posible que Alexandra hubiera albergado la esperanza de que su padre no fuera el hazmerreír que todos habían descrito y que esa esperanza le provocara una intensa sensación de culpa y vergüenza por no ser capaz de deshacerse de ella? Eso explicaría tal vez por qué le había permitido ver unos archivos que ella misma jamás habría leído.

Deborah miró a la mujer mientras luchaba contra sus propias emociones, aliviada de poder decir la verdad.

—No —contestó a la postre—, no creo que estuviera loco. Creo... —Hizo una pausa, sin terminar de darle crédito—... Creo que estaba en lo cierto.

El dique se vino abajo en ese momento y Alexandra lloró por ella y por su padre fallecido.

Ya lo sabía. De vez en cuando había tenido la impresión de que estaba siguiendo una pista falsa, de que la historia que estaba desvelando era de alguna forma la historia equivocada, y en esos momentos ya sabía por qué. Jamás había tenido nada que ver con la arqueología, salvo por el hecho de que los nazis se habían creído los nuevos griegos. Hitler se había visto como el nuevo Agamenón al emprender su guerra xenófoba contra los pueblos inferiores; cuando esa guerra terminó y se suicidó, quiso que lo enterraran con toda la pompa funeraria de los reyes griegos de la Antigüedad.

Recordó la charla que había mantenido con el orfebre de Micenas acerca de la lista de nazis famosos que habían visitado el lugar, lunáticos y carniceros como Himmler y Goebbels que habían considerado a Schliemann un superhombre teutónico, en parte porque él había desenterrado a otros superhombres: los héroes del ejército de Agamenón. Todo tenía un retorcido sentido. Por esa razón había querido Hitler que los Juegos Olímpicos de 1936 se celebraran en Berlín, pensó; creía que era el derecho del pueblo alemán como heredero de la supremacía física e intelectual de los antiguos griegos. Había ojeado un libro sobre arte nazi en una librería de Moscú antes de ir al aeropuerto y lo había hecho con cierto temor, ya que temía que contuviera imágenes de salvajismo y degeneración; aunque resultó todo lo contrario. El arte nazi era comedido, clásico y se alejaba del arte abstracto y expresionista en aras de las tendencias más clásicas. En esencia los nazis adoraban el arte y la arquitectura de la antigua Grecia. El libro estaba repleto de planos de edificios —muchos trazados por el propio Hitler— que se asemejaban al Partenón de Atenas y de estatuas que obviamente estaban basadas o copiadas de originales clásicos. Incluso la «filosofía» política aria se fundamentaba en los principios grecorromanos o en una versión nacionalista, etnocéntrica y racista de estos que aseguraba que el declive del mundo clásico y la degradación que dio origen al mundo moderno era una consecuencia directa de la mezcla racial. Al eliminar de entre sus filas a los pueblos «inferiores», los nazis creían estar reconstruyendo una época dorada, ilustrada por el arte y la cultura de la antigua Grecia.

Así pues, al final habían rodeado a su general con el ajuar funerario de Agamenón como tributo a su dignidad clasicista y a sus ambiciones imperiales; pero los objetos —tanto si sabían que eran falsos como si no— habían sido un mero adorno: un ajuar funerario. Era el cuerpo lo que importaba.

A Deborah le había llamado la atención el hecho de que en ninguno de los documentos de Voloshinov se mencionara la posibilidad de que Hitler no hubiera muerto en el búnker. Solo se hablaba de que el auténtico cadáver se les había escapado a los rusos de las manos; no se mencionaba la arraigada idea de Stalin de que el hombre podría haber huido con vida. Deborah suponía que había demasiada información como para que esa conspiración en concreto no se cayera por su propio peso, aunque durante un tiempo estuvo muy extendida. Sin embargo, creaba otra incógnita: ¿por qué, mientras su país estaba siendo pasto de las llamas, los nazis se habían molestado en preservar el cadáver de su líder, un líder cuyo plan había fallado y que ya estaba muerto?

«Para la próxima vez», le respondió la vocecita de su cabeza con tono siniestro.

Aquel no era un simple cadáver. Era un icono, un monumento como el cuerpo de Lenin que yacía entre los muros del Kremlin años después de que el sistema que se había esforzado por crear hubiera caído, un símbolo. Fueran cuales fuesen los demás motivos que habían llevado a los rusos a destruir los restos enterrados en Magdeburgo, siempre supieron que el peligro que suponía el mártir de una causa perdida prácticamente igualaba al que representaba el hombre en vida. Sus huesos podrían ser utilizados como elemento de cohesión para los simpatizantes nazis...

«Vale —pensó Deborah—. En ese caso, ¿qué fue lo que pasó?»

Habían dejado el cadáver de uno de los dobles para que los rusos se entretuvieran con su identificación; pero de camino a Suiza, el cuerpo del auténtico Hitler —engalanado con toda la pompa micénica— había sido interceptado por una de las unidades que más contradecía todo lo que Hitler había representado: un batallón acorazado compuesto exclusivamente por negros.

Irónico, ¿verdad?

Deborah suponía que la cuestión habría quedado zanjada si se hubieran apoderado de él; pero la Alemania nazi no ostentaba el monopolio del racismo.

—Algo bastante raro —dijo Deborah en voz alta.

Eso era lo que el padre de Tonya le había dicho a su conductor, Thomas Morris, acerca de lo que había visto en la caja de madera. «Algo bastante raro.»

«Supongo que ver a Hitler muerto y rodeado de toda la parafernalia de Agamenón puede considerarse raro», pensó.

Un policía militar había robado la caja y había matado al comandante negro del tanque, un crimen que creía —y con toda la razón— que no sería considerado lo bastante grave como para que se abriera una investigación en toda regla. Era probable que en un principio no supiera qué eran los objetos griegos, salvo que podían tener mucho valor. Tanteó el terreno y se puso en contacto con un coleccionista británico para descubrir todo lo que podía conseguir por la máscara de oro y los demás objetos que había junto al cadáver, probablemente buscando una venta con la que poder financiar el traslado del cuerpo de Hitler. Una vez hecho, envió la caja a Estados Unidos, pero por alguna razón jamás llegó a su destino y el policía militar le perdió la pista. Entonces creó una sociedad secreta de extrema derecha para encontrarla.

Durante años, la caja de madera permaneció en paradero desconocido, hasta que emergió en una playa francesa. Richard se enteró a través de los canales del mercado negro y la llevó a Atlanta, pero decidió que el cuerpo —que él había tomado por el de Agamenón— debía ser devuelto a Grecia.

Sin embargo no lo fue y Deborah no tenía ni idea de dónde ni de en manos de quién se encontraba en esos momentos. Aun así, podría ser lo que habían esperado esos nazis que habían muerto tanto tiempo atrás: un modo de reunir a todos los lunáticos que creían en la supremacía blanca bajo una misma bandera; de unificarlos y de que sus filas se fueran incrementando; de enviarlos a arrasar Troya desde dentro: los complejos residenciales y los vecindarios modestos, los edificios de oficinas y los pequeños negocios, todo caería en manos de un enemigo que siempre había dormitado entre ellos, como los griegos en el interior del caballo de madera... No cabía duda de que era imposible. ¿O estaba siendo ingenua? Recordó el mapa de grupos xenófobos que viera en la página web de la asociación Southern Poverty Law Center y la pantalla repleta de iconos: el KKK, las Naciones Arias, los cabezas rapadas, los neoconfederados... Tal vez no fuera tan imposible después de todo.

Llamaría a Cerniga tan pronto como el avión aterrizara y se lo contaría todo. Le hablaría de Hitler y de Voloshinov, de Magdeburgo y la caída de Berlín, le diría que...

... ¿Estaba equivocado?

Eso también. No sería una conversación fácil.

Pensó en Calvin y se preguntó qué pensaría de todo eso. La noche anterior, en la cama, había permitido por fin que su mente regresara a la noche que habían pasado juntos antes de recibir los resultados de los análisis del laboratorio del CAIS; pero descubrió que apenas recordaba nada. Cualquier recuerdo que guardara se encontraba en sus dedos, no en la memoria, ya que él había apagado la luz y las gruesas cortinas del hotel bloqueaban por completo la luz procedente de la calle. Por la mañana se había levantado antes que ella y Deborah se arrepintió de no haberlo visto sin su ropa de trabajo, aunque solo fuera porque ese recuerdo parecería más real, más tangible que el vago toqueteo en la oscuridad, que era lo único que su cerebro podía conjurar en esos momentos. Habría sido agradable verle la cara entonces, al igual que habría sido agradable recordarla en esos momentos.

«Bueno —pensó—, no tiene por qué ser la única vez que suceda. La próxima vez lo verás y podrás recordarlo.»

Tal vez. Sin embargo, para que ese momento volviera a repetirse, tendría que pasar por una conversación mucho más difícil que cualquiera de las que tendría que mantener con la policía.

68

—Todo esto no es más que esa mierda de la teoría de la conspiración —dijo Keene.

Cerniga había consentido en reunirse con ella a regañadientes y había aparecido en su apartamento con Keene pegado a los talones.

—Escuche —replicó Deborah—, tenemos a un muerto ruso obsesionado con Hitler, que vino al Museo Druid Hills siguiéndole la pista.

—Por el simple hecho de que un soldado soviético chiflado creyera que...

—Escuche —repitió Deborah—, usted piensa que todo esto es semejante a la estupidez según la cual los alunizajes se llevaron a cabo en un estudio de grabación; pero a decir verdad, es la solución más sencilla la que encaja con los hechos. Tenemos a un grupo neonazi en busca de lo que usted cree un arma. Tenemos a un coleccionista de arte en busca de lo que él cree una antigüedad. Tenemos un cadáver de mediados de los cuarenta, engalanado como un héroe militar de la Antigüedad. ¿Qué ocurriría si todo fuera la misma cosa? ¿Qué ocurriría si ustedes no estuvieran buscando ni un arma nuclear ni una reserva de viruela? ¿Qué ocurriría si el cadáver es tanto el objeto en sí como el arma?

Keene abrió la boca para protestar, pero Cerniga la estaba escuchando. La furia con que la había despachado en su último encuentro había sido sustituida por una especie de resignación;

pero cuanto más hablaba, más incómodo parecía el agente y ella tuvo el pálpito de que comenzaba a pensar —por muy descabellado que le pareciera— que tal vez tuviera razón.

—¿Qué quiere decir? —preguntó el hombre.

—Puede que el arma no sea biológica ni química —aventuró Deborah—. Puede que sea ideológica. Política. Para esos lunáticos nazis, Hitler es Dios Todopoderoso. Su cuerpo está imbuido de una trascendencia que raya en lo sobrenatural.

—¿Sobrenatural?

—Así lo creen ellos. Es algo más que un estandarte, es un talismán, un icono, un símbolo humano de la supremacía de lo que son y de lo que creen.

—Vale —cedió Cerniga—, pero ¿por qué lo convierte eso en un arma?

—Porque la gente se siente atraída por ese tipo de símbolo. Se supone que el cuerpo fue eliminado hace décadas, destruido por los enemigos de todo lo que Hitler representaba. Que el cuerpo reaparezca ahora en toda su gloria es lo más cercano a la resurrección que podrían esperar. Es un triunfo, un estandarte bélico y tanto si tienen razón como si no, el grupo Atreo cree que puede guiarlos hacia eso justamente: hacia la guerra.

—¿Contra quién?

—Judíos, árabes, negros, homosexuales, discapacitados, comunistas, parejas interraciales —contestó Deborah contándolos con los dedos— y contra cualquiera que los ayude o crea en su derecho a existir.

Ambos la miraban en esos momentos, en silencio, nerviosos.

—El redescubrimiento del cuerpo de Hitler a manos de sus amigos podría ser justo lo que necesitan para poner en juego la pelota —prosiguió.

—Jamás ocurriría aquí —afirmó Keene en voz baja esa vez.

—Espero que tenga razón —replicó ella.

—Aun cuando fuera así, no podrían ganar.

—No ganaron la última vez —replicó Deborah—, pero mire lo que sucedió en el camino. De todas formas no sería como antes: no habría tanques, uniformes ni invasiones. Serían ataques terroristas: volar un puente, tirotear un McDonald's, poner una bomba en una central eléctrica. No tiene por qué ser una guerra en toda regla para tener consecuencias inaceptables. Una baja en una guerra como esa sería demasiado.

Se produjo un largo silencio, tras el cual Cerniga se puso en pie. Parecía intranquilo, como si también hubiera estado haciendo un rompecabezas y Deborah lo hubiera puesto patas arriba. La imagen había cambiado, era más extraña que antes, perturbadora, pero tenía cierto sentido.

—No sé —dijo—. Parece... no sé. Pero tenemos que investigarlo. No estoy diciendo que tenga razón, pero tal vez saquemos algo en claro. Gracias.

Deborah se limitó a asentir con la cabeza. Keene tenía la vista clavada en sus zapatos.

—Escuche —dijo Cerniga, que volvió a sentarse a pesar de que ya se había levantado para acercarse a la puerta—. He sido demasiado duro con usted. No fue culpa suya que esos griegos murieran. Usted no disparó...

—Lo sé, pero si se lo hubiera dicho...

—Sigue sin ser culpa suya. —Esperó a que ella asintiera brevemente, aunque siguió apretando los labios con firmeza—. ¿Puede quedarse con alguien durante unos días? —le preguntó al tiempo que se ponía en pie—. ¿Familiares? ¿Amigos?

Deborah apartó la mirada.

—Hay alguien —respondió al tiempo que se preguntaba si seguiría siendo cierto.

69

Una vez que los agentes se fueron, Deborah se sentó en el borde de la cama para contemplar la lluvia y la oscuridad de la noche a través de la ventana. Durante un rato había caído una leve llovizna y luego había parado antes de que la lluvia regresara con mucha más fuerza. Desde el oeste se escuchaba el retumbar de los truenos. Antes de que amaneciera, los rayos —multitud de ellos— iluminarían el cielo.

Buscó en su agenda telefónica el número privado de Tonya. No sabía si lo habría cambiado y no recordaba haberlo usado con anterioridad, pero era el único que tenía. Sonaron ocho tonos antes de que saltara el contestador. Deborah balbució una disculpa y después, con más dificultad, una especie de plan; una absurda estrategia aún cogida con alfileres que implicaba todos esos productos que Tonya calificaba como «de chicas»: maquillaje, perfume... lo que hiciera falta. Se arregló las uñas y se guardó la lima en el bolsillo trasero.

Llamó a Calvin a casa, pero también saltó el contestador. Incapaz de pensar en algo breve e ingenioso que también resultara adecuado —sobre todo si él estaba sentado escuchándola mientras hablaba—, colgó. Era muy tarde, pero de todos modos intentó localizarlo en su despacho, por si acaso, aunque también allí saltó el buzón de voz. Estaba preparándose para acostarse cuando recordó su tendencia a trabajar hasta tarde en el museo. Podía dejarse caer como si tal cosa, para trabajar, y discutir el tema allí.

«¿Estás preparada para explicarle por qué ni siquiera le hablaste después de la visita al laboratorio del CAIS? ¿Por qué te largaste del país sin decirle una palabra?», se preguntó.

Volvió a ponerse la ropa de calle y marcó el número del museo desde el móvil mientras cerraba la puerta de su apartamento.

Los tonos se sucedieron durante un buen rato antes de que respondieran. Era Calvin y parecía impaciente.

—Dime, Deborah, ¿qué pasa?

—¿Cómo sabías que era yo?

—¿Quién más podría llamar a estas horas?

—Voy para allá —le dijo. No se disculparía por teléfono.

—¿Así sin más? —preguntó él. Estaba enfadado y no podía culparlo—. Te marchas del país sin llamarme siquiera y ahora apareces en mi puerta...

—A decir verdad es mi puerta —lo corrigió, eligiendo un acercamiento inteligente para calmar la situación—. Estás en el museo.

—Eso da igual.

—¿Te importaría que lo habláramos en persona? —quiso saber.

Calvin pareció pensárselo.

—Vale —accedió.

—¿Llevo algo? —preguntó—. ¿Comida china?

—¿Qué tal si vienes y vemos cómo va la cosa antes de decidir algo tan precipitado como cenar juntos?

—Me parece justo —contestó ella.

—He imprimido un menú de una página web —le dijo Calvin cuando ella entró en el despacho del museo—. Es del Hong Kong Garden.

—Creí que íbamos a ver qué tal se desarrollaban las cosas antes de hacer algo precipitado —replicó.

—Me he dejado llevar por una corazonada —arguyó.

Ni siquiera se habían sonreído aún.

—¿Y en qué se basa esa corazonada? —preguntó Deborah.

—Me imaginé que venías a disculparte y que tenías la mente embrollada, a juzgar por lo que he oído que sucedió en esa casa de Palmetto, y que por tanto yo debería mostrarme más considerado de lo que te mereces y...

—Cierra el pico y dame el menú —lo interrumpió ella.

Calvin sonrió en ese momento y ella le devolvió el gesto, aunque en realidad se estaba mofando de sí misma.

—¿Qué te apetece? —le preguntó él.

—Pollo Kung Pao —respondió Deborah.

—¿Qué más?

—Empanadillas —le dijo.

—¿Algo más? —Se había acercado a ella y en su voz se filtró una nota alegre, juguetona.

—¡Ah! —exclamó Deborah, que alzó la mirada y sonrió al tiempo que él le rodeaba la cintura con los brazos—. ¿Me estás preguntando si me apetece otra cosa además de la comida?

—Exacto.

—Mmm —murmuró ella con actitud pensativa—. Creo que eso es todo. Bueno, tal vez un rollito de primavera.

Calvin la apartó de un empujón entre carcajadas.

—Graciosilla... —le dijo.

—Una chica tiene que comer —fue su respuesta—. Más tarde discutiremos el postre.

—De acuerdo —accedió él—. ¿Quieres que vayamos a por la cena dando un paseo? Llevo horas aquí y me tienes que explicar muchas cosas.

El museo estaba emplazado en una hondonada boscosa a unos doscientos metros de la calle principal y, bajo los robles y los eucaliptos, la frescura de la noche lluviosa resultaba intoxicante.

Calvin escuchó la detallada historia de sus últimos días y le dio la mano cuando Deborah le confesó lo culpable que se había sentido por la muerte de los griegos.

—Tú no tuviste la culpa —afirmó él—. El único responsable es quien les disparó.

Ella le dio un apretón en la mano y lo miró. Llevaba una liviana camiseta blanca de manga corta bajo una camisa caqui, unos chinos y unos náuticos. «Imagen informal del abogado sureño», lo llamaba él. A la amarillenta luz de las farolas de bajo consumo su rostro se veía perfectamente simétrico, angular... apuesto. Deborah le dirigió una sonrisa como recompensa por su compasión justo cuando llegaban al restaurante, un lugar grande, rojo y con un aspecto muy Disney; una China imaginada por los diseñadores de una de esas bolas de cristal para regalo.

Su comida estaba lista para llevar cuando llegaron al mostrador, pero eso no los libró de la lluvia, que ya caía con renovadas fuerzas cuando volvieron a salir. Se refugiaron durante un momento bajo el amplio soportal color carmesí del restaurante, donde decidieron que arreciaría antes de que comenzara a amainar. Eligieron salir corriendo para evitar lo peor.

Los truenos hicieron su aparición antes de que hubieran cubierto dos manzanas. El cielo retumbó sobre sus cabezas después de que un destello de luz iluminara el horizonte. Estallaron en carcajadas y siguieron corriendo. Calvin cantó un poco imitando a Gene Kelly y, llegado su turno, Deborah bailó sobre un charco lo bastante profundo para que le cubriera por completo los zapatos. El agua se colaba por las alcantarillas y caía a los colectores con fuertes rugidos. Ni siquiera el dolor que sentía en el tobillo pudo estropearle la diversión de correr con un hombre tan guapo bajo la lluvia, de sentir que la ropa se le pegaba al cuerpo, que el agua le chorreaba por el pelo... Tendrían que desvestirse en cuanto se resguardaran de la lluvia. Era la opción más inteligente...

Cuando llegaron a la puerta del museo e intentó insertar la llave en la cerradura, Deborah reía con tantas ganas que apenas se tenía en pie. Estaba empapada de arriba abajo, como si se hubiera metido en una bañera sin quitarse la ropa. Calvin se despojó de la camisa y ella se percató del modo en que la camiseta se le pegaba a la piel.

Ambos estuvieron a punto de caer al suelo cuando la puerta se abrió y entraron a la fresca quietud del vestíbulo del museo, lo que provocó un nuevo estallido de carcajadas que resonaron en la estancia. Todo ese imparable arrebato de buen humor que hacía pedazos el silencio reverencial y deprimente era como volver a la infancia y que te diera la risa floja en el templo, pensó Deborah. Calvin cerró la puerta a sus espaldas y se dio la vuelta para mirar a Deborah con una sonrisa de oreja a oreja.

—Creo que estoy mojado —le dijo.

Deborah se limitó a mirarlo.

«No, no, no. Esto no. Cualquier cosa menos esto», pensó.

La camisa color caqui colgaba de sus manos. Las luces situadas sobre la puerta caían sobre él y lo encerraban, como si fuera un halo, en un resplandeciente círculo de luz contra el oscuro y mojado cristal que había a sus espaldas. La camiseta blanca se le pegaba al musculoso torso y al estómago; el agua había hecho que el tejido fuera casi transparente, como una fina capa de piel. Como si un reptil hubiera mudado su piel y ella fuera capaz de ver a través del algodón los débiles trazos, oscuros y azulados, de un tatuaje que representaba una máscara funeraria cubierta por un águila alemana, acompañada de una sola palabra: ATREO.

70

«Así que es cierto», pensó.

Se lo había preguntado y temido, había luchado con todas sus fuerzas para no creerlo, pero allí estaba.

«Tal vez si me doy la vuelta y actúo con normalidad, él no lo note —pensó—. Se secará o volverá a ponerse la camisa y pensará que no lo he visto. Creerá que ha salido del paso, igual que cuando apagó las luces en la habitación del hotel. Creerá que no sé lo que es.»

Sin embargo, fingir emociones no era el fuerte de Deborah; nunca lo había sido. Podía alejarse y ocultar lo que pensaba durante un par de minutos; pero él esperaba que cenaran juntos y, a buen seguro, algo más. No sería capaz de mirarlo a la cara. No sería capaz de soportar esa sonrisa sin preguntarle si también le había sonreído a Richard antes de atravesarle el pecho con su daga nazi. No sería capaz de escuchar su voz sin oírlo susurrar desde el baño del laboratorio del CAIS la dirección de la casa donde los griegos estaban esperando.

No necesitaba preguntarle qué había hecho ni cómo. Todo estaba muy claro. Las piezas habían encajado en el vacío que sentía en el pecho, allí donde su corazón y sus pulmones estuvieran un momento antes, llenándola de certidumbre, como si lo hubiera visto con sus propios ojos mientras lo hacía.

«Y lo sabías. Llegaste a convencerte de que no era así, pero lo sabías», reflexionó.

Podría darse la vuelta en ese instante, hablar con él, reírse como si nada hubiera sucedido y después, una vez que hubieran cenado y tal vez hecho el amor, podría llamar a los federales y acabar con todo ese asunto de una vez por todas. Solo tenía que aguantar unas horas más; a menos que se las apañara para hacer una llamada sin levantar sospechas.

«Puedes usar el baño —pensó—. Eso es lo que hizo él cuando dio la orden de matar a los griegos.»

—¿Estás bien? —le preguntó Calvin con esa sonrisa tan natural y felina.

—Sí —contestó ella al tiempo que se daba la vuelta y le sonreía—. Solo un poco mojada. Creo que voy a cambiarme.

—Come primero —propuso él—. Siempre he querido cenar en una reliquia que tuviera varios miles de años de antigüedad. ¿Qué te parece si cenamos sobre aquella vitrina que exhibe la colección india?

Deborah se obligó a sonreír de oreja a oreja.

—Claro —accedió—. Prepara las cosas mientras me lavo.

—¿Estás segura de que te encuentras bien? —insistió Calvin—. Pareces... no sé... nerviosa.

—Llamémoslo «expectación» —consiguió mentir.

—¿Por la comida china? —le preguntó él con una sonrisa lasciva y aduladora.

«Lo encuentras atractivo», se dijo.

—No solo por la comida china —consiguió decir a duras penas.

Calvin sonrió y dio un paso hacia ella.

—No hasta que me haya lavado —se negó Deborah, que se alejó haciendo una mueca.

—Tal vez te acompañe —le dijo él con una mirada lujuriosa.

—Tú puedes utilizar el aseo de los niños que está justo allí.

—¿Los niños grandes pueden usarlo? —preguntó.

Se comportaba de forma juguetona.

Deborah sentía deseos de chillar.

—Solo por esta vez —dijo mientras retrocedía un poco más.

—Date prisa —le dijo Calvin—. No creo que tarde mucho antes de ir a mirar.

Después de cerrar la puerta del servicio, Deborah se sentó en el inodoro y se las arregló para sacar el móvil. Le temblaban las manos.

«Por favor, Señor, que tenga cobertura. Vamos... Dios Eterno que envías consuelo a los corazones apenados, a Ti recurrimos en busca de solaz en esta difícil hora.»

Su mente rememoró las palabras de forma involuntaria, recuperándolas de algún recuerdo largo tiempo dormido, y ella las alejó como si se obligara a despertarse. Miró el teléfono sin parpadear. La tormenta eléctrica podía hacer estragos con la cobertura, sobre todo en la hondonada donde se emplazaba el museo.

Sacó la tarjeta de Cerniga de la cartera y marcó el número.

—Hola —dijo cuando le contestó una voz femenina—, ¿podría hablar con el agente Cerniga, por favor?

—El agente Cerniga ya se ha ido a casa. ¿Quiere dejarle algún mensaje?

—Necesito hablar con él ahora mismo. Es una urgencia relacionada con el caso en el que está trabajando.

«Vamos. Vamos.»

—¿Y qué caso es ese?

—Richard Dixon y los dos griegos —farfulló—. Por favor, no tengo tiempo para esto.

—¿Y quién dice que es usted? —preguntó la mujer, imperturbable.

—Deborah Miller —contestó—. Por favor, necesito hablar con él ahora mismo.

La fuerza de la puerta del servicio, que se abrió de golpe por una patada, la envió hacia atrás y la estampó contra los azulejos. Cayó de mala manera y el teléfono se deslizó por el suelo.

Calvin Bowers lo recogió y lo arrojó limpiamente al inodoro.

—En serio, deberías hacer algo para que no se escuche todo a través de los conductos de ventilación —le dijo con voz calmada y semblante impasible. Era la primera vez que Deborah veía a ese hombre—. No hay manera de tener un poco de intimidad en este edificio.

71

No se echó a llorar. No suplicó. No intentaría explicarse ni apelar a su sentido de la justicia ni de la amistad ni del romanticismo; porque sabía, más allá de toda duda razonable, que ninguna de esas cosas había sido real. Habría esperado que el pánico la consumiera; no obstante, lo extraño de la situación le hacía imposible sentir el terror que debería invadirla y le proporcionaba en cambio una extraña serenidad, una especie de distanciamiento y una buena dosis de rebeldía. No se echaría a llorar. No suplicaría.

Sin embargo, aún no estaba de pie cuando él le dio un fuerte golpe con el dorso de la mano en un lado de la cabeza. El dolor no fue tan intenso como la sorpresa por la indiferente brutalidad del gesto, y se desplomó contra el lateral del inodoro. Dado que Bowers seguía de pie en el vano de la puerta, no podía ir a ningún sitio.

Se le ocurrió que tal vez él planeara matarla allí mismo. ¿Qué más iba a hacer? Se encogió y levantó la vista. Por un instante sus ojos se encontraron y el hombre esbozó una sonrisa burlona, deliberada y maliciosa.

—¿Sabes? —dijo con voz irreconocible—. Creo que es mejor así. No creo que hubiera soportado que me tocaras otra vez.

Deborah se tensó pero no dijo nada.

—¿Me has oído? —preguntó él con bastante calma antes de añadir con un susurro que pareció casi tierno—: ¿Me has oído… judía?

En ese instante empezó a cerrar el puño y a echar el brazo hacia atrás para golpearla, momento que Deborah aprovechó para abalanzarse sobre él como una flecha y golpearle con la cabeza en el estómago, empleando toda la fuerza de la que fueron capaces sus piernas. El puñetazo la alcanzó en el hombro. Le dolió, pero el movimiento del brazo hizo que Bowers perdiera el equilibrio y el ataque de Deborah lo envió de espaldas al suelo. El hombre se golpeó la cabeza contra el suelo con tal estruendo que ella se encogió de dolor, mientras se alejaba gateando de él y esperaba, por vano y horrible que fuese, que el impacto lo hubiera matado.

Por un segundo, quedó tendido de espaldas mientras ella lo miraba desde arriba. No manaba sangre de su cabeza y, a pesar de que se le habían quedado los ojos en blanco por una fracción de segundo, Deborah sabía que no tardaría en ponerse en pie. Pasó sobre él con torpeza, abrió la puerta del cuarto de baño y echó a correr hacia los pasillos del museo.

«Tengo que llegar a un teléfono», se dijo.

Corrió a duras penas hacia el despacho al tiempo que buscaba las llaves, pero sus grandes zancadas perdieron estabilidad a medida que el tobillo comenzaba a dolerle.

«Ahora no —pensó—. No tengo tiempo para el dolor.»

Había llegado al vestíbulo cuando escuchó que la puerta del baño golpeaba con fuerza la pared. Iba a por ella.

Vaciló un instante. Si se metía en el despacho, no tendría ninguna vía de escape. Probablemente él lograría entrar haciendo añicos la puerta antes de que pudiera llamar por teléfono y, sin duda alguna, antes de que alguien acudiera en su ayuda. La llamada tendría que esperar. Tenía que salir del edificio. La carretera estaba a menos de un kilómetro y ella conocía el terreno mejor que él.

Se giró para atravesar el vestíbulo y allí estaba Calvin Bowers, al otro lado del espantoso mascarón de proa, de camino a las puertas del vestíbulo; caminaba arrastrando los pies, con paso torpe e inclinándose hacia un lado como un barco a punto de zozobrar. Tal vez el golpe en la cabeza le hubiera provocado una ligera conmoción.

«Bien», pensó.

Calvin creía que ella ya había salido. Tal vez había perdido algo de sangre después de todo. Tal vez había perdido el conocimiento por un segundo y, por tanto, la noción del tiempo.

Estupendo.

Aunque no lo suficiente. Mientras contenía el aliento escondida entre las sombras con la esperanza de que Calvin cometiera el error de abandonar el museo al amparo de la lluviosa noche y así ella pudiera encerrarse para llamar a Cerniga, el hombre aminoró el paso y se detuvo a contemplar con intensidad animal las puertas cerradas. Después se giró y se inclinó. Parecía estar mirando algo caído en el suelo. Deborah echó un vistazo desde detrás de la verdosa mujer serpiente que sonreía a Calvin, y el corazón pareció darle un vuelco. El hombre había extendido el brazo en dirección a una bolsa blanca de plástico que yacía en el suelo y la tocaba con el dorso de la mano.

De forma distraída, como si regresara de un sueño sin sentido, Deborah se dio cuenta de lo que era: la comida china.

«Está comprobando si sigue caliente», pensó.

Hacía apenas unos minutos esa iba a ser su cena, una experiencia compartida, los preliminares de lo que vendría después. El recuerdo resultó tan grotesco que le llevó todo un segundo comprender que Calvin intentaba averiguar cuánto tiempo había estado inconsciente y hasta dónde habría podido llegar ella. El hombre se llevó la mano al bolsillo, sacó el móvil mientras se ponía de pie y comenzó a marcar un número.

En cuanto escuchó su voz apagada, Deborah comenzó a retroceder. Dos silenciosos pasos, tres y después el tobillo cedió bajo su peso, por lo que dio un traspiés sin dejar de mirar al hombre que hablaba por teléfono en un murmullo. El sonido resonó un instante y él se volvió hasta localizarla al otro lado del vestíbulo en penumbra mientras ella echaba a correr en dirección al único lugar adonde podía ir: el pasillo que llevaba a las puertas dobles y a las estancias del museo propiamente dicho.

Conocía el lugar como la palma de su mano. Podría esconderse. Podría rodearlo y escapar. Podría llegar a la residencia de Richard y de allí...

Las puertas dobles que se alzaban frente a ella se abrieron de par en par.

Entre ellas, con los brazos extendidos y el teléfono sujeto entre el hombro y la barbilla, estaba el cabeza rapada de los tatuajes a quien había dejado inconsciente en una escalera subterránea de Micenas. El Conejo Blanco.

—Sí —le dijo a su interlocutor al tiempo que daba otra zancada hacia ella—, la veo.

Se llevó la mano a la espalda y, como si fuera un prestidigitador o un artista de strip-tease, sacó su cuchillo. Era un cuchillo diferente del que tenía en Grecia. Ese era más largo y estilizado, la empuñadura se curvaba hacia abajo y tenía una pequeña esvástica grabada en el pomo. Era el cuchillo que había matado a Richard. Ese, pensó Deborah con un aguijonazo de profundo dolor, era el cuchillo de Calvin.

72

No tenía escapatoria. Calvin la perseguía de cerca, el muchacho estaba delante, canturreando mientras la observaba. Podría abalanzarse contra uno de ellos, pero la suerte no estaba a su favor; no contaba con el elemento sorpresa y el otro la alcanzaría enseguida. No tenía arma, ni forma de escapar, ni tenía posibilidad alguna.

Sacó del bolso un frasco de perfume, Chanel n.º 19. Durante un instante apuntó al cabeza rapada con él y el chico se detuvo, no porque temiera por sus ojos, sino para echarse a reír.

—Suéltalo —le ordenó Calvin. Sonaba más precavido, como si creyera que podría ser peligroso—. No vamos a hacerte daño. Solo quiero hacerte unas cuantas preguntas.

—¿Qué preguntas? —inquirió ella, que consiguió mantener la postura desafiante.

—Cuánto hace que lo sabes y quién más lo sabe —contestó.

—Bésame el culo —replicó ella.

—No creo que sea el momento de sacar a relucir tu actitud feminista —comentó Calvin.

Se llevó la mano a la espinilla. Sonó algo parecido a la tela al desgarrarse, el velcro al despegarse tal vez, y luego se enderezó mientras la apuntaba con una pequeña pistola.

Deborah se giró para mirarlo y lo apuntó a su vez con el pulverizador.

—Zorra —dijo el chaval, sin abandonar la sonrisa desdeñosa—, mira que eres patética.

Dio dos pasos hacia ella y Deborah, capitulando con un despliegue de dramatismo, dejó caer el frasco al suelo. Se estrelló con una diminuta explosión de cristal y perfume, una fragancia floral con toques de almizcle.

Con tres largas y apresuradas zancadas, Calvin estuvo a su lado y la agarró del brazo.

—Si vienes con nosotros y haces lo que se te ordene, tal vez sobrevivas a esta noche.

«Aunque sea verdad —pensó—, no servirá de nada. En cuanto tenga la certeza de que sabe lo mismo que tú, o mucho antes si se da cuenta de que nadie conoce tu paradero, estarás muerta. Te quedan unas cuantas horas, tal vez menos.»

El chico la condujo hasta la residencia, medio arrastrándola por todo el museo, y la hizo salir por la puerta trasera de la vivienda de Richard. En el exterior había una vieja furgoneta azul, oscura y sin ventanas salvo en la parte delantera, que tenía el contacto dado. La reconoció como la furgoneta que intentó sacarla de la carretera el día que cogió el avión para Grecia. Las ventanillas estaban tintadas, pero la luz del interior estaba encendida, y Deborah pudo ver que había alguien dentro cuando el individuo se giró para mirar; otro cabeza rapada.

«Genial —pensó—. Tiene un pequeño ejército. Su propio movimiento de Juventudes Hitlerianas.»

—Te propongo un trato que no mereces —le dijo Calvin—. Métete en la parte de atrás.

—¿Se supone que eso debe alegrarme? —replicó ella.

—Claro —contestó él—. Es lo que has estado buscando, ¿no?

Aun en ese momento, cuando se enfrentaba a la inmediatez de su muerte, sintió un ramalazo de algo muy parecido a la curiosidad.

¡Estaba ahí dentro!

Le ataron las manos a la espalda con una pegajosa cinta adhesiva de color gris. El chico la metió en la furgoneta sin muchos miramientos y cerró la puerta, tras lo cual echó la llave desde fuera. Estaba doblada en dos sobre el suelo del vehículo, cuyos asientos habían quitado. Tan pronto como Calvin y el cabeza rapada se sentaron y el motor se puso en marcha, se giró para contemplar la caja que estaba a su lado.

No tenía nada de especial, o al menos eso le parecía desde su posición; una caja de madera pintada de negro, del tamaño de un ataúd. No podía ver la parte superior, que supuso que sería de cristal, y lo único que rompía la monotonía del objeto era el cable de corriente que sobresalía unos centímetros del interior. Habían echado una pesada manta de color oscuro sobre la tapa.

Se quedó tal y como estaba, sintiendo la presencia del objeto a su lado, mientras la furgoneta se ponía en movimiento.

El trayecto duró unos quince minutos, calculó Deborah. Durante un rato, tanto al principio como al final del viaje, la furgoneta atravesó relativamente despacio unas zonas oscuras con carreteras sinuosas; pero en su mayor parte se desplazaron a mayor velocidad, lo que hizo que las luces de los edificios entraran por las ventanillas y sus reflejos crearan extrañas formas en el techo del vehículo. Seguía lloviendo con fuerza y el zumbido de los limpiaparabrisas fue una constante.

Cuando se detuvieron, el chaval salió primero y pasó al menos un minuto antes de que el crujido de las puertas traseras la hiciera levantar la cabeza.

—Despacio —le ordenó Calvin desde su asiento—. Sal. Y no cometas ninguna estupidez si no quieres que te meta una bala en la cabeza. ¿Lo has entendido?

«No está bromeando», pensó Deborah.

Sin embargo, no dijo nada. Se limitó a arrastrarse hasta que pudo sacar las piernas y tocar el suelo de grava del exterior. El cabeza rapada la estaba esperando, cuchillo aún en mano, y la observaba bajo la lluvia con malévola satisfacción.

—Me hiciste daño en Grecia, judía —le dijo.

Tenía una voz presuntuosa, teñida con el acento más cerrado de la Georgia rural. Era infantil y habría resultado absurda, como la de un personaje de dibujos animados, de no haber sido tan hosca ni tan resentida.

—Eso es porque intentaste matarme, paleto —replicó ella.

El muchacho le golpeó la cabeza con la mano y el bofetón resonó con tanta fuerza que Deborah creyó que le había roto el tímpano. Se le llenaron los ojos de lágrimas y se encogió de forma refleja al tiempo que se mordía el labio para reprimir un sollozo.

—Vigila tu lengua —le advirtió.

Deborah no replicó, sino que se enderezó al darse cuenta de que Calvin se había acercado a la parte trasera de la furgoneta.

—Prepara la rampa —ordenó Calvin—. Yo la vigilaré. Dame mi cuchillo.

Acto seguido la miró a los ojos sin emoción alguna, pero al percatarse de su desprecio, se encogió de hombros y esbozó una sonrisa.

—Es bonito, ¿no te parece? —le preguntó al tiempo que mostraba la estilizada hoja del arma—. Una daga de la Luftwaffe del Tercer Reich. La conseguí de mi mentor.

—Edward Graves —dijo ella.

El semblante de Calvin se tensó.

—¿Y cómo lo sabes? —inquirió—. Dime cómo lo sabes y quién más está enterado y haremos un trato.

—¿Como el que hiciste con Richard?

—Richard era un pésimo hombre de negocios —replicó él—. Estoy convencido de que nosotros podremos llegar a un acuerdo.

—Yo que tú no apostaría.

Calvin volvió a encogerse de hombros.

—Si quieres ser una mártir, ¿quién soy yo para detenerte? —dijo.

Sostuvo el cuchillo en alto y dejo que ella lo observara. Deborah contempló su propio reflejo en la hoja. Parecía una imagen lejana, como un espejismo, brillante e insólita como una sirena que saliera de las olas.

—Échame una mano —dijo el Conejo Blanco.

El muchacho estaba empujando la enorme caja negra hacia la

rampa metálica que había acercado a las puertas traseras. Seguía cubierta por la manta oscura.

—No huyas —le advirtió Calvin.

Podría haberse ahorrado la molestia. Habían aparcado detrás de un enorme edificio de piedra, en un patio amurallado que contaba con una puerta de hierro forjado —la misma por la que habían entrado— y que en ese momento volvía a estar, no le cabía duda, cerrada electrónicamente. No tenía escapatoria. Le dispararía en un abrir y cerrar de ojos.

Bowers se giró y empujó con todas sus fuerzas la caja, colocada sobre una carretilla, mientras el chaval la guiaba hasta que estuvo sobre el suelo de gravilla.

—Tenemos que llevar esto adentro —dijo—. ¿Qué hacemos con ella?

Deborah sintió el súbito impulso de hablar, de retrasar cualquier decisión que pudiera tomar.

—¿Quieres saber cuánto hace que lo sé? —comenzó—. Mucho. ¿Recuerdas la noche que pasamos en Atenas, cuando dijiste que sabías lo que quería decir acerca del aspecto de Richard? La primera vez que nos vimos dijiste que no conocías a Richard en persona. Además, ¿crees que no caí en la cuenta de que la única persona aparte de mí que sabía la dirección a la que el laboratorio enviaría las pruebas eras tú? ¿Crees que no caí en la cuenta de que mientras te informaba de mis movimientos por Grecia a través del correo electrónico había un maníaco intentado matarme? ¿De verdad crees que nunca caí en la cuenta de que quienquiera que fuera ese chiflado creía que yo sabía algo, algo que me había visto consultar en el ordenador de Richard, o de que tú eras la única persona que sabía a ciencia cierta que yo había visto la carta que le enviaste a Richard al museo? La verdad es que lo supe mucho antes de eso, Calvin. Fue el día que nos conocimos, cuando dijiste que ese «tosco» *tomahawk* era prueba del Destino Manifiesto. ¿No crees que todos esos detalles se fueron sumando en mi cabeza hasta que no me quedó duda de que eres un capullo fanático de la supremacía blanca?

«No lo hicieron. En realidad no lo hicieron. Deberían haberlo hecho, pero no fue así. Hasta que viste el tatuaje. Cuando menos, deberías haber sabido que los hombres tan guapos como él no salen como mujeres como tú...

»¿No? Pues ellos se lo pierden...

»Menudo momento para recuperar tu antipatía hacia el romanticismo. Lástima que no lo hicieras antes, cuando estabas hablando con Cerniga y no le dijiste ni media palabra sobre las pistas que comenzaban a encajar, sobre todas esas rancias miguitas de pan que conducían directamente a la puerta de Calvin Bowers.»

En aquel entonces no lo había sabido. Al menos, a ciencia cierta.

Calvin la observó. La lluvia le bañaba el rostro, pero no parecía darse cuenta.

—¿A quién más se lo dijiste?

Deborah no contestó; se limitó a mirarlo a la cara con todo el desafío y el desprecio que fue capaz de reunir.

Él esbozó una ligera sonrisa, una sonrisa incierta y burlona, que le decía que no se fiaba de ella, pero que le daba igual. Por el momento.

—La encerraremos con la caja —dijo—. Hasta que esté dispuesta a hablar. Si le queda alguna duda de que vamos en serio, creo que lo que está a punto de ver las disipará todas.

73

Era una casa, supuso, o lo había sido en otro tiempo. Aunque no se parecía en nada a ninguna casa que hubiera visto en la vida. Se parecía más a un templo; un templo de la antigua Grecia construido con piedra blanca y columnas acanaladas. Cerniga había comentado que Atreo podría haber heredado un montón de dinero procedente de los negocios sucios de su fundador durante la guerra. Probablemente esa casa se hubiera construido con ese dinero. Más allá del muro del patio se escuchaba el errático zumbido del tráfico que pasaba bastante cerca, pero no percibía con claridad su procedencia exacta.

—Fue construida por mi predecesor —le explicó Calvin al tiempo que le daba un tirón del codo para instarla a avanzar—, el hombre que puso en marcha todo esto hace cincuenta años: el señor Edward Graves. Un gran hombre y un gran amigo mío. Algo así como un padre. Ojalá hubiera vivido para verlo. Lo conservo a modo de cámara ceremonial para nuestra pequeña organización, pero la conexión legal es muy lejana.

—Es una atrocidad burguesa —replicó Deborah.

—No me refería al edificio —replicó Calvin—, aunque también lo construyó él. La casa no tiene la menor importancia, de todas formas. No es más que un caparazón.

—¿Y qué protege?

—Estás a punto de descubrirlo —respondió él con tono satisfecho, incluso un poco excitado.

Al final de un tramo de estrechos escalones de piedra había unas puertas dobles y Deborah se encaminó hacia ellas mientras el chico trasladaba la rampa improvisada desde la parte trasera de la furgoneta hasta las escaleras.

Se detuvo un momento y esperó a que Calvin abriera las puertas, alejándose un poco del Conejo Blanco y sus hoscas miradas de reojo sin dejar de preguntarse si debería salir corriendo. ¿Sería peor que la abatieran allí fuera que lo que la esperaba en el interior?

—Adentro —le ordenó Calvin al tiempo que hacía un gesto semejante al de un caballero del siglo XVIII.

Entraron en un recibidor cuadrado y siguieron por un pasillo con suelo de madera oscura, adornado con una serie de cuadros que representaban atléticos cuerpos masculinos, paisajes escabrosos y bocetos de armas antiguas. De uno de los muros colgaban fotografías en blanco y negro de estatuas clásicas —o reproducciones de estatuas clásicas— exhibidas en un museo plagado de esvásticas, todo datado con gran pompa como procedente de finales de la década de los treinta y marcado sin ceremonias como «Berlín». Una de las fotografías mostraba al alto mando nazi ataviado con uniforme de gala mientras inspeccionaba una conocida estatua de un discóbolo.

En ese momento, con la mirada y la pistola todavía clavadas en ella, Calvin se detuvo y apartó una alfombra oriental para dejar al descubierto un rectángulo de madera menos descolorida que el resto. Descorrió un par de pestillos de latón y el suelo comenzó a desaparecer muy despacio: era una trampilla que dejaba al descubierto una rampa de piedra que descendía hasta las entrañas del edificio.

—Por aquí —le indicó Calvin, a quien complació todavía más la expresión de su rostro.

Deborah se asomó al borde y miró hacia abajo con nerviosismo. Había algo familiar en los grandes bloques de piedra que formaban las paredes.

—Vamos —dijo Calvin al tiempo que le daba unos golpecitos con el cañón de la pistola.

Su primera reacción fue ponerse rígida, aunque después comenzó a descender mientras Calvin, que iba tras ella, cogía una enorme linterna y la encendía. Se agachó para pasar bajo el suelo de madera y por un momento pudo percibir el suave aroma a madera de la casa; sin embargo, a medida que bajaba la rampa de piedra, ese aroma fue sustituido por el olor de la fría y húmeda tierra. La luz se reflejaba en los muros de piedra y comenzó a sentir el descenso de temperatura mientras avanzaban con cautela. No pudo ver lo que había al final de aquella rampa amurallada hasta estar a medio camino.

—Dios mío… —dijo.

—Exacto —convino Calvin—. Impresionante, ¿verdad?

En el extremo inferior de la rampa había un par de pesadas puertas situadas entre dos robustas columnas. Por encima del enorme dintel había una piedra triangular con dos regios leones tallados. Era el Tesoro de Atreo de Micenas, con el mismo aspecto que habría tenido el original, transportado al corazón de Atlanta y labrado en granito de Georgia.

Deborah se tambaleó.

—Es una réplica exacta del original —le aseguró Calvin—, a un tercio de su tamaño real. Fue construido en secreto hace unos diez años por contratistas privados. Muy privados. Nuestra propia gente hizo la mayor parte del trabajo. No aparece ni en el proyecto ni en los planos de la casa. Aunque registraran el edificio de arriba abajo, jamás lo encontrarían.

Tras ella, el chico forcejeaba para colocar la caja sobre las ruedas que lo bajarían por la rampa.

—No lo entiendo —admitió Deborah—. Creí… No lo entiendo.

Calvin se limitó a esbozar esa sonrisa agradable y astuta tan suya, antes de sacar una pesada llave del bolsillo y coger una linterna de un hueco de la pared.

—Yo no lo creo —dijo al tiempo que introducía la llave en la cerradura.

El mecanismo hizo que las descomunales puertas chirriaran en varios sitios y, mientras él accionaba el picaporte para abrirlas y revelaba la impenetrable oscuridad que había tras ellas, Deborah escuchó el eco de los sonidos en el interior.

—¿Creías que ver esto me convencería de que hablabas en serio sobre lo de matarme? —preguntó tras recuperar un poco la compostura—. Lo único que consigue es convencerme de que estás chiflado.

—Esto no —dijo él al tiempo que empujaba las gruesas puertas tachonadas y encendía la luz—. Esto.

Era exactamente igual que los *tholos* de Micenas, una enorme colmena de mampostería ciclópea de un color algo más gris; pero salvo por eso, era igual: la enorme cúpula abovedada, el gélido vacío. Sin embargo, había algunas diferencias: los enormes soportes para las antorchas, los pendones rojo chillón adornados con esvásticas... No obstante, la única diferencia que importaba, la única diferencia que Calvin resaltaba con el haz de la linterna, era el cuerpo que yacía en el suelo.

Estaba echado de espaldas, con un brazo extendido como si estuviera suplicando.

Deborah cerró los ojos con fuerza y apretó los dientes para reprimir un sollozo.

Había una pipa de tabaco rota a sus pies. Marcus había corrido la misma suerte que su padre.

74

—Te encerraremos durante un rato —dijo Calvin—, mientras ajustamos los planes; hablaremos más tarde.

—¿Lo mataste en Grecia y lo trajiste aquí después? —le preguntó Deborah—. ¿Por qué?

No le importaba. Solo hablaba porque no quería que la encerraran en la oscuridad con el cadáver de Marcus.

—Por supuesto que no —le aseguró él—. Volvió a buscarme. Y me encontró, claro está.

—Y lo mataste —concluyó ella.

—Es obvio —replicó Calvin.

—¿Por qué? —inquirió Deborah, reprimiendo el temblor de su voz—. No era más que un apasionado coleccionista que creía haber encontrado el cuerpo de Agamenón, al igual que Richard.

—Lo era —convino él—. Hasta que me conoció. De algún modo logró relacionarme con mi antecesor y descubrió mi pequeña tumba; su tumba, a la postre. Durante un rato. —Se rió de su propio chiste—. Una vez que descubrió mi... —comenzó pero se detuvo en busca de las palabras adecuadas—... orientación filosófica, sus investigaciones tomaron un rumbo muy diferente. Para cuando di con él, ya había logrado lo que al parecer tú no has conseguido todavía.

—¿El qué? —preguntó ella, aunque seguía sin importarle un comino.

—Descubrió lo que contenía esa caja.

Justo cuando pronunciaba la frase, el chico, que hasta ese momento había estado empujando la caja hacia el centro de la cámara, levantó la vista.

—Está casi listo —dijo—. Espera.

Deborah se devanó los sesos. Cuanto más aparentara saber, más podría contarle a otros. Y eso podría mantenerla con vida.

—Lo sé todo —afirmó.

—Claro —replicó él con desprecio—. Por supuesto que sí.

—Sé que si la policía hace un examen de balística de tu arma, te encerrará por la muerte de Sergei Voloshinov, un agente del MVD al que asesinaste porque sabía tan bien como yo lo que tienes en esa caja.

Eso lo detuvo. En su rostro apareció una expresión de genuino asombro, pero después comenzó a sonreír.

—¿Y quieres averiguar qué más cosas sé? —preguntó Deborah, desafiando su silencio, su presunción.

Bowers no le hizo caso y se giró hacia el chico mientras buscaba a tientas bajo la caja el cable de alimentación y lo colocaba en el enchufe. El resplandor sobrenatural que apareció bajo la manta puso de relieve los toscos contornos de las piedras. Al mismo tiempo, un panel de tenues luces que había permanecido oculto hasta ese momento cobró vida justo encima de sus cabezas. El muchacho se apresuró a pegarse al muro y observó la escena con una expresión inquieta, incluso un tanto atemorizada.

—El momento de la verdad —dijo Calvin.

Dio un paso hacia los pies de la caja y retiró la manta muy despacio, de forma reverente.

La caja contenía el cuerpo marchito de un hombre pobremente conservado, casi oculto bajo la brillante máscara de oro y el estandarte mohoso de un color rojo desvaído bordado con una estilizada águila negra.

—Deberíais haber dejado que se pudriera en Berlín —dijo Deborah.

El chico giró la cabeza con brusquedad para mirarla y, durante un segundo, Deborah creyó que se había pasado de la raya.

Sin embargo, Calvin seguía esbozando esa repugnante sonrisa de autosuficiencia y eso pareció contener al muchacho.

—Nuestro general por fin está en casa —murmuró Calvin con un brillo en los ojos que Deborah no había visto con anterioridad— y la misión de Atreo se ha completado. Hemos traído los restos mortales de Adolf Hitler a América y nuestra gente se reunirá en tropel alrededor de sus huesos. ¿Quién podría enfrentarse a semejante ejército?

De modo que sus suposiciones habían sido correctas. Saberlo no la salvaría, ya no podría hacerlo, pero al menos habían sido correctas.

75

—Ella lo sabía —siseó el chico.

—No importa —le aseguró Calvin, que aún sonreía por el trofeo que había conseguido.

—Tío, tenemos que hablar. Ahora.

La penetrante mirada de Calvin se apartó por fin del cadáver medio momificado y se posó sobre el rostro del Conejo Blanco. Durante un segundo se limitó a mirarlo, percatándose del nerviosismo del chaval, y después asintió con la cabeza y dio un paso en dirección a la salida de la tumba.

—¿Qué hacemos con ella? —le preguntó el muchacho.

—Enciérrala —contestó Calvin, que se giró hacia Deborah con una sonrisa—. De momento.

Deborah estaba sentada en la tumba de colmena tan lejos del cuerpo de Marcus como le era posible, sumida en sus pensamientos y con la vista clavada en el ataúd con tapa de cristal situado en el centro del haz de luz que iluminaba la estancia. Había mantenido enterradas sus sospechas sobre Calvin con la vana esperanza de que en caso de que estuviera implicado pudiera sonsacarle dónde estaba el arma y qué era exactamente. Bueno, en esos momentos ya lo sabía y no le servía de nada.

«Pero esa no fue la única razón por la que hiciste oídos sordos a tus dudas sobre Calvin, ¿cierto?»

Había hecho oídos sordos porque si no eran ciertas…

«Si podías convencerte de que no eran ciertas», se corrigió.

¿… podrían establecerse en una casita rodeada por una valla blanca y criar a sus idílicos dos hijos?

Irónico, ¿verdad? Se había deshecho de su inquietud con el fin de que su «relación» funcionara, como la heroína de tres al cuarto de cualquier película, y en esos momentos su amado y su secuaz Conejo Blanco iban a matarla. La torturarían hasta que les confirmara que no les había dicho nada a los federales y después la matarían y esparcirían su sangre siguiendo alguna especie de rito fúnebre semiprimitivo en honor al carnicero que a ritmo marcial asesinó a millones de personas. Casi resultaba gracioso. Casi.

Sin embargo, aún no habían acabado con ella y, mientras reflexionaba sobre su «relación» con Calvin, había sacado poco a poco la delgada lima para uñas de su bolsillo trasero utilizando las yemas de los dedos. En ese instante le dio la vuelta para que la punta quedara sobre la cinta adhesiva plateada que la maniataba y comenzó a presionar hasta sentir que se hundía en el material. Acto seguido, sujetó la lima con fuerza y comenzó a moverla arriba y abajo; notó cómo los hilos que conformaban el entramado de la cinta comenzaban a desgarrarse hasta que a la postre se libró de ella y la arrojó hacia las sombras.

Se puso en pie y se acerco al ataúd, cuya tapa de cristal procedió a palpar con las manos en busca de un cierre. Descubrió dos, uno en cada extremo. Los abrió y alzó la tapa. El cadáver no desprendía ningún olor, salvo quizá un leve rastro a formaldehído, aunque tal vez fueran imaginaciones suyas. Extendió los brazos, asió la máscara con ambas manos y la separó del cuerpo.

El rostro que había bajo ella estaba arrugado, pero no había duda de que era masculino. Tenía un pequeño e hirsuto bigote y un mechón de pelo negro muy fino sobre la frente, disimulando lo que parecía un agujero de bala. Los ojos estaban cerrados y hundidos.

«¿Cuántas muertes ha causado este hombre? ¿Cuántas más

pueden causar todavía estos huesos medio podridos?», se preguntó.

Miró a su alrededor en busca de un arma, una roca suelta con la que poder hacer pedazos esa cosa: su último acto de rebeldía.

«O podrías intentar algo distinto.»

Sopesó la idea al tiempo que rodeaba el ataúd. No había otra cosa que pudiera hacer. Bien podría intentarlo.

Le llevó unos quince minutos. Cuando acabó, tiró del único cable eléctrico que pudo encontrar hasta arrancarlo de la pared y las luces se apagaron sin que saltara ningún tipo de destello ni de alarma, sumiéndola en la oscuridad. Se sentó con la espalda apoyada contra la gélida piedra y escuchó el ruido amortiguado de los truenos al tiempo que sus ojos intentaban en vano distinguir algunas formas en las tinieblas. Tan solo llevaba en esa posición unos cuantos minutos cuando oyó que la cerradura se abría con un chasquido y que el pestillo cedía. Se puso en pie y se llevó las manos a la espalda en el mismo instante que la puerta se abría.

«Tal vez sea Cerniga.»

Sin embargo, se trataba del Conejo Blanco seguido de Calvin.

—La muy zorra ha apagado las luces —dijo el chico.

—No importa —replicó Calvin.

—No veo lo que estoy haciendo —se quejó su cómplice mientras esos desagradables y pequeños ojos intentaban distinguir algo en la oscuridad.

Deborah pensó que parecían nerviosos, tal vez un poco aterrorizados, cosa que la alegró. Les preocupaba la posibilidad de que pudiera conducir a la policía o a los federales hasta allí.

—Cambio de planes —dijo Calvin, que de nuevo parecía bastante tranquilo.

Mientras el chaval echaba la manta sobre la parte superior de la caja y comenzaba a sacarla, Calvin alzó la pistola y apuntó al rostro de Deborah. Con una imperceptible y tensa sonrisa le dijo:

—Adiós, Deborah.

76

No vaciló. En cuanto vio la pistola, dio un paso hacia atrás y luego otro. Calvin seguía bajo la luz; no obstante, a juzgar por la expresión irritada que apareció en su rostro, Deborah supo que las sombras la habían ocultado por completo a sus ojos. Él titubeó y el arma comenzó a oscilar de forma casi imperceptible de un lado a otro mientras ella retrocedía otros dos pasos y se echaba al suelo sin hacer ruido para agazaparse tanto como le fuera posible. Con los ojos clavados en el espacio iluminado que había tras las puertas entre las que Calvin permanecía inmóvil, se quitó un zapato y lo arrojó a un lado con mucho cuidado. Cayó a unos tres metros de distancia del lugar donde se encontraba sin hacer apenas ruido, aunque fue suficiente para que Calvin tuviera un objetivo. Disparó una vez y luego otras dos; el sonido resultó ensordecedor en la reducida estancia.

Deborah escuchó cómo rebotaban las balas y se agazapó aún más mientras aguantaba la respiración y las balas iban de un lado a otro de la cámara de piedra.

—Vamos —dijo el chico con evidente impaciencia desde el exterior—. Tenemos que largarnos.

Deborah alzó la mirada, moviéndose solo lo imprescindible por si acaso los ojos de Calvin se habían acostumbrado a la oscuridad. Seguía examinando el lugar con la pistola en alto. No sabía si la había alcanzado.

—¿Le has dado? —preguntó el Conejo Blanco, alzando la mirada de la caja que empujaba por la rampa. Parecía tenso—. Necesito que me eches una mano con esto. No hay tiempo para…

—Sí —contestó Calvin—. Eso creo.

—¿Eso crees? Vuelve ahí adentro y asegúrate.

—¿Para que pueda escabullirse a mis espaldas como hizo contigo en Micenas? —preguntó Calvin antes de bajar por fin la pistola. En ese momento miró al chico y Deborah supo por la rigidez de su postura que no le gustaba que le dieran órdenes—. No importa —dijo—. De todos modos está muerta.

«Todavía no, hijo de puta», pensó ella.

Calvin retrocedió con rapidez y al instante las pesadas puertas comenzaron a cerrarse. Se escuchó el chasquido de la cerradura. El *tholos* quedó sumido en la más absoluta oscuridad.

Deborah dejó escapar el aire de sus pulmones y se preguntó si habría estado rezando mientras las balas rebotaban de una pared a otra.

«Tal vez un poco, sí. Parte de ti todavía…»

¿Y ahora qué?, se preguntó. Daba la impresión de que no iban a regresar —lo que era una buena noticia—, aunque estaban demasiado seguros de que ya no suponía un peligro para ellos y eso era extraño. No querían un rehén y no querían cargar con ella, pero ¿pensarían que simplemente acabaría muriéndose de hambre, encerrada en la cámara con la única compañía de un cadáver?

«De todos modos está muerta», había dicho Calvin.

¿Era una bravata o lo creía de verdad?

La idea la asustó. ¿Cuánto tiempo pasaría antes de que Tonya descubriera el perfume? Ese había sido el código que dejara en su contestador. Si sus vagas sospechas sobre Calvin eran ciertas, dejaría un mensaje con el que Tonya podría tropezarse al limpiar. Debía ser algo femenino que Deborah no tuviera la costumbre de usar. Algo… «de chicas» en palabras de Tonya; un trazo pintado en un espejo con una barra de labios, un pendiente abandonado en un sitio concreto, un charquito de Chanel n.º 19 que cualquier mujer detectaría nada más entrar en el edificio. Esas eran las señales de su descubrimiento…

Y de otro nuevo fracaso en su esfuerzo por ser…

¿Qué? ¿Femenina? Tonterías. No necesitaba los mimos de un hombre para reafirmar su feminidad.

«Eso es lo que tú crees.»

«Y lo que seguiré creyendo», se replicó.

Cualquier dolor por la pérdida, cualquier pizca de arrepentimiento que pudiera sentir por el fin del coqueteo con Calvin Bowers quedaba reducido a algo irrisorio después de haber visto la expresión que había asomado a sus ojos cuando la llamó —con una lenta, cuidada y absoluta deliberación— «judía».

«Que se vaya al infierno», pensó.

En el fondo sabía que sus sospechas eran ciertas y si parte de ella deseaba no haber descubierto la verdad, debería buscar esa parte de sí misma y arrancarla de raíz —aunque estuviera alojada en su corazón— por ser absurdamente sentimental, estúpida y autodestructiva. Arrancarla de raíz y dejarla arder en el infierno con Calvin.

«Que arda...»

Al igual que la mitad de la familia de su madre había ardido en Auschwitz a causa de otros de la misma ralea que Calvin Bowers, a causa de ese zarrapastroso montón de huesos que Atreo se esforzaba por conservar.

«Que arda...»

Pasó algún tiempo antes de que se diera cuenta de que la cámara no parecía tan fría como antes; un tiempo hasta que comprendió el modo exacto en que habían pensado acelerar su muerte. Estaba recorriendo desesperadamente con las manos las paredes de la oscura cámara en busca de alguna señal que indicara una piedra suelta cuando de pronto cayó en la cuenta de que las piedras estaban tibias.

«Que arda...»

«Te lo estás imaginando.»

Sin embargo, estaba muy claro; y a medida que recorría las paredes se iba haciendo más evidente que la temperatura de las piedras aumentaba por momentos. Estaba segura de que en cuestión de un minuto podría oler el humo. Se las arregló para atravesar la estancia hasta las puertas y se dispuso a escuchar.

Oyó el sonido de un cristal al romperse y el rugido de algo que le resultó horriblemente familiar y terrible, algo parecido al ávido sonido del fuego al extenderse.

«De todos modos está muerta.»

¡Ay, Dios mío!

La casa estaba en llamas y la tumba de piedra se había convertido en un gigantesco horno. Mucho antes de que las puertas de madera maciza de cedro ardieran, mucho antes de que los bomberos tuvieran el infierno bajo control, ella habría muerto, deshidratada y horneada como una momia enterrada en las ardientes arenas del Sáhara. Y durante un momento, por un solo momento que allí en la más absoluta oscuridad de la tumba se asemejó mucho a la desesperación —no depresión ni desesperanza, sino desesperación en su más absoluta, destructiva y horrorosa forma—, la frase volvió a su mente y se demoró allí...

«Que arda.»

77

No, pensó. No se daría por vencida. Todavía no.

Golpeó la puerta y gritó pidiendo ayuda hasta que el dolor de la garganta le provocó náuseas. El aire se calentaba a pasos agigantados y ya tenía el regusto al humo que no podía ver. Recorrió muy despacio las paredes de la cámara, arañando de nuevo las rocas, sintiendo el pánico que la consumía a medida que el aire se hacía más difícil de respirar debido al intenso olor del humo. Se obligó a fijar la vista en la oscuridad por si las llamas del exterior revelaban alguna grieta en la construcción, pero sabía que la tumba había sido excavada en la tierra, de modo que aunque lograra desplazar las piedras, solo se encontraría con el impermeable terreno arcilloso de Georgia, comprimido a más no poder.

«¡Piensa!», se dijo.

Le dio vueltas a la posibilidad de escalar, pero la forma acampanada de las tumbas de colmena lo hacía imposible, e incluso si pudiera llegar a la parte superior, no habría escapatoria. De cualquier forma, el humo allí arriba sería más denso y el aire más caliente, sobre todo si (tal y como parecía) toda la estructura superior estaba en llamas.

«Como un infernal picnic en la playa —pensó—. No hay necesidad de que las llamas entren aquí para que te ases en tu salsa.»

Tonya no vería el perfume hasta que llegara la mañana, y aunque lo hiciera, la policía no sabría adónde acudir.

«Piensa.»

Sin embargo, no había nada que pensar. No podía salir y tampoco podía hacer sonar la alarma. Los bomberos llegarían tarde o temprano cuando un vecino viera las llamas (suponiendo que hubiera tales vecinos), pero para entonces ya sería demasiado tarde.

Las piedras que estaban más cerca de la puerta eran las más calientes, así que se apartó de forma instintiva de ellas. Tenía sentido: el fuego estaba consumiendo la casa y el sótano, pero la parte posterior del *tholos* estaba incrustada en la tierra. Aunque, por supuesto, en aquel horno descomunal eso carecía de importancia. Le llevaría algo más de tiempo morir allí detrás, pero la diferencia sería cuestión de minutos.

Entonces se acordó de algo…

«Es una réplica exacta del original», había dicho Calvin.

«Muy bien. ¿Qué sabemos del original que pueda sernos útil?», se preguntó.

«Nada. No hay nada que saber. Es una cámara de piedra con puertas de madera que tardarán más en arder de lo que tú tardarás en asarte.»

No. Había algo más.

Corrió hacia la puerta y apoyó todo el cuerpo sobre las cálidas piedras que había a la izquierda de la gran entrada.

«Es una locura. Está más fresco allí detrás.»

Comenzó a palpar la roca en busca de asideros.

«No puedes trepar. Es cóncava», se recordó.

«Los primeros tres metros son verticales. Solo tengo que subir un poco.»

Encontró un hueco con los dedos y comenzó a subir. Muy despacio, primero un pie y después el otro, se apartó del suelo y hurgó en los bordes de los bloques ciclópeos en busca de un apoyo para los pies. Comenzaron a dolerle los dedos mientras tanteaba la piedra con los pies. Nada.

Se dejó caer al suelo, tosiendo.

«Es imposible», pensó.

Se dirigió al otro lado de la puerta, con mucho cuidado de no tropezar con el cadáver desecado que había contra la pared.

Repitió la operación de levantar las manos, buscar con los dedos y alzarse del suelo. En esa ocasión, sus pies encontraron un reborde y consiguió trepar otro medio metro, lo bastante como para alcanzar el dintel de la puerta. A medio camino entre un salto y una caída, se aferró al borde cuadrado y dejó que su cuerpo se balanceara hacia un lado con un grito. Durante un segundo permaneció colgada de una mano, apenas sujeta, pero después levantó el otro brazo y logró aferrarse. Mientras lo hacía sabía que si no conseguía sujetarse también con esa mano, caería.

Lo consiguió y sintió con alivio el roce del afilado borde en la palma antes de tomar impulso y alzarse.

El dintel tenía cerca de medio metro de ancho, lo justo para que pudiera ponerse en cuclillas y apoyarse contra la enorme loseta triangular. Pegó la mano a la losa para sentir el calor, sin querer echar las campanas al vuelo.

—Dijiste que era una réplica exacta, hijo de puta —musitó—. Veamos si es cierto.

Se puso en pie muy despacio, apoyándose en los bloques de piedra que había a ambos lados del enorme relieve triangular, al tiempo que el ángulo de la cúpula la obligaba a inclinar el torso hacia el vacío. Echó una pierna hacia atrás tanto como pudo y se preparó para dar una patada a la sobrecalentada loseta, grabada en la parte frontal con sus regios leones.

—Una réplica —mascculló—, a un tercio de su tamaño.

«Lo que significa que la losa de piedra no debería tener más de tres centímetros de grosor, ya que las originales fueron diseñadas para evitar que el dintel soportara demasiado peso... Muy bien, comprobémoslo», se dijo.

Le dio una fuerte patada.

No notó nada salvo un profundo ramalazo de dolor que le recorrió los huesos de la pierna y le arrancó un chillido, de manera que perdió la concentración y estuvo a punto de caer de espaldas al suelo de la tumba.

Volvió a darle otra patada, en esa ocasión con más fuerza, gritando al tiempo que lo hacía.

Se detuvo un instante antes de asestar un nuevo golpe con todas sus fuerzas, a sabiendas de que podría partirle la pierna.

No fue así, y en esa ocasión la inquebrantable y frustrante roca pareció ceder un tanto. Le dio otra patada y escuchó el más leve de los crujidos. Esbozó una sonrisa despiadada.

Dos patadas más y escuchó cómo se desprendían los fragmentos de piedra. Con una tercera pudo ver luz: una luz roja, parpadeante e intensa sin duda, pero luz a fin de cuentas.

Volvió a acuclillarse sobre el dintel y comenzó a empujar y a golpear con las palmas de las manos. Apareció otra grieta que en la oscuridad adquirió un tinte ambarino, como la lava que saliera por el cráter de un volcán en plena noche; al instante, vio un agujero del tamaño de su propia cabeza. Entusiasmada, apoyó el hombro contra la roca caliente y comenzó a golpear con fuerza una y otra vez. La loseta cedió un poco y chirrió como una muela suelta cuando aplicó presión. Repitió el proceso repetidas veces hasta que el triángulo se resquebrajó y se abrió un hueco de unos dos tercios del total.

Deborah empujó hasta que la losa se desprendió del todo y escuchó cómo se hacía añicos contra el suelo. Ya podía saltar por el agujero, pensó, si bien la imagen del infierno que había al otro lado de la puerta la detuvo. Daba la sensación de que todo el armazón de madera del sótano estuviera en llamas. Tarde o temprano acabaría por derrumbarse, y la posibilidad de que echara también abajo las paredes del *tholos* era una cuestión sin importancia. Si no salía en ese instante, no lo haría nunca. Le echó un último vistazo a la cámara funeraria, iluminada por las llamas del fuego que ardía en el exterior, y gateó hasta la parte delantera del dintel.

El calor que sentía en la piel resultaba abrasador. Se agachó, se colocó de cara a la pared y bajó las piernas por el muro antes de soltarse y dejarse caer al suelo, donde rodó para evitar que sus rodillas y tobillos soportaran todo el peso de la caída.

La rampa de piedra era lo único que no estaba ardiendo. Lo único que la había mantenido con vida hasta ese momento, pensó, era el hecho de que estaba por debajo del fuego y del humo, no por encima; no obstante, tendría que subir y atravesarlos. Agachó la cabeza y comenzó a correr. El calor aumentaba de forma exponencial a la longitud de rampa que ella iba recorriendo. Había una pequeña palanca en la parte superior. Deborah tiró de ella y la trampilla del techo se abrió para dejar paso a una agradecida llamarada que consumió todo el aire de la planta inferior.

Sacó la cabeza por la trampilla, sintiendo cómo algunos mechones de cabello se le rizaban y quemaban. El pasillo por el que habían llegado era un muro de fuego. No había salida por ahí. Aunque tampoco habría salida si se quedaba donde estaba. Sin darse tiempo para pensar, subió al piso superior y atravesó el pasillo en llamas a toda carrera, con la cabeza agachada y tapándose la boca con la camisa mientras respiraba de forma superficial.

Al final del pasillo llegó a una puerta y aferró el picaporte con la mano. Estaba tan caliente que escuchó cómo crepitaba su piel al quemarse antes de sentir el lacerante dolor. Apartó la mano y se alejó corriendo; había comenzado a toser y cada vez le costaba más trabajo respirar. El picaporte de la siguiente puerta estaba más frío, pero al abrirla se encontró con un armario. Jadeó, tropezó y cayó de rodillas al tiempo que presionaba la cara contra el suelo a fin de inhalar el aire más fresco y limpio. Comparado con lo que había estado respirando, parecía aire puro de la montaña. Se levantó y echó a correr, doblando una esquina con paso titubeante. De repente, vio puertas delante de ella; puertas que daban al exterior.

Se produjo un gran estrépito por encima de su cabeza, seguido del crujido de la madera cuando parte del techo cedió con una lluvia de chispas. Deborah agachó la cabeza y corrió en dirección a las puertas justo en el momento en que una viga situada sobre el lugar donde estaba un instante antes explotaba como si hubiera estado cargada con dinamita. Llegó a las puertas, con sus ardientes cerraduras y sus estúpidos y desesperantes pestillos, y después el frío y húmedo aire nocturno.

Salió en tromba por la puerta delantera a un amplio camino de acceso que estaba iluminado no solo por el fuego que rugía a sus espaldas, sino también por las luces de tres camiones de bomberos, algunos de los cuales estaban enroscando mangueras y la miraron estupefactos. Cuando el primero de los bomberos se apresuró a acercarse a ella con una mascarilla de oxígeno en la mano, Deborah escuchó que otro exclamaba:

—¡Dijeron que no había nadie dentro! ¡Dijeron...!

—¿Hay alguien más ahí? —preguntó el bombero con la mascarilla mientras la ayudaba a bajar los escalones como si fuera una niña pequeña.

De repente se sentía muy débil, casi incapaz de hablar y mucho menos de andar, por lo que se recostó contra él, agradecida.

—¿Alguien? —repitió ella.

—Pregunto que si queda alguna persona dentro —insistió él—. No podemos controlar el fuego. Solo íbamos a evitar que se expandiera. Dejar que se consuma solo. No hay nadie más en la casa, ¿verdad?

Deborah lo meditó un instante antes de negar con la cabeza. «Que arda», pensó.

78

Ya era de día. Deborah había pasado toda la noche en el hospital Grady Memorial como medida de precaución; le habían puesto la mascarilla de oxígeno y un grupo de enfermeras había atendido y curado sus heridas. Al amanecer, después de dormir un rato, le habían dicho que podía volver a casa. Cerniga y Keene habían acudido a las seis.

—¿Una noche ajetreada? —preguntó el agente federal.

—Como siempre —contestó ella.

—¿No quiere contármelo?

—Aquí no —dijo ella—. En mi terreno.

—¿En su casa?

—En el museo —lo corrigió.

Había poco tráfico a esa hora, por lo que tardaron menos de veinte minutos en llegar al museo.

—¿Les importa que sea en la habitación de Richard? —preguntó Deborah.

—Claro que no —respondió Cerniga—. ¿Por qué?

—No lo sé. —Se encogió de hombros—. Supongo que para poner punto y final.

Cerniga se sentó al escritorio de Richard con el bloc de notas frente a él. Deborah lo hizo en uno de los sillones, de espaldas a la estantería, y notó lo sensible que estaba la piel de sus brazos y sus manos, una de las cuales llevaba oculta bajo un grueso vendaje. Le habían dado un montón de cremas y lociones para las quemaduras, pero seguía teniendo la impresión de que su piel era tan fina como el papel y en extremo sensible; el mero contacto con el aire le producía una especie de hormigueo. Keene la observaba en silencio con expresión avergonzada.

—Porque este es el punto y final, supongo —dijo ella.

—En lo que a mí respecta, sí —replicó—. Serán meses de papeleo entre unas cosas y otras, pero haré lo que esté en mi mano para que usted quede al margen de todo esto.

—¿Está seguro de que era él?

—¿Bowers? —preguntó Cerniga—. Sí. Encontraron la furgoneta ardiendo en un barranco cerca de Virginia Highlands.

—¿Se estrelló?

—Es difícil decirlo —contestó—. Tenía toda la pinta de haber sido incendiada.

—¿Incendiada?

—La inmolación es muy común entre esta clase de mártires políticos —explicó—. Aunque no sabemos el motivo de que lo hicieran cuando al parecer habían escapado con lo que llevaban buscando tanto tiempo. Se recuperaron dos cadáveres. No cabe duda de que uno era el cabeza rapada del tatuaje que usted describió. El otro, el conductor, era presuntamente Calvin Bowers. Tendremos que esperar a los resultados de las pruebas dentales, pero parece una conclusión lógica. Había un tercer cuerpo en una caja en la parte trasera. ¿Es lo que creo que es?

—No —respondió Deborah—. No escaparon con lo que habían estado buscando. Es probable que por eso se inmolaran junto con el cuerpo. El tercer cadáver era el de Marcus. Los cambié y dejé que el otro se quemara en la tumba de Atreo. Cuando lo hice, tenían prisa y no se pararon a mirar, pero esperaba que se dieran cuenta poco tiempo después de marcharse.

Keene emitió un silbido de apreciación.

Cerniga la miró. No dijo nada, pero a Deborah le pareció que estaba impresionado. Apartó la vista, reacia a ser el objeto de su admiración o su lástima y ansiosa por terminar con todo ese asunto.

—¿Se salvó la máscara del fuego? —preguntó de repente.

—No lo suficiente como para que la exhiba, lo siento.

—No pasa nada —respondió ella—. A Marcus le habría gustado que lo incineraran en una pira con la máscara funeraria de Agamenón. O —añadió con una sonrisa triste— con algo parecido.

—¿Sabía que cuando los alemanes invadieron Grecia Hitler dio órdenes expresas de que no se bombardeara Atenas? —comentó Cerniga—. Consideraba la ciudad como su hogar espiritual. Se dice que la Segunda Guerra Mundial fue moderna en cuestión de tecnología pero antigua en cuestión de objetivos.

—La aniquilación del enemigo —dijo Deborah—. La erradicación de cualquier ciudad, cultura o pueblo extranjero al que se considerara inferior.

—Un objetivo demasiado grandioso para Atreo, sobre todo teniendo en cuenta que jamás tuvo más que un par de miembros —apuntó Cerniga—. Supongo que es el precio del secretismo y la paranoia. No se puede reclutar, como quien dice, a las puertas del Wal-Mart. Aunque era evidente que tenían un montón de dinero.

—¿De Graves?* —preguntó Deborah.

Por un momento, Cerniga pareció perdido.

—De Edward Graves, ya sabe —explicó Deborah—, el policía militar.

—Claro. Sí. Al parecer hizo una fortuna mientras estuvo en Francia y le dio un buen uso cuando volvió a Estados Unidos. Todo un inversor y empresario. También muy respetable.

Deborah resopló con cansancio. No encontraba ninguna paradoja.

—Ahora que sabemos quién controlaba Atreo —dijo Cerniga—, podremos acceder a sus cuentas bancarias. Suponemos que Calvin Bowers poseía una más que considerable fortuna. La necesitaría para llevar a cabo un plan a tamaña escala.

* Graves, además de ser un apellido, significa «tumbas» en inglés. *(N. de la T.)*

Deborah apartó la vista. El aura de confianza y poder que exudaba Calvin la había fascinado desde el principio, incluso la había atraído. Una idea bastante molesta. Siempre se había creído inmune a tales cosas.

«Tal vez no sea posible. No del todo. Será mejor que tengas mucho cuidado a partir de ahora», se dijo.

—Cuando regresó para encontrarse con Bowers —comenzó Cerniga, que cortó el hilo de sus pensamientos—, ¿lo sabía?

—¿Qué? —preguntó Deborah, que se movió inquieta bajo su atenta mirada.

—¿Sabía que era el tipo, el nazi, que había matado a Richard?

Guardó silencio durante un segundo y después apartó la vista como si estuviera distraída mientras negaba con la cabeza.

Cuando Cerniga y Keene la dejaron, se quedó sentada donde estaba durante diez largos minutos, pensando en Marcus y en Richard, e incluso en Calvin. Había creído que la máscara de Atreo era un objeto de oro colocado encima de un cuerpo antiguo, pero no lo era. Era el rostro que Calvin y otros muchos como él llevaban todos los días; la constante mentira que les permitía vivir en el mundo sin ser reconocidos y evitaba el horror, el pánico y la incredulidad que sus verdaderos rostros provocarían. ¿Cuántos de ellos seguían viviendo en Georgia, en Norteamérica, una vida como otra cualquiera mientras en privado odiaban y detestaban a la gente que no era como ellos, creía como ellos o amaba como ellos, y deseaban su aniquilación? Esa idea la dejó helada y la deprimió, como un guantelete que le oprimiera el corazón y los pulmones.

«Los hijos y sus padres», pensó.

De eso se trataba todo. Deborah y su padre; Tonya y el suyo; Marcus y el suyo; Alexandra y el suyo. De manera menos literal, también Richard. Tal vez incluso Calvin y Graves, el policía militar fascista que fue su mentor en Atreo. El propio Atreo y Agamenón; Agamenón y Orestes, que se vengó de su madre asesina... Príamo y Héctor. Aquiles y Pirro. Las innumerables (y para ella anónimas) víctimas de los campos de concentración nazis, todos padres e hijos. La maldición de Atreo había sido la repetición del asesinato y la venganza entre sus descendientes. Mientras permanecía sentada en silencio en aquel lugar, comprendió que la maldición se había extendido como una mancha de sangre sobre un retazo de tela, como una enfermedad contagiosa que corrompía a todo aquel que la tocaba. Se concentró en el libro que tenía entre las manos: *Alzamiento y caída de la Alemania nazi.*

Calvin estaba muerto, un suicida incapaz de vivir con su fracaso. Pendiente de los informes dentales, por supuesto. Pero ¿quién más podría ser? En Atreo había habido dos personas. Patético de verdad. Sin embargo, la intensidad del odio que albergaban en su interior era desproporcionada y por tanto letal.

Se detuvo, distraída de repente.

¿Dos? No. Había habido un tercer hombre, alguien al que solo atisbó en una ocasión mientras estaba sentado en la furgoneta que la había llevado hasta el pequeño monumento funerario de Calvin…

Lo que significaba…

Tenía que llamar a Cerniga. Se giró en el sillón y casi en ese mismo instante escuchó el sonido metálico del mecanismo que accionaba la estantería situada a su espalda, la cual comenzaba a separarse de la pared muy despacio.

79

No creía que la estancia oculta tras la estantería estuviera más fría que el resto de la habitación, de modo que el escalofrío que le recorrió la nuca para bajar por su columna debía de ser cosa de su imaginación.

—Hola, Calvin —dijo sin darse la vuelta.

Él pasó a su lado de camino hacia la puerta y echó el pestillo. Parecía demacrado; su aplomo había desaparecido y su traje tenía muchas más arrugas de las que dictaba su estilo habitual; tenía el cabello desgreñado y la cara manchada de polvo, de grasa y de sangre. Empuñaba de nuevo la enorme daga nazi, aunque le colgaba de la mano como si no recordara que estaba allí. Eso le daba un nuevo aspecto de psicópata impredecible que a ella no le gustó en absoluto.

—¿No te sorprende verme? —preguntó el hombre.

—Ni lo más mínimo —respondió—. Este despliegue de sigilo para pillarme desprevenida y asustarme encaja a la perfección con tu grado de imaginación. He estado leyendo sobre arte nazi: la belleza y la purificación a través del genocidio. Para echarse a reír, si no fuera tan repulsivo. Supongo que la policía encontrará balas en los cuerpos que dejaste en esa furgoneta en llamas, ¿verdad?

—Por desgracia, mis últimas balas, sí —admitió—. Aunque esto —añadió, recordándole la daga— posee cierta justicia poética, ¿no te parece?

Ella observó la daga, pero siguió inmóvil.

—Justicia —insistió Calvin, que dio un paso hacia ella y siguió hablando con más vehemencia— por lo que hiciste anoche. ¿Qué le hiciste a...?

—¿*Der Führer*? —inquirió ella con un deje de desprecio, obligándose a hablar sin abandonar la cautela—. Bueno, al final padeció la ignominiosa cremación que se merecía. ¿Y sabes lo mejor? Fuiste tú quien le prendió fuego.

—Cierra la boca —dijo Calvin al tiempo que alzaba la daga.

«¿Qué estás haciendo?», se preguntó Deborah.

No tenía ni idea. Estaba cabreándolo a propósito, tal vez porque eso podría desequilibrarlo cuando realizara su inevitable ataque o tal vez porque no era más que un estúpido, admirado en exceso durante demasiado tiempo.

—Sois unos imbéciles —masculló—. ¿Supremacía blanca? Menuda gilipollez.

—¡Cierra la boca, judía! —gritó él.

—No puedes hacerme daño, niñato gilipollas —aseguró Deborah mientras se ponía en pie y cuadraba los hombros—, con tus estandartes, tus lemas, tus ideas anormales a medio cocer y tus...

En ese momento se abalanzó sobre ella con ferocidad y esa pequeña parte de su cerebro que siempre estaba alerta se estremeció con un salvaje deleite mientras se agachaba para esquivarlo y le asestaba una patada. No lo abofeteó ni lo arañó; en cambio, cerró los puños y lo golpeó en la cara de tal forma que él se acercó como un boxeador y la apretó contra su pecho para impedir que pudiera seguir golpeándolo. Ella trató de darle un fuerte rodillazo en la entrepierna, pero Calvin anticipó el movimiento y se apartó hacia la izquierda, haciéndola girar de tal manera que acabó cayendo sobre la cama. Se abalanzó sobre ella y la aplastó contra el colchón mientras luchaba por sujetarle las manos al tiempo que levantaba la daga.

En ese momento llamaron a la puerta.

—¿Señorita Miller?

Era Tonya. Calvin abrió los ojos de par en par y a continuación cerró con fuerza una mano alrededor de su garganta. Deborah forcejeó y él soltó la daga para sujetarla; pero no podía hablar, no podía emitir sonido alguno. Siguió debatiéndose mientras escuchaba la voz amortiguada de Tonya a través de la puerta.

—Acabo de llegar y no sabía si estaba aquí —dijo.

Calvin se quedó quieto sin aflojar la presión de la mano que le apretaba la tráquea. Justo entonces esbozó una sonrisa.

—No lo sabe —susurró—. Calla... —Para sorpresa de Deborah, dijo en voz alta—: Danos un par de minutos, ¿quieres, Tonya? Nos has pillado en una situación... bueno... comprometida.

—Vaya, lo siento, señor Bowers —se disculpó Tonya, con tono respetuoso y avergonzado, desde el otro lado de la puerta—. Volveré más tarde.

—Está bien —respondió él.

«¡No, no te vayas! ¡Vuelve!», gritó Deborah mentalmente.

Él escuchó el silencio durante un momento antes de que su sonrisa se transformara en esa mueca espeluznante que ella ya había vislumbrado y después susurró:

—Consumaremos nuestra relación a pesar de todo.

—Me parece que no.

Eso era justo lo que pensaba Deborah, pero ella no había pronunciado las palabras. Había sido Tonya.

Se encontraba justo detrás de él. Calvin se giró mientras Tonya dejaba caer la llave, aunque no antes de que le golpeara con fuerza la cabeza con el antiguo *tomahawk*. Mientras se tambaleaba y caía desplomado al suelo, Deborah se sentó entre jadeos y se llevó las manos a la garganta.

—Para ser un arma tosca, esta cosa funciona bastante bien —afirmó Tonya.

Deborah la miró sin pestañear.

—Y ahora dime que no derramaste ese perfume por accidente —añadió la mujer.

80

Dos meses después

La gala de recaudación de fondos estaba a punto de acabar. La comida (que había mejorado de forma considerable con respecto a la ocasión anterior) había sido servida y el personal de Sabor a Elegancia había comenzado a limpiar con diligencia, algunos dirían que incluso para llamar la atención. Lo único que a Deborah le quedaba por hacer era pronunciar el brindis de clausura.

Subió al estrado y echó un vistazo al cuarteto de cuerda, que había dejado de tocar y aprovechaba la oportunidad para saciar su sed. Contempló la multitud de rostros, algunos de los cuales comenzaban a fijarse en ella, y vio a Tonya al fondo, con una resplandeciente sonrisa, un recordatorio intencional que logró que ella sonriera en respuesta al instante. Alguien golpeó una copa con una cuchara y el vestíbulo del museo quedó en silencio.

—Buenas noches, damas y caballeros —comenzó Deborah. Se detuvo un momento para esperar a que las conversaciones se acallaran—. No quiero estropearles la noche con un discurso largo, pero sí me gustaría anunciarles algunas noticias. En primer lugar, quiero darles las gracias en nombre del museo por acudir esta noche y por ofrecer su ayuda después de lo que ha sido un período muy difícil. Su apoyo, tanto moral como financiero, ha sido de un valor incalculable para nosotros durante las últimas semanas y seguirá siéndolo para asegurar el éxito del museo en el futuro.

Una oleada de aplausos. Sin dejar de asentir y sonreír, Deborah aguardó hasta que hubo acabado para continuar.

—Quiero aprovechar la oportunidad para presentarles a uno de los nuevos miembros de nuestro personal —dijo—. Tonya Mulligrew lleva trabajando con nosotros desde hace varios meses, pero su puesto ha cambiado y ahora es la nueva directora de relaciones públicas del museo, un cargo que cubre cuestiones tan amplias como la publicidad, las relaciones con la comunidad y cualquier otra tarea que se me ocurra endosarle. ¿Tonya?

La muchedumbre se giró y Tonya, sonriendo con humildad, alzó una mano en un gesto a medio camino entre la gratitud y la admisión de culpabilidad. El hecho de que ese mar de rostros fuera más extenso de lo habitual y mucho más colorido daba fe del trabajo que Tonya ya había llevado a cabo, algo que los denodados esfuerzos tanto de Richard como de la propia Deborah no habían logrado conseguir.

—También quiero anunciarles dos nuevas exposiciones: una permanente y otra temporal que llegarán al Druid Hills en los próximos doce meses. La exposición permanente versará sobre la cultura esclava de Georgia durante el siglo XIX, un emocionante y conmovedor estudio sobre la herencia afroamericana de la región, que incluye un documental narrado que será proyectado en un auditorio construido a tal efecto; en ella se exhibirán objetos, fotografías y documentos que lo detallan todo, desde la captura y la venta de esclavos en África, pasando por los barcos negreros hasta llegar a la vida en la plantación y las vías de evasión hacia el norte. Esperamos poder reunir piezas de pequeños museos que carecen de fondos y de colecciones privadas procedentes de Savannah y de cualquier otro lugar del estado, además de presentar material que detalle la vida en Atlanta antes de la Proclamación de Emancipación.

Otra oleada de aplausos, más larga y más sincera que la primera.

—La exposición temporal estará aquí durante el primer trimestre del año próximo y supondrá una oportunidad única de ver antigüedades griegas en Norteamérica. Gracias a Dimitri Popadreos, director del Museo Arqueológico Nacional de Atenas, el Druid Hills será el primer museo no europeo en ofrecer una exposición itinerante especial de piezas micénicas de oro, bronce y cerámica. Esta será, como ustedes pueden imaginar, una exposición extraordinaria, distinta de cualquier otra vista en la región y tal vez incluso en el país, y es todo un placer para nosotros albergarla.

Más aplausos.

La exposición era, por supuesto, un tributo de Popadreos a la buena voluntad de Richard y al tacto de Deborah, pero aun así resultaba increíblemente generosa. La llamada había llegado, sin ser solicitada ni mucho menos esperada, tan solo tres días antes, y la lánguida voz del griego había resonado a través de la estática de la línea como si llegara desde la Antigüedad. En algún rincón de su corazón, Deborah sabía que a Richard todo le habría parecido provechoso si de ese modo podían mostrarle a la gente de Georgia la cultura que había inspirado a Homero y, a su vez, a él. Tal vez incluso pensara que había merecido la pena morir por ello.

—Por último —dijo Deborah—, quisiera hacer un brindis por un hombre sin el que nada de esto habría sido posible; un hombre al que echamos muchísimo de menos esta noche…

Le tembló la voz hasta que se le quebró. Hizo una pausa, abrió la boca de nuevo y esbozó una sonrisa mientras la multitud aguardaba con paciencia y comprensión. Pero no le salían las palabras. Había escrito un discurso de varios minutos acerca de la importancia de Richard para el conjunto de la comunidad y para ella en particular. Tenía anécdotas acerca de su coraje como mecenas de las artes, de su sentido del humor y de su compasión. Se había pasado la mitad de la noche en vela tratando de encontrar una forma de expresar lo mucho que quería a ese hombre fallecido, pero en esos momentos las palabras se le habían quedado atascadas en la garganta.

—Lo siento —consiguió decir.

Se tomó un momento para recobrar la compostura, sin dejar de sonreír de forma contrita y autocrítica, y después abrió la boca para decir algo, lo que fuera. Se le llenaron los ojos de lágrimas que comenzaron a rodar sin tregua por sus mejillas. No le salió ni una palabra.

De alguna forma y a pesar de que las lágrimas le enturbiaban la visión, consiguió distinguir a Tonya al fondo y la vio elevar su copa en silencio. Deborah hizo lo mismo y todos los asistentes levantaron sus copas al unísono y exclamaron:

—¡Por Richard Dixon!

—Un discurso conmovedor —afirmó Harvey Webster—. No imaginaba que fuera capaz de algo así.

—Es usted el rey de los comentarios con doble sentido, Harvey —dijo Deborah con una sonrisa.

Cinco minutos más y todo habría acabado. Cinco minutos y podría irse a casa, dormir, volver a dirigir el museo y a disfrutar de cierta normalidad. Cinco minutos soportando los aires de superioridad y la lascivia de ese viejo sátiro.

—Podría haber anunciado otra cosa —dijo el hombre—, pero me pareció mejor comunicárselo en privado.

Deborah se puso tensa. La junta iba a tratar de sustituirla, o de recortar el presupuesto, o...

—Adelante —dijo tras tomar un reconfortante trago de su martini con ginebra.

—La Asociación de Empresarios Cristianos se ha disuelto —afirmó—. Creemos que le ha llegado la hora de desaparecer. Como último acto filantrópico, queremos donar una importante suma al museo.

—Es muy generoso por su parte —dijo ella aliviada. Quitarse a la asociación y sus cuestionables intereses de encima le brindaría una indecible independencia en lo referente al museo y a la vez eliminaría las crecientes suspicacias; unas suspicacias que seguirían teñidas de culpa mientras el museo siguiera recibiendo su ayuda.

—Era lo menos que podíamos hacer —aseguró Webster con una sonrisa que dejaba al descubierto su lengua húmeda y torpe.

—Han elegido un momento interesante —afirmó Deborah—. ¿Por qué disolver la asociación ahora?

—Parecía lo apropiado —contestó el hombre con los ojos clavados en ella.

—El FBI cree que Atreo estaba relacionado con otros negocios más legales —comentó Deborah sin venir a cuento—. Creen que suministraba una especie de unidad de acción rápida a organizaciones más respetables con las que compartían el supuesto de la supremacía blanca.

—¿En serio? —preguntó Webster—. No sé a qué organización se refiere.

—Estoy convencida de que no —le aseguró Deborah—. No eran más que una parte de lo que podría considerarse una organización terrorista. Creímos que se habían hecho con un arma particularmente poderosa, pero resultó que esa arma era más ideológica que práctica.

—Vaya —dijo él sin dejar de sonreír y de fingir curiosidad, siguiéndole el juego—. ¿Atreo, ha dicho? Parece un nombre latino.

—Griego —puntualizó ella, que tampoco dejó de sonreír—. Fue el padre de una estirpe maldita, responsable de la brutalidad más apabullante contra los miembros de su propia familia, razón por la que sus descendientes fueron maldecidos y condenados a luchar en guerras sin sentido y a morir violentamente a manos de sus esposas e hijos. Como prototipo de violencia y odio asociado a la antigua gloria griega, estos neonazis lo convirtieron a él y a sus descendientes en su emblema, una representación de todo lo que querían lograr, en especial con gente como Tonya y como yo.

—Extraordinario —dijo Webster.

—Así es.

El hombre esbozó una desabrida y gélida sonrisa.

—Siempre pasará algo con la gente como usted, ¿verdad? —preguntó—. Siempre habrá alguna causa, alguna equivocación que debe ser enmendada.

—Dios —dijo Deborah—, eso espero.

—Las cruzadas —comentó él con tono paternal— pueden ser muy, muy caras.

—Lo sé —replicó Deborah—, pero siempre merecen la pena. Un vagabundo fue asesinado hace unos meses. Un ruso. Era un cruzado. Su lucha, su obsesión, le costó todo lo que tenía.

—Ahí lo tiene —convino Webster sin abandonar la sonrisa.

—Ayer recibí una carta de su hija —confesó Deborah—. Su gobierno le ha devuelto todas las condecoraciones que había ganado y le ha concedido una medalla póstuma por servicios a la patria.

—Y sin embargo sigue muerto, ¿verdad?

—Sí —contestó ella—. Pero su hija ha vuelto a quererlo y eso es algo que usted no puede evitar.

Mientras se alejaba, sonó su teléfono móvil.

Era Cerniga. Dijo que hubiera querido estar en la gala de recaudación —como muestra de apoyo—, pero que tenía mucho trabajo. Dijo que se alegraba de que estuviera bien y de que el museo hubiese abierto de nuevo y le preguntó si le gustaría tomar una copa con él en alguna ocasión, para «ponerse al día».

Deborah observó la multitud de gente que se agolpaba alrededor del mascarón de proa verdoso de la mujer dragón (en esos momentos etiquetada como una auténtica antigüedad del siglo XVI), que a su vez sonreía a la muchedumbre. Había llegado a gustarle. Aún le parecía un tanto espantosa, pero tenía una especie de carisma, como si se tratara de la última broma irónica que Richard había hecho a su costa, y eso le gustaba bastante.

—Gracias —le dijo a Cerniga—. Le agradezco la invitación.

—¿Y?

—Tengo su número —respondió.

—De acuerdo —dijo él, inseguro.

Deborah colgó y comenzó a escudriñar el gentío en busca de Tonya. A pesar del prometedor comportamiento del que habían hecho gala los miembros de la empresa de catering, habían dejado toda una mesa llena de servilletas y de platos sucios. Tenía que conseguir que esa gente se marchara de allí, con educación pero con firmeza, para poder irse a trabajar y así acostarse a una hora razonable. El día siguiente era sábado y había decidido —como le había dicho a su atónita madre por teléfono la noche anterior— asistir, por primera vez desde que se trasladó a Atlanta, al Sabbat Balak en Havurat Lev Shalem, una *chavurah* reconstruccionista que había localizado en internet. Le reportara lo que le reportase, marcaría un nuevo comienzo, algo que tenía un inmenso atractivo; al menos sería mejor que la barra de labios y el perfume que había devuelto al mueble del lavabo por el momento. Se despediría de Richard, de Marcus, quizá incluso de su padre y de los incontables miembros de la familia de su abuela que habían muerto, con la ayuda de las palabras de «El Moleh Rachamim», que susurró para sus adentros.

> Oh, Dios, misericordioso, Tú que moras en las alturas, concédele reposo al alma de mi amado que se ha marchado a su hogar eterno, al amparo de Tu divina presencia, entre los santos y puros que brillan como las estrellas del firmamento.
>
> Oh, Dios de la Bondad, ampáralo por siempre bajo las alas de Tu presencia, que su alma descanse en el remanso de la vida eterna y concédeme que los recuerdos de mi paso por este mundo me inspiren para una vida noble y entregada. Amén.

¿Tenía fe en la oración? En realidad no. Pero lo haría llegado el momento, porque una parte de ella sentía que debía pronunciar las palabras para que fueran reales; una parte de ella sentía que si podía decirlas en presencia de otros que luchaban contra el mismo mundo, contra la misma cruda realidad, contra las mismas simetrías y paradojas, el nuevo comienzo que buscaba quedaría a su alcance. Al menos le quedaba la esperanza y eso, pensó, merecía la pena mucho más de lo que había imaginado.

ÚLTIMOS TÍTULOS PUBLICADOS
EN LA COLECCIÓN BEST SELLER

Eckhart Tolle, *Un nuevo mundo, ahora*
Diego Galán, *Pilar Miró. Nadie me enseñó a vivir*
Orhan Pamuk, *Estambul*
Clive Cussler y Paul Kemprecos, *Crisis polar*
Danielle Steel, *Deseos concedidos*
Barbara Delinsky, *Susurros al atardecer*
Terry Pratchett, *Mascarada*
Jean-Christophe Grangé, *La línea negra*
Julia Llewellyn Smith, *¿Qué harías tú en mi lugar?*
Indu Sundaresan, *La emperatriz del sol*
J. J. Armas Marcelo, *La Orden del Tigre*
Jesús Maeso de la Torre, *La profecía del Corán*
Jay Bonansinga, *El asesino del hielo*
Mary Nickson, *Un verano en Escocia*
Ayaan Hirsi Ali, *Yo acuso*
Ghost Rider
Los 4 fantásticos
Jeffrey Archer, *La falsificación*
Mary Higgins Clark, *En defensa propia*
Javier Reverte, *Corazón de Ulises*
Brian Herbert y Kevin Anderson, *Dune: la cruzada de las máquinas*
Douglas Preston, *Tiranosaurio*
Elisa Vázquez de Gey, *El sueño de la Maharaní*
V. M. Manfredi, *El complot contra los Escipiones*

Nora Roberts, *Al rojo vivo*
Nancy Mitford, *A la caza del amor*
Emily Giffin, *A prueba de bomba*
Dean Vincent Carter, *Sed de sangre*
Jilliane Hoffman, *Último testigo*
Jojo Moyes, *El bazar de los sueños*
John Berendt, *La ciudad de los ángeles caídos*
Michael Curtis Ford, *El último rey*
Marne Davies Kellogg, *Diamantes y burbujas*
Marian Keyes, *Bajo el edredón*
J. J. Armas Marcelo, *Madrid, distrito federal*
Jane Green, *Hablemos claro*
Daina Chaviano, *La isla de los amores infinitos*
Arthur C. Clarke, *2010. Odisea 2*
John Dickie, *Cosa Nostra*
Gustavo Martín Garzo, *Mi querida Eva*
Bret Easton Ellis, *Lunar Park*
Indu Sundaresan, *La emperatriz tras el velo*
Nora Roberts, *Cita con el pasado*
Lauren Weisberger, *Cómo ser lo más de Nueva York*
Jon Fasman, *La biblioteca del cartógrafo*
Alejandro Jodorowsky, *Cabaret místico*
Alejandro Jodorowsky, *Las ansias carnívoras de la nada*
José Carlos Somoza, *Cartas de un asesino insignificante*
Thierry Maugenest, *El lienzo de Tintoretto*
Susana Pérez-Alonso, *La vida es corta pero ancha*
Mary Renault, *El auriga*
Rosa Villacastín, *Querido imbécil*
Laura Esquivel, *Íntimas suculencias*
Pietro de Paoli, *Vaticano 2035*
Stephen King, *La torre oscura VII*
José Luis Sampedro, *La senda del drago*
Eduard Estivill, *Recetas para dormir bien*
Alberto Vázquez-Figueroa, *Tierra de bisontes*
Valérie Tasso, *El otro lado del sexo*
Marisa de los Santos, *Un mundo casi perfecto*

Angie Sage, *Septimus*
Gonzalo Giner, *El secreto de la logia*
Henning Mankell, *Viaje al fin del mundo*
Laura Kinsale, *Flores en la tormenta*
Rafael Ábalos, *Grimpow*
Peter Harris, *El círculo Octogonus*
Victoria Holt, *La máscara de la hechicera*
Plum Sykes, *A por todas*
Juan José Millás, *Cuentos de adúlteros desorientados*
Rani Manicka, *Hermanas de la tierra*
Giorgio Faletti, *El tercer lado de los ojos*
David Camus, *Caballeros de la Vera Cruz*
Anne Perry, *Los anarquistas de Long Spoon Lane*
Douglas Preston y Lincoln Child, *La danza de la muerte*
Robin Cook, *ADN*
Julia Sequí, *Singles*
Jeanne Kalogridis, *En el tiempo de las hogueras*
Marcel Rufo, *Hermanos y hermanas*
Joaquín Sabina y Javier Menéndez Flores, *Sabina en carne viva*
José Calvo Poyato, *La orden negra*
V.M. Manfredi, *El imperio de los dragones*
Patricio Sturlese, *El inquisidor*
Clive Cussler, *La odisea de Troya*
César Vidal, *Los hijos de la luz*
Javier Reverte, *El médico de Ifni*
Philip Roth, *La conjura contra América*
José Carlos Somoza, *Zigzag*
Danielle Steel, *Milagro*
José Luis Sampedro, *Escribir es vivir*
Lincoln Child, *Armonía letal*
L. M. Ariza, *Kraken. Atrapados en el abismo*
Mary Nickson, *La casa veneciana*
Nicky Pellegrino, *Deliciosa Chiara*
Alberto Vázquez-Figueroa, *Inca*
Victoria Holt, *El salto del tigre*
Alejandro Jodorowsky, *El loro de las siete lenguas*

Alejandro Jodorowsky, *El maestro y las magas*
Lorenzo Mediano, *Tras la huella del hombre rojo*
Mary Higgins Clark, *El ladrón de la Navidad*
Kathryn Harvey, *El hotel de los sueños*
Tara Heavey, *Despertar a la vida*
Lisa Jewell, *Vince & Joy. Las trampas del destino*
Patricia Gaffney, *Volver a empezar*
Danielle Steel, *El beso*
José Carlos Somoza, *El detalle*
José Carlos Somoza, *Dafne desvanecida*
Emily Dubberley, *Solo quiero sexo*
Barbara Delinsky, *Una segunda oportunidad*
Terry Pratchett, *Tiempos interesantes*
Clive Cussler y Paul Kemprecos, *La ciudad perdida*
Jon Harold Brunvand, *Tened miedo... mucho miedo*
Enrique de Vicente, *Poderes ocultos de la mente*
Eckhart Tolle, *El silencio habla*
Eckhart Tolle, *Practicando el poder del ahora*
Dorothy L. Sayers, *El misterio del Bellona Club*
Scott Turow, *Presunto inocente*
Mike Gayle, *Al borde de los treinta*
Jojo Moyes, *La casa de las olas*
Jane Green, *Mi vida con el hijo de Linda*
Audrey Niffenegger, *La mujer del viajero en el tiempo*
Nora Roberts, *En busca de un sueño*
Pearl S. Buck, *La buena tierra*
Mariana Jara, *Tacones urbanos*
John Twelve Hawks, *El viajero*
Douglas Preston, *El códice maya*
Robin Pilcher, *Los dados del destino*
Alberto Vázquez-Figueroa, *Ícaro*
Javier Reverte, *El río de la desolación*
Michael Crichton, *Estado de miedo*
Michael Crichton, *Viajes y experiencias*
Frédéric Lenoir y Violette Cabesos, *La promesa del ángel*
José Carlos Somoza, *Silencio de Blanca*

Eckhart Tolle, *El poder del ahora*
Luis Bassat, *El libro rojo de las marcas*
Clive Cussler y Craig Dirgo, *Exploradores del mar*
Rohinton Mistry, *Un perfecto equilibrio*

Impreso en Litografía Rosés, S.A.
Energía, 11-27 (Polígono La Post)
08850 Gavà (Barcelona)